DARKLOVE.

HER MAJESTY'S ROYAL COVEN
Copyright © Juno Dawson, 2022
Todos os direitos reservados.

Imagens de capa e miolo: © Freepik, © Retina78

Tradução para a língua portuguesa
© Dandara Palankof, 2023

Diretor Editorial
Christiano Menezes

Diretor Comercial
Chico de Assis

Diretor de Mkt e Operações
Mike Ribera

Diretora de Estratégia Editorial
Raquel Moritz

Gerente Comercial
Fernando Madeira

Coordenadora de Supply Chain
Janaina Ferreira

Gerente de Marca
Arthur Moraes

Gerente Editorial
Marcia Heloisa

Editora
Nilsen Silva

Capa e Proj. Gráfico
Retina 78

Coordenador de Arte
Eldon Oliveira

Coordenador de Diagramação
Sergio Chaves

Finalização
Sandro Tagliamento

Preparação
Monique D'Orazio

Revisão
Francylene Silva
Victoria Amorim

Impressão e Acabamento
Leograf

DADOS INTERNACIONAIS DE CATALOGAÇÃO NA PUBLICAÇÃO (CIP)
Jéssica de Oliveira Molinari - CRB-8/9852

Dawson, Juno
 Realeza das Bruxas: A irmandade secreta de Sua Majestade / Juno Dawson; tradução de Dandara Palankof. — Rio de Janeiro : DarkSide Books, 2023.
 432 p.

 ISBN: 978-65-5598-336-4
 Título original: Her Majesty's Royal Coven

 1. Ficção inglesa 2. Literatura fantástica
 I. Título II. Palankof, Dandara

23-5341   CDD 823

Índice para catálogo sistemático:
1. Ficção inglesa

[2023]
Todos os direitos desta edição reservados à
DarkSide® *Entretenimento LTDA.*
Rua General Roca, 935/504 — Tijuca
20521-071 — Rio de Janeiro — RJ — Brasil
www.darksidebooks.com

A IRMANDADE SECRETA DE SUA MAJESTADE

JUNO DAWSON

REALEZA DAS BRUXAS

Tradução
Dandara Palankof

DARKSIDE

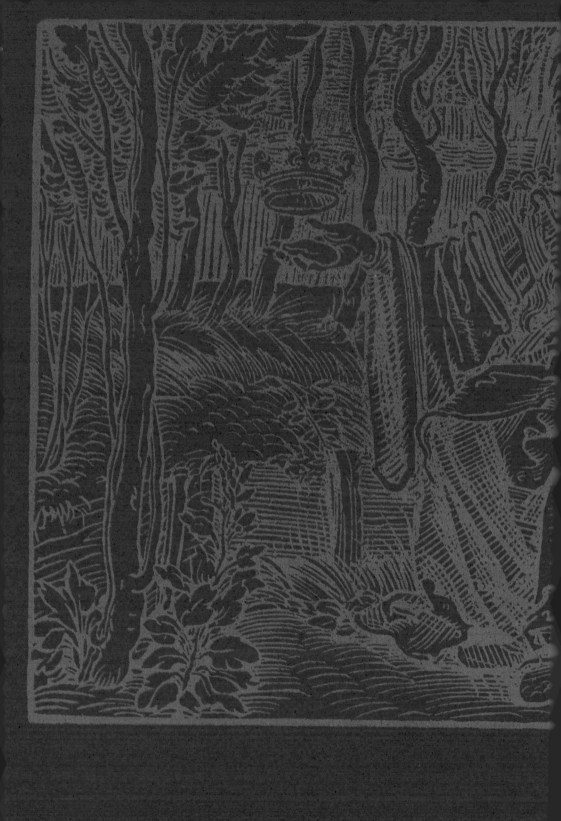

Dedicado ao *meu* coven,
O "Adult Lady Helpline".

Os espíritos do mal observam
garotas tolas e curiosas e, por isso, mais propensas a serem
enganadas por velhos praticantes de magia maléfica.
Malleus Maleficarum, 1486

Concordo com quem disse que [as Spice Girls]
são *soft porn*. Elas são o anticristo.
Thom Yorke, do *Radioheaa* 1997

25 Anos Atrás...

Na noite que antecedeu o solstício de verão, cinco garotas se esconderam em uma casa na árvore. A cabana, refinada demais para ser chamada por esse nome, era bastante sólida, aninhada nos galhos artríticos de um carvalho tricentenário. Lá embaixo, na Mansão Vance, os preparativos para as festividades do dia seguinte tinham chegado ao fim. A data era mais uma desculpa para os adultos buscarem vinhos empoeirados em suas adegas por dois dias seguidos do que uma reunião de planejamento. Eles, já tendo passado do leve pileque há muito tempo, não haviam notado a ausência das meninas.

Em cima da árvore, a mais nova, Leonie, estava aborrecida porque a mais velha, Helena, tinha dito que ela não poderia se casar com Stephen Gately, do Boyzone. "Não brinco mais", disse Leonie.

Uma congregação de velas queimava na janela da casa na árvore, a cera, gotejando da beirada, formava estalactites empelotadas. A luz cor de âmbar dançava irrequieta pelas paredes, lançando sombras como as de uma fogueira pelo rosto de Leonie. "Por que a Elle sempre pode escolher primeiro?"

O lábio inferior de Elle tremulou e seus olhos azuis-bebê se encheram de lágrimas. De novo. Era *por isso* que sempre podia ser a primeira a escolher. Ela abria o berreiro.

"Acho que as duas podem se casar com o Stephen", interveio Niamh Kelly, sempre pacificadora.

"Não podem, não!", disse sua irmã gêmea, a plenos pulmões. "Como é que isso ia funcionar?"

Niamh fechou a cara para ela. "Eu não acho que a gente vai se casar de verdade com o Boyzone, né, Ciara? A gente tem 10 anos!"

Helena declarou com autoridade: "Quando a Elle tiver 20 anos, o Stephen vai ter 30, então tá tudo bem".

Leonie se levantou com os punhos cerrados, como se fosse deixar a casa na árvore.

"Ah, tá bom! Se você vai sair batendo o pé feito uma criancinha, beleza", exclamou Helena. "Podem ficar vocês duas com o Stephen. Coitado do Keith."

Leonie cutucou a porta do alçapão com o dedão do pé. "Não é isso, Helena. É só uma brincadeira. É besteira. Enfim, eu falei que vou me casar com o *Maluco no Pedaço*, então nem importa."

Houve um momento de silêncio. Todas sabiam o que a estava perturbando; porque era o que perturbava a todas elas. As velas crepitaram. Ouviu-se o ruído ébrio da risada dos adultos que vinha de dentro da casa. "Não quero ter que fazer aquilo amanhã." Enfim Leonie colocou para fora o que realmente queria dizer. Ela voltou para o carpete e se sentou de pernas cruzadas. "Meu pai não quer que eu faça. Ele disse que é do *mal*."

"Seu pai é um *eejit*",* berrou Ciara.

Niamh, a mais velha das gêmeas Kelly por apenas três minutos e meio, disse: "Na Irlanda, nós somos consideradas pessoas de sorte".

"Ele tá dizendo que minha avó é do mal?", questionou Elle. "Ela é, tipo, a pessoa mais legal do mundo inteiro!"

A situação era mais difícil para Leonie; a primeira em sua linhagem, desde que se tinha lembrança, a exibir os traços. Como Helena esperava entender? Sua mãe, a mãe de sua mãe e todas as mães da família Vance antes delas também haviam sido abençoadas. "Leonie", disse Helena com a segurança absoluta que apenas uma adolescente mandona de 13

---

* "Idiota", em dialeto do inglês irlandês. (N. T.)

anos é capaz de possuir. "Amanhã vai ser moleza, igual a uma assembleia na escola. A gente forma uma fila, faz o juramento, a Julia Collins vai te abençoar e é isso. Nada muda *de verdade*."

Ela enfatizou o *dji verdadji*, mas todas elas sabiam que aquilo era mentira. Agora restavam bem poucas delas, menos a cada geração. Aquela vida e aquele juramento não eram como o dia em que Ciara cortara a franja com um par de tesouras de unha. Na época, o cabelo logo cresceu de novo, mas não havia como voltar atrás do que fariam no dia seguinte. O sino havia soado e a hora de brincar havia terminado. Leonie tinha apenas 9 anos.

"Eu também tô nervosa", declarou Elle, tomando a mão de Leonie.

"Eu também", disse Niamh, que então se virou para a irmã.

"Acho que também tô", concordou Ciara, relutante.

Helena trouxe uma das velas até o centro do tapete velho e imundo. "Venham, formem um círculo", chamou. "Vamos praticar o juramento."

"Aff, precisa?", resmungou Ciara, mas Helena lhe dirigiu um *shhh*. Ela não se deixava intimidar pelas gêmeas, não importava o quanto as anciãs tivessem síncopes por causa do potencial delas.

"Se a gente o souber de cor, não vai ficar nervosa na hora, vai?"

Niamh entendeu que isso ajudaria Leonie e repreendeu a irmã. As garotas se reuniram ao redor da vela e deram as mãos. Era difícil dizer o quanto aquilo era fruto da imaginação, mas, mais tarde, elas viriam a jurar que tinham sentido uma corrente fluir através de seu circuito humano, partilhando e amplificando seus próprios dons latentes.

"Todas juntas", pediu Helena, e elas se puseram a entoar:

À mãe eu juro
Solenemente preservar a sagrada irmandade
Seu poder poderei exercer
O segredo deveremos manter
A terra devemos proteger
Inimigo de minha irmã, é meu inimigo
A força é divinal
Nosso elo, perene

Que homem algum venha quebrar
O coven é soberano
Até meu suspiro final.

E todas elas o sabiam de cor. Palavra por palavra.

Na noite seguinte, tiveram permissão para vestir suas capas de veludo preto-azulado pela primeira vez. Tinham cheiro de novas em folha, dos plásticos nos quais estavam embaladas. Como eram longas demais (*para que ainda servissem quando crescerem*), as meninas as ergueram para a bainha não arrastar pela relva conforme subiam a colina de Pendle Hill.[*]

A procissão serpenteou colina acima, até o âmago da densa floresta que sufocava o vale feito uma pele. Cada uma segurava um lampião para iluminar o caminho, mas a trilha irregular, à noite, era uma verdadeira predadora de calcanhares. Com o tempo, os carvalhos foram se abrindo para revelar uma clareira iluminada pela lua, com um rochedo plano no centro. Havia poder naquele lugar, qualquer tolo conseguia sentir.

Era assustador para as meninas, é claro, estar cercada pelas anciãs. Uma centena delas, com os rostos parcialmente ocultos pelos capuzes. Ainda mais assustador era ver todas, uma a uma, se aproximar da placa de pedra para deixar a sua oferenda. Espetavam o polegar com a ponta de um punhal de prata e depositavam uma pequenina pérola vermelha de sangue no caldeirão de teixo. Julia Collins, com seu rosto de matrona espiando por baixo do capuz, convocou as meninas, uma de cada vez. Elas beberam do cálice até seus olhos ficarem pretos e, quando isso aconteceu, ela mergulhou o dedo na tigela de teixo e desenhou a marca do pentagrama em suas jovens testas.

Quando o relógio bateu lúgubre a 1h no longínquo vilarejo, elas deixaram de ser meninas e enfim se tornaram bruxas.

---

[*]   Pendle Hill, no Norte da Inglaterra, é conhecido por um
        famoso julgamento de bruxas, em 1612. (N. T.)

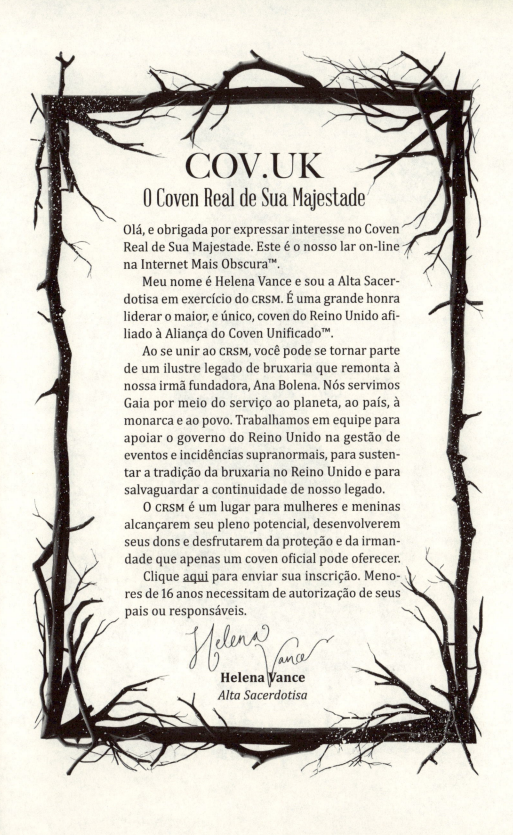

COV.UK
O Coven Real de Sua Majestade

Olá, e obrigada por expressar interesse no Coven Real de Sua Majestade. Este é o nosso lar on-line na Internet Mais Obscura™.

Meu nome é Helena Vance e sou a Alta Sacerdotisa em exercício do CRSM. É uma grande honra liderar o maior, e único, coven do Reino Unido afiliado à Aliança do Coven Unificado™.

Ao se unir ao CRSM, você pode se tornar parte de um ilustre legado de bruxaria que remonta à nossa irmã fundadora, Ana Bolena. Nós servimos Gaia por meio do serviço ao planeta, ao país, à monarca e ao povo. Trabalhamos em equipe para apoiar o governo do Reino Unido na gestão de eventos e incidências supranormais, para sustentar a tradição da bruxaria no Reino Unido e para salvaguardar a continuidade de nosso legado.

O CRSM é um lugar para mulheres e meninas alcançarem seu pleno potencial, desenvolverem seus dons e desfrutarem da proteção e da irmandade que apenas um coven oficial pode oferecer.

Clique aqui para enviar sua inscrição. Menores de 16 anos necessitam de autorização de seus pais ou responsáveis.

Helena Vance
Alta Sacerdotisa

Niamh } CIÊNCIA AVANÇADA

Em seus sonhos, Conrad ainda estava vivo.

Eram cenas breves, banais e domésticas: ela ainda conseguia sentir o cheiro do jantar que ele tinha preparado, e ela estaria lavando a louça quando ele deslizasse os braços ao redor de sua cintura. Sentiria os lábios dele roçando em sua nuca, com *The Archers* baixinho ao fundo. Fragmentos estranhos voltavam a ela: migalhas de torrada caídas sobre a cama no domingo de manhã retornando para assombrá-los ao anoitecer; ela se inclinando sobre ele para olhar pela janela do avião quando estavam prestes a pousar em Dublin; passeios com o cachorro por Hardcastle Crags em uma preguiçosa tarde de sábado; *aquele* cheiro de húmus úmido e alho selvagem.

Outras vezes, ela sonhava apenas que estava escutando sua respiração. Ele sempre adormecia no segundo em que a cabeça tocava o travesseiro, como se tivesse narcolepsia ou algo assim, e Niamh, alguém de sono agitado na melhor das hipóteses, com frequência se fixava em sua maré tranquila para acalmar a mente tagarela.

Naquele momento, ao despertar, ela o procurou, apenas para sentir o lado frio da cama.

Era como cutucar uma ferida o tempo todo.

Por que estou acordada?

Seu celular. Seu celular estava tocando. Ela se lembrou de que estava de plantão. Merda.

Chutou o edredom para longe e afastou um ninho de cabelo castanho-avermelhado do rosto. O celular vibrava na mesa de cabeceira, na tela se lia FAZENDA BARKER. Era 0h53. Ainda era a Hora das Bruxas, pensou ela, com pesar. Uma concepção equivocada bem comum; qualquer hora é ótima para as bruxas.

Niamh limpou a garganta. Sempre achara pouco profissional falar como quem estava dormindo durante o horário de plantão, embora fosse raro alguém ligar tão tarde.

"Alô? Sra. Barker?"

"Ah, olá, dra. Kelly", respondeu Joan, fazendo sua melhor voz de telefone. "Espero não tê-la acordado?"

"De forma alguma", mentiu Niamh. "Tudo bem com a senhora por aí?"

"É Pepper de novo..." Não era necessária nenhuma outra explicação. A égua estava velha. Velha e cansada.

"Chego aí em dez minutos", disse Niamh.

Ela vestiu umas peças de roupa mal combinadas que estavam empilhadas nas costas da cadeira de sua penteadeira e prendeu o cabelo em um rabo de cavalo. Tigre mal se mexeu em seu cesto quando ela passou pela cozinha na ponta dos pés, fazendo apenas um *huff* com o nariz, para expressar sua irritação por ter sido acordado. O border terrier já estava acostumado às suas idas e vindas noturnas.

Fazia frio para uma noite do fim de março, não frio o bastante para uma geada, mas quase. Era uma pena, ela esperava que já pudesse guardar o inverno no armário até o ano seguinte. Enquanto caminhava, enrolou ao redor do pescoço um cachecol, que ganhara de presente de um de seus clientes. Niamh chegou até seu Land Rover e, conferindo o retrovisor, pressionou os olhos com a ponta dos polegares, tentando parecer menos sonolenta. Nem é preciso dizer que não funcionou completamente.

A fazenda dos Barker ficava a um curto trajeto de carro, no outro lado de Hebden Bridge. Niamh poderia fazer o percurso até dormindo, mas achou melhor ligar o rádio bem alto, só por garantia. A estrada que ia da vila de Heptonstall até a cidade de Hebden Bridge era sinuosa, perigosamente íngreme e escorregadia por conta da chuva que havia caído mais cedo. Ela dirigiu com cuidado, deixando as janelas bem abertas para ajudar no seu despertar.

Geralmente efervescente, Hebden Bridge estava silenciosa de um modo quase sinistro. Os pubs, bares e restaurantes haviam fechado havia horas e a Market Street estava escura. Niamh dirigiu até os chalés e velhos moinhos despontarem na vastidão escura de Cragg Vale. No horizonte, a casa da fazenda era a última luz em quilômetros.

Os portões estavam abertos, prontos, e ela fez a curva com o Land Rover para descer a trilha suja e acidentada na direção da escola de equitação. Joan Barker estava à sua espera, com um casaco impermeável por cima do pijama de flanela e as pernas axadrezadas enfiadas em galochas. Niamh desligou o motor e saiu do carro, arrastando consigo a bolsa que trazia no banco do passageiro. "Como ela está, Joan?"

"Ah, dra. Kelly, não está nada bem."

Um pavor familiar tomou seu estômago. "Vamos lá dar uma olhada?"

Assim que chegaram ao estábulo, Niamh não precisou usar nenhuma habilidade arcana para ver que Pepper estava mal. "Ah, querida", disse, ajoelhando-se ao lado da velha égua da raça Cleveland que descansava na palha, respirando de forma superficial.

"Precisa de alguma coisa, doutora?", perguntou Joan.

O melhor seria que Joan ficasse fora do caminho por um tempo. Se ela visse o que estava prestes a acontecer, Niamh teria dificuldade para explicar. "Tenho aqui tudo o que preciso para Pepper, mas a senhora não teria um café preto para mim, teria? Minha hora de dormir já passou faz tempo."

"Claro. Volto em dois palitos." Joan se virou nos calcanhares para retornar à casa da fazenda. É verdade o que dizem sobre as pessoas de Yorkshire: elas farão qualquer coisa por você e a chaleira nunca fica fria.

Quando Joan se afastou, Niamh pousou as mãos sobre o flanco de Pepper. "Ah, pobrezinha, meu doce de menina."

Com os animais, ela não conseguia *ouvir* pensamentos inteiros, do modo como podia fazer com humanos. Pensamentos, assim como a luz e o som, viajavam em ondas, e ela era capaz de sintonizar uma frequência se lhe desse na cabeça, mas os animais se comunicavam de um modo puramente emocional. Naquele exato momento, Niamh sentiu uma fadiga enlutada e uma exaustão completa vinda de Pepper. Em resumo, ela já estava farta. Era como olhar em um espelho e reconhecer isso em seu rosto, em vez de ouvir.

Niamh era muito melhor como senciente do que como curandeira. Ela conseguia localizar um problema, sentir os vermelhos raivosos no corpo de um animal, mas não era talentosa o suficiente para fazê-los irem embora sozinha, como uma curandeira faria. No entanto, ela poderia absorver *parte* da dor, serenar a pobrezinha.

Niamh transmitiu seus pensamentos para a mente da égua com clareza. *Você está aguentando bastante, não está? Relaxe, minha menina; pode ir, agora. Descanse. Você sempre se saiu muito bem, e sempre foi tão boa.*

De Pepper, houve uma última e teimosa investida, uma contração nas patas traseiras. Ela choramingou baixinho. Niamh entendeu. A égua não queria decepcionar sua senhora.

Ah, não vai decepcionar. Joan te ama e não quer que você sofra, né? Pode se recostar e se deixar levar, velha amiga. Não há nada mais para fazer aqui, e Joan tem muita fibra. Ela primeiro vai se abater, mas depois haverá só o amor.

E, com isso, ela sentiu de Pepper um abençoado alívio. Como se tivesse recebido permissão. "Eu posso ajudá-la a ir embora", Niamh disse em voz alta. Ela alcançou seu kit e retirou um frasco de *Repouso Eterno*: um extrato de valeriana e cicuta que Annie a ensinara a fazer pouco depois de se formar. Pepper estava sentindo dor, e isso a aliviaria. Seria como pegar no sono com o aquecedor ligado. Niamh desenroscou a tampa do pequeno frasco marrom. *Abra bem a boca*, ela pediu a Pepper, e a égua obedeceu. Niamh colocou algumas gotas na língua dela. "Muito bem, minha querida." Então, descansou a cabeça na de Pepper e quase pôde ouvir sua gratidão, de tão forte que era.

Joan voltou para o estábulo carregando uma fumegante caneca de café. "Como é que ela está, doutora?"

Niamh se levantou e pegou a bebida. Essa era a pior parte. "Ela está morrendo, sra. Barker. Sinto muito. Esta será a última noite dela."

O lábio de Joan tremulou. "Não há nada que você possa fazer?"

"Eu a deixei confortável, ela não vai sentir dor alguma." Niamh a envolveu com um dos braços e a guiou até a baia de Pepper, "Venha, vamos ficar com ela enquanto adormece. Ela sabe que estamos aqui."

Niamh e a fazendeira se ajoelharam ao lado de Pepper enquanto sua respiração refluía como a chegada da maré baixa.

A CILADA { *Helena*

Havia mais buracos no teto do que em um escorredor. Seu ponto de observação, um depósito abandonado, estava amargamente frio, e Helena se encontrava sobre uma crosta de cocô de pombo desde o nascer do sol. Ela não reclamou; isso não seria aceitável diante das outras. Precisava dar o exemplo, e não tolerava reclamonas.

Em uma organização composta quase inteiramente por mulheres, ela precisava ser bastante diligente para apagar pequenos incêndios de dissidência antes que os sinais de fumaça chegassem aos feiticeiros, ou pior, ao governo. Isso significava que não podia haver fofoca, maledicência e, é claro, lamúrias. O Coven Real de Sua Majestade era forte, impenetrável e unido.

Com frequência, Helena fazia referência ao fundamental discurso de Eva Kovacic na CovCon 18: ela havia falado de modo bastante eloquente sobre como o patriarcado teme, acima de tudo, que as mulheres se unam; de modo que as cisões femininas internas apenas azeitam essa máquina. Desde então, Helena adotara isso como um mantra pessoal.

Ela ergueu os binóculos até o rosto. A rua lá fora estava tranquila, a hora do *rush* se encerrando. Um eventual retardatário, atrasado para o trabalho, passou correndo pelo esconderijo de tijolos aparentes com um café na mão, mas era isso. Helena se virou para Sandhya e, seguindo sua própria crença, conteve a irritação. "Temos *alguma coisa*?"

Sandhya levou os dedos à têmpora e falou, sem pronunciar palavra alguma, com as sencientes que estavam esperando na van lá fora. "Ainda nada, senhora."

Um pássaro fez cocô a cerca de um centímetro de distância dos mocassins Prada de Helena. Ela o sentira passar zunindo diante de seu nariz e dera um passo para trás. Os pombos nas vigas arrulharam em zombaria. "Pelo amor de Gaia", ela esbravejou, virando-se para a jovem oráculo de sua equipe. "Emma, tivemos alguma atualização?"

"Não, senhora. De acordo com as nossas previsões, ele virá hoje." Como muitas das oráculos mais jovens, ela não fazia tentativa alguma de esconder sua calvície com uma peruca, ostentando-a como um símbolo de orgulho. Tudo muito bom, tudo muito bem, mas onde ele estava?

"Você por acaso não chegou a ver nenhuma *hora*? Eu posso dar uma descida pra comprar um croissant?"

"Senhora", interrompeu Sandhya. "Talvez tenhamos achado algo. Há alguém na rua usando um encantamento."

Magia rústica, pensou Helena. Ele teria chegado tão baixo? Se havia se dado ao trabalho de se disfarçar, significava que ele sabia que também estava sendo vigiado. "As sencientes conseguem dizer quem é?" Ela deu mais uma olhada com seus binóculos. Na rua oposta à velha fábrica de chocolates, era mais um dia comum em Manchester. Helena viu uma mulher com um carrinho de bebê, duas mulheres mais velhas com sacolas de mercado abarrotadas, um homem que usava o terno brilhante e a reveladora gravata rosa-salmão característicos de um corretor imobiliário, e alguns estudantes chineses, que deviam estar a caminho de sua primeira aula do dia. Eles estavam a apenas algumas ruas da Universidade Metropolitana de Manchester.

"Estão dando um jeito nisso", afirmou Sandhya, tocando a têmpora outra vez. Helena desejou que ela não fizesse isso, porque além de ser um gesto muito irritante, sencientes não precisavam cutucar o rosto para transmitir mensagens. A assistente só agia assim para sinalizar à *Helena* que estava trabalhando, mas tudo o que conseguia era dar a impressão da chegada de uma enxaqueca.

Helena observou a rua outra vez. Um dos alunos — um jovem de cabelo descolorido — se deixou afastar um pouco do grupo enquanto jogava no celular. Ele parecia matéria-prima pré-adolescente para uma das bandas de k-pop das quais sua filha gostava. Estava com o grupo? Ou tentava se perder na multidão?

O garoto se deteve, olhando diretamente para a casa geminada comum que elas estavam defendendo naquela manhã. Depois de um instante, olhou por cima do ombro e voltou a mirar o esconderijo. Ele *não* estava com os outros.

"É ele", constatou Helena, jogando o binóculo para uma de suas auxiliares. Às vezes não é necessário ser vidente, só observadora. "O moleque de cabelo descolorido. Mobilizem-se e ocultem a rua inteira."

Flexionando os dedos, Helena impeliu o ar da sala para a frente, lançando os últimos cacos de vidro que restavam nos caixilhos das janelas. Ela intumesceu um colchão de ar sob seus pés, permitindo que ele a erguesse e a carregasse para fora, pela saída que havia criado. *Não* deixaria Travis Smythe escapar outra vez. Esperava por esse ajuste de contas há um longo tempo.

Seu coração disparou, de forma quase vertiginosa.

Não. Ela precisava deixar de lado as vinganças pessoais: isso não era nada profissional.

Quando ela mergulhou na direção da rua, com seu sobretudo ondulando, viu sua equipe saltar da van falsa da transportadora DPD e sair em direção do alvo. Estava certa. No instante em que Smythe viu o que estava acontecendo, abandonou o encantamento e voltou à aparência habitual: flexível e magricelo, com dreadlocks que iam quase até a cintura.

Ele acertou primeiro a equipe de interceptação e, com um balançar de pulso, jogou um carro estacionado em três das bruxas. Disparou no ar na direção delas. Havia ficado mais poderoso desde a guerra. Por sorte, a telecinese de Jen Yamato era *mais* poderosa e, com a mente, ela deteve o veículo em pleno ar antes que ele as atingisse. Ela sustentou o carro, um Fiesta, no alto, permitindo que Robyn e Clare pudessem se abaixar e rolar por debaixo dele. Mais uma vez usando seus poderes, Smythe tirou Clare do chão, lançando-a contra os degraus do esconderijo. Ela caiu com um grito dolorido.

Por trás dele, próximo ao fim da rua, Helena pousou com graça. Pedestres fortuitos passavam com tranquilidade, cegos para o que estava acontecendo. Era evidente que o feitiço de ocultamento de Sandhya estava funcionando. Tecnicamente, não eram *invisíveis*, mas os mundanos não os viam. A senciente, bem acima deles, estava implantando uma instrução bastante simples em suas mentes, de forma contínua: *não há nada para ver aqui*. "Desista, Smythe", Helena vociferou. "Nós o cercamos. Acabou pra você."

Ao mesmo tempo, ela canalizava o máximo de vento que podia. Logo, um vendaval gélido despencou sobre a Bombay Street. "Vá se foder, Vance!", gritou Smythe contra o vento, cambaleando para trás.

"Por que você viria até aqui? Bem debaixo do nosso nariz?" Helena manipulava seu campo com habilidade, aumentando a carga dos íons no ar. Uma tempestade se formou na ponta de seus dedos.

Smythe tirou o carro do domínio de Jen e o atirou por sobre a sua cabeça em um arco, na direção de Helena. Ela disparou um recém-criado relâmpago, fazendo uma centena de milhões de volts fluirem de suas mãos para o triste e pequenino Fiesta. O carro explodiu ao seu redor, mas ela nada sentiu. Então, Helena resfriou o ar que a circundava até ficar congelante, criando um casulo de segurança para si mesma. Atravessando o fogo como se não fosse nada, ela viu Smythe estremecer. Também havia ficado mais poderosa desde a guerra.

Ele se preparou para fugir, mas Robyn interveio. "Fique onde está", ela ordenou com calma, e ele congelou, como se seus pés tivessem sido grudados no asfalto com supercola. Ela era uma senciente de Nível 4 e ele, só um homem.

"Saia da minha cabeça, sua puta", rosnou Smythe.

"Eu não gosto dessa palavra", retrucou Helena, agarrando seu flanco. Ela tornou o ar ao seu redor carregado de novo, só por garantia. Robyn não conseguiria conter um outro senciente por muito tempo, mesmo que fosse um homem. "*Por que* você voltou, Travis? Poderia ter ficado escondido na Itália, pelo resto de sua vida patética." Bolonha estava ganhando uma reputação e tanto como um viveiro de dissidência, um ponto focal para a crescente inquietação que atravessava a Europa.

Mais ou menos a cada década, uma bruxa ou — o que era mais provável — um feiticeiro tinha a brilhante ideia de se levantar contra seus opressores mundanos, como se fossem os primeiros a pensar isso. Helena examinou a si mesma. Ainda era aceitável chamar os mundanos de HAL? *Humanos de Aptidão Limitada.* Ela se recordava de Neve lhe dizendo que tal acrônimo agora era politicamente incorreto. Os mundanos têm diversas aptidões, afinal de contas, embora não muito interessantes.

O coven estava ciente de bolsões de descontentamento latente ao longo do Leste Europeu, da Rússia, mas ninguém estava com pressa para reprisar a guerra civil de Dabney Hale. E agora que tinha sob custódia o cúmplice mais cruel de Hale, ela esperava que isso transmitisse uma mensagem para qualquer um que pensasse em botar lenha na fogueira. Smythe tinha muito sangue bruxo em suas mãos. Merecia as Chaminés pelo que havia feito.

"Estou esperando", sibilou Helena, a eletricidade azulada crepitando entre seus dedos.

"Você sabe por que eu vim..."

Ela lançou um severo olhar de relance na direção do esconderijo. "Ela?"

"Ela."

Helena riu. Não conseguiu evitar. "Tolo. Acha que ela teria feito o mesmo?"

Os olhos cor de âmbar de Smythe fervilharam, queimando de ódio. Ele estava prestes a responder, mas Helena levou a mão ao bolso do casaco e soprou um pouco de *Senhor dos Sonhos* em seu rosto. Pensando bem, não havia nada que ele pudesse dizer que ela quisesse ouvir. Ele aspirou o pó rosado e, um segundo depois, seus olhos se reviravam. Robyn o libertou e ele desabou no chão.

Ela estava em silêncio, impressionada com o quanto havia se contido. Teria sido justo e razoável que o queimasse vivo pelo que ele havia feito. Hale tinha dado as ordens, porém Smythe, e outros como ele, as havia cumprido de bom grado.

Em vez disso, Helena foi ver como estava a pobre Clare, que levara um golpe e tanto. A colega já tinha lhe ajudado a sair da sarjeta, com a dignidade mais ferida do que o corpo. Satisfeita por ver que ela estava bem, Helena distribuiu instruções à subequipe: "Prendam-no, tragam a equipe de limpeza e localizem o dono do veículo para um reembolso". Ela apontou com a cabeça para a casa geminada. "Vou dar uma olhada na Bela Adormecida e, depois, acho que farei uma visita a Hebden Bridge, pois já passou da hora..."

Com um movimento de dedos, Jen ergueu o corpo de Smythe, tal qual um peixe flácido, flutuando-o em direção à van. Helena cobriu o rosto contra a fumaça espessa que subia ondulando dos destroços. Ela ergueu as duas mãos sobre o fogo e ele se extinguiu em um instante.

Travis Smythe acorrentado antes das 10h. Em qualquer outra semana, isso seria motivo de grande celebração; mas, infelizmente, aquele rato era o menor dos problemas.

Como Alta Sacerdotisa, nunca havia existido contratempo que ela não pudesse resolver. Se grande parte de seu trabalho consistia em um jogo de malabarismo, ela havia mantido a maioria das bolas no ar durante anos. No entanto, aquilo era algo novo e preocupante, e ela odiava admitir, mas precisava de ajuda. Precisava de Niamh.

O OUTRO COVEN { *Leonie*

Meu amor, bom dia, flor do dia.

As palavras de Chinara foram abrindo caminho pelas camadas mais profundas do sono de Leonie. Ela estava tendo o mais maravilhoso dos sonhos: um feriado na Jamaica, só para garotas, com Rihanna. O contentamento absoluto de oito horas de sono, mas que, ao despertar, escorreu por entre seus dedos. Se foi, tal qual poeira no vento seco. Que frustrante.

Leonie se espreguiçou na diagonal da grande cama e, com relutância, se uniu à manhã. A luz branca e celestial era filtrada pelas venezianas, o dia estava cheio de promessas primaveris. O estilo que elas estavam experimentando envolvia toda aquela ideia do minimalismo: roupas de cama brancas, piso branco rústico, orquídeas brancas, tudo branco. Até então, tinha sido difícil pra caralho manter tudo limpo e arrumado.

Chinara se ajoelhou em cima do edredom e se inclinou para um beijo. "Tá na hora de acordar, dorminhoca."

"Que horas são?"

"Já é tarde. Eu já fui pra academia."

"Claro que já." Leonie se sentou e tirou a touca, libertando o cabelo. Ela não devia ter ficado *tão* bêbada na noite anterior, pois havia se lembrado de colocá-la. Olhou para o relógio: eram apenas 9h30. *Tarde?* Bruxas não são, em teoria, pessoas noturnas? Sua língua parecia um carpete.

"A noite foi boa?", perguntou Chinara, tirando o top esportivo num meneio sem esforço — um feito que Leonie nunca conseguiu realizar. A namorada estava *em forma*, o corpo era rijo feito o couro de um tambor, a pele cintilava com gotas de suor. Algo roncou na barriga de Leonie e ela não sabia dizer se estava com tesão, com fome ou com náuseas.

"Bingo das Drags e doses de tequila em Brixton." Leonie sentiu que essa era toda a explicação que se fazia necessária. Com certeza a dor de cabeça começaria a qualquer minuto. Chinara era adepta da escola de pensamento das vitaminas verdes, da dieta paleolítica e do *meu corpo é um templo*: raramente bebia, mas não ligava (muito) que Leonie bebesse.

"Café, amor?"

"Sim." E então ela se lembrou do compromisso. "Ih, não, peraí. Vou me encontrar com meu irmão. Merda. Daqui a, tipo, uma hora. Caralho."

Chinara franziu o cenho. "Radley está em Londres?"

Leonie tentou, de forma consciente, dissipar a névoa da mente. A bebida era um enorme inibidor de seu dom: ela deveria dar uma maneirada. "Pois é. Alguma chatice de feiticeiro. Amor, será que você pode trazer o chuveiro até mim?" Estava brincando, mas não duvidou de que ela *poderia* desviar a água do banheiro, se estivesse motivada.

Com um aceno gentil, Chinara manipulou o ar ao redor de Leonie, erguendo-a para longe do colchão. "Pronto, você está de pé. Melhor assim?"

Leonie riu, sentindo-se segura sob o domínio dela. "Isso é trapaça."

Chinara a fez atravessar o quarto flutuando, leve como uma pena, até seus braços. Trocaram um beijo terno, embora Leonie ficasse apavorada só de pensar em como estaria seu hálito: deveria estar cheirando a cocô de gato ou algo assim. Isso a lembrou: a gata precisava tomar a porra do vermífugo. Ela tinha ainda que contratar uma nova assistente com urgência. A última tinha ido "viajar", aquela puta egoísta.

"Vai logo pro chuveiro, gostosa." Chinara deu-lhe um tapa na bunda. Leonie já tinha atravessado a porta do quarto quando a namorada a chamou de volta. "Ah, Lê, talvez queira dar uma olhada no grupo da Diáspora."

Ela olhou para trás. "O que foi?"

"A Bri disse que tem alguma coisa acontecendo no CRSM."

As visões de Bri eram infalíveis. A ressaca de Leonie, que era como um duendezinho escroto da paralisia do sono acocorado em seu cérebro, não precisava de uma merda dessas. "O quê?"

A namorada balançou a cabeça. "Algo grande."

O CRSM QUE SE FODA.

Chinara deu um risinho, escutando-a alto e claro.

Sabrina, mais conhecida como Bri, estava inacessível. Leonie havia mandado mensagens para ela ao tomar a linha 68 do ônibus, ao mesmo tempo em que cobria o nariz para bloquear o odor rançoso de algum outro passageiro. Ou talvez fosse o próprio ônibus que fedesse a chorume. Nos ônibus de Londres, era difícil dizer. Ela enrolou um cigarrinho no colo, desejando que o trânsito andasse mais rápido.

Acontece que Bri havia pressentido que as oráculos do CRSM, em Manchester, estavam fazendo tempestade em copo d'água. O que não era novidade. Era por isso que Leonie gostava de trabalhar com uma única oráculo ali, em Londres. As garotas do CRSM enervavam umas às outras, como galinhas de granja cacarejando por nada. Havia uma profecia diferente semana sim, semana não. Leonie estava inclinada a pensar que sim, o mundo está gritantemente fodido, e não é preciso de vinte oráculos para nos dizer isso, queridinha.

Quando o ônibus encostou, Radley estava esperando em frente à piscina pública do parque Brockwell. O local acabara de ser reaberto para a estação, e alguns nadadores estavam sendo corajosos o bastante para dar um mergulho. "Desculpe pelo atraso", ela disse, fazendo um estardalhaço ao correr os últimos metros para cumprimentá-lo.

"Tudo bem", respondeu ele, quase sorrindo. "Sempre digo pra você chegar quinze minutos antes da hora que eu realmente quero que chegue."

"Olha o veneno", brincou Leonie, abraçando o irmão caçula. "Radley... você tá ficando grisalho?" Ela cutucou alguns fios prateados em sua barba bem-cuidada.

Ele afastou a mão dela com um tapa. "Obrigado por reparar nisso. Bom te ver também."

Ela riu, o cigarro pendurado entre os lábios. Deusas, como ele era quadrado, rígido, como se tivesse deixado todos os suportes de papelão na camisa antes de vesti-la. Como eles podiam ter saído dos mesmos genes? "Vem cá, preciso de um café ou vou ser aquela escrota nojenta vomitando numa lata no meio da rua."

Eles foram caminhando até a cafeteria do Brockwell Hall pelo parque, que, por coincidência, estava no auge da estação das campânulas. Lá, pegaram seus cafés e então seguiram até a lagoa para alimentar os patos. Um saco de alpiste por 50 pence. Uma barganha.

Eles se demoraram nas fofocas mundanas de família: a tia Louisa agora estava em total remissão, o que era bom (embora ela tenha tratado a mãe deles feito um capacho) e o primo Nick estava correndo o risco de passar um tempo na cadeia por causa de fraude no seguro. Coisas fascinantes. Sua mãe era um dos cinco irmãos Bajan, então sempre havia muito material com o qual trabalhar. Todas as novidades, é claro, chegavam através dela, alegremente abrigada em seu flat em Leeds. Chapel Allerton, que era conhecida como a "Notting Hill do Norte", de acordo com os corretores imobiliários, era repleta de cafés graciosos e mercearias orgânicas, bem diferente do distrito no qual haviam crescido.

As duas crianças Jackman haviam herdado da mãe a ética no trabalho. Para escapar daquele distrito, ela fizera faxina em escritórios, trabalhara como costureira e como babá, até que se firmara em uma função administrativa no Banco Yorkshire. Ainda trabalhava lá, esperando a aposentadoria ou a demissão: o que viesse primeiro.

Esther Jackman não fingia entender o *estilo de vida* deles, como ela chamava, mas sempre perguntava sobre seus respectivos covens.

Conforme caminhavam, nenhum dos dois mencionou o pai. Por que o fariam? Hoje em dia, ele mal era uma lembrança. E teria sorte se fosse uma nota de rodapé nos livros de memórias dos filhos.

Leonie observou um pato-real mergulhar para o fundo da lagoa, com o traseiro branco reluzindo. Achou histericamente engraçado. Deusas, ela devia mesmo estar de ressaca. As folhas filtravam o sol cor de baunilha, dando, de algum modo, uma cor de ervilha amassada à água espessa de algas. Ela e Rad sentaram-se lado a lado em um banco, em um silêncio confortável, enquanto ele conferia seus e-mails. "Desculpe", disse ele. "Coisa de trabalho."

Ela decidiu morder a isca. "Continua, então. Como é que vai a cabala?"

"Oficialmente, todos os assuntos relativos à cabala são confidenciais, mas, cá entre nós, muito bem, obrigado."

Leonie fez uma careta. "Deusas, você fala igualzinho a alguém do Partido Conservador, cara."

"Pelo contrário, a Cabala dos Feiticeiros é bipartidária."

"Ah, relaxa aí!", ela riu. "Sou eu. E não estou usando um grampo."

Ele se sentou ainda mais empertigado, se é que isso era possível. "Você teria a liberdade de falar comigo a respeito do seu covenzinho?"

Por que ele não podia apenas ser o irmão dela? Ele nunca tirava um dia de folga? "Sim! Eu te conto tudo que você quiser saber! Você sabe, é por isso que ninguém aguenta mais essas babaquices, Rad. As suas *e* as do CRSM. É tudo um show de ilusões o tempo todo. Literalmente! Tipo, por quê? Qual é o sentido? Além disso, irmãozinho, por gentileza, evite fazer a merda de chamar o trabalho da minha vida de *covenzinho*. Misoginia preta: dê uma pesquisada."

Ele sorriu, matreiro. "Opa, agora pisei num calo."

Leonie se amuou por um instante. Um coven deveria ser uma comunidade, não um clube soberbo e exclusivo. Não havia necessidade de tantas firulas, de todo esse mistério.

"Desculpa." Ele recuou. "O que você fez com a Diáspora é muito impressionante. Tudo mundo concorda."

"Ah, eu sei", devolveu com um sorriso travesso. "Você poderia entrar nela, sabia? Diferente de *certas* organizações que não me darei ao trabalho de citar, somos inclusivos tanto com bruxas quanto com feiticeiros não brancos."

"Leonie..."

Ela se virou, de modo que se sentassem cara a cara. Também havia falado sério. Antes de serem enviados a lares diferentes para seus treinamentos, eles eram unha e carne. Ele tinha sido um verdadeiro grude quando eram crianças. Talvez tenha sido o número de desaparecimento do pai deles, ou porque não houvesse muitas crianças mestiças na propriedade de Belle Isle naquela época, mas eles eram mais próximos que a maioria. Um dia, Leonie soltou um paralelepípedo na cabeça de Gavin Lee porque ele tinha chamado Radley de fresco. Gavin precisou levar três pontos no couro cabeludo e, no fim das contas, foi Leonie quem acabou se revelando *queer*.* "Não, escuta! Seria daora. Eu poderia ser, tipo, o rosto da revolução e você fazer toda a burocracia e ir às reuniões chatas e essas merdas. A gente ia ser uma dupla tão incrível!"

Dessa vez, ele riu com gosto. "Por mais tentador que *isso* pareça, eu finalmente consegui colocar a cabala nos eixos outra vez. Ela agora é algo do qual podemos nos orgulhar de novo." Havia uma boa dose de vergonha na voz dele. Dabney Hale, em seu disfarce de Alto Sacerdote, havia usado a cabala como um cavalo de Troia para sua ascensão. Após a guerra, Helena quis debandar toda a unidade.

Não foi sua culpa, Rad.

"Eu sei." Ele a bloqueou de seus pensamentos de imediato. Encheu a cabeça com memórias do pai. Uma jogada hostil, para não dizer babaca.

"Radley..."

"Por favor, fique fora da minha cabeça, isso não é justo." O irmão era um curandeiro de Nível 2, mas sua verdadeira força repousava em sua meticulosa e infinita paciência, traços que faltavam nela. Ele continuou a conferir as mensagens, ignorando os botões de flor, os patos e as abelhas. "Sinceramente, consegui me estabilizar na cabala. E um pouco de apoio seria bem-vindo, Leonie. Primeiro líder preto, o líder mais jovem de todos os tempos..."

"Eu estou orgulhosa", afirmou Leonie com calma. E estava. Dos dois. Tinham se saído muito bem para um par de bebês mestiços de uma família desfeita de Leeds. Ela estendeu a mão para a bolsa em busca de

---

* Termo que, antigamente, descrevia apenas pessoas homossexuais, com conotação pejorativa. Mais recentemente, foi apropriado pela comunidade LGBTQIA+ e hoje é um termo guarda-chuva, usado para denominar qualquer pessoa fora do espectro da heterossexualidade e da cisgeneridade. (N. T.)

sua lata de tabaco. Sentia os pulmões carregados da noite anterior. Havia cedido e comprado uma carteira de Marlboro, o que sempre tinha um custo no dia seguinte.

"Posso realizar mais mudanças de dentro da cabala do que posso de... ah, tá de brincadeira!", ele explodiu no meio da frase, fazendo uma família de patos sair correndo em busca de abrigo.

"Você assustou os patos, seu otário!", esbravejou Leonie. "Qual foi? Você podia botar esse troço em modo avião, que tal? Vai acabar com câncer no dedo, ou uma merda dessas."

"Inacreditável!" Ele bateu com o celular no banco. "Preciso ir embora."

O interesse dela foi despertado. Era difícil irritar o irmão. Ela já havia tentado vezes o suficiente. "O que foi?"

Radley cerrou os dentes com tanta força que a veia em seu pescoço pulsou. Ele devia ter dores de cabeça horrorosas, pensou Leonie. Por um instante, achou que ele fosse dizer que era confidencial, mas estava aborrecido o suficiente para desembuchar. "A cretina da Helena Vance."

"Ih, rapaz. O que foi, agora?"

"Acabamos de saber. Travis Smythe foi detido."

Foi a vez de Leonie ficar abalada. As últimas teias de aranha de sua ressaca foram sopradas para longe. Era essa a encrenca que Bri pressentira? Aquilo era algo grande, especialmente para Helena. Leonie estivera nas Inundações de Somerset,* visto os corpos flácidos flutuando na água. Estava bem ao lado de Helena quando ela se deu conta de que um dos corpos era de Stefan. Enquanto ela vivesse, nunca esqueceria seu uivo dolorido; o rosto contorcido; o modo como ela havia desabado. "Ah, nossa... Ok. Bem, isso é algo bom, não é?"

As narinas de Radley inflaram. "Ele traiu seu juramento à Cabala dos Feiticeiros, ele era *nossa* jurisdição." Ele levou o celular ao ouvido e disse a ela, "Preciso ir para Manchester. Preciso acompanhar isso."

Leonie também se levantou. "Radley, espera aí. Não tem importância. Pensa só. Ele é, tipo, o último traidor a ser capturado... *acabou*."

---

*   O condado de Somerset, no Sudoeste da Inglaterra, de fato
     sofreu inundações após fortes chuvas em 2014. (N. T.)

Radley falou ao celular: "Aqui é Jackman. Pode providenciar um teleporte de volta ao escritório imediatamente, por favor? Obrigado".

Leonie puxou a manga da camisa dele. "Rad. A guerra acabou."

Ele olhou para ela, severo. "Mas a luta continua."

Antes que pudesse dizer qualquer outra palavra, o irmão se dissolveu em grãos de poeira, espalhados na brisa. Leonie foi deixada sozinha com os patos.

CONVIDADOS INESPERADOS { *Niamh*

Elle parecia aflita: as bochechas estavam rosadas e ela se abanava com o cardápio. Niamh, chegando com seus costumeiros dez minutos de atraso, entrou apressada no Capa de Chaleira e se desculpou, tomando seu lugar à mesa.

"Tudo bem", disse Elle. "Hoje está sendo um dia *daqueles* e ainda nem são 11h." Naquela manhã, ela não estava com a aparência imaculada de sempre; o cabelo estava torcido em um coque bagunçado nada característico.

Niamh também se sentia meio fora do prumo. No fim, só deixara a fazenda dos Barker por volta das 3h. Era uma daquelas manhãs diáfanas e viscosas, em que não é possível ter certeza se de fato acordou.

"Quer saber? Eu vou tomar o café da manhã inglês completo e ninguém pode me julgar", disse Elle.

"É justo", concedeu Niamh, passando os olhos pelo cardápio, embora sempre comesse a mesma coisa: abacate no pão de massa azeda. Nada original, é verdade, mas ela conseguira convencer a si mesma de que lhe fazia bem porque era verde.

Hebden Bridge abraçara a cultura "gourmet" com todas as forças. Em seus pensamentos, Niamh se indignava com o rótulo, mas sem dúvida gostava de todas as guloseimas. Duas vezes por semana, havia uma feira de produtores bastante agitada na praça de Saint George, e só os churros já valiam a ida até lá. Quando não tinha feira, a praça abrigava cafés o bastante para permitir visitas a um diferente em cada dia da semana: colheres engorduradas, padarias descoladas com lâmpadas Edison e jeitosos salões de chá com bandeirolas xadrezes. O Capa de Chaleira, que ficava logo após a ponte da Market Street, era o favorito de Niamh: decorado com enfeites de parede em *tie-dye*; prateleiras com livros em brochura bem folheados; e uma coleção de vinil com bastante Kate Bush, Fleetwood Mac e Blondie. A comida era conhecidamente "rústica", bem no ponto certo na escala de pretensão.

"E aí, qual é o problema? Você me deixou no suspense, gata." Elle havia mandado uma mensagem na noite anterior perguntando se ela estava livre para o *brunch*. Elas tentavam se encontrar a cada duas semanas, quando a vida não cagava tudo pelo caminho, mas dessa vez Niamh sentira a força da angústia da velha amiga. Pôde senti-la já na metade do caminho, quando ia descendo a rua, emanando dela em pulsantes ondas turvas.

Elle deu um suspiro profundo e bebericou sua água. "Não quero te bombardear logo de cara", ela disse, meiga. "Tome um café primeiro. Você pode precisar."

Niamh estendeu a mão por sobre a mesa e tomou a de Elle. "O que foi, meu bem?"

"Qual é a pior coisa que poderia acontecer?"

Niamh sentiu seu coração se apertar. "*Demônios*?", ela sussurrou.

Os olhos azuis de Elle se arregalaram. "Ah, não! Isso não! É a Holly..."

Niamh recalibrou o catastrofômetro interno. "Ah, entendi..." A garçonete foi até a mesa, e elas suspenderam a conversa por um instante para fazer o pedido. "Então, continue..."

Elle balançou a cabeça, melancólica, e a ficha de Niamh caiu. Era o dia que vinha apavorando a amiga havia quase quinze anos. "Começou."

Niamh não precisava perguntar o quê. Ela se inclinou para a frente e baixou o tom da voz. Era cedo demais para a temporada turística e o café estava quase lotado da turma de mamães saradas pós-pilates... eram todas mundanas, até onde Niamh podia dizer, olhando por alto. "Bom, sempre soubemos que isso poderia acontecer... cinquenta por cento de chance, para ser exata, se uma bruxa tem um filho com um mundano."

"Eu sei", suspirou Elle. "Mas quando Milo *não foi,* presumi que aconteceria o mesmo com a Holly. Achei que tinha me livrado dessa."

Niamh escolheu não se lançar em uma crítica a esse ponto de vista. Se alguma vez ela já viu bruxafobia internalizada, ali estava. Ela não encarava sua ancestralidade como algo a se livrar. Claro, a vida às vezes era complicada... mas, se houvesse uma cura mágica, não escolheria ficar sem seus poderes. "Como você sabe? O que ela pode fazer?"

Os cafés chegaram e elas caíram num silêncio artificial outra vez. Só os céus sabiam o que a garçonete achava que elas estavam discutindo. "Acho que ela pode ser uma senciente", admitiu Elle. "Às vezes, ela sabe o que algum de nós está pensando, mesmo quando ninguém disse nada e..." Sua voz sumiu.

"E o quê?"

"Ah, Niamh, isso é tão constrangedor. Promete que não vai me julgar?"

Niamh sorriu. "Nem por essas linguiças no café da manhã, nem por nenhuma outra coisa."

"Ela consegue...", Elle pausou, "... enxergar por trás do meu encantamento."

Niamh a encarou com uma expressão intrigada. "E que encantamento seria esse?"

Elle não conseguiu olhá-la nos olhos. "O de sempre... só um feitiçozinho para que o Jez me veja um pouco mais magra... um pouco mais jovem... um pouco mais loira..."

O queixo de Niamh despencou. "Elle Pearson!"

"Você disse que não ia me julgar!"

"Eu menti, pode se considerar julgada! Esse é um uso ultrajante dos seus talentos, como você sabe muito bem."

"Ah, todo mundo faz isso."

"Eu não faria."

"Você parece uma supermodelo."

Niamh deu um muxoxo alto. "Nem de longe!" O volume de suas vozes havia aumentado aos poucos, e elas as contiveram. "Não acredito que está *lançando feitiços* no seu marido", ela sussurrou. Niamh não era a maior fã de Jez Pearson, para usar um eufemismo, mas ele era mundano, e Elle usar seus poderes nele era terreno proibido.

"Podemos nos manter no assunto?", pediu Elle. "Minha filha consegue enxergar por trás do feitiço."

Niamh mordeu a língua. Tinha muito o que dizer a Elle em relação ao marido dela, mas não era o momento. Ela podia sentir muito bem o quanto a amiga estava tensa. "Tá, começa pelo começo. Como você sabe?"

"Dia desses, eu mencionei de passagem que vestia tamanho 40. Ela me olhou de cima a baixo e disse, *Mamãe, você não veste 40*. Aquela vaquinha. Ela tem razão, não visto, mas não era pra ela ver."

Niamh quis agarrar Elle pelos ombros e sacudi-la até que seu juízo voltasse. Elle Pearson era *linda*, era mesmo, linda o bastante para ser *moça do tempo* ou *aeromoça*. Como ela ousava se ter em tão baixa conta? "Se não estivéssemos em um café, eu ia enfiar juízo em você no tapa, Pearson. Você é deslumbrante vestindo qualquer tamanho, sua maluca." Elle não pareceu convencida. "A Holly sabe o que ela é?"

"Não", respondeu Elle, o peso do mundo a esmagando contra a cadeira. "Eu tenho que contar, tirar o curativo de uma vez."

"Elle, você precisa dizer a ela quem ela é. E rápido. É muito assustador quando a gente não sabe." Dizem que nas meninas, os poderes *geralmente* começam a se manifestar por volta da primeira menstruação, embora os dela tenham aflorado muito antes disso. Fazia algum tempo que Niamh não via Holly, mas da última vez, achou ter notado aquela sutil mudança de menina em direção a mulher.

"Eu sei, eu sei. Era por isso que eu queria te ver. Se eu contasse a alguém, não teria como voltar atrás, e eu precisava de um empurrão. Vou contar hoje à noite", ela declarou. "Bom, agora perdi o apetite."

Niamh amava Elle Pearson, antes conhecida pelo sobrenome Device, com toda a força de seu coração. Do velho grupo, ela era a mais fácil de entender. Uma mulher simples que queria coisas simples. E havia conseguido, em sua maioria: belo marido; filhos angelicais; emprego de meio período como enfermeira comunitária. Por mais fora do comum que fosse, nunca tinha passado um período no CRSM, apenas ajudado durante a guerra por um tempo. Para todos os propósitos e intuitos, ela era bruxa só no nome. E que nome. As mulheres Device haviam sido mortas nos julgamentos. E agora esse legado se perpetuaria em Holly.

Talvez o prestígio da família fosse o que fazia com que as escolhas de Elle nunca tivessem caído muito bem a Niamh. Por todo o segredo e a vergonha de ser quem era, ela a julgava um pouco. E julgava a si mesma por julgá-la.

Decidiu fazer uma pergunta cabeluda. "Vai contar a Jez e Milo também?"

Elle a olhou de volta como se ela fosse louca. "Quê? Não. Por quê?"

Niamh inclinou a cabeça, não precisando dizer nada.

"Que foi? Vou chegar no meu marido e dizer, depois de quase dezoito anos de casamento: *adivinha só, eu sou uma bruxa e menti sobre isso por todo esse tempo?*"

"Bom, agora você está pedindo a Holly que minta também."

"Niamh, não. Já estou me sentindo péssima."

"Você preferia que eu só te dissesse o que você quer escutar?"

Elle esboçou um sorriso, mas se amuou. "Se eu quisesse sincericídio, teria chamado a Helena."

Niamh riu com gosto. "Verdade. Você devia ter um pouco mais de fé em Jez. Conrad entendeu." À menção do nome dele, seu coração murchou feito um balão velho. Ela estava com 20 anos, estudava na Universidade de Dublin, e eles haviam se conhecido em um bar na Rua Grafton. Após um mês inteiro de encontros intensos e juvenis, ela havia "se assumido" para ele. Para sua surpresa, ele recebera a coisa toda com bastante tranquilidade, embora, mais tarde, tenha confessado que, por "bruxa", ele pensara que ela se referia a curtir velas e cristais. O que, verdade fosse dita, ela curtia.

Foi a vez de Elle tomar a mão dela. No mesmo instante, Niamh sentiu parte da tristeza escoar para a amiga curandeira. "Não precisa fazer isso", disse Niamh.

"Mas eu quero", Elle afirmou, ao mesmo tempo em que absorvia a melancolia feito uma esponja. "Conrad era um homem muito especial. Eu morro de amor por Jez, mas, sejamos honestas, ele é um mecânico de Yorkshire. Se soubesse das coisas que sabemos, acho que a cabeça dele explodiria."

Niamh riu outra vez. Se apaixonar por um mundano realmente era uma maldição, embora, é possível que, ainda assim, fosse melhor que se apaixonar por um feiticeiro. Nas noites mais escuras de inverno, ela havia considerado lançar um feitiço em si mesma para desejar mulheres, mas parecia um trabalho pesado demais só para evitar os homens. "Acho que você é quem deveria contar para a Holly", ela disse. "Mas eu ficaria mais do que feliz em fazer um pouco de bruxaria com ela depois da escola."

"Sério, ficaria mesmo?" Elle se empolgou.

"Claro! Com prazer!" Durante aquilo que ela considerou como seu *serviço* no CRSM, após a faculdade, este havia sido o seu papel: trabalhar com bruxas em desenvolvimento e um feiticeiro ocasional. Uma bruxa sem treinamento é uma granada só esperando para ser detonada. As oráculos as previam, então, as enviavam para serem orientadas por bruxas mais velhas, como ela.

Se houvesse mais delas, algum tipo de escola ou academia poderia ser a saída adequada, mas, ao longo dos últimos cem anos, os números continuaram a minguar. Diversas bruxas não queriam ter filhos; algumas se apaixonavam por mundanos; e *ninguém*, com exceção de umas poucas dementes "Bruxas Conservadoras" de direita, a maioria delas nos Estados Unidos, queria policiar com quem as bruxas podiam ou não fazer filhos. Havia, é claro, bruxas como Leonie, em quem o dom reemergia após ter ficado dormente por gerações, mas garotas como ela podiam ser contadas nos dedos de uma das mãos.

"Você salvou minha vida, muito obrigada", Elle exclamou assim que a comida chegou. Elas a devoraram e a conversa passou para assuntos mais comuns. "Quais são seus planos para o dia de folga?"

"Um monte de nada. Uma faxina de leve: a entrega do orgânicos está marcada para as 13h..."

"Ah, é mesmo?", interrompeu Elle, com um brilho malicioso nos olhos. "E essa entrega vai ser feita pelo Luke?"

"Talvez", disse Niamh. "E se for?"

"Nada. Mas de quantas frutas e vegetais frescos uma mulher pode precisar?"

Niamh sentiu as maçãs do rosto corarem. "Fibra. Faz bem."

Elle riu tanto que fez a mesa balançar.

* * *

Como era o seu único dia de folga da clínica durante aquela semana, Niamh voltou para casa logo após o *brunch* e fez sua meditação diária (bom... diária era o *objetivo*) no jardim do chalé. Como sempre, ela estava nua quando a fez. Não gostava de ter nada entre sua pele, a terra e o ar. Queria sentir a similaridade entre eles.

Árvores, arbustos e uma parede de pedra seca a protegiam do olhar de qualquer andarilho que pudesse acabar passando perto da casa, embora ela sempre pudesse ocultar o jardim, se fosse necessário. O chalé de tecelões do século XVIII, herança de sua avó, era semiescondido pela hera e ficava no topo da vila de Heptonstall, na fronteira de Midgehole.

As pessoas de fora de Yorkshire se referem a essa parte do mundo como "Condado de Brontë", embora, na verdade, elas queiram dizer "ventoso, montanhoso e exposto". Bem no pico do vale, de algum modo, o robusto chalé tinha resistido aos séculos, ainda carregando sobre os ombros o impacto do que as charnecas tinham para jogar sobre ele. Embora a Niamh de 24 anos não pudesse imaginar, de jeito nenhum, que ali fosse onde ela acabaria, aos 34 apreciava bastante a privacidade e a quietude, sem mencionar a vista escarpada. Heptonstall parecia se inclinar de modo quase vertiginoso sobre o vale abaixo.

Niamh ficava contente quando estava no alto, observando a vida lá embaixo do jeito que imaginava que Gaia fazia. Encontrar o doce ponto entre a solidão e a solitude é um talento nessa vida.

Ela sentiu a brisa em sua pele nua e se conectou à fonte. Tudo não passa de um único grande circuito: o poder em seu sangue fora tomado emprestado das raízes, que o tomaram emprestado do solo, que o tomou emprestado da chuva, que o tomou emprestado do ar. O que uma bruxa faz é apenas dobrar esse fluxo à sua vontade. Naquele exato momento, ela sentiu os íons se enxamearem ao seu redor, pulsando através de seus ossos, e então baixarem de volta à terra, de maneira inofensiva. Ela se sentiu renovada, recarregada.

Ela não escutou a campainha, mas ouviu Tigre latindo do lado de dentro da casa. *Senhora. Venha. Urgente. Agora.* Cães, vou te contar... Tudo é sempre sério pra caramba. "Porra", ela exclamou em voz alta, agarrando a camiseta e lutando para enfiá-la pela cabeça. Ela correu na direção da porta dos fundos, entrando em uma calça elástica de yoga. Como temia, Luke já estava se dirigindo à lateral da casa. "Niamh?", ressoou sua voz grave. "Você tá aí? Cheguei um pouco mais cedo."

Ela içou a calça para cima, checando se estava marcando na frente. "Tudo bem! Tô aqui no jardim!"

A figura larga de Luke apareceu por cima do portão, os braços abarrotados com sua colheita. Niamh abriu o portão para deixá-lo entrar. "Cozinha?", ele perguntou, e ela o acompanhou até o interior da casa.

Luke soltou o caixote de madeira com um baque sobre o balcão da cozinha e espanou as mãos, grandes feito uma pata de urso, no avental. "Hoje eu trouxe umas coisas bem fresquinhas: endívias, rabanetes, acelga... ah, e o primeiro ruibarbo do ano também."

"Ótimo, muito obrigada, Luke." Niamh não teve coragem de dizer que ela não era muito de cozinhar e que não sabia o que fazer com metade das coisas que ele levava. Ela se apoiava por completo nas receitas que pegava com Elle. "Como você está?"

"Como sempre, não tenho do que reclamar... parece que o sol tá tentando sair." Seu sotaque de Yorkshire era tão marcado quanto seu peitoral era largo. Niamh gostava de ambos. Ele enfiou as mãos nos bolsos, desajeitado. Ela se sentiu mal: seu desconforto era, ao menos em parte, culpa dela. A conversa deles, antes um alegre bailado, de uma hora para outra tinha passado a ter dois pés esquerdos.

"Semana ocupada?", questionou ela, tentando mantê-lo na cozinha por mais um ou dois minutinhos.

"Pois é, uma loucura." Os olhos dele eram azuis, azuis como o mar em um catálogo de turismo. Ninguém deixaria de notar. "Está uma maluquice, mas por outro lado... eu não deveria me queixar, deveria? Tem muita gente que não está tão bem quanto eu." De acordo com Luke, ele abrira a HortiVerde havia quase três anos, depois de perder um emprego decente no aeroporto de Manchester durante a recessão. Iniciara o negócio por baixo: havia comprado uma van e começado a passar por todas as quitandas de produtos locais e açougueiros, entregando comida orgânica direto na porta das pessoas. Em um lugar como Hebden Bridge, onde todos queriam fazer sua parte, e ser *vistos* fazendo sua parte, o negócio estava prosperando.

Certa vez ela havia tentado explicar os encantos singulares de Hebden Bridge para algumas pessoas do lado irlandês de sua família, porque, sinceramente, não fazia muito sentido. Antes ela era uma pedregosa cidade em Yorkshire, de manufatura têxtil e de gente comum, igual a qualquer outra. A maioria das casas de Hebden Bridge era formada por construções geminadas bem grudadas: pequenas casas de dois andares e quatro cômodos, construídas com arenito lúgubre. Por razões óbvias, não era atraente para os mundanos, embora bruxas tivessem vivido em Dales e em seus arredores, que transbordavam poder, durante séculos.

Durante os anos 1970, de algum modo, a cidade havia se transformado, com uma ajudinha de Ted Hughes, em um refúgio liberal para artistas, músicos, lésbicas e ainda mais bruxas. A antiga casa de Hughes, localizada a poucos metros do chalé de Niamh, era agora um retiro de escritores, enquanto o local do último descanso de Sylvia Plath ficava a cinco minutos na outra direção, no átrio da igreja de São Tomás Becket. As pessoas vinham do mundo todo para ver o local, deixando canetas e lápis em seu túmulo.

Como é comum em tais situações, a área foi sendo gentrificada aos poucos, atraindo londrinos esgotados que desejavam uma fatia daquela torta de boemia. Hoje em dia, nenhum operário têxtil poderia pagar por uma daquelas casas geminadas, e os turistas andavam em bandos pelas ruas de paralelepípedos, buscando um gostinho de tempos que já tinham passado quase por completo. No entanto, ela era cercada por Yorkshire Dales, ao norte, e o Peak District, ao sul; o que era ideal.

Luke agora empregava uma equipe de motoristas e tinha uma frota de vans, mas sempre parecia encontrar tempo para deixar a caixa de orgânicos de Niamh.

Junto à soleira da porta, ele deixou os ombros caírem, como um tipo de ponto de interrogação masculino.

"Posso... hã... te oferecer uma xícara de chá ou coisa assim? Ou...?"

"Tudo bem", ele disse, com os olhos no chão. "É melhor eu ir, ainda tenho mais umas entregas pra fazer hoje." Ela sentiu seu desejo ardente de escapar, parecia quase uma queimadura de sol em sua pele, e isso a deixou triste.

Ele se encaminhou para a porta, mas Niamh o deteve, pousando a mão, com timidez, sobre um bíceps substancial. "Luke, espera", ela disse. "A gente tá de boa, não tá?"

Ele suspirou. "Sim. Sim, claro que a gente tá." Então ele admitiu, seu rosto se tornando rosa: "É que eu me sinto muito idiota...".

Ela sorriu para ele. "Que conversa mais doida. Não tem necessidade. Você me chamou pra sair! E daí? Qual é o drama?"

Ela não era uma adolescente, então não ia se enganar. *Claro* que se sentia atraída por ele. Ele era lindo, tão diferente de Conrad Chen quanto possível, e talvez isso fosse parte do apelo. Conrad era atlético e esguio, com olhos escuros e poeticamente intensos, que mostravam o quanto ele era pateta, enquanto Luke era um homem robusto, parrudo, tal qual um são-bernardo. Ele agora a olhava de volta em expectativa, a expressão desarmada por inteiro. "Estou sem graça. Entendi errado alguns sinais..."

Niamh nunca entendia errado os sinais. Esse era o seu forte. "Não entendeu não, Luke." Ela ocupou a si mesma, desembalando as frutas e as verduras e colocando-as na geladeira, tentando trazer alguma normalidade de volta ao cômodo, mas admitiu. "Houve sinais, sim."

Ele não falou nada por um segundo. "Não sei se isso é pior..." Ele fingiu um riso seco.

Niamh balançou a cabeça. "Eu te acho incrível, acho mesmo, mas..."

"Mas, Conrad?"

Niamh fechou a geladeira e se recostou nela. Ao longo dos anos, tinha lido mentes o suficiente que pensavam: *mas eles nem eram casados de verdade*. Só que isso não fazia diferença para ela. "Eu ainda uso a aliança dele." Por algum tipo de reflexo daquela época, sua mão esquerda disparou para cima feito uma bandeira, exibindo o anel de noivado com orgulho. Ela abaixou logo em seguida, pois não tinha a intenção de esfregá-lo na cara de Luke. "Quer saber de uma coisa, eu vou pôr a chaleira no fogo, porque se você não precisa de um chá, eu preciso. Tenho todos os chás herbais já conhecidos pelo homem, então, pode escolher." Ela ergueu a chaleira do fogão e a encheu de água.

Luke puxou uma cadeira e sentou-se à mesa da cozinha. Ele hesitou. "Eu não deveria dizer o que estou prestes a dizer. É provável que eu banque o babaca, mas já faz oito anos e..."

Ah, a cantiga "é hora de seguir em frente". Era familiar. Já tinha escutado todos os seus remixes. "Eu sei, mas..."

"Não por mim, por você", disse ele, com sinceridade. A força de seu afeto a lavou como a água de um banho. Como ela poderia ignorar aquilo? Como poderia resistir? A luxúria é algo intoxicante, ainda mais vindo de alguém tão atraente quanto Luke Watts. "Não estou dizendo isso por mim, ou talvez esteja, mas tem que ser *alguém*, Niamh. Você é tão... e você... e você merece amor. Não é o que todo mundo merece? Se estou me metendo onde não deveria, sinto muito, mas não acho que Conrad ia querer que você ficasse sozinha."

Era difícil saber o que Conrad ia querer, e esse meio que era todo o problema. Seria fácil demais deixar Luke envolvê-la com seus braços grandes e criar novas lembranças para substituir as dolorosas, mas ela não podia. Esquecer não era certo. "Eu não estou só", ela comentou com sinceridade. "Eu tenho meus amigos, tenho o Tigre, é claro." O border terrier se sentou ao lado dela, coçando a orelha com a pata traseira. "E tenho você."

A única coisa que ela conseguiu foi deixá-lo ainda mais triste. No mesmo instante, desejou não ter dito aquilo. Já fazia algum tempo que ela sabia que ele estava em um padrão de espera, aguardando sua autorização para pousar.

"Tem, sim", disse ele, fingindo contentamento pelo bem dela. "Se vamos ser só amigos, vou fazer com que dê certo. Vou mesmo. Queria não ter dito nada."

"Eu não queria", afirmou Niamh, muito ciente de que já conhecia as suas intenções meses antes de ele criar coragem e convidá-la para sair. Há desvantagens específicas na telepatia.

"Eu deixei as coisas esquisitas."

"Não deixou, eu juro."

Ele esfregou o queixo áspero. "Mas agora, se eu sugerir uma ida ao cinema ou coisa assim, você vai achar que estou te chamando pra sair, *sair*, não só pra ver um filme de terror." Foi assim que tudo havia começado. Elle odiava filmes de terror e Niamh queria assistir *O Bebê de Rosemary* na Picture House, o cinema independente de Hebden Bridge, então havia convidado Luke para ser seu parceiro naquela noite.

"Bom, então, que tal se eu fizer o convite?", ela perguntou. "Vai passar *O Exorcista* na semana que vem. Por que a gente não vai? Como dois amigos adultos que amam filmes brutais?"

A decepção rolou para fora dele com estardalhaço, mas fisicamente, ele se saiu bem. "Amo esse filme. Eu topo."

"Ótimo!" A luz do sol amarelo-calêndula raiou pelas janelas da cozinha e aqueceu uma de suas faces. E se fosse essa a vida dela? Parecia certo, de algum modo, ter Luke ali, curvado sobre a mesa de sua cozinha.

Num primeiro momento, Niamh pensou que estava imaginando coisas, mas farejou o ar e sem dúvida havia uma pitada de enxofre no vento. Os pelos de seus braços se eriçaram. A cozinha pareceu carregada de estática e, dessa vez, não tinha nada a ver com os braços de Luke. Alguém estava prestes a se teleportar.

"Tá", ela exclamou, de repente, "É melhor... hã... eu tenho umas coisas pra fazer. A gente pode deixar esse chá pra outra hora? Mas eu te mando mensagem pra gente combinar o horário do filme."

O cenho de Luke se crispou. Não era o costume dela colocá-lo para fora. "Sim, claro. Está tudo bem?"

No fogão, a chaleira começou a apitar e ela a tirou do fogo. "Não me dei conta de que já estava tão tarde. Peço desculpas por te enxotar assim."

"Tudo bem", ele assentiu, embora parecesse um pouco intrigado, se não magoado. "Até depois, Niamh." Eles se encontraram sob a viga de madeira e ela lhe deu um breve beijo no rosto. Um beijo bastante seguro para uma amizade bastante segura.

Ela o acompanhou até ele sair pelo jardim e se preparou. Segurou o fôlego até o momento em que ele entrou na van e desceu pelo passeio da entrada. Deu a ele um alegre aceno e mentalizou que saísse de vista.

Caralho, como ela poderia explicar alguém aparecendo do nada? Teria que apagar a memória dele e isso não lhe pareceria certo. A van sumiu no horizonte e ela deixou escapar um suspiro de alívio.

Havia feitiços e magias lançados sobre o chalé para impedir que um intruso se teleportasse diretamente para lá, o que sugeria que era algum conhecido... ainda assim, era melhor estar pronta para qualquer situação. Ela se preparou, a mente era afiada feito faca. Se quisesse, poderia separar as moléculas da pessoa antes que ela terminasse de se materializar.

Niamh sentiu íons e energias se deslocarem e pulsarem. O ar pareceu mais próximo, carregado como ficava depois de uma tempestade. Um vento súbito correu pelo gramado, balançando as folhas da macieira e as pétalas dos narcisos. As galinhas cacarejaram e se alvoroçaram, correndo de volta para o viveiro. Um tornado de partículas prateadas e douradas espiralou no centro do jardim, assumindo depressa uma forma humana. Em não mais que alguns segundos, Helena apareceu, vinda do éter. Ela logo estava sólida, e os ventos se dissiparam. Niamh relaxou.

"Ginger!" Helena, que estava vestida com um elegante terninho, avançou a passos largos e puxou Niamh para um abraço apertado. Ela era a cara da riqueza: unhas feitas, maquiagem sutil, nem um centímetro a vista de cabelos voltando a crescer. Helena havia cortado o cabelo desde a última vez em que elas se viram, os fios cor de chocolate agora estavam resvalando em seu colarinho.

"Olha, boa coisa isso não pode ser. O que traz a Posh Spice* a Hebden Bridge?"

Helena passou por ela em direção à cozinha e fez um beicinho. "Não posso fazer uma visita espontânea a uma das minhas amigas mais queridas? Precisamos planejar cada encontro durante meses? Você tem café, meu amor? Estou rodando na reserva do tanque."

---

*   Ginger ("ruiva") e Posh ("elegante", "chique") eram os apelidos de Geri Halliwell e Victoria Beckham quando integravam a banda Spice Girls. (N. T.)

Niamh a seguiu até o interior da casa, perplexa. "Helena!"

"O que foi?"

"*O que foi* nada, madame." Niamh ergueu a chaleira outra vez para devolvê-la ao fogão. Helena foi logo ficando à vontade, pondo o sobretudo nas costas de uma cadeira e tirando os sapatos. "Não vai me dizer que se teleportou pra cá, numa tarde de segunda, pra tomar um café."

Teleporte é um trabalho duro pra caralho. Exige um pequeno exército de elementais, curandeiros e sencientes para garantir que a pessoa não vá acabar como uma salada molecular esparramada no chão. Separar uma pessoa inteira e, então, juntá-la de volta em um lugar diferente é algo avançado. Se fosse brincadeira de criança, Niamh não precisaria de seu carro. Sendo assim, ela desprezava o teleporte. De algum modo, aquilo era ainda menos natural do que voar de avião, e ela também não era muito afeita a isso.

"Não se pode enganar uma telepata, pode? Sim, estou aqui a negócios do CRSM." Niamh apanhou duas canecas no armário e encontrou a prensa francesa embaixo da pia. "Mas também podemos ter um intervalinho para o café, não podemos? Já faz meses. Estava com saudades dessa carinha."

Niamh botou o café na prensa. "Helena... antes mesmo que você comece, eu não trabalho mais para o CRSM."

"Estou totalmente ciente disso. Só quero seus pitacos a respeito de uma questão."

Niamh deu uma rápida mexida no café e o levou até a mesa para decantar. "Tenho minhas dúvidas, não sei por quê... mas continue." Ela se sentou de frente para Helena e aguardou o comando. As coisas eram como eram: por ser mais velha, era ela quem comandava. Havia sido assim quando eram pré-adolescentes e permanecia assim. A única diferença era que agora Helena era a bruxa mais poderosa do *país*, não só da casa na árvore.

Helena exalou o ar antes de se lançar ao assunto. "Primeiro, as boas novas. Prendemos Travis Smythe na manhã de hoje, em Manchester." Ela disse isso com um tom de vitória cauteloso.

Niamh se permitiu assimilar aquilo por um segundo. "Ele estava...?"

"Indo atrás da sua irmã? Sim. Confesso que, de certa forma, nós a usamos como isca. Vazamos a localização dela em Bolonha para desentocá-lo. Funcionou feito mágica." Uma pausa. "Niamh?"

"Ótimo. Que bom", comentou ela, enfim. "Que bom que finalmente o pegaram."

Ela se enrijeceu. "Não foi por falta de tentativa..."

"Eu sei. Helena, *eu sei*. Não foi isso que eu quis dizer." Travis Smythe podia não ter matado o marido de Helena com as próprias mãos, mas foi *ele* quem dera a ordem.

"Achei que deveria saber. Ciara está sã e salva."

Toda vez que ela ouvia o nome da irmã era mais um golpe do açoite. Os anos transcorridos não tornavam esse ponto menos sensível nem menos doloroso. "Alguma mudança?"

"Nenhuma."

Niamh assentiu e serviu o café.

"Já faz um tempo desde que você a visitou", afirmou Helena.

Niamh olhou a amiga mais antiga nos olhos. "Eu sei. Eu... depois de todos esses anos, não sei mais o que dizer a ela."

Helena bebericou de sua caneca. "Ela está lá, Niamh. Sabe quando você a visita, eu acredito nisso de verdade. Você poderia guiá-la de volta..."

Niamh se levantou de repente para apanhar uma lata de biscoitos, porque ela sabia, assim como Helena, que seria mais seguro para o mundo inteiro que Ciara permanecesse em um leito de hospital. Ela mudou de assunto. "Não vai me dizer que se teleportou só pra me dar notícias da minha irmã. Podia ter feito isso por e-mail."

"Pelo amor de Gaia, como você está desconfiada."

"Meu bem, além de tudo eu sou vidente." Como a bruxa experiente que era, Helena tinha conhecimento o suficiente para manter escondidos os seus pensamentos exatos, mas Niamh podia sentir muito bem que havia algo na ponta de sua língua. Com o tempo, uma bruxa podia se tornar especialista em esconder suas intenções de uma senciente, e até recebiam esse tipo de treinamento no CRSM, para o caso de se tornarem reféns em alguma situação.

Helena encarou a caneca. "Você tem razão. Não vim aqui só para te contar sobre o Smythe."

Niamh sentiu. Havia algo errado. Algo estava assombrando Helena. Era duro, pesado, sugava o ar de todo o cômodo.

"Helê... o que foi? Agora você tá me assustando."

"Houve uma profecia..."

"Ah, lá vamos nós...", resmungou Niamh. As oráculos eram sempre muito catastróficas. Por isso elas nunca eram convidadas para as festas.

Helena balançou a cabeça. "Nunca houve nenhuma que fosse assim, Niamh. Você não entende. Nem mesmo antes da guerra."

O olhar firme de Helena estava carregado do tipo de resolução que Niamh não via fazia quase uma década. Como uma floresta chamuscada, havia levado um bom tempo, anos, para que a tolice, o absurdo e as brincadeiras vãs retornassem ao coven, ou mesmo à própria vida. Conrad, Stef e muitos outros haviam morrido, e nem Helena nem Niamh ficariam verdadeiramente curadas, em tempo algum. Há quem carregue cicatrizes em seus corpos e, assim como elas, há quem as carregue do lado de dentro. Niamh não precisava se esforçar muito para enxergar as de Helena, por mais que ela tentasse ocultá-las.

Niamh havia aprendido, com o tempo, a manter seu luto em uma caixa de sapatos debaixo da cama, com todas as fotos, fitas cassetes com coletâneas caseiras e antigas cartas de amor. O luto estava sempre presente, mas ela conseguia contorná-lo, sabendo que estava ali.

Só que agora Helena estava mais uma vez com sua expressão de guerreira. Niamh piscou para afastar o ardor das lágrimas. Ela não podia, *não iria*, passar por dias como aqueles mais uma vez. Ainda estava arrasada por conta da última, mantendo-se em pé aos trancos e barrancos. "Caralho", ela exclamou com a voz rouca. "Por favor, me diz que está brincando."

"Queria estar."

"Tá falando sério?"

Ela assentiu.

"Pior do que a *guerra*?"

Ela assentiu outra vez.

Por um instante, ninguém disse nada. A cozinha estava em silêncio, com exceção do zumbido da geladeira. Niamh se perguntou se aqueles eram os últimos bons segundos antes que os maus tempos voltassem.

Preciso de você, Niamh.

Helena Vance não era o tipo de mulher que pedia ajuda.

Como posso ajudar?

O alívio tomou conta do seu rosto e, por um segundo, ela era só Helê, não a Alta Sacerdotisa. Seus lábios se crisparam e, então, ela voltou a falar de trabalho. Apenas disse: "Preciso que você volte para o coven".

Niamh } A CRIANÇA MACULADA

Materializaram-se no saguão e, como fazia todas as vezes, Niamh conferiu se tudo estava no lugar certo após a reconstituição. Não era necessariamente *dolorido*, mas sim como se alfinetes e agulhas te furassem até os ossos. Um enema nas células. Inquietante, para dizer o mínimo.

O saguão de entrada dos gabinetes do CRSM não havia perdido seu esplendor vitoriano ao longo das décadas. Niamh se sentia diminuída pelas imperiosas colunas de mármore. O intrincado mosaico de ladrilhos no chão, em forma de espiral, era hipnótico para quem passava tempo demais olhando, e vastas palmeiras em vasos se derramavam dos cantos, elevando-se até o teto de vitral.

Niamh não conseguia identificar com precisão a última vez em que tinha posto os pés naquele prédio, pois já fazia muito tempo, mas se lembrava claramente da energia Nicole-Kidman-terminando-o-casamento-com-Tom-Cruise que sentiu naquele dia. A *liberdade*.

Até onde sabiam os mundanos de Manchester, aquele era um prédio da receita federal, então, como previsto, eles o evitavam como se fosse uma praga. Niamh sentia-se desajeitada ao entrar ali, como se tivesse pés de pombo. Sempre tinha se encaixado mal e nem de longe era polida o bastante para ser adequada a um prédio como aquele. Antes de se teleportarem, vestira uma camiseta e uma calça jeans. Era não apenas tudo o que tinha atualmente, mas também servia como uma declaração visual. Ela *não* era do CRSM.

Para além de seu ranço pessoal, estava orgulhosa por Helena ter resistido a inúmeras tentativas do governo de realocá-las em Londres. Os maiores e mais antigos covens sempre foram localizados no Norte da Inglaterra e na Escócia, porque, em resumo, o norte é mais mágico. Era apenas certo que permanecessem em seu lar espiritual. Além disso, em todo caso, nenhuma Alta Sacerdotisa precisava das autoridades mundanas espiando por cima de seu ombro.

Um tanto acostumada a essas súbitas chegadas, uma distraída recepcionista mal se encolheu por trás de sua imponente mesa de mogno, mas Sandhya Kaur se apressou em saudá-las. Ora, na última vez em que Niamh a vira, ela era uma ávida pupila em suas lições introdutórias antes da guerra, e agora estava ali: uma mulher feita, portando um iPad e um propósito. Niamh a encarou, boquiaberta. "Sandhya! Olhe só pra você, toda crescida!"

Sandhya ficou radiante, e as duas se abraçaram. Suas energias se combinaram por um instante e Niamh sentiu a familiar névoa jade de um reencontro. Helena, porém, não tinha tempo para colocar a conversa em dia. "As oráculos estão preparadas?"

"Sim, senhora. Na Cúpula."

Sandhya entregou a Niamh um cordão com um crachá de visitante. Era isso mesmo, caralho. Ela havia deixado bem claro para Helena, antes do teleporte, que estava ali apenas para propósitos de consultoria. Era uma *vet*, tanto veterinária quanto veterana. Essa não era mais a sua vida.

Helena mostrou o caminho. Tomaram o elevador até o quinto andar, lar da maior divisão única do CRSM: Segurança Supranormal. Elas abriram caminho pelo gabinete em plano aberto, onde bruxas oficiosas cuidavam de seus assuntos. Com a chegada de Helena, a área da cozinha não demorou a se esvaziar. Niamh tinha preferência por carreiras mostradas nos livros ilustrados para crianças: professores, padeiros e coisas do tipo. Nunca entendeu realmente o que metade das pessoas no CRSM fazia. O que é, de fato, uma gerente de projetos? Escondida na discreta Equipe RED (Recrutamento, Educação e Desenvolvimento), Niamh sempre se sentira como uma minúscula engrenagem em uma máquina gigantesca. E não tinha gostado disso.

Sandhya continuou a repassar memorandos para a chefe. "O Ministério do Interior quer conversar sobre o envolvimento do coven russo em um recente envenenamento..."

"Não é nossa jurisdição."

"Moira Roberts quer discutir o financiamento escocês..."

"Rá! Claro que ela quer. Isso pode esperar."

Sandhya então acrescentou, "E, quando tiver um minuto, Radley Jackman gostaria de repassar a incursão desta manhã."

Helena fez uma careta. "Ele não vai ficar choramingando por causa da captura de um dos homens mais procurados do mundo, vai?"

"Ele está perguntando por que não foi informado", respondeu Sandhya, encabulada.

Helena deu uma gargalhada e não falou mais nada. Niamh estava quase aliviada pelo fato de o movimento dos Direitos dos Feiticeiros não ter arrefecido. Era de uma coerência agradável saber que certas coisas nunca mudam.

No topo do prédio havia o belo oratório em cúpula, instalado quando o CRSM abriu suas portas — formalmente —, em 1870. Algumas centenas de anos depois, o projeto havia sido aperfeiçoado por Lady Elizabeth Wilbraham, uma bruxa muito talentosa. As cúpulas, projetadas para amplificar o tempo, ajudavam as oráculos a verem melhor o passado e o futuro. Desde então, a estrutura havia sido copiada no mundo todo. Havia oratórios Wilbraham em todas as grandes capitais bruxas: Salém, Porto Príncipe, Moscou, Kinshasa, Jaipur, New Orleans e Osaka.

Do lado de fora das portas duplas, Helena pressionou uma campainha e esperou. Não se perturbava oráculos quando estavam imersas nas linhas temporais. Tirá-las de um transe profundo podia matá-las. Quase na sequência, ouviu-se um clique, e as portas foram abertas pelo lado de dentro. Uma lufada de ar gélido avançou pelo corredor e uma jovem oráculo se postou de lado para deixá-las entrar.

O cômodo cavernoso era pouco iluminado, para emular a luz da lua; e luzes frias cinza-prateadas corriam por baixo dos assentos em arquibancada. Cristais de quartzo que formavam delicadas correntes estavam pendurados em aglomerados a partir da cúpula central, cada um calibrado de forma precisa para filtrar a interferência do ar. Eram como estrelas à noite. Cerca de vinte crânios calvos faziam as vezes de luas, enquanto Helena e Niamh desciam as escadas. As oráculos estavam espalhadas em silêncio pelas fileiras, numa profunda contemplação.

Niamh não queria achá-las inquietantes, mas achava; sempre achara. Para ela, ser uma bruxa era como ser parte de uma grande e amigável irmandade; por outro lado, havia algo no distanciamento monástico das oráculos em relação às demais que sempre lhe dera calafrios. Elas pareciam existir em sua própria dimensão, vivendo e socializando umas com as outras, quase como em um convento. Ah, com exceção de Annie, avó de Elle, claro. Ela era uma oráculo legal.

No centro do cômodo, de pernas cruzadas, estava Irina Konvalinka, Oráculo-Chefe desde que Annie tinha se aposentado, após a guerra. Irina era uma mulher pálida e austera, com olhos vítreos. Um vestido preto sem forma se pendurava em suas clavículas esqueléticas. Niamh estremeceu. Sim, a cúpula era refrigerada de modo a diminuir os batimentos cardíacos das oráculos para que alcançassem o transe, mas era mais do que isso. Havia algo específico no comportamento de Irina que a perturbava.

Por outro lado, a equipe dela falhara de maneira espetacular em prever a morte do futuro marido de Niamh, então também havia isso.

"Niamh Maryanne, filha de Miranda e Brendan", disse Irina, com os olhos fixos na direção dela, mas sem ver nada deste mundo. Como muitas oráculos, ela havia ficado cega depois de tanto encarar o tempo.

"Você sabia que eu viria?", Niamh perguntou, tanto para Helena quanto para a oráculo.

Helena não respondeu, mas a oráculo continuou: "Sempre soubemos que seu período no coven não havia chegado ao fim. Dissemos isso quando você partiu".

"Só achei que você estava sendo, tipo, agourenta."

"Elas quase nunca são", ironizou Helena. "Mas, falando sério, não nesta ocasião. Nós vimos algo muito preocupante. Sente-se."

Niamh puxou uma das almofadas e sentou-se de frente para Irina, espelhando a postura dela. Já conhecia o esquema. "Tá, desembucha."

Um silêncio de expectativa caiu sobre o oratório. A sala era à prova de som. Silêncio ali queria dizer *silêncio*. Irina se acomodou. "Veja o que eu vejo", disse a mulher mais velha, estendendo um dedo ossudo na direção do terceiro olho de Niamh: o poderoso chakra entre seus olhos físicos, agora fechados. Então uma ponte foi formada com a mente da oráculo.

Uma sensação que ela só poderia descrever como "frio no cérebro" reverberou de seu crânio até a espinha e, de repente, ela foi transportada para longe da cúpula até uma rua coberta de neve.

Era isso o que as oráculos haviam previsto.

Um vento lúgubre uivou por entre o que restara das ruínas, e ela levou um momento até se dar conta de que não estava em alguma zona de guerra distante, mas no Northern Quarter, no centro da cidade de Manchester, ou melhor, no que havia restado dele. Apenas as estruturas dos prédios em frangalhos tinham sido deixadas de pé, e os destroços estavam espalhados pela pista.

Parecia real demais, mas Niamh lembrou a si mesma que não era. Ao menos, não *ainda*. O ar era acre, matizado de fumaça, poeira arenosa e carne queimada. Cobrindo a boca, Niamh se deu conta, horrorizada, de que aquilo não era neve. Eram cinzas.

Ah, deusas, não.

Ela não conseguiu conter o anseio de fugir para longe, bem longe. Quase tropeçou nos próprios pés quando desembestou a correr. Corpos com peles chamuscadas estavam semienterrados nos destroços, apodrecendo no lugar onde haviam caído. O sangue corria pelas sarjetas. O primeiro pensamento dela foi de que aquilo se tratava das consequências de um bombardeio, uma arma nuclear. Seria só naquela rua? Ela dobrou a esquina e viu ainda mais horror. Um carrinho de bebê estava caído de lado no meio da rua. Uma ambulância queimava, chocada contra a fachada de uma padaria. Por mais que ela corresse, para onde quer que olhasse, Manchester estava devastada.

E então ela viu o por quê.

Por entre a fumaça e a neblina, uma silhueta descomunal surgia como um vulto lá no alto, acima dos topos dos prédios. Ela fechou os olhos com força, porque não queria ver tal rosto. Niamh sentiu a malignidade no fundo do estômago e não ousou sondar com a mente, pois, por instinto, já sabia o seu nome.

Leviatã.

E aquilo já era mais do que o suficiente, obrigada. Ela se retirou da mente de Irina tal como a fuga consciente de um pesadelo.

Niamh abriu os olhos de uma vez, irracionalmente furiosa. "Leviatã? Ah, fala sério..." Aquele não era um nome que se usasse à toa, só pra chocar. Não era um mero chamariz, porra.

Uma jovem oráculo rechonchuda se levantou e desceu correndo da segunda fileira. "É verdade, dra. Kelly. Essa é visão mais clara que eu já tive. Eu fui a primeira a tê-la após a chegada dele."

Niamh olhou para Helena, confusa. "Quem? Travis Smythe?"

"A Criança Maculada", esganiçou Irina antes que Helena pudesse responder.

"Isso é um conto de fadas para assustar bruxas pequenas!"

A oráculo continuou, sem se abater: "Por gerações, contemplamos uma criança em nosso devaneio. O símbolo foi recorrente centenas de vezes em centenas de formas diferentes. Um menino que traria ruína incalculável em uma escala nunca antes testemunhada. Não sabíamos de onde ele viria, nem quando, mas sabíamos que ele seria o arauto do começo. O começo do fim dos tempos. Um ponto sem retorno. O fim das bruxas e da humanidade".

Niamh revirou os olhos e encarou Helena. Oráculos eram exaustivas demais. Como suas visões, em geral, eram... *vagas*, na melhor hipótese, elas eram propensas a exagerar sua importância. A verba era pouca e o governo sempre procurava fazer cortes em algum lugar. Niamh não tinha absolutamente *nada* de oráculo, nem uma gota, mas Annie dissera a ela, certa vez, que era como assistir a trailers de filmes: alguns presságios entregavam a trama toda, enquanto outros eram totalmente equivocados. Por isso precisavam de tantas oráculos:

juntas, elas teciam algum tipo de tapeçaria coesa; mas, como todas as bruxas, seu número estava em declínio.

Naquele exato momento, a expressão de Helena era tão grave quanto a de Irina. "Helena?"

"Nós acreditamos tê-la encontrado. A criança." Ela se virou para Sandhya, que lhe entregou o iPad. "Veja só isso."

Niamh pegou o tablet de Helena e viu uma série de fotos; a casca daquilo que um dia, ao que parecia, havia sido uma escola. Agora era uma carapaça enegrecida. "O que é isso?"

"*Costumava* ser uma unidade de referência para estudantes com necessidades educacionais especiais, perto de Edimburgo."

"E esse menino... pôs fogo no lugar?"

Helena respirou fundo. "Não exatamente. Ele destruiu a escola com raios."

"Ah. Ele é um elemental?"

"Um perito." A garganta de Helena parecia apertada.

"Quê?"

Peritas, bruxas que tinham mais de um único dom, eram tão raras quanto dentes em uma galinha, e ela sabia disso, pois *era* uma dessas. Quando crianças, ela e Ciara tinham sido tratadas como raras e preciosas orquídeas, o que era lisonjeiro e sufocante na mesma medida. Homens peritos eram ainda mais raros. Ela só conhecera um: Dabney Hale, e vejam só como isso havia acabado. Houvera um tempo, nos anos anteriores à guerra, em que alguns se perguntaram se Hale era a lendária Criança Maculada. Mas não, ele era só um megalomaníaco prosaico, como ficou claro.

Sob a luz esparsa, Helena parecia macilenta, doente de preocupação. Aquilo era inquietante, pois ela era a primeira opção em uma crise. Uma rocha.

"Isso aconteceu no mês passado, e fomos enviadas para a Escócia para buscá-lo. Ele é poderoso, Niamh. Mais do que qualquer feiticeiro que já vi. Mais poderoso do que a maioria das bruxas da idade dele."

Isso é sério, amiga?

Sim, é sério.

Impossível. Feiticeiros não são tão dotados quanto bruxas. *Gaia favorece suas filhas.* Fato. Todo mundo sabia disso, era um princípio fundamental. Os crânios da Psiência do Reino Unido especularam por anos sobre o componente genético no cromossomo X que tornava as mulheres mais receptivas a Gaia, mais capazes de canalizar e dominar seu poder. Niamh suspirou.

"O que Annie tem a dizer sobre tudo isso?" Annie Device era a melhor oráculo que ela já conhecera, e sempre havia sido capaz de fazer as visões mais assustadoras, os piores bichos-papões debaixo da cama, parecerem toleráveis.

"Não contei a ela. Ela está velha, Niamh. Não quero preocupá-la."

"Mas..."

"Nada de 'mas'. Você viu o que nós vimos."

"É justo, vou morder essa isca, mas o que um fedelho escocês incendiário tem a ver com a Besta destruindo Manchester? É uma bela forçada de barra."

"O Leviatã se erguerá", exclamou de súbito uma das oráculos na última fileira. Niamh pulou de sua almofada.

"Não é só Manchester", afirmou Irina com frieza, ignorando o rompante. "Está por toda parte, pelo mundo inteiro."

"É o primeiro dominó a cair", acrescentou Helena. "As oráculos acreditam que a Criança Maculada irá, com o tempo, invocar a Besta e permitir que Ele atravesse para a nossa realidade."

"O Leviatã se erguerá!", guinchou uma oráculo idosa. A pele de Niamh se eriçou.

Helena pôs a mão sobre a de Niamh. "Pode visitá-lo? Ele... ele não fala."

"Nada?"

"Não. Não disse uma única palavra desde que o resgatamos. Nenhuma das minhas sencientes consegue lê-lo, Niamh. Nunca vi nada assim." E então ela acrescentou, apenas para si mesma, *estou assustada.* Nunca pensou que algum dia escutaria Helena Vance admitir esse tipo de coisa.

Outra oráculo na fileira da frente se contorceu como se tivesse levado um choque. "O Leviatã se erguerá!"

Onde ele está?

Grierlings.

Puta que pariu. Tá certo. Mas não posso prometer...

"O Leviatã se erguerá!"

Outra oráculo se levantou com um espasmo, como se eletricidade estivesse lhe atravessando a figura idosa. "O Leviatã se erguerá!"

Logo, cada oráculo na sala se uniu à entoação. A cabeça de Niamh latejava. Era vertiginoso: o medo coletivo, o pânico.

Posh, você precisa me tirar da porra desta sala.

O Leviatã se erguerá.

GRIERLINGS { *Niamh*

Por razões óbvias, ninguém se teleportava para dentro ou fora da prisão de segurança máxima do coven, então elas viajaram da forma mundana: usando uma minivan. Sandhya sentou na frente, ocupada digitando no celular, enquanto Niamh e Helena foram atrás. O motorista era um jovem feiticeiro. Niamh sentiu uma certa senciência latente nele, mas não muita. Um S1, no máximo.

Estavam presas em um engarrafamento. As obras em andamento em Salford Quays significavam que sair do centro da cidade era uma tarefa árdua, mesmo fora dos horários de pico. "Então", disse Helena, com uma leve curvatura nos cantos dos lábios. "Como vão as coisas com o fazendeiro?"

"Fazendeiro?"

Ela bebericou o café com leite extragrande. "Como era o nome dele? Luke, não é?"

Niamh fez um leve bico. Se Helena tinha tempo para provocá-la, não poderia estar *tão* preocupada com o tal do garoto. "Ele não é fazendeiro! Ele tem uma *startup* muito bem-sucedida, obrigada."

Helena deu um largo sorriso.

"Ah, não tem nada para contar. Somos só amigos e é isso."

E então Stefan tomou conta da cabeça de Helena. As lembranças eram tão potentes que ela não poderia esperar escondê-las de Niamh. Ela captou até mesmo o fantasma residual da colônia dele. Que belo homem era Stef:

alto, loiro e de ombros largos. Orgulhoso descendente de feiticeiros noruegueses. Niamh sabia o que significavam as súbitas recordações, porque ela sentia o mesmo. Qualquer pensamento sobre seguir em frente, estar com outro homem, era retrucado por uma bola de demolição de culpa.

Quando seu parceiro amado morre, o tempo fica imóvel. Em oito anos, todo o tipo de sinas poderia ter se abatido sobre eles caso tivessem sobrevivido, mas, do modo como tudo se deu, Conrad e Stefan permaneciam perfeitos, tanto em juventude quanto em reputação, selados para sempre no âmbar. Até mesmo pensar nisso era uma grande traição.

"Eu só não cheguei nesse ponto ainda", disse Niamh, com delicadeza.

Helena baixou os olhos. "Nem eu. Desculpe, não deveria ter forçado. Talvez algum dia, né?"

"Claro."

Helena fez o banco de couro ranger. "Sabe, agora eu me acostumei a sermos só eu e a Neve. Somos uma unidade impermeável. Não sei bem como um homem conseguiria fazer parte disso."

Niamh aproveitou a chance de mudar de assunto quando o feiticeiro buzinou para um táxi que o fechou em uma rotatória. "Como vai a Neve?" Niamh não via a filha de Helena desde o último Samhain e, mesmo então, fora de passagem.

"Bem, muito bem. Você nem a reconheceria, está bem crescida agora."

"É neste ano que ela vai fazer as provas?"

"Ano que vem! Nem me lembra! Me sinto uma centenária. Acho que também pareço com uma."

"Não parece, e, de todo modo, você sempre pode 'dar uma de Elle' e começar a lançar encantamentos sobre si mesma."

"Mentira!", exclamou Helena, horrorizada.

"Pois é! Eu disse a ela! Mas nem me deu ouvidos!" Niamh balançou a cabeça. "A Neve vai entrar pro CRSM?" Qualquer filha de Helena Vance *com certeza* entraria, mas Niamh achou que seria educado perguntar.

"Não quero forçá-la nem para um lado, nem para o outro, mas espero que sim. Ela vai fazer o juramento no solstício." Fazer o juramento é como tirar carteira de motorista. Era controverso, mas, por lei, qualquer jovem bruxa *tem* que se registrar no CRSM, mesmo que não acabe *trabalhando* lá.

O carro enfim se desembaraçou das obras na rodovia e eles aceleraram para fora da cidade. Grierlings ficava a cerca de oito quilômetros, seguindo pela rodovia, em meio aos resíduos das indústrias.

Era lisonjeiro, de certo modo, que Helena tivesse levado esse quebra-cabeças até ela. Um lembrete de que ela era, pelo menos no papel, uma das bruxas mais poderosas do país, mesmo que quase não usasse seus poderes hoje em dia. Ela estaria mentindo se dissesse que não tinha certo orgulho de sua condição de Nível 5, mas não sentia mais a necessidade de competir. Para ser sincera, o que a impelira fora o desejo de ser só um tantinho mais poderosa que a irmã gêmea. Agora, isso não importava. Ela havia vencido e Ciara nunca mais usaria seus poderes.

Niamh sabia que *não devia* puxar o fio seguinte, mas ele era como uma ferida cuja casca era particularmente incômoda, exigindo ser cutucada.

"Por que vir até mim, Helena?", ela perguntou, com a voz baixa, para que Sandhya não pudesse entreouvi-la. "Leonie poderia ter..."

Helena cortou-a no meio da frase com o férreo olhar fuzilante que era sua marca registrada. "Você é a *perita* mais poderosa que eu conheço." Ela inalou o ar. "Enfim, Leonie e eu não estamos no melhor dos momentos, não é? Não posso dizer que estou em condição de pedir algum favor a ela."

Niamh avançou com cuidado. "Você não a chamou de Scary Spice de novo, chamou? Você sabe que ela não gosta."

Com isso, Helena deu um risinho. "Não. Não chamei."

"Ela ainda é sua amiga, Helena."

"Será mesmo?"

"Sim." E Niamh foi sincera. "Negócios, negócios, amigas à parte. Eu saí do coven e nós ainda somos amigas."

Helena se esforçava para manter o tom de neutralidade. A amargura se infiltrava, ácida feito limão. "Ela fundou um coven rival, Niamh, e roubou algumas de minhas bruxas mais poderosas no processo."

"Helena", interveio Niamh, categórica. "Elas eram mulheres, não bonecas Barbie. Não eram algo *seu* para serem roubadas." A amiga se preparou para discordar, mas Niamh a interrompeu. "E não é um coven *rival*, é só um *outro* coven. Elas têm objetivos bem diferentes." Pelo que Niamh sabia, a Diáspora era uma comunidade para a minoria dentro da minoria, enquanto o CRSM sempre teria sua missão.

"Vamos concordar em discordar", declarou Helena, sucinta, fechando as cortinas da conversa.

Niamh sentia saudades de quando tudo era fácil. Quando a maior peleja do mundo era saber quem aceitaria, muito a contragosto, o papel de Sporty Spice. Sendo as duas ruivas, ela e Ciara disputavam com unhas e dentes o posto de Geri, mas uma delas — geralmente Ciara, verdade seja dita — acabava tendo que prender o cabelo em um rabo de cavalo e vestir uma roupa esportiva. Elas costumavam brincar de se montar no quarto de Helena, que tinha duas vezes o tamanho do quarto da mãe e do pai de Niamh em Galway *e* uma cama de casal, e aprendiam a coreografia. Se tentasse, ainda conseguia se lembrar do odor plástico de morango do brilho labial Juicy Tube de Helena e como ele fazia seu cabelo grudar no rosto.

Era difícil identificar o momento exato em que tudo ficara difícil, quando a vida adulta tinha se estabelecido como uma divisa. A guerra com certeza não havia ajudado. O conflito forçara todas elas a crescerem muito rápido, a criarem um couro grosso de forma prematura. Às vezes, ela se perguntava como tinham conseguido na época — um bando de arrivistas de vinte poucos anos enfrentando o mundo — e se agora teriam a mesma energia. Esperava não ter que descobrir.

O carro saiu da rodovia e desceu por uma estrada anônima e sem qualquer indicação na direção de Grierlings. Para os mundanos, a prisão era uma degradada siderúrgica abandonada. Um poderoso encantamento era lançado sobre todo o prédio de forma contínua. Um guarda viu o carro se aproximar, e os portões se abriram. Mesmo *sem* o encantamento, era uma estrutura sem graça. Um local de aparência bruta, com três cubos de alvenaria e sem nenhuma linha curva à vista. Já fazia anos que Niamh tinha visitado o lugar pela última vez, mas tudo estava voltando a ela agora. Havia três blocos: um de segurança mínima, um de segurança máxima e então o terceiro bloco, com os dutos, para as Chaminés.

Todo aquele período, aquelas semanas e meses lamentáveis após elas terem esmagado a insurgência, fora muito sombrio. Tantas conversas que elas haviam esperado nunca precisarem ter, ou mesmo considerado ter. *O que fazer com aqueles que sobreviviam.* Se você trai seu coven, e quebra aquele juramento tão simples, a sentença é o fogo. Mas não estavam no século XVII, e o que seriam elas se suas leis fossem ultrapassadas em relação às dos mundanos? A resposta, ao que parecia, foi esse depósito de lixo.

Niamh sentiu aquilo em suas entranhas. Grierlings era um lugar terrível, destituído de esperança. Havia jurado nunca retornar; porém, lá estava ela outra vez. Já sentia a letárgica e nauseante sensação de estar num campo de contenção.

As fundações de cimento de Grierlings eram misturadas a mercúrio para truncar os dons de qualquer bruxa ou feiticeiro que estivesse sobre elas. O visco, um sedativo mágico, era entremeado aos caixilhos de madeira das janelas e aos corrimãos. Ar batizado com *Moléstia de Irmã* era bombeado pelo ar-condicionado. Niamh estremeceu quando a sensação semelhante a uma gripe a acometeu, e se perguntou se aquilo seria atenuado caso sua estadia fosse permanente.

Sue Porter, a carcereira-chefe, as saudou no carro. Ela usava o mesmo corte de cabelo chanel estilo Lego desde que Niamh conseguia se lembrar. Parecia uma toupeira e sempre cheirava às pastilhas com as quais tentava disfarçar o hálito de cigarro. "Boa tarde, srta. Vance", cumprimentou ela.

Helena se empertigou, emergindo do banco de trás do carro com elegância. "Alguma alteração?"

"Nenhuma, senhora. Tentamos de tudo para acalmá-lo, mas..." A mulher se prostrou como um cão que antecipa um chute.

"Tudo bem. Vamos dar uma olhada? Pode pedir para desligarem o ar-condicionado?

Os olhos de Sue se arregalaram. "Isso é uma boa ideia?"

"Preciso que Niamh tenha condições de fazer uma leitura dele."

A carcereira parecia longe de ter qualquer tipo de certeza, mas transmitiu a solicitação pelo rádio. Com Sue e Helena à frente, mostrando o caminho, Niamh seguiu até a ala de segurança máxima. Tinha um cheiro forte de água sanitária. Por reflexo, permitiu que a mente se projetasse, mas encontrou apenas sinais abafados. Abafados, mas tristes. Pensamentos de ressentimento e de retaliação mesquinha, de hierarquia social. Ali não havia ninguém feliz.

Sinceramente, ela pensou, *qual era o sentido deste lugar?*

Um som de sirene se fez ouvir, e as primeiras portas se abriram para uma antecâmara. Seus corpos e mentes foram analisados em busca de armas. Joias foram removidas e colocadas em uma caixa de segurança, para impedir que itens encantados fossem contrabandeados; a pedra certa pode contar um imenso poder. Quando as guardas ficaram satisfeitas, elas avançaram para o prédio principal da prisão.

"Ouso perguntar sobre Hale?", questionou Niamh em voz baixa. O nome deixara um gosto ruim em sua boca.

"O que tem ele?", respondeu Helena.

Uma boa pergunta. "Ele já está morto?"

"Ainda não. Gostaria de fazer uma visita a ele? Está na ala leste."

Niamh cerrou os dentes. "Não tenho interesse algum." Ela acreditava que o nome disso era dissonância cognitiva: era filosófica e moralmente contra a pena capital, mas desejava a morte de Dabney Hale por todo o sofrimento que ele havia causado. Não lhe parecia certo que Hale estivesse ali, recebendo tratamento especial, por mais desolador que fosse, enquanto Conrad estava a sete palmos debaixo do chão.

O piso de ladrilhos ressoava os estalidos dos saltos de Helena enquanto elas avançavam até chegar ao saguão de entrada. Pela cerca de tela de arame, Niamh viu o refeitório central. Aquela ala abrigava os feiticeiros. Quase todos contribuíram na rebelião. Antes da guerra, não havia muita necessidade de uma prisão, mas agora ela estava quase em capacidade máxima.

Um jovem musculoso, com braços feito toras, as notou de relance quando elas passaram rumo ao elevador. Ele mal devia ter chegado à maioridade quando a guerra havia sido deflagrada, o que o tornava ainda mais fácil de ser manipulado por Hale. Ele havia caído no gosto dos jovens feiticeiros, que, às vezes, lutavam para se conformar com o fato de que as mulheres eram o gênero mais poderoso, especialmente quando haviam crescido entre os mundanos: uma realidade na qual a verdade era o exato oposto. Manter Hale afastado dos outros detentos era a razão oficial que justificava ele estar sozinho em uma suíte. A razão não oficial era que Lady Hale era uma grande doadora do CRSM.

"Caralho, vejam só quem está aqui, pessoal!", gritou o detento musculoso. "É a Alta Sacerdotisa! Tudo bem contigo, querida?"

"Ela veio cortar nosso pau fora?", berrou um detento mais velho, o que incitou uma grande gargalhada.

Helena apenas continuou a andar, de cabeça erguida.

"Se ela der uma chupada antes de cortar, eu não me importo."

"Sapatonas escrotas."

"Ignore eles", disse Niamh.

Helena a olhou por cima do ombro, indiferente. "Você acha que existe algo que um homem possa me dizer que vá me tirar do prumo?"

Não, Niamh não conseguia pensar em absolutamente nada.

O velho elevador de carga rangeu e apitou na descida até o porão. Era operado por um feiticeiro atarracado de brinco e tatuagem de morcego na nuca. Eles chegaram e ele puxou a porta pantográfica para o lado.

"Você tá mantendo o garoto no porão?", perguntou Niamh.

Sue respondeu antes que Helena pudesse. "Foi o único modo de atenuarmos seus poderes... deixá-lo perto das fundações." Havia um tom de defesa inconfundível em sua voz.

Niamh lançou a Helena um olhar severo. "E quantos anos você disse que ele tem?"

"Estávamos esperando que você pudesse nos dizer."

Helena marchou pelo corredor do porão. Ali embaixo era ainda mais frio e úmido. Niamh sentiu a náusea se acentuar, e engoliu a bile que subia. "Não conseguimos encontrar nenhuma certidão de nascimento nos serviços sociais mundanos, e ele nunca foi registrado, nem no CRSM, nem na cabala, o que levanta uma bela quantidade de perguntas."

Sue passou a credencial de segurança em um par de portas vermelhas imponentes.

"É seguro?", perguntou Helena.

Sue não parecia ter muita certeza. "Apenas tomem cuidado."

Niamh estava determinada a manter uma expressão neutra, mas era preocupante que alguém alertasse Helena, uma elemental de Nível 5, para tomar cuidado. Sue abriu a porta para elas.

O porão era sinalizado como depósito; mas, dentro da câmara escura, Niamh conseguiu discernir o que parecia uma área cercada, semelhante à de um zoológico. Hexagonal, por ser uma forma poderosa na tradição bruxa, o espaço era gradeado em metal por todos os lados e na parte superior. As lâmpadas fluorescentes zumbiam, oferecendo apenas uma luz anêmica ao cômodo sem janelas.

"Ah, minha deusa...", murmurou Niamh, entredentes.

Aquilo não podia ser real.

Era como se a jaula estivesse debaixo d'água, tal como um aquário. Dentro da estrutura, uma cama de metal, um colchão fino, roupas de cama, uma bandeja de jantar e um copo de plástico planavam, rolando e quicando nas laterais como se capturados por um gentil tornado. Por instinto, Niamh sabia que não seria capaz de levitar objetos tão grandes sob medidas de contenção, então como...

"Onde ele está?", ela perguntou. Para além dos móveis espiralando, não parecia haver ninguém na jaula.

Helena deslocou seu peso no quadril. "Canto superior direito..."

Niamh arquejou. No canto mais escuro, um adolescente magricelo se pressionava contra o teto, como se fosse uma aranha se escondendo na teia. A pele parecia descorada, quase pegajosa, e havia círculos vermelhos sob os olhos, como hematomas. O cabelo ensebado e preto como um corvo caía pelo rosto. Niamh preferia não especificar exatamente a idade dele — a puberdade é uma merda. Podia ter entre 13 e 16 anos. Ele se encolheu ainda mais em seu esconderijo, feito uma criatura encurralada.

"Que porra é essa?", exclamou Niamh, mais alto do que pretendia.

"Sinto muito mesmo, srta. Vance", disse Sue. "Nós tentamos sedá-lo o máximo possível, mas..."

"Tudo bem", tranquilizou Helena, antes de se voltar para Niamh. "E aí? Você consegue escutá-lo?"

Niamh estava furiosa. Não fora preparada para aquilo, de modo algum, e sentiu-se sequestrada. Se o objetivo de Helena era causar choque, o trabalho havia sido bem-feito.

Mesmo assim, ela projetou a mente para além das barras, na direção do garoto. Não fez aquilo por Helena, mas porque toda aquela situação parecia muito errada. Ele arregalou os olhos e se retraiu ainda mais, escondendo o rosto. Um ruído horrível e desagradável preencheu a cabeça de Niamh, um grito a plenos pulmões, na verdade. Ela se retraiu de imediato. Sentiu os olhos de Helena sobre ela e tentou outra vez, agora com mais cautela.

Era parecido com ler os animais durante uma cirurgia. Não captava nenhuma palavra, pensamento ou memória, apenas sentimentos puros: raiva e fúria, certamente; porém, em sua maioria, medo. Mais que medo: um terror extremo. Niamh sentiu seus batimentos acelerarem, as palmas suarem. Suas habilidades como curandeira se ativaram, absorvendo parte da angústia dele.

"Ele está assustado", afirmou ela aos outros, ríspida. "Apavorado. Mas acho que vocês não precisavam de mim para dizer isso. Olhem só pra ele."

"Diga isso às outras crianças da escola dele", rebateu Helena. "É um milagre que ninguém tenha morrido. Consegue entrar na cabeça dele? Ele tem um nome?"

Niamh tentou uma vez mais, porém só ouviu o mesmo grito ensurdecedor. Era pior do que unhas em um quadro negro. "Não!", ela ganiu, abalada. "Não consigo! Ele está apoplético... e há um milhão de coisas aqui interferindo nos meus poderes. Não consigo fazer isso aqui, e, sinceramente, queria que não tivessem me envolvido nisso."

Helena piscou devagar. "Niamh, seja razoável. Não podemos deixá-lo sair, ele poderia destruir metade de Manchester..."

"Ele é um menino! Olhe só pra ele!"

"Ele é selvagem."

"Já parou pra pensar que ele está dando problemas porque vocês o puseram numa *jaula*, feito um cachorro? Na verdade, Helena, eu tenho um cachorro, e nem ele eu botaria numa jaula."

Sue pigarreou e recuou um pouco. Helena dirigiu a Niamh um claro alerta, mas ela não a temia. É difícil ter medo de uma mulher que você já viu mijar nas calças depois de encher o rabo de licor com energético. Tirando isso, Niamh não queria constranger Helena enquanto ela estava em modo de trabalho.

"O que você sugere?", perguntou Helena, sucinta.

Niamh ergueu o olhar para a figura curvada, encolhida contra o teto da jaula. "Pode me dar um minuto a sós com ele?"

"Ah, não acho que seja seguro..." Sue resmungou em resposta.

"Ele está numa jaula e eu sou uma perita Nível 5. Acho que eu dou conta."

Helena bufou. "Está bem. Só não encoste na jaula. Ontem ele conseguiu eletrificá-la." Niamh desejou que alguém tivesse lhe mencionado isso antes de ela tocá-la, um minuto antes. "Estarei ali fora."

Helena, Sue e o guarda feiticeiro recuaram, deixando Niamh e o menino sozinhos na câmara. Ela deu um passo adiante e esticou o pescoço para poder ver melhor. Respirou fundo várias vezes. Se ia abrir a mente para ele, queria que fosse o lugar mais calmo e não ameaçador possível. Ela conjurou a mesma postura mental tranquilizante, azul como o oceano, que usava com cães e gatos assustados enquanto clinicava.

Olá pra você aí em cima. Sei que pode me ouvir.

Nada.

Ouvi dizer que você é um perito. Eu também sou. Aliás, você sabe o que isso significa? Você sabe onde está?

O garoto espiou por baixo da manga do moletom para olhá-la.

Meu nome é Niamh Kelly. Como eu devo lhe chamar?

Ela projetou a mente outra vez. Graças à deusa, o uivo dentro de sua cabeça agora era mais um choramingo. Ele estava escutando. Mas continuava sem revelar nada. Onde ela deveria ser capaz de ver um reflexo do que ele estava pensando, havia um espesso negrume oleoso.

Então, vamos começar do começo. Eu sou uma bruxa. Você também é. Cerca de 0,5% da população possui alguma habilidade mágica, mesmo que não saiba. Chamamos os homens bruxos de feiticeiros, se é que você já não sabia disso. É por isso que consegue fazer todas essas doideiras. Você sempre foi capaz de fazer coisas assim?

A cama caiu no chão com um estrondo poderoso, e Niamh se encolheu um pouco. Estava funcionando. Um por um, os itens que estavam circulando pela jaula despencaram, retinindo. Ao se focar nela, ele não conseguia destinar as ondas mentais para a telecinese.

Sinto muito por terem trancado você aqui embaixo. Sei que está assustado, consigo sentir isso bem forte na sua mente. Também estão com medo de você. Tente entender. Você é jovem demais para ser tão poderoso.

Ele baixou os olhos para ela, grandes, castanhos e inescrutáveis.

Você é mesmo, sabia? Incrivelmente poderoso. Quando eu tinha a sua idade, mal conseguia fazer o controle remoto levitar até o sofá. Mas não precisa ter medo. Você não é o primeiro jovem a passar por isso e não vai ser o último. No fim, todos nós ficamos bem.

Aquilo era mentira, e ela se perguntou se ele conseguia lê-la.

Ele não disse nada.

Você já esteve na escola, então sabe como isso funciona. Eu quero te ajudar, mas você vai ter que me dar algum retorno. Se puder ficar calmo e... descer do teto, eu tiro você desta merda de porão. O que acha?

Não houve nada por um momento.

E então, algo que mal era um sussurro: *Eu não sei descer.*

Sua voz era tão baixa, tão tímida, que Niamh quase riu. Quase.

Ah, pobrezinho.

Você consegue me escutar?

Consigo, sim, e posso descer você bem devagarzinho. É só deixar sua mente se soltar. Imagine que está descendo. Relaxe.

Ele escorregou do teto e Niamh ergueu a mão para ampará-lo. Ele era muito leve. Ela temeu ter que se esforçar, por causa dos abafadores, mas não havia nada demais nele. Ela o desceu com calma para a terra, onde ele pousou sobre os dois pés, antes de se enfiar em um canto e levar os joelhos ao peito.

Pronto! Não foi tão difícil, foi?

Ele não disse mais nada.

Espere aqui, preciso falar com aquela moça chique para te soltarem. Você... espera aí um pouquinho.

Niamh se retirou do porão devagar, procurando não sobressaltá-lo mais uma vez. Lá fora, Helena estava ignorando Sue educadamente no corredor úmido e frio, fingindo responder e-mails em seu celular, mas não havia possibilidade de haver qualquer sinal ali embaixo.

"Certo", disse Niamh, tranquila. "Acho que estamos fazendo progressos."

"Conseguiu um nome?"

"Não, mas ele desceu do teto e toda a mobília também. Então, vamos chamar isso de pequena vitória."

"E agora?"

"Por que não deixa ele sair?"

Helena balançou a cabeça. "Sabe que não posso..."

"Pode, sim! Ele está cooperando. Pelo amor da deusa, você deu a porra de uma ala inteira pro Dabney Hale, e ele matou metade das bruxas do CRSM."

Niamh parou. Tinha ido longe demais. As narinas de Helena se inflaram, os lábios se apertaram ainda mais.

"Desculpe", disse Niamh. "Olha, tive uma ideia. Por que não o deixa ir para Hebden Bridge comigo?" Ela não sabia ao certo por que fizera essa oferta, mas agora já havia escapado e não tinha como voltar atrás.

"Quê?"

Ela ia se arrepender. "Bem... pensa só. Eu estou lá, no meio do nada. É seguro. E esse era o meu trabalho antes. Acho que ele confia em mim. Não estou captando nem um grama de malícia; se destruiu aquela escola, é porque não consegue controlar seus poderes, o que não é um crime. Posso fazer leituras nele durante o sono, mas o mais importante é que acho que não deveríamos manter crianças em jaulas, Helena. Não pega muito bem."

Helena ponderou, mordiscando o lábio, pensativa. "Muito bem. Leve-o para Hebden Bridge. Mas vou mandar uma pequena equipe de segurança com você. Conhece Robyn Jones? Senciente bem poderosa. Vou ordenar que ela monte um esquadrão."

Niamh olhou pela janela de escotilha na porta mais uma vez e viu o menino delgado ainda agachado nas sombras. "Acho que é muito barulho por nada, mas faça o que deixá-la mais feliz."

"Niamh", pediu Helena, bastante séria. "Por favor, pare. Você viu o que as oráculos viram."

Ela viu, e a imagem daquela forma assomando sobre a cidade a assustara de verdade. Mais do que qualquer outra coisa em muitos anos. Mas demônios são traiçoeiros, se manifestam da forma que mais *nos* afeta. O demônio Leviatã era o rei do medo e ela estava devidamente amedrontada.

"Oráculos veem muitas coisas", ela declarou, embora lhe tenha faltado convicção. "Nem todas vêm a se concretizar."

Helena baixou a voz e a arrastou pelo braço para longe de Sue, como uma criança levando uma bronca em um supermercado. "Se essa criança continuar a..." Ela não concluiu o pensamento. "Nada poderá ser pior. É o *Leviatã*. Não sei por que você não está levando isso mais a sério. *Um demônio que se tornou carne.* Todo o objetivo do CRSM é proteger o país de ameaças demoníacas. Se eu precisar... bom, pode haver algumas decisões difíceis pela frente."

Niamh franziu o cenho. A Helena Vance com quem ela havia crescido não estaria sugerindo o que Niamh achava que ela estava sugerindo. "Como é? Você está dizendo que mataria o menino?"

Agora Helena parecia intrigada. "Para impedir a ascensão da *Besta*? É claro", ela confirmou um pouco rápido demais. "Você não mataria?"

Elle } AQUELA CONVERSA

Elle terminou de colocar a louça na lavadora. Fechou a porta e esperou o início do ruído da água. Sua porção de lasanha estava na lixeira. A garganta estava apertada demais para engolir, então ela ficou cutucando a comida no prato até admitir a derrota. Tinham comido mais cedo para que Jez pudesse levar Milo a um jogo de futsal em Mytholmroyd, às 19h. Ele costumava assistir à beira da quadra com alguns outros pais orgulhosos, embora recentemente todos tivessem recebido um alerta quanto aos comentários *exaltados demais*.

Era agora ou nunca.

Ela lavou as mãos na pia e passou um pouco de creme Jo Malone nas mãos. Caro e desnecessário, sim, mas Elle gostava de deixar pequenos agrados para si mesma espalhados pela casa como recompensas por mantê-la tão bem. Quando Jez fazia uma porção equivalente do trabalho doméstico, ela também comprava cheirinhos agradáveis para ele.

Certificando-se de que a sala de estar e a sala de jantar estavam em ordem, Elle seguiu o som piegas da música de Holly no andar de cima. Seus filhos dividiam o primeiro andar e o banheiro da família, agora que ela e Jez haviam *enfim* se mudado para o sótão reformado, depois de muito protelarem. No fim, tiveram que ameaçar os picaretas que fizeram o serviço com um processo. Um pesadelo.

Ela acabara de começar a se adaptar a uma vida sem aquele estresse... e agora isso. Sempre há alguma coisa, não é?

"Holly?", ela bateu na porta do quarto da filha. Não havia fechaduras na casa de Elle, porque eles confiavam o suficiente um no outro para sempre baterem antes de entrar. Era uma das regras da casa, emolduradas acima do banheiro no térreo.

"Entra!"

Elle entrou, se preparando para o gosto estético da filha. Era uma horrenda miscelânea de Pokémon, mangás, bandas góticas alemãs e bonecas de bebê estilizadas que pareciam zumbis. Apenas... *tralha* de plástico por toda parte. Porém, Elle lera vários livros sobre sufocar os filhos e achara melhor deixar que Holly tivesse seu ninho.

Antes do início das obras no sótão, tinham feito uma faxina, e Elle havia se deparado com seu diário *Amigas Para Sempre*, de 1997. Com a chave há muito perdida, ela cortou fora a frágil fechadura (como podia ter confiado naquilo para guardar seus segredos?) e releu seus pensamentos adolescentes. Não, *pensamentos* não era a palavra certa: ansiedades. Não podia sequer fingir que se lembrava da pura intensidade que havia sentido naquelas páginas: o verdadeiro dilema de querer matar um monte de gente com violência enquanto também precisava desesperadamente que todos a amassem. Páginas e páginas em esferográfica magenta, nas quais se preocupava com a possibilidade de aborrecer Helena por nenhuma razão palpável.

Por isso, ela tentava pegar mais leve com Holly do que tinha pegado com Milo. Se pudesse acreditar em seus próprios diários, ser uma adolescente era um campo minado de regras e ciladas. Em 1997, aparentemente, um dedo de tecido na direção errada era tudo o que a separava de ser uma piranha ou uma freira.

Holly estava sentada no chão, de pernas cruzadas, trabalhando em seu caderno de rascunhos, bem ao lado da mesa de desenho cara que Elle havia comprado para ela no Natal.

"Tem algo de errado com a mesa?", perguntou. Elle ficava maluca quando as crianças não tiravam os uniformes. Não se admirava que estivessem sempre parecendo maltrapilhos?

"Não. Eu gosto do chão, só isso." Holly ergueu o caderno de rascunhos. "O que você acha?"

A angustiada obra retratava o corpo nu de uma mulher, coberto de sangue, com uma cabeça de touro. Elle ergueu uma sobrancelha. "Ah, sim, é adorável. Posso ficar com ele pra colocar na geladeira?"

"Não, é pra um trabalho da escola."

"Nem pensar", disse Elle. "Seu professor de artes vai achar que estamos abusando de você."

"Censura", murmurou Holly, voltando à sua criação. Só então ela parou. "O que aconteceu?"

Era *isso* o que vinha acontecendo. "Como assim?", Elle instigou.

"Você está estranha. Só entra aqui no dia de lavar roupa, mas isso é só na quinta." Holly ergueu os olhos para ela e piscou. A filha se parecia mais com Jez do que com ela. Ela *poderia* ser bonita, mas parecia se rebelar contra essa ideia. Há pouco tempo cortara o cabelo loiro-escuro em um desinteressante chanel na altura do queixo. Elle não conseguia entender. Ela, mesmo quando era bebê, havia sido coberta de elogios por sua aparência. Sua mãe a inscrevera no concurso de Bebê Mais Formoso do *Manchester Evening News* quando Elle tinha 2 anos. E tinha vencido. Os grandes olhos azuis, o cabelo loiro-claríssimo e as covinhas. Como poderia perder? *Baby Spice.*

Mais tarde, ela foi a primeira garota em sua turma a ganhar seios, e os meninos começaram a lhe oferecer presentes e a convidá-la para passear no parque. Na época, ela nem notou a correlação. Holly nunca recebera essa estranha aprovação, o que talvez fosse uma coisa boa. Era ainda mais triste quando você a perdia, Elle pensou.

"Quero conversar com você enquanto seu pai está fora." Elle se empoleirou na beira da cama desarrumada. Sério, qual era a dificuldade de jogar um edredom por cima de um colchão?

"Mãe, a gente já teve a conversa sobre menstruação e a conversa sobre sexo, lembra?" Holly continuou a colorir com um lápis de cera. "Ambas muito informativas. Nota máxima no conselhosparamães.com."

Elle sentiu-se nauseada. Lembrou-se de quando sua avó a chamou de lado e disse que ela era especial. Tinha apenas 6 anos. Por que não fizera o mesmo, anos atrás?

"O que tem a vovó?", perguntou Holly de repente, virando-se para encará-la.

"Eu não disse nada", respondeu Elle, em voz baixa.

Holly fez uma careta. "Disse, sim, alguma coisa sobre a vovó Device ter conversado com você...?"

"Não, Holly, eu não disse. E é sobre isso que preciso conversar com você. Você... você, hã, acabou de ler minha mente."

Ela franziu o cenho e então gargalhou. "Tá, essa foi boa! Você tá bêbada? Geralmente você deixa o papai ser o engraçado dos dois."

Elle sentiu tudo fazendo pressão para sair de dentro dela, como uma garrafa de refrigerante ao ser sacudida. "Holly, eu sou uma bruxa, e você também." A coisa toda saíra num jorro e agora pingava pelas paredes.

Holly ficou bem quieta. O rosto refletia a tentativa de processar a piada, frustrada.

A tampa fora aberta, agora tudo o que Elle podia fazer era continuar. "A minha avó, a vovó Device, também é uma bruxa muito poderosa, mas a sua avó, a minha mãe, não era, entendeu? Então, eu não tinha certeza se você seria ou não."

"Mãe...?"

Os olhos de Elle ardiam, mas ela queria botar tudo para fora sem chorar. "Eu deveria ter te contado quando você era bem mais nova, e sinto muito por isso. Ser assim não faz de você nem ruim, nem maligna, nem perversa. Apenas é assim, mas eu queria protegê-la disso. Quando você era um bebê, eu me envolvi com alguns problemas... e queria manter você a salvo de tudo aquilo."

Todas as pessoas que ela havia salvado, todas as pessoas que não havia. Quem ia querer isso para a sua filha de 5 anos? Holly ainda parecia estar esperando pelo gancho da piada, mas não estava mais rindo.

"Mãe... eu devo ligar pro papai?"

"Não!", arfou Elle. "Não, não podemos contar ao seu pai. Ele não sabe e não acho que ele entenderia."

Holly agora havia se levantado do chão e se sentado bem ereta na cadeira à sua mesa. "Mãe, você tá me assustando. Você não é uma bruxa. Você faz compras em lojas de departamento."

Elle se perguntou, não pela primeira vez, por que o CRSM não fazia um guia oficial para isso. Um panfleto ou coisa assim. "No que eu estou pensando?", ela perguntou, fatigada.

Elle visualizou a lasanha que havia feito mais cedo.

"Não sei. Isso é loucura", disse Holly.

"Ande, adivinhe."

Ela se visualizou espalhando o queijo em cima da lasanha antes de colocá-la no forno com vividez.

"Eu não sei!"

"Dê um chute."

"Mãe, pode ser qualquer coisa. Hã... lasanha?"

Elle não tinha certeza se estava aliviada ou decepcionada. Essa não era a vida que ela queria para a filha. "Acertou de primeira."

"Quê? Até parece. A gente literalmente acabou de comer lasanha, então..."

"Era nisso que eu estava pensando, Holly. Você é o que chamamos de senciente, o que significa..."

Ela se levantou num pulo. "Mãe, isso é muito bizarro, então dá pra parar? Tipo, eu queria *muito* ser mesmo uma bruxa, porque ia ser irado, mas nós somos as pessoas mais sem graça do mundo, e toda essa conversa já tá uma me..."

"Opa, mocinha, nem se atreva..."

"Desculpa, mas fala sério!" Elle suspirou e passou os olhos pelo quarto. Era provável que a *conversa* fosse mais fácil com crianças mais novas: menos cinismo, menos respostas insolentes. *Todas* as crianças, de forma orgânica, acreditam em magia, até os mundanos arrancarem isso delas. Ela girou as pernas da ponta da cama e apanhou um par de tesouras de um porta-trecos. "Tá, veja isso."

Elle ergueu a palma da mão esquerda e, cerrando os dentes, passou a tesoura pela palma aberta. Um talho vermelho se abriu.

"Mãe!", gritou Holly, estendendo as mãos para apanhar a tesoura dela.

"Espera!", esbravejou Elle. "*Olha.*"

Em segundos, sua mão pareceu brilhar como se houvesse uma vela réchaud debaixo da pele. Assim que seu corpo percebeu o trauma, reconfigurou as células e as proteínas na mão e fechou o ferimento. Nesse estágio, era como dirigir um carro. Ela conseguia fazer quase sem pensar. Então pegou um lenço e limpou o pouco de sangue que tinha sido derramado.

"Pronto. Nova em folha."

Holly a encarou, boquiaberta.

"Eu sou o que chamam de curandeira. Eu... curo coisas."

A filha continuava a encará-la.

"E aí? Não vai dizer nada?"

Holly enfim conseguiu despertar de seus pensamentos. "Mãe. Você tem ideia do quanto acabou de ficar muito mais maneira?"

A parte mais difícil fora fazê-la ficar de bico fechado. Ela havia esperado lágrimas. Em vez disso, Elle teve que obrigar Holly a jurar por sua vida que não ia contar nada no seu grupinho de mensagens. Ela exagerou um pouco a respeito da ameaça de caçadores de bruxas queimando-as em estacas, o que, justiça fosse feita, havia sido o caso até uma época relativamente recente.

Às 22h, a casa estava enfim se organizando, embora Elle ainda se sentisse nauseada. O gênio havia saído da lâmpada e estava criando o caos. Ela conseguiu manter a cabeça no lugar por tempo suficiente para fazer as marmitas de almoço da escola e lavar depressa o uniforme de Milo, para que ele pudesse usá-lo no jogo do dia seguinte.

Havia conforto na rotina.

Morta de cansaço e com a adrenalina baixando, Elle se pegou encarando as paredes, especificamente a tinta que haviam escolhido para o quarto. Ela tentara cinco "azuis-ovo-de-pato" diferentes e aquele ali, à luz das lâmpadas, de algum modo a lembrava de camisolas de hospital. Talvez as paredes precisassem ser repintadas.

"O que aconteceu?", perguntou Jez, deitando-se na cama.

"Como assim?" Elle evitou olhar nos olhos dele pelo espelho da penteadeira, focando na aplicação do creme facial noturno em pequenos movimentos circulares. Ela havia lido em algum lugar que a drenagem linfática reduzia o inchaço e as linhas de expressão.

"O que aconteceu no último episódio?"

"Ah, hã... acharam o corpo do cuidador na mata?"

Todas as noites eles avançavam pela temporada completa de algum seriado na TV fixada na parede ao pé da cama. Ele terminou a rotina de cuidados noturnos com a pele e colocou o pingente para dentro da camisola de cetim. O pequeno naco de peridoto preso à corrente continha o encantamento. Enquanto ela o usasse, apareceria para Jez como desejava que ele a visse. Bem menos exigente do que regenerar seu corpo de fato, embora ela fosse conhecida por fazê-lo em ocasiões especiais, como um casamento ou um retrato de família. Conter o processo de envelhecimento *constantemente* a levaria a um colapso por exaustão em algumas horas.

O julgamento de Niamh, mais cedo, ainda doía. Qual seria a diferença desse feitiço para um botox ou uma plástica facial? O feitiço pelo menos era *de graça*. Ela escorregou para baixo do edredom e se aconchegou junto ao marido. Nos últimos tempos, ele dormia de cueca. Não tinha mais o mesmo tônus de antigamente e as entradas de calvície haviam aumentado, mas ela, com certeza, ainda gostava de Jeremy Pearson. Musculoso, um pouco baixo para os padrões masculinos, cabelos loiro-avermelhados. Ótimos dentes.

Ele deixou o colégio com dois GCSE,* mas com charme aos montes, e um brilho nos olhos, que o levou mais longe do que qualquer exame nacional. Na época, toda garota hétero de Hebden Bridge havia ido atrás de Jez, mas era ela quem o conquistara, apesar dos rumores difamatórios sobre a família Device. E dezessete anos atrás, ela nem havia precisado de um colar encantado para capturar seu coração. Não foram exatamente namoradinhos de infância, mas quase isso.

---

* Sigla em inglês para Certificado Geral de Educação Secundária — qualificação acadêmica do sistema educacional britânico obtida no ensino médio, em uma matéria específica. (N. T.)

Jez pressionou o *play* no controle remoto e a recapitulação do episódio anterior começou a ser exibida. "O que é que a Holly tem?", ele perguntou, passando um braço ao redor de Elle para que ela se aninhasse em seu cangote.

"Como assim?", ela indagou em um tom que beirava o teatro amador.

"Ela estava muito agitada quando a gente chegou. Será que tomou algum suplemento ou coisa assim?"

Negar tudo. "Não que eu saiba."

"Estava parecendo a Holly que aparece na véspera de Natal. Maníaca."

"Não tenho nem ideia", mentiu Elle. "Ah, mas ela vai começar a fazer aulas particulares com a Niamh."

"Ah, é?"

"Pois é. As notas dela em matemática e ciências estão piorando. Niamh se ofereceu pra ajudar."

"Ah, tá bom. O Milo também vai?"

"Não", disse ela rápido demais. "Eu, hã, achei que seria difícil demais conciliar com os horários do futebol. E acho que as notas dele estão boas." Ela mentia para ele havia tanto tempo que já era fluente.

"Entendi." Jez se acomodou para assistir à série.

Elle se aconchegou ainda mais e olhou ao redor do novo e belo quarto, com janelas Velux, aquecimento sob o piso, banheiro e closet. Ninguém, ninguém nesse mundo, arriscaria perder tudo o que Elle tinha por algo tão tolo quanto a verdade.

Niamh } E ENTÃO, PARA A CAMA

Quando chegaram de volta a Hebden Bridge, a noite já havia caído. Ignorando o menino, Tigre disparou pelas pernas de Niamh na direção do jardim assim que ela abrira a porta da cozinha. Havia esquilos a serem seguidos e cocô de raposa no qual rolar.

Ela só usava a porta da frente se a rainha ou o papa viessem visitá-la, um hábito singular que ela herdara junto ao chalé.

"Certo", ela disse ao companheiro silencioso. "Aqui estamos! É isso! Desculpe por não ser uma mansão nem nada."

Ele hesitou na soleira, com timidez.

"Entre, saia dessa chuva", chamou ela, guiando-o para dentro. "Venha sentar junto do fogo; vou buscar uma toalha pra você."

Se ela fosse uma elemental, nunca teria a necessidade de acendedores, mas teve que encher o fogão a lenha na sala de estar do chalé com rapidez e o acender. O menino, a quem o serviço social se referia como John Smith, se empoleirou, encharcado, no sofá, assim como ela. Niamh não queria chamá-lo por um nome que havia lhe sido imposto. Uma nuvem de chuva teimosa pareceu segui-los por todo o caminho desde Manchester e ela não conseguiu evitar se perguntar se aquilo havia sido obra *dele*.

Sem querer pôr tudo por água abaixo, eles haviam ido de trem. O teleporte já era estressante o suficiente para a maioria das bruxas estáveis. Helena, talvez por não confiar por completo em sua decisão, foi com eles. Ele ainda não havia pronunciado uma única palavra; em vez disso, foi observando os pingos de chuva na janela do trem, com a testa apoiada no vidro, enquanto Niamh e Helena papeavam sobre livros, filmes e as fofocas do coven.

Ela levou toalhas para os dois. Ele olhou para a toalha felpuda como se nunca tivesse visto uma em toda a sua vida. Deu batidinhas cuidadosas no rosto e no cabelo. "Posso te trazer um chá ou algo assim? Chá de camomila é ótimo antes de ir pra cama, mas pode ser também de alfazema com mel."

Ela projetou a mente mais uma vez, agora, desimpedida pelas contramedidas de Grierlings, mas ainda havia somente aquela parede de ônix na cabeça dele. "Bom, eu vou tomar um, então posso muito bem fazer um pra você também."

Enquanto ela fazia o chá, assimilou a realidade concreta do que havia feito. Aquele menino, de acordo com as oráculos e com a taxonomia dos demônios, estava mancomunado com um terço da trindade profana. E ela havia lhe oferecido um lugar para ficar. Niamh olhou por cima do ombro, através da porta, e viu que ele havia se levantado do sofá para aquecer as mãos junto ao fogo. Deusas, ela deixara um elemental sozinho com uma chama viva. Essa podia não ser sua decisão mais inteligente de todos os tempos.

Não se demorou com o chá.

Quando ela o levou, ele ainda estava esquentando as mãos leitosas. "Você consegue controlar a chama?", ela perguntou, tentando afastar de seu tom aquele trinado de nervosismo.

Ele se agachou junto ao fogo, como se estivesse tentando compreender aquilo. De repente, as chamas desabrocharam com um *wuuf* baixinho e ele deu um pulo para trás. *Ele tem medo do próprio poder*, pensou Niamh, *o que não é a marca de um gênio demoníaco*.

Você pode me ajudar?

"Posso sim", ela respondeu em voz alta. Niamh esperava que, se falasse, ele também o faria. "Sinto muito pela forma como você foi tratado. Nem consigo imaginar o quanto deve ter sido assustador."

A deplorável sacola de roupas dele estava sobre a mesa da cozinha. No trem, Helena lhe dera informações breves sobre o passado recente do garoto. Até o incêndio da escola, ele tinha vivido em um orfanato em Edimburgo, sob um nome genérico. Seus lares adotivos mais recentes, após abrigá-lo por um ano ou quase isso, haviam considerado que ele era "preocupante" e o rejeitado.

"Deveríamos ter te encontrado mais cedo", admitiu Niamh. "Há pessoas no CRSM cujo trabalho é localizar bruxas e feiticeiros juniores. Você escapuliu de nossa rede."

Ele tomou um gole do chá. Fez uma careta.

"Não é dos mais gostosos, né?", riu Niamh. "Mas vai ajudá-lo a dormir."

Você sempre foi bruxa?

"Sim. Minha mãe era bruxa e meu pai era feiticeiro. Mamãe contou para mim e minha irmã que éramos bruxas quando, bem... eu era tão nova que nem me lembro, para falar a verdade. Acho que eu sempre soube."

Onde estão seus pais?

"Os dois morreram", ela respondeu, franzindo o nariz. "Nada de bruxo ou mágico. Morreram num acidente de carro quando eu era mais nova que você. Foi quando viemos morar aqui com nossa avó." Hora de fazer uma tentativa. "E quanto aos *seus* pais?"

As paredes na mente dele se ergueram tão rápido que Niamh quase caiu do sofá. Aquele fio da meada não queria ser puxado. "Desculpe", ela se apressou em dizer. "Isso não é da minha conta."

O que vai acontecer agora?

Uma excelente pergunta, e o pobre menino merecia saber.

"Amanhã, vou pedir a um colega que me cubra no consultório e vamos visitar uma amiga minha, Annie. Eu confio nela com minha própria vida e acredito que ela seja capaz de lançar alguma luz nessa situação. Annie é uma das senhoras mais adoráveis do mundo, e tenho quase certeza de que vai nos servir bolo de limão siciliano. O que acha?"

Ele assentiu.

"Venha, vou te mostrar seu quarto."

Ela o guiou até o quarto que um dia havia dividido com Ciara, com camas gêmeas, cada uma encostada em um canto. Agora era um quarto de hóspedes, embora fizesse anos que ela não recebia nenhum.

O quarto tinha um cheiro um pouco mofado, como se não recebesse amor o suficiente, embora Tigre gostasse de tirar uma soneca em uma das camas, às vezes. Ela encontrou uma escova de dentes sobressalente e mostrou a ele onde era o banheiro.

"Tem tudo de que precisa?"

Ele assentiu outra vez, mas parecia um pouco menos apequenado, mesmo para o quarto estreito. Hoje em dia, ela o usava, na maioria do tempo, como um lugar para manter as roupas em excesso que não cabiam em seu guarda-roupas. Era uma bagunça, na verdade, os vestidos de verão jogados em uma poltrona ou pendurados sobre o espelho.

"Deve ser melhor do que Grierlings, né?" Ela sorriu, e ele se animou um pouco. "Se precisar de qualquer coisa, estou aqui ao lado."

Ela se virou para sair, mas então acrescentou, como se tivesse pensado melhor. "Ei, você não oferece risco de fuga, né? Não vai sair correndo no meio da noite?"

Ele balançou a cabeça.

"Ótimo! Durma bem. Você está são e salvo aqui, eu prometo."

Theo.

"Perdão?"

Meu nome é Theo.

Ora, isso era bom. Era *alguma coisa*. Justificativa. Progresso. Tiraria Helena da cola dela. "Prazer em conhecê-lo, Theo. Descanse e nos vemos no café da manhã."

Conrad lia para ela na cama. *Duna.*

"Que tipo de nome é Paul?", ele comentou, colocando de lado o romance que lembrava um peso de porta.

Niamh já estava cochilando. Ele lia para ela como forma de ajudá-la a pegar no sono. "Como assim? Paul é um bom nome."

"Então o autor se deu ao trabalho de batizar os planetas de Caladan e Arrakis, aí deu ao personagem principal um nome de merda feito *Paul*? Não é muito ficção científica, né? Tipo, eu o teria chamado de Xilocarpo ou coisa assim."

Niamh rolou para o lado. "Isso é um tipo de coco."

"Quê?"

"Xilocarpo. É um fruto de casca dura."

"Ah."

Niamh se deu conta de que escutava o ruído de água corrente, como se tivesse deixado a torneira aberta. "Con, você deixou alguma torneira aberta?"

Quando ele não respondeu, ela abriu os olhos e ele havia sumido. O quarto estava escuro e a cama, fria. A água, porém, continuava a correr.

Saindo da cama, Niamh cambaleou até o interruptor. Acionou-o para cima e para baixo, mas as luzes não acendiam, não importava quantas vezes tentasse. Sem energia. A densidade da escuridão sugeria que faltavam horas para o nascer do sol. Então tentou encontrar a maçaneta da porta.

Ela escancarou a porta e, em vez do patamar do andar superior, ela agora se abria para um cômodo desconhecido. Niamh prendeu a respiração. Aquilo não estava nem um pouco certo. A luz era escassa e ela teve que tatear o caminho por um corredor estreito, tocando as paredes. O ar tinha cheiro de bolor. O papel de parede estava rasgado, descascando e amarelado nos cantos.

A água continuava a correr.

Estava em um apartamento lúgubre. Era todo feito de ângulos retos e pés-direitos baixos, funcionalidade sem alma. Só uma luz pálida escoava pelas janelas estreitas acima das portas.

Um bebê chorava. Aquilo a pegou de jeito.

Uma mulher saiu em disparada do quarto à esquerda, e Niamh se encolheu contra a parede. Só a viu por uma fração de segundo, mas ela era pequena, magra, com uma vasta cabeleira preta e bagunçada.

Niamh pressentiu poder no mesmo instante, como quem tinha o mundo nas mãos.

Com toda aquela inevitabilidade extenuante dos pesadelos, a cena se arrastou feito uma montanha-russa em direção ao primeiro pico. Niamh não poderia parar, mesmo que quisesse. Ela seguiu a forma feminina até o quarto.

Era uma espécie de quarto de bebê. Um lençol esfarrapado estava grampeado sobre as janelas quadradas e havia mofo preto se infiltrando pelos cantos do teto. O berço, todavia, era novo e estava repleto de bichos de pelúcia. Uma canção de ninar tocava de um móbile de lua e estrelas que se balançava sobre ele.

A mulher se curvou sobre o berço, seus movimentos eram assustadiços e nervosos. Ela estendeu as mãos para dentro e puxou a criança de lá. Parecia frágil demais para erguê-la, mas conseguiu. O bebê, pensou Niamh, tinha não mais que 2 anos, de todo modo, não era um recém-nascido. Assim que ela o pegou, o bebê parou de chorar.

Shhhh, ela sussurrou. *Que menino bonzinho. A mamãe tá aqui.*

A mulher aninhou a criança nos braços e passou por Niamh como se ela não estivesse lá. *Eu não estou aqui*, pensou Niamh, embora de alguma forma estivesse. Nunca tinha visto aquele apartamento nem aquela mulher antes, mas cada detalhe daquilo parecia sólido. O rosto da mulher estava abatido. A pele era amarelada e esburacada. Havia uma ferida feia e vermelha em seu lábio. O longo cabelo estava ensebado.

Niamh supôs que ela era mais jovem do que parecia. Se a mulher aparecesse em sua clínica, ela conseguiria ajudá-la. Aquela era uma mulher que precisava de ajuda.

Ainda como uma *voyeur* passiva naquele estranho diorama, Niamh os seguiu pelo lúgubre corredor. A água vinha do banheiro, que se encontrava em um estado triste, similar ao do resto do apartamento. Os azulejos da parede estavam rachados e embolorados, e uma fenda na janela fosca deixava entrar uma corrente de ar cortante. Apenas uma débil torrente de água pingava para dentro da banheira. Balançando o bebê em seu joelho, a mulher corria os dedos pela água, checando a temperatura.

Satisfeita, ela tirou o macacão e a fralda do bebê, e pousou-o dentro d'água. Ele esperneou e voltou a chorar.

Shhh, tá na hora do banho, bebê.

Só então, com a mão livre, ela segurou o rosto do menininho e empurrou-o todo para debaixo d'água.

Niamh abriu a boca para gritar, mas não saiu nenhum som. Tentou alcançar a mulher e puxá-la para longe da criança, mas descobriu que não tinha mãos. Só podia assistir enquanto a água dançava sobre o rostinho do bebê e...

Ela acordou quente, com a camisola grudada nas costas. Lágrimas corriam pelo seu rosto.

Além disso, estava acontecendo um terremoto.

Um copo d'água caiu da mesa de cabeceira. O porta-retrato com a foto dela e de Conrad tombou. O chalé inteiro tremia. Lá embaixo, Tigre havia começado a latir. "Que porra é essa?"

Niamh rolou da cama e caiu de quatro, tentando se estabilizar. Conseguiu se erguer e foi se agarrando até o quarto extra, sabendo, de algum modo, que aquilo tinha algo a ver com *ele*. "Theo!", ela berrou. No patamar, uma pintura do vale feita por sua avó caiu no chão, o vidro da moldura se espatifando.

Entrou no quarto de hóspedes quase caindo. Ela arfou. O garoto pairava a cerca de um metro da cama, mexendo-se e esperneando durante o sono. O rosto reluzia de suor. E ele emitia sons lamuriantes enquanto convulsionava.

"Theo!", ela gritou de novo. "Acorde!"

As janelas se espatifaram para dentro, seguidas pelo espelho de chão no canto, cobrindo os dois de cacos de vidro. Niamh gritou, cobrindo o rosto para não ser atingida pelos fragmentos. "Theo!"

Ela agarrou os braços dele e tentou puxá-lo de volta para a terra, mas ele era mais forte do que parecia.

"*THEO!*"

Ela penetrou o subconsciente dele bem no fundo, com a rajada mais poderosa que podia disparar. Funcionou. Seus olhos se abriram e o chalé parou de chacoalhar. Ele despencou de volta no colchão, com o corpo mole. Lágrimas corriam também pelo pescoço dele, e Niamh entendeu que eles haviam compartilhado o mesmo sonho. Ele o havia transmitido, sem querer, ela supunha, para a mente dela enquanto dormia. Fazer uma coisa dessas sem nem mesmo *se dar conta*? Caramba, qual era a extensão do poder dele?

"Você está bem", ela perguntou, trêmula e recuperando o fôlego. "Foi só um sonho." Era uma enorme mentira e ela sabia. Era uma *lembrança*. Niamh conhecia a diferença. "Você está bem agora", ela repetia, tentando convencer tanto a si mesma quanto a Theo.

Havia um corte na bochecha dele, feito quando o espelho estourou, e um menor em seu antebraço. Só um arranhão. Mesmo no escuro, ela viu a pele dele brilhar e o corte se fechar sozinho. Ele agarrou a mão dela e, um momento depois, ela sentiu uma aprazível calidez fluir da pele dele e, então, adentrar até o fundo de sua medula.

O arranhão no braço dela desapareceu por completo e a dor sumiu. Ele era um elemental, um senciente *e* um curandeiro. Essa era mais uma de suas habilidades. Niamh lutou para manter o semblante neutro. Não era sempre que encontrava pessoas mais capazes do que ela e não estava certa se havia gostado disso.

Quem é você?

Os olhos dele cintilaram na escuridão. *Eu não sei.*

Helena } A MANSÃO VANCE

Ao mesmo tempo em que Niamh e Theo chegaram ao chalé, Helena também entrava na casa de sua infância. O relógio de pêndulo no corredor bateu as 23h enquanto ela fechava a robusta porta de carvalho atrás de si, de forma escrupulosa, muito embora não houvesse de fato um modo silencioso de fazê-lo. Presumiu que seus pais estariam na cama, apesar de tê-los avisado que passaria a noite lá. Não era o ideal para o trabalho, pela manhã, mas não havia a menor chance de deixar Niamh sozinha com uma variável tão temerária. Ela duvidava que dormiria bem, preocupada com a amiga, mas Helena havia se treinado para lidar com satisfatórias cinco horas de sono por noite.

Ela atravessou o andar térreo da casa na ponta dos pés, uma réplica gótica construída originalmente em 1864 para Rudolph Garnett, um mercador de seda. Pertencia à sua família desde que ele havia se casado com a jovem Edith Vance, pouco depois. Bruxas, por via de regra, não adotavam os nomes de seus maridos.

Helena agora reconhecia que sua criação tinha sido "confortável", mas não o fazia antes. Afinal, que criança não crescera em uma mansão de sete quartos? O roseiral, a lagoa dos patos, a casa na árvore e o pomar eram tudo que ela conhecia. Um dia, ela presumiu, herdaria aquela casa, junto à irmã. Vendê-la ou depená-la? A nostalgia e o sentimento podiam ser intoxicantes, é claro, mas a casa era pouco prática, e bem opressiva. As vigas eram baixas demais, as janelas com vitrais eram rebuscadas demais, as cortinas em vermelho-clarete eram pomposas demais. Preferia a suavidade de sua estilosa casa geminada, em Chorlton.

Foi recebida na cozinha por um persistente odor de peixe que a lembrou de que era segunda-feira. Torta de peixe; terça sem carne; lasanha (Semana A) ou torta de carne moída (Semana B); costeletas de porco; peixe com fritas; tender e ovos (Semana A) ou torta e purê (Semana B); assado de domingo. Ela ligou a chaleira elétrica antes de procurar alguma coisa na geladeira, qualquer coisa que tivesse sido feita em casa. O dia fora levado com mais uma trinca de refeições Pret a Manger: croissant, sanduíche e a salada que ela acabara de comer no trem. Na prateleira de cima da geladeira havia um prato de frios envolvido em plástico filme com o qual ela poderia fazer outro sanduíche. Ela pegou também um pote de salada e levou tudo até a ilha da cozinha.

Sua mãe passou levitando pela porta e Helena derrubou tudo pela superfície com um baque alto. "Mamãe! Agora chega, vamos colocar um sino em você."

"Desculpe, querida, não quis assustá-la." Lilian Vance flutuou em silêncio até a cozinha, os pés dentro de pantufas levitando a poucos centímetros do piso. Helena muitas vezes se perguntava se ela não fazia *mesmo* de propósito. Uma brincadeirinha furtiva que era sua marca registrada. A mãe pousou em uma das diversas cadeiras de rodas espalhadas estrategicamente pela casa.

"Achei que estaria dormindo", disse Helena. "Quer algo para beber? A chaleira acabou de ferver."

"Camomila, obrigada. Minha neta irá nos agraciar com sua presença?"

Helena deu um sorriso afetado, espalhando manteiga pelo pão de massa azeda recém-preparado. "Sim, o coven vai teleportá-la a qualquer momento." Ela levou duas canecas fumegantes até a mesa de café da manhã e então voltou para terminar o sanduíche.

"Ouso perguntar o que a trouxe aqui?", questionou Lilian, soprando o chá.

"É melhor que não saiba. Onde está o papai?"

"Está lendo na cama." Lilian era uma bela mulher, toda compostura e maçãs do rosto, notável mesmo no crepúsculo da vida. Se Helena chegasse ao menos perto de envelhecer tão bem quanto ela, já estaria satisfeita. "A rede dos buchichos já está matraqueando... algum tipo de agitação?"

"Tenho certeza de que já está mesmo", Helena a ignorou, dando uma grande mordida no sanduíche. "E sem comentários."

"Não fale de boca cheia. Seria o novo primeiro-ministro?"

Helena encarou a mãe com um olhar desafiador enquanto se sentava à mesa, junto dela. "Mamãe."

"O quê?"

Ela suspirou. "O novo primeiro-ministro é mais um caçador de glórias do Eton* que acha que acabou de ser eleito chefe dos monitores. Como sempre é o caso, o CRSM vai continuar a trabalhar com os conselheiros dele a uma distância confortável."

Lilian sorriu, maliciosa. "Ninguém disse que ser Alta Sacerdotisa era fácil, Helena."

Qual era o problema com aquela casa? Assim que cruzava o seu limiar, ela voltava a ter 17 anos. Helena se conteve para não vociferar um rabugento EU SEI, MÃE na cara dela.

Às vezes Helena se perguntava se algum dia o que fazia seria suficiente. Talvez... talvez se a própria Lilian tivesse servido como Alta Sacerdotisa, ela tivesse mais empatia. Não sendo o caso, seria para sempre a filha de uma e mãe de outra, sem nunca ter sido ela mesma A Escolhida. Uma situação singularmente insatisfatória. Uma copiloto por toda a vida. Helena trabalhava com um afinco especial para manter essas reflexões para si mesma. Ela não disse nada. Estava tarde e não queria falar nada que fosse se arrepender no momento em que a manhã despontasse.

"Você parece exausta."

"Obrigada. Eu estou exausta. Estou de pé desde às 4h." Era difícil acreditar que a captura de Smythe havia ocorrido naquele mesmo dia. Ela se perguntou como estaria sendo a primeira noite dele em Grierlings.

"Sua avó sempre disse que o truque era saber delegar, querida. Você não precisa fazer tudo sozinha."

---

* Eton College, tradicional colégio inglês só para meninos, onde já estudaram diversos ex-primeiros-ministros e membros da realeza. (N. T.)

Não dê corda, não lhe dê o que ela quer. Certas pessoas gostam de um bate-boca tanto quanto gostam de uma vigorosa partida de squash. Além do mais, Helena descobria com frequência que, se queria algo feito do jeito certo, *ela mesma* tinha que fazer. A mais jovem *de todas* as Altas Sacerdotisas do crsm. Tinha muito a provar.

Havia sido uma época caótica, mas ela se lembrava de quando as pessoas tinham começado a sussurrar seu nome no meio da guerra. A última Alta Sacerdotisa, Julia Collins, fora assassinada, e a sensação era de que precisavam de alguém no olho do furacão. A princípio, aquilo tinha sido muito lisonjeiro, mas também uma insanidade. Uma estrela em ascensão, sim, e parte da linha de frente para rechaçar Hale e seus comparsas, mas não uma líder. A guerra teve prioridade sobre a pompa e a circunstância do crsm.

Só então Annie Device previu sua coroação, depois as oráculos; e então Niamh e Leonie a apoiaram, e seu pai e algumas prósperas anciãs também a sugeriram. A ideia ganhou tração. Helena Vance, neta de uma das melhores Altas Sacerdotisas que o coven já vira. O rosto novo e viçoso da bruxaria moderna. Ela experimentou e descobriu que lhe caía bem. No fim, até Lilian derramou sua bênção tácita sobre a coligação, ao seu próprio modo.

Ninguém era imune a ter o ego inflado, mas aquilo tinha sido uma luta antes e era uma luta agora. Quando fizera aquele juramento, fora sincera em cada palavra. O coven era *tudo*. Hale havia ameaçado sua própria existência, e agora aquele menino fazia o mesmo.

"Você está fazendo um trabalho maravilhoso, Helena", Lilian declarou, enfim. "Todas dizem isso." Helena estava ciente das espiãs de sua mãe no crsm. Muitas delas nunca teriam chance como Alta Sacerdotisa por causa dela, afinal de contas. "Mas como é mesmo que os jovens dizem? *Autocuidado?*"

Helena conseguiu sorrir. "Obrigada, mãe. Vou marcar um dia no spa depois que eu evitar o apocalipse."

Lilian a analisou, tentando decifrar se ela estava brincando. Por sorte, ela foi salva pela aproximação de um teleporte. O ar crepitou com a estática. Lilian também pareceu pressenti-lo.

Os pelos no braço de Helena se ergueram um após o outro. Um ciclone cintilante enxameou no meio da cozinha, até que Neve apareceu, com o celular na mão. Não parecia impressionada. "Pode não fazer isso, por favor?"

"Beijo, por favor", exigiu Lilian, e Neve se esgueirou para obedecer.

"Eu tava no meio de uma parada, mãe, não pode simplesmente mandar o coven me raptar."

"Posso e vou." A paciência de Helena já fora testada de diversas maneiras. "Já são quase 23h, você deveria estar na cama."

"Eu tava com as minhas amigas!"

Que chateação. "Temos que apagar as memórias delas?"

Neve fez beicinho. Todas as mães acham seus filhos lindos, mas Neve sem sombra de dúvidas era. Cabelos e pele tão brancos quanto seu nome sugeria, com olhos redondos de boneca e lábios cheios. Helena só esperava que ela não estragasse o rosto com toneladas de maquiagem. "Não. Amigas bruxas."

"Então, muito bem", disse Lilian. "Que mal tem? Não seja petulante, querida. Não fica bem."

Pelo contrário, Helena havia criado Neve para dizer o que pensava. Aos seus olhos, *mandona*, *exigente* e *difícil* eram o léxico misógino para *impetuosa*, *ambiciosa* e *determinada*, traços que ela gostaria de fomentar. Helena só desejava que a filha escolhesse travar suas batalhas fora do ambiente familiar.

"Já tenho quase 16 anos", continuou Neve. "Posso muito bem ficar em casa sozinha. Se alguém tentar entrar, eu boto fogo na pessoa."

"Esse é o espírito", riu Lilian, enquanto a neta se servia de uma Coca sem açúcar na geladeira.

"Não beba isso antes de dormir...", lamentou-se Helena enquanto a filha tomava um enorme gole, desafiadora. "E também tenha em mente que nossa casa não é à prova de chamas." Ela não queria inflar demais o ego de Neve, mas Helena se orgulhava em silêncio de como ela havia se adaptado rápido à bruxaria. Seria uma elemental formidável.

Se algum dia largasse aquele celular.

"Por que é que a gente tá aqui, mesmo? Desculpa, vó. Claro que é ótimo ver você."

"Sem problemas, meu bem."

Helena terminou o sanduíche e limpou a boca com um guardanapo. "Não posso dizer, mas precisamos estar em Hebden Bridge esta noite. Só por garantia."

Neve e Lilian trocaram um olhar. "Só por garantia de quê?", perguntou a adolescente. "Não pode dizer isso e depois não nos contar."

"Posso sim, e não vou contar." Helena pegou a caneca de chá e o laptop, dentro da capa. Ela ainda precisava assinar alguns documentos antes de dormir. Puxou Neve para um abraço e lhe deu um beijo na testa. "Eu me preocupo com essas coisas para você não ter que se preocupar. Agora, para a cama. As duas."

Helena tomou o peso do mundo e o levou consigo para a cama, no andar de cima.

Leonie } TERRORES NOTURNOS

Quando crianças, costumavam chamar aquele lugar de Prado das Campânulas. Esse não era o nome real, mas aquilo era um prado onde cresciam campânulas. Leonie estava lá. Botões branco-rosados choviam das árvores na velocidade errada. Tudo estava lento demais, como se o tempo tivesse sido imerso em cola.

Havia uma cama na clareira, e nela estava uma mulher. Uma mulher que se parecia com Niamh, mas que não era ela. Leonie sempre conseguia diferenciá-las. Os olhos, de algum modo, eram mais como os de uma raposa, e Niamh tinha uma leve cicatriz no lábio.

A bela adormecida era acorrentada à cama com grilhões de prata nos dois punhos.

Enquanto Leonie se aproximava da cama, o prado se desvaneceu, substituído por um papel de parede floral desbotado pelo sol. O quarto cheirava a lavanda, à revigorante *Virgo Vitalis*. O esconderijo. Leonie não o visitava há muito tempo. Tempo demais. Um dia, elas haviam sido aliadas. Não, mais do que isso. Haviam sido melhores amigas.

Ao pé da cama, Leonie sentiu um poço se abrindo dentro dela, para o qual toda a esperança foi sugada. Algo terrível estava para acontecer. Ela sentiu a ânsia acachapante de fugir. A parte mais antiga de seu cérebro estava em alerta total: lutar ou fugir. *Saia daí. Vá para longe, bem longe.*

Na cama, a mulher parecia sossegada. Leonie se deu conta de que o rosto dela havia mudado. Agora tinha uma tênue cicatriz em seu lábio.

"Onde está você, Ciara?" Essa era a pergunta.

Leonie a *sentiu*. Ela estava por perto. Tudo aquilo parecia um pouco real demais. Sencientes tinham alguns sonhos bem vívidos, que mal podiam ser chamados de sonhos.

Lembrou-se da última vez em que vira Ciara Kelly consciente, e pensou no quanto ela estava *diferente*: deveria estar assustada. Leonie prendeu o fôlego e se virou bem devagar. Ela meio que esperava ver a irmã gêmea de Niamh no teto.

"Ciara?"

Leonie sentiu uma espécie de mão, forte e gelada, agarrar seu tornozelo por debaixo da cama e...

Ela despertou com um choque. Sobressaltada, a gata disparou do pé da cama e escapuliu do quarto. Os olhos de Leonie tentaram discernir algo na escuridão. Estava em sua cama, segura. Conferiu o celular e ainda era pouco mais de 1h.

"O que foi?", murmurou Chinara, virando o rosto para o outro lado. Ela era, de longe, quem tinha o sono mais leve.

O coração de Leonie estava batendo rápido demais. Porra, esse tinha sido fodido.

"Lê?"

"Pesadelo, amor." Não. Mais do que isso. Aquele pavor nauseante perdurava.

Leonie, ainda tonta, projetou sua percepção por Camberwell, por Southwark e por South London. Algo perigoso de se fazer em uma cidade tão populosa. Muitas mentes barulhentas criam um bocado de barulho. Londres não dorme e, sendo senciente, ela se acostumara a um certo nível de tagarelice de fundo, do mesmo modo que se acostumara ao fato de que nunca escurecia de verdade. O céu era sempre turvo com a névoa neon, e a psique coletiva de Londres era igualmente embaçada. Bastante alegria, sim, mas também a pior solidão que ela já sentira.

Leonie franziu o cenho. "Tem algo errado."

Chinara se virou e se apoiou em um dos cotovelos. "O quê?"

Sem querer falar como uma oráculo apreensiva, Leonie não disse o que estava sentindo. Para que preocupá-la? Chinara tinha uma grande reunião pela manhã. Não era justo. O que Leonie sentiu tinha sido o *fim dos tempos*. Era isso, a sufocante sensação de que algo terrível estava para acontecer. Uma catástrofe.

"Eu, hã, foi só um sonho", ela mentiu.

"Com quem?"

"Não importa."

Era mais com *o quê*. *Algo* a acordara. Não Ciara, outra coisa. Algo ruim.

O PROBLEMA COM PROFECIAS { *Niamh*

Como uma das meninas havia bem colocado, Niamh fez ovos para o café da manhã, ao mesmo tempo em que pisava em ovos. Até o momento, não acontecera outros incidentes, mas, pela segunda noite seguida, ela havia dormido pouquíssimo. É difícil dormir em alerta total.

Theo já parecia melhor por estar fora de Grierlings. Havia tomado banho e vestido roupas limpas, e agora se parecia com qualquer outro adolescente que você veria em bando nas redondezas do mercado de Hebden Bridge. Continuava tímido feito um arganaz, mas aceitou o café da manhã de ovos mexidos com um bolinho inglês, que estava comendo com avidez.

"Quer conversar sobre seu sonho?", ela perguntou, olhando-o por cima de sua maior caneca de café preto.

Ele balançou a cabeça e ela não o pressionou.

"Tenho alguns remédios herbais que vão ajudá-lo a dormir melhor esta noite." Ela acrescentou com uma piscadela: "E que vão manter o teto no lugar se você tiver outro pesadelo".

Ele pareceu corar e ela lhe assegurou que estava tudo bem. Não havia como evitar. Acidentes aconteciam, e tudo o mais. Ela já arrumara um vidraceiro para consertar a janela naquela tarde. E ele se ofereceu para lavar a louça, talvez como penitência.

"Venha aqui", ela chamou depois de ele terminar. "Annie vai estar esperando por nós."

Ela era, afinal de contas, uma oráculo poderosa.

Niamh não estava no clima para perambular, então eles pegaram o caminho mais curto para Midgehole. O chalé de Annie, no velho moinho, ficava afastado da estrada de terra na mata, aninhado às margens do Hebden, o riacho tagarela que ia serpenteando por todo o parque da National Trust, o Hardcastle Crags, e descia até a cidade. O moinho inteiro parecia embriagado, afundando na floresta para a qual ele dava as costas. Annie Device nascera naquele chalé, e ele parecia envelhecer com ela. Ambos acusavam a idade, porém a roda d'água continuava a girar, muito embora não moesse mais o trigo que já moera um dia.

Niamh e Elle sempre perguntavam se ela não ficaria mais feliz morando com uma delas, e diziam que ambas ficariam felizes em recebê-la, mas ela repetia o mantra: *Eu nasci nesta casa, e hão de me carregar morta para fora dela.*

Ninguém, muito menos Elle, sabia a sua idade exata. Ela era velha. Definitivamente velha.

O chalé era cercado pela *maior parte* do muro que um dia havia circundado o pátio da azenha. Hoje em dia, o muro em ruínas, aliado a um leve feitiço, mantinha afastados os andarilhos e os turistas intrometidos, emparedando o jardim selvagem de Annie.

Theo ficou esperando diante dos portões enferrujados enquanto Niamh abria caminho pela selva de urtigas diante da porta da frente. "Venha", chamou ela. "Não tem nada com que se preocupar, eu prometo." Um tanto consumido por bambus e vinhas, parecia, em todos os centímetros, o chalé da bruxa dos irmãos Grimm, mas Niamh suspeitava que Annie cultivava aquela aparência de propósito, para manter as pessoas afastadas. Ela sempre segurara a barra pelo time. Era a "bruxa de Hebden Bridge", para que o resto delas pudesse continuar sendo quem era.

Toda cidadezinha tem sua bruxa, em uma casa de pão de mel.

Annie os encontrou na porta da frente. "Niamh, minha menina, traga logo essa bunda aqui pra dentro! Ande, não deixe o calor escapar." O seu sotaque de Yorkshire era o mais pesado que já havia existido e que um dia existirá.

Niamh sempre ficava surpresa com o quanto Annie parecia cada vez menor. Tinha certeza absoluta de que ela estava encolhendo. Hoje em dia, andava curvada e dependia de uma bengala para se apoiar. Estava usando a peruca que Niamh tinha comprado para ela havia dois Natais: um corte chanel curto simples, branco prateado.

"E quem é esse?", perguntou Annie. Ela não conseguia ver Theo, é claro. Havia ficado cega décadas antes de Niamh ir para a Inglaterra, mas com certeza conseguia *vê-lo*, e Niamh supôs que ela já sabia a resposta. Não havia muito que Annie Device deixasse passar. O corpo dela estava definhando, sem dúvidas, mas a mente ainda era uma armadilha de aço para ursos.

"Annie, este é Theo." Ela se voltou outra vez para a emaranhada trilha, enquanto ele se aproximava, hesitante. "Estou cuidando dele por um tempo. Ele não fala muito... não fala nada, na verdade, mas precisamos..."

A velha deu um risinho. "Ah, eu sei do que vocês precisam, Niamh Kelly: de uma xícara de chá grande pra porra. Agora, entrem logo."

O chalé era repleto de duas coisas: diários e gatos. Era o santuário felino não oficial de Heptonstall, e cheirava como tal. Niamh viu que Theo se sentiu nauseado ao entrar na casa, mas dirigiu a ele um rápido olhar.

Eu sei. Vamos nos sentar no jardim. Não tema.

Era justo dizer que o sentido premonitório de Annie era muito mais aguçado que seu olfato.

Os diários e almanaques, montes e montes de volumes encadernados em couro, estavam empilhados pelas escadas, junto das paredes e nos beirais das janelas. Cada um continha registros intrincados da história pessoal de Annie e de todas as histórias da qual tinha estado a par: as de seus ancestrais e as de seus descendentes. Ela era uma guardiã tanto do passado quanto do futuro.

Gatos de todas as cores, formas e tamanhos se bandearam para os tornozelos de Niamh conforme eles atravessavam a sala de estar. Ela era requisitada com frequência por familiares de espécies que tinham senciência fugaz, como gatos, sapos, corvos e raposas, pois eles sabiam que poderiam se congregar com ela. Niamh isolou sua mente, incapaz de processar tantas consciências sobrepondo-se umas às outras. A miadeira e a choradeira já eram altas o suficiente.

Gatos *não eram* como cachorros. Volúveis, eles se entediavam-se com facilidade. Amavam você com todas as forças por um ou dois minutos e, em seguida, estava morto para eles. Niamh acariciou alguns dos mais amigáveis e se desviou do bichano malhado de cor laranja que silvou para ela do balaústre. Niamh tentava castrar o máximo possível dos gatos de Annie, mas o exército felino não parava de se expandir. "Acabamos de ter filhotinhos de novo!", Annie anunciou orgulhosa, já tateando o caminho até a cozinha.

"Me deixe ajudar", disse Niamh.

"Não seja pateta. Vá se sentar. Ficamos na sala de estar?"

Ela olhou para Theo outra vez. "Vamos para o jardim. Acho que lá é bem agradável."

A porta holandesa da cozinha se abria para um pátio coberto de dentes-de-leão à margem do rio, onde havia uma mesa e cadeiras de ferro enferrujadas. O jardim tinha o mato alto e era coberto de merda de gato, mas ainda havia o poço dos desejos e o balanço pendurado, agora abandonado e mal-cuidado, no grande sicômoro. Ela, Ciara e Elle haviam passado muitos dias a esmo empurrando umas às outras para a frente e para trás naquele balanço, ou, o que era ainda melhor, inclinando-se sobre o banco e torcendo as duas cordas, uma após a outra, antes de soltar, fazendo quem quer que estivesse no balanço girar em uma espiral.

Posso? A voz tímida de Theo brotou em sua cabeça.

"Não vejo por que não. Mas tome cuidado, aquele balanço é mais velho do que eu."

Theo atravessou o matagal com passos cuidadosos e testou seu peso no balanço. Pareceu suportá-lo. Ele deu um impulso. Balançou para a frente e para trás, e olhou para ela, com uma surpresa infantil em sua expressão. Era como se aquele fosse seu primeiro dia na terra: ovos, balanços, gatos... tudo parecia novo para ele.

Niamh se recordou do pesadelo dele com um azedume no estômago. Se ele *era* o bebê naquela banheira, havia sobrevivido, ao menos fisicamente. Isso não lhe dizia *como* ele se lembrara do episódio. Nem mesmo oráculos poderosas conseguem se lembrar da própria primeira infância. Por ora, Niamh estava operando com base na suposição de que a mulher atormentada de cabelos pretos era a mãe biológica de Theo, e que ela havia tentado afogá-lo. Aquela era, com certeza, a pior coisa que poderia se abater sobre uma criança. E isso significava que Niamh deveria tomar conta dele ainda melhor, até ser hora de devolvê-lo ao CRSM.

Uma pequenina bola de pelos o encontrou, e ele parou de se balançar para pegá-la. Mais uma vez, Theo olhou para Niamh em busca de permissão, e ela assentiu. Ele estendeu as mãos para o gato bebê com cuidado e o apanhou, o rosto tomado pelo deslumbramento.

Annie emergiu da cozinha com uma bandeja de chá, e Niamh levantou-se num pulo para ajudá-la. "Aqui, deixa que eu pego isso." Ela a guiou até a mesa e pousou a bandeja. "Como tem passado, Annie? Desculpe por não aparecer há algum tempo."

"Você me conhece, meu amor, não tenho do que reclamar. Estou caindo aos pedaços, é claro, mas não deveria estar reclamando."

Niamh deu um sorriso. "A peruca está bonita. Combina com você."

"Ah, é? Será que devo ir até o Clube dos Operários ver se consigo agarrar algum galã?"

Niamh riu, mas Annie *tinha mesmo* levado uma vida um tanto pitoresca. E ela não duvidava de que a anciã encontraria espaço para outro marido, ou até uma esposa, se quisesse. Para começar, ela era descendente direta das bruxas de Pendle que haviam sido perseguidas em 1612, o que ela ostentava como motivo de orgulho, a despeito do fato de que aquelas bruxas foram descuidadas a ponto de terem sido pegas. As histórias tanto de Pendle quanto de Salém traziam uma advertência a todas as bruxas. *É isso* que se deve esperar quando um coven descamba para os conflitos internos e a deslealdade.

Em sua juventude, Annie havia rodado o mundo, visitando o máximo possível de covens no exterior, e, de algum modo, encontrou tempo para dar à luz quatro filhos de quatro pais diferentes. *Eu também sou 4x4,* ela comentou certa vez, descarada, apontando com a cabeça para a Land Rover de Niamh. A filha mais jovem era a mãe de Elle, Julie, nascida sob as estrelas em uma tenda em algum lugar do deserto de Nairóbi.

"Vamos dar uma caminhada enquanto o chá está em infusão?", perguntou Annie. "Vai fazer bem ao meu quadril."

"É claro." Niamh tomou o braço dela e as duas se puseram a descer a sinuosa trilha do jardim que dava a volta no moinho inteiro. Elas falaram brevemente sobre Holly Pearson. Annie havia recebido a notícia de Elle e, é claro, ficado radiante com o fato de a linhagem das Device ter uma continuidade nela. Niamh suspeitava *com forças* de que a informação não fora uma surpresa para a antiga Oráculo-Chefe.

Lá fora havia um banquete sensorial: as cores, os aromas. O jardim até podia parecer um caos — uma vastidão de dedaleiras, cicuta-dos-prados, cardos-penteadores, aquilégias, campânulas e nigelas — mas a natureza nunca tivera a intenção da simetria. O jardim de Annie era um equilíbrio bagunçado, um sistema de suporte vital. Niamh pôde sentir a felicidade de algumas abelhas, minhocas e pássaros. Algumas das flores, Niamh compreendeu, não tinham nada que florescer no fim de março, mas, com as palavras certas, uma bruxa era capaz de convencer qualquer coisa a brotar.

Às vezes, Niamh se perguntava se esse também era o seu futuro. Ferrenhamente solteira; doida na medida certa para afugentar estranhos intrometidos; cercada de animais e de um punhado de amigos queridos. Ela conseguia pensar em sinas bem piores.

"Vamos conversar sobre a criança?", perguntou Annie, sabendo o tempo todo o propósito da visita.

"Você viu a profecia?"

"Ah, sim", confirmou Annie. "E também recebi um telefonema de uma das lacaiazinhas da Helena."

Ah, foi mesmo? Por que Helena havia negado isso?

"Bem?", Niamh baixou a voz. "Ele é essa *Criança Maculada*?"

Annie inclinou o rosto na direção do céu, banhando-se na tímida luz do sol. "Essa criança é um símbolo poderoso na divinação", ela começou. "Vida, potencial desenfreado, novos começos. Eu sempre senti que, enquanto oráculos, nós deveríamos ter cuidado ao acrescentar valor, seja ele bom ou ruim, às profecias. Nada nunca é só uma coisa ou outra. Às vezes, a mudança é bastante necessária, embora dolorosa no curto prazo. A criança foi prevista, e isso é tudo o que direi a respeito. Uhh, será que ainda tem biscoito na lata? Aposto que, se tiver, já estão moles."

"Annie!" O estômago de Niamh era um nó apertado. "Helena parece achar que há um elo entre ele e o... bom, você viu o que elas me mostraram?"

"O Leviatã? Ah, sim."

Ela não parecia nem de longe tão ansiosa quanto deveria estar. "E?"

"A trindade profana fez três armas a partir do homem: desejo, ódio e medo. Os demônios nos querem assustados, Niamh, porque o medo nos leva a fazer certas tolices. Eles se infiltram nos devaneios, não se engane."

Era verdade que a espécie demoníaca falava aos humanos de forma individual, criando aparições ou promessas sob medida para evocar a resposta desejada de suas vítimas. Por isso eram eficazes para um cacete. Um demônio particular, só seu, brincando diretamente com suas esperanças e medos. "Mas todas as oráculos disseram..."

"Se todas as oráculos dissessem 'pule do penhasco', você pularia para provar que elas estão certas?"

"Não. Mas eu, com certeza, teria muito cuidado nas beiras dos penhascos."

Em resposta, Annie deu uma risada. De forma paradoxal, quanto mais velha ficava, mais jovial era sua risada. Parecia uma pestinha travessa. "Se eu ganhasse dez centavos para cada vez que expliquei a natureza das profecias, seria uma mulher muito rica. Porque nós, mesmo sendo bruxas, lemos o tempo como uma linha reta. Apenas Gaia o vê de ponta-cabeça e de frente para trás. Nós contamos histórias e as passamos adiante às oráculos anteriores a nós, e recebemos as que estão sendo passadas por aquelas do amanhã. Mas a questão é a seguinte: quando as contamos, elas são enviesadas. Nenhuma de nós consegue resistir a acrescentar um pouquinho de sabor, de tempero. E você precisa ter em mente duas coisas: quem está contando e quem é o público. Os dois são muito importantes. Tanto a história quanto o futuro são ficções. Só o presente é real. Lembre-se disso."

Niamh ruminou aquilo enquanto um pombo-torcaz arrulhava, quase paquerador, em algum lugar ali perto. "Então você acha que as oráculos do futuro estão... exagerando? Ou que isso é o que as oráculos de agora querem ouvir? Por que elas iriam querer ouvir sobre a ascensão do Leviatã?" A cabeça dela começando a fazer um enorme esforço. Talvez fosse precisar de um cochilo de vinte minutos naquela tarde.

"Quem pode dizer? Eu costumava acrescentar uma pitadinha de susto o tempo todo. Grande parte da vida é um tédio, Niamh. A gente tem que dar umas risadas, né? Só sei que nada é escrito em pedra. Consegue se lembrar de quando me convidaram para ser Alta Sacerdotisa?"

Niamh riu. "Não! Porque foi uns vinte anos antes de eu nascer!"

"Bom, pois convidaram. O CRSM convidou. Foi visto que eu seria a próxima."

"E você não viu?"

"Ah, não, eu vi! Eu me vi subindo lá usando aquelas vestes escarlates chiques com muita vividez, e vi aquele diadema de hera no meu cocuruto; mas aquilo não era pra mim. Eu disse: 'Obrigada, mas não, obrigada'. Disse mesmo."

Niamh não fazia ideia. Como, em todos aqueles anos, ela nunca havia escutado essa história? "Não tinha me dado conta de que você podia recusar."

"Gaia gosta de surpresas! Ela nos dá o livre arbítrio por um motivo. Eu recusei. Ofereceram à Clara Vance e, como era de se esperar, as profecias mudaram. Como um rochedo que, caindo naquele córrego, faria a água correr em uma direção diferente. Eu era o rochedo."

"Então a profecia não é uma certeza?"

Annie se deteve quando elas voltaram ao ponto onde haviam começado, nos fundos do chalé. Ela apontou para Theo, que agora estava sentado à beira do poço, brincando calmamente com um par de gatinhos, provocando-os com um cacho penugento de dentes-de-leão. "Tudo o que sei com certeza é que aquela criança é o arauto da mudança. E nem todos vão gostar dessa mudança."

Niamh entendeu.

Annie desenlaçou o braço do de Niamh. "Pois venha. Não vamos deixar os saquinhos de chá cozinharem." Ela saiu pela trilha, arrastando os pés. "Theo, meu amor, tenha cuidado perto desse poço."

Niamh deu um riso largo. "Se cair nele, vai acabar em Blacko."

Ele pareceu confuso. Annie meteu a mão no bolso em busca de uma moeda de dois pence e a jogou no fundo do poço. A moeda fez um satisfatório "plop". "Nos idos da década de 1950, eu era muito amiga de uma mulher casada que morava em Blacko. Fizemos as elementais criarem um conduíte aquífero para que, quando o marido dela fosse para o parlamento, eu pudesse me esgueirar pra lá num piscar de olhos."

Blacko era um vilarejo em Pendle, a cerca de quarenta minutos de estrada, mas a meros segundos pelo conduíte aquífero. "Ele ainda funciona?", perguntou Niamh, incrédula. Havia entrado nele uma vez, quando tinha uns 12 anos. Ficara apavorada. Por um segundo, parecia que ela ia se afogar na escuridão de piche, sem ar, e então ela brotou pela cacimba irmã, sã e salva. Um barato, com certeza, mas não era algo que ela quisesse repetir.

"Ah, sim. Enquanto aquelas velhas pedras forem encantadas, vão dar conta do recado."

Theo parecia sombriamente fascinado. Ele procurou por alguma pedra pelo chão. Apanhou uma e a deixou cair na água preta lá embaixo. Ouviu-se um outro "splash" e então o silêncio.

De repente, Niamh sentiu um arrepio. Ela olhou para Theo. Ele percebeu o olhar e, por uma fração de segundo, uma certa fagulha brilhou em seus olhos. E foi aí que a ficha *dela* caiu. Não era uma lembrança física, mas algo em seus maneirismos.

Ele a lembrava de Ciara.

Niamh
INTRODUÇÃO À BRUXARIA

Niamh e Holly trocaram um longo abraço.

"Toda vez que eu te vejo, você parece mais adulta", comentou Niamh.

O uniforme escolar do colégio Saint Augustus, ela notou, não fora atualizado em nenhum aspecto desde a época em que ela estudara lá, mas Holly não parecia mais uma menininha. "Dá pra parar? Você é um lembrete da minha própria mortalidade! Quer tomar alguma coisa?"

Holly entrou na cozinha e deixou a mochila junto à porta. "Não, obrigada. Na verdade, um pouco d'água? Na aula de biologia, o sr. Robson disse que a gente tem que tomar oito copos por dia, mas eu tento não usar os banheiros da escola porque o atendente do banheiro é o maior pedófilo."

Niamh riu, porque esperava que fosse uma piada, e pegou um copo para ela. Theo estava sentado na sala de estar, tão quieto que Holly arfou quando se deu conta de que mais alguém estava presente.

"Ah, Holly, esse é o Theo. Theo, essa é a Holly. A mãe dela é minha melhor amiga. Ela também é bruxa." Ela entregou a água a Holly. "Theo ainda não está falando, mas é telepata, como nós."

Os olhos de Holly se arregalaram. "Eu ainda não sei como fazer isso…"

"É para isso que estamos aqui. Vamos ao jardim para ficarmos mais próximos de Gaia."

Havia chovido um pouco naquela tarde, mas Niamh disse a eles que, na natureza, não há essa coisa de tempo bom ou tempo ruim. As bruxas abraçam tudo o que Gaia faz. Ela os pastoreou até o jardim para a primeira aula que daria em anos. Desenterrou algumas cópias de *Uma Introdução à Bruxaria*, de Patricia Kingsell, embora o livro-texto não tivesse sido revisado desde que *ela* foi introduzida ao tópico, e a edição mais recente era de 1992.

"Quem é Gaia?", perguntou Holly. "É tipo Deus?"

"Começando pelas perguntas difíceis, não é mesmo? Sossegue o facho", brincou Niamh, enquanto se acomodava de pernas cruzadas na grama. "Sentem-se como eu. Conectem a bunda na terra."

Theo sorriu, encabulado.

Niamh ajeitou o cabelo para trás das orelhas. "Na primeira lição, pensei em não praticarmos nenhuma magia de fato." Na verdade, após o pesadelo da outra noite, ela não tinha certeza se o chalé aguentaria. Os últimos dias, graças à deusa, haviam sido bem mais calmos. Antes de ir para a cama, com a permissão de Theo, ela fazia para ele um chá misturado com uma gota de *Moléstia de Irmã*, para manter seus poderes sob controle. Um pequeno naco de ametista debaixo do travesseiro também auxiliava para um sono restaurador e para salvaguardar as novas janelas. "Em vez disso, quero ensinar a vocês o que significa ser uma bruxa ou um feiticeiro. Que tal?"

Holly deu um sorriso largo. "Desculpa, mas posso só dizer o quanto isso é uma doideira? Eu ainda tô tentando fazer isso entrar na minha cabeça. Tipo, eu sou uma bruxa, caralho!"

"Sem palavrões, querida, ou terei que contar à sua mãe."

Theo riu em silêncio. Isso era um bom sinal.

"Mas bruxaria? É incrível."

"É incrível *mesmo*, você não tem ideia. Tá, fechem os olhos. Eu poderia *contar* a vocês, mas achei que seria mais divertido *mostrar*."

"Você consegue fazer isso?" Holly olhou para ela de queixo caído.

"Posso. E um dia, vocês também vão conseguir. Só relaxem e sintam a grama fria. Esvaziem a cabeça de qualquer coisa que esteja acontecendo aí dentro: lição de casa, ou sei lá. Deixem ela o mais limpa que conseguirem."

"Não deve ser tão difícil, Milo sempre diz que eu sou cabeça de vento."

"Holly..."

"Desculpa."

"Foco na respiração. Só inspirem... e expirem." Ela esperou pela quietude total. O CRSM estava conduzindo diversas pesquisas sobre como a distração, que incluía as redes sociais, os serviços de *streaming* e coisas do tipo estava impactando jovens bruxas e feiticeiros. Não se via mais tantos Níveis 4 e 5 como antes, e uma teoria era a de que faltavam às bruxas iniciantes as habilidades de meditação necessárias para aperfeiçoar seus poderes naturais. Elas não conseguiam parar quietas ou esvaziar a mente de ansiedades.

Quando surgiu uma tranquila sincronia na respiração de Holly e Theo, Niamh transmitiu as imagens que haviam sido mostradas a ela quando criança. Os pais, ambos abençoados, contaram essas histórias a ela e a Ciara desde o berço, as primeiras que ela ouvira. Como Annie tinha dito, toda história é uma narrativa. Se você não estava lá, é uma história.

Niamh começou...

No início, nada disso estava aqui. Mas o nada, o vazio total, é bem difícil de imaginar. Então, vamos pular para quando tudo mudou. Antes da terra, da lua e das estrelas, havia seres poderosos que viviam em um reino que não temos nem condições de entender: infinito, eterno. Se quiserem, podem chamá-los de deuses ou demônios, embora essas sejam palavras que nós demos a eles. Eles não se pareciam com nada que conhecemos, e não temos as palavras certas para descrevê-los, então não vou nem tentar. Em resumo, eles estão além de nós. Um dia, uma dessas poderosas entidades — a mais poderosa de todos — se sentiu solitária. Ela havia vagado pela eternidade e notou que era hora de aquietar-se um pouco. Então fez um lar para si usando a si mesma: ela veio a ser.

Tudo o que existe, foi feito a partir dela: os átomos e as moléculas; os oceanos e as montanhas; as árvores e o solo; o sol, as estrelas... tudo. Ela forjou a si mesma à existência e deu início a uma gloriosa reação em cadeia. A vida que ela criou, gerou nova vida, novas espécies. Foi inesperado, mas ela se deleitou com tudo que tinha criado.

O que ela não sabia era que, ao desenvolver o reino físico, os outros deuses e monstros também acabaram presos nele, e esses seres grandiosos invejaram a criação dela e se ressentiram de sua prisão terrena. Se não poderiam ter aquele local para si, eles o destruiriam em uma tentativa de escapar daquela realidade. Eles não eram poderosos o bastante para enfrentar a criadora; eram fracos se comparados a ela, mas podiam plantar sementes de descontentamento nas criaturas mais poderosas entre as que ela havia criado: nós.

Todos os nossos piores traços: raiva, ódio, inveja e ganância, vêm desse veneno no poço. Nós, como bruxas, os chamamos de demônios. Ah, existe muitos deles, uns mais poderosos, outros menos. Eles se escondem entre nós. Sussurrando palavras em nossos ouvidos.

Conforme os demônios sopravam as chamas da guerra, do assassinato e da fome, Gaia, a mãe, contra-atacou. Ela falou primeiro com suas filhas, e, mais tarde, com seus filhos. Ela nos ensinou direitinho e nos mostrou como usar seus dons. As ferramentas estavam ao nosso alcance o tempo todo.

Os demônios também falaram conosco, oferecendo-nos recompensas terrenas e sensuais para que fizessemos suas vontades, para sermos suas mãos e vozes. Feiticeiros e bruxas egoístas podem viver com certo deleite usando seus poderes para ganhos pessoais, mas a que custo? Se alguém tira mais água do que a outra pessoa coloca, a lagoa em breve há de secar. Conforme Gaia envelhecia, ela confiou em suas filhas para proteger a casca colossal que fizera para si mesma.

O mais poderoso de seus rivais era o rei-demônio Satã. Ele tentou muitas bruxas com os prazeres da carne. Uma grande divisão irrompeu e engolfou os primeiros tipos de bruxa. Os covens se uniram e, embora não pudessem matar esse soberano, acharam um modo de enfraquecê-lo. Satã foi dividido em uma trindade profana de Mestre, Trapaceiro e Besta. Três demônios inferiores: Belial, Lúcifer e Leviatã. O primeiro para o ódio, o segundo para o desejo e o último para o medo. Eles foram levados para bem longe e contidos em prisões perpétuas de terra, fogo, ar e água.

É claro que isso não significa que eles não procurem modos de escapar. A trindade ainda sussurra tanto para os homens quanto para as bruxas, mas só bruxas são capazes de proteger o limiar entre o mundo dos demônios e o dos mundanos. Somos guardiãs e protetoras.

É por isso que, a cada ano, no solstício, nove bruxas neste país fazem uma promessa a Gaia. Vamos a um local sagrado em Pendle Hill e juramos fidelidade à mãe. Sem ela, nada somos e nada temos. Sacrificamos nossa vida à causa: zeladoras de Gaia e de sua infinita criação.

Em algum momento, a chuva começara a cair mais pesada. Niamh abriu os olhos e viu Theo e Holly, os dois em transe, ensopados. O cabelo dela estava colado no rosto. Saindo do devaneio, ela começou a sentir o frio na pele.

Com o fim do show, os jovens pupilos também abriram os olhos. "Uau", disse Holly.

Onde estão os demônios?, perguntou Theo.

Holly pareceu sobressaltada por um momento, ouvindo a pergunta dele também em sua mente. Era interessante que *ele* tivesse feito *essa* pergunta. "Eles estão por toda parte e em qualquer parte", respondeu Niamh. "Podem viver na água, no ar, nas pedras. Demônio é uma palavra bastante carregada, eles são só... discrepantes. Certamente não são parecidos com nada que vocês já viram na tv. Os mundanos também os escutam, eles só não sabem o que estão escutando."

A dupla olhou para ela, ambos processando a enormidade do que ela havia acabado de partilhar.

"Venham", chamou. "Vamos sair da chuva. Vou fazer chocolate quente."

Niamh não escutou a van rangendo pela trilha até o chalé, mas viu a figura de Luke aparecer por cima do muro. Ela sentiu Theo se eriçar, surpreso com a intrusão. Raios estalaram e crepitaram nas pontas de seus dedos. Niamh agarrou o ombro dele. "Theo, está tudo bem. Ele é um amigo."

Luke correu na direção deles. "Meu Deus, esse tempo!", ele disse, irrompendo pelo portão. "Vocês estão bem?" Ele fitou Holly e Theo com uma certa confusão.

"Estamos", respondeu Niamh, apressando-se na direção da porta. A desconfiança de Theo escorria dele em tempestuosas ondas da cor azul meia-noite. Ela deu o que esperava ser um aperto tranquilizador em seu ombro. "Theo, esse é o Luke."

Luke fez um aceno jovial. "Tudo em cima, parceiro?"

Theo, como sempre, não disse nada enquanto ela o guiava para dentro.

"O que vocês estão fazendo na chuva?", Luke perguntou.

"Nós..." Niamh nunca havia sido boa em mentir de improviso. "Acabamos de voltar de uma caminhada. A chuva nos pegou."

"Ah, é justo. Não posso parar. Tenho trabalho a fazer, mas estava de passagem."

Niamh secou o rosto com um pano de prato. "O que foi?"

Luke pareceu confuso. "Hoje à noite?"

Agora era Niamh quem estava confusa. "Hoje à noite?"

"*O Exorcista*?"

Como era possível que já houvessem se passado seis dias desde que ela o tinha visto pela última vez? "Ai, nossa... Luke, esqueci completamente!" A expressão no rosto dele partiu o seu coração. "Mil desculpas."

"Sem problemas. Eu deveria ter mandado mensagem."

"Não, a culpa é toda minha. Andei ocupada." Holly e Theo ficaram ali atrás feito peças sobressalentes, assistindo ao desenrolar daquele constrangimento. "Eu, hã, Theo é meu primo."

"Primo?"

Primo?

"Pois é, de Galway. Ele veio passar um tempo aqui porque a mãe dele está bem doente."

A expressão de Luke mudou no mesmo instante. Ele se virou para Theo. "Ah, parceiro. Sinto muito por isso."

O garoto assentiu, seguindo o fluxo.

"Ele não fala muito", acrescentou Niamh por precaução. "Ele chegou... de surpresa... e o filme escapou da minha mente."

Ela podia ler a decepção de Luke alta e clara, mas ele também entendia e acreditava em sua desculpa. "Tudo bem, é sério. É super compreensível. Também vai estar passando amanhã à noite, em vez de hoje, se for melhor pra você."

Niamh não tinha certeza de que poderia deixar Theo sozinho. Se Helena descobrisse, ela a atiraria no sol, e com razão. "Claro que você pode deixar ele sozinho", Holly anunciou de repente.

Holly!

"E se eu vier pra cá? Assim ele não ficaria sozinho."

Vou ficar bem, acrescentou Theo.

"A gente pode ver um filme", disse Holly. "*The Witcher*, ou *Caça às Bruxas*, ou *Jovens Bruxas...*"

Niamh dirigiu aos dois um olhar bastante sério. A pura exaustão que sentia ao orientar jovens bruxas voltou a ela numa torrente. Preferia enfiar o braço no reto de uma vaca.

Theo, eu deveria ficar com você.

Saia com o Luke.

Tem certeza?

Tenho.

"Tá", ela concordou, insegura, "então tá marcado, amanhã à noite."

O comportamento de Luke se iluminou de imediato. "Ótimo! Pego você às 19h?"

"Eu encontro você no cinema", ela apressou-se a corrigir. Ele buscá--la, de algum modo, fazia aquilo parecer mais com um encontro, com reminiscências dos amassos em bancos traseiros da época do colégio.

"Tá bom! Mal posso esperar! *Eu lhe obrigo, pelo poder de Cristo!*" Ele deu um sorriso largo.

"*Sua mãe chupa rolas no inferno!*" No mesmo instante, Niamh desejou ter escolhido uma citação diferente. Holly soltou um arquejo audível.

Ele gargalhou. "Deixe minha mãe fora disso! Melhor eu ir, a van tá cheia de comida."

"A gente se vê amanhã." Luke deu no pé e, assim que ele estava longe o bastante para não ouvir, ela se voltou para os jovens sob sua responsabilidade. "Então, muito bem, vamos falar sobre a parte do juramento que diz *o segredo deveremos manter,* que tal?"

Os dois pareciam encabulados.

Ela gostou, porém, que eles tivessem se unido em parceria. Por causa de Ciara, Niamh nunca se sentira sozinha, e a bruxaria sempre havia parecido um tanto banal. Agora, Theo podia ver que havia mais gente como ele. Na verdade, Niamh podia pressentir que ambos estavam começando a compreender a parte da telepatia, mas escolheu não escutar o que quer que estivessem dizendo. Isso lhe daria a sensação de estar lendo o diário dele ou algo do tipo.

No entanto, aquela poderia ser a oportunidade que ela estava precisando. Enquanto eles conversavam, Niamh tocou as lembranças dele com delicadeza. Se Holly o estivesse distraindo, ela poderia ser capaz de se esgueirar despercebida. Então deu as costas a eles, enchendo a chaleira para fazer o chocolate quente.

Concentre-se.

Ali.

Ela viu apenas lampejos entrecortados: a escola em chamas, as bruxas do CRSM chegando em suas capas cinzentas para levá-lo embora, ele sendo forçado a entrar na jaula, e então... nada.

Theo se virou para ela, com fúria reluzindo em seus olhos. A chama no fogão se encorpou por um momento e Niamh se encolheu. Ela o encarou e ele recuou no mesmo instante.

Desculpe, ele pediu.

Tudo bem.

Niamh focou na tarefa diante de si. Como naquela cena em *Tubarão*, ela precisaria de um barco maior.

Leonie.

Elle } SATÉLITES

Milo chegou em casa primeiro. Assim como um gato vira-latas, nos últimos tempos ele só passava pela gateira quando queria ser alimentado.

"Mãe, pode me dar vinte contos?"

Ela parou de mexer o risoto por um momento. "Não. O quê? Para quê?"

Ele revirou os olhos. O filho mais velho era o pai cuspido e escarrado, mas, de algum modo, menos corado e mais refinado. Elle temia pelos pobres corações das meninas do 11º ano.*

"É aniversário do Cameron e a gente vai pro Laser Quest, e o Nando tá em Manchester, mas a mãe dele precisa fazer um depósito ou coisa assim."

"Milo, você já tem a sua mesada."

Ele se empoleirou no balcão da cozinha. "Pois é, mas gastei com coisas essenciais."

Elle acrescentou uma bocado de pimenta à panela. "Por exemplo?"

"Drogas e prostitutas."

"Nem brinque com isso! E desça daí!". Ela o fez sair do balcão com um tapa. "Você sabe onde está minha bolsa. Se não tiver dinheiro, pegue emprestado no jarro do bolão da loteria e deixe um recado pra mim na Alexa."

"Valeu, mãe." E lá se foi ele.

---

* Equivalente à nossa 1ª série do Ensino Médio. (N. T.)

Jez foi o seguinte a entrar.

"Tire os sapatos", ladrou Elle, capaz de dizer sem nem mesmo olhar, pelos peso dos passos na trilha do jardim, que ele não os tinha tirado.

Ele a beijou no pescoço. "Que cheiro bom. Pode guardar um prato pra mim?"

Ela parou de mexer, de forma um tanto agressiva. "Como é? Por quê? Aonde você vai?"

"Atrasei um carro, então prometi que o entregaria hoje à noite. Desculpe. Só vou me atrasar uma hora, no máximo."

"Jez..."

"É só uma hora. Eu deixo o carro lá, pego o ônibus até a oficina e volto de carro pra casa."

"Risoto requentado no micro-ondas fica ruim." Ela lutou contra o choramingo anasalado em sua voz. *Eu não precisaria me preocupar se você não me desse razões pra isso.* Ela havia feito a promessa pessoal de nunca ser aquela velha esposa pentelha, mas sentiu que isso se estabelecia assim como o aumento da umidade. Quem vê, pensa até que ele não tinha um celular funcional, capaz de lhe enviar mensagens.

"Vai estar de lamber os beiços. Volto num pulo." Ele a beijou rápido mais uma vez e voltou pelo mesmo caminho por onde tinha vindo.

Holly foi a última, e Elle podia senti-la vibrando uma energia quente e amarelada desde a metade da rua. Ela estava afogueada, de uma forma um tanto quanto literal, após a aula com Niamh, quase dançando ao entrar na cozinha. "Cheguei!"

"Bom, não preciso nem perguntar como foi", comentou Elle, tirando a panela do fogo.

Mãe, foi incrível.

"Pare já com isso!", esbravejou Elle. Uma lição e ela já conseguia usar telepatia! Era enervante demais. Ela esticou a cabeça para a sala de estar para se certificar de que Milo não estava escutando escondido. Ele não estava à vista em lugar algum: já havia partido para sua próxima aventura. "Só quero que você use telepatia na mais absoluta emergência. Entendido?"

"Por quê?" Holly girou o rosto para cima. "É mais rápido do que digitar uma mensagem."

Elle se lembrou do *Introdução à Respiração com Fearne* e inspirou profundamente pelas narinas, deixando o ar escapar pela boca. Na realidade, estava irritada com Jez por ele ter estragado o jantar, não com Holly. "Querida, não estou brincando. É parte do juramento. O que somos deve permanecer em segredo."

Ela parecia um pouco magoada.

"Mesmo entre a gente?"

"Sim. Bem, não. Quer dizer, temos que ser muito cuidadosas." O medo de Elle não era exatamente de caçadores de bruxas. Hoje em dia, eles só existiam na internet. Seu receio era de que as outras mães descobrissem. Ela e Jez *enfim* haviam sido convidados para uma das Noites do Suco Nutritivo de Rose Hamilton, e ela não ia estragar isso agora.

Um dia, e não demoraria muito, Milo e Holly deixariam o ninho, e Elle estava um tanto quanto ansiosa por um futuro de clubes do livro, arranjos florais, degustações (ou feiras) de vinhos e aulas de *spinning*. Elle não tinha a menor intenção de beber (ou vender) aquela baboseira de suco nutritivo, mas seria bom ter uma amiga influente como Rose. Só por isso, já valia a pena aderir. Elle tinha sido uma bruxa a vida inteira e era mãe havia quinze anos. Agora, só queria voltar a ser uma mulher.

"Desculpe", disse Holly, catando uma ervilha do risoto e queimando os dedos. "Ai! É que eu tô animada. Essa é a coisa mais empolgante que já aconteceu comigo." Ela foi até a geladeira e pegou um suco de abacaxi.

"Pegue um copo", mandou Elle, sabendo o que estava prestes a acontecer. Não era preciso ser clarividente depois de viver com alguém por quatorze anos.

Holly seguiu a ordem sem discussão, o que deveria significar que ela estava de bom humor. "Quer dizer, é uma revelação, caramba. Eu sempre *soube* que era diferente. Tipo, as meninas da escola estão sempre, tipo, *Holly Pearson, você é gótica? Você curte rock? Vai jogar um feitiço na gente?* E agora eu tô, tipo, hã, é isso aí, sua nojenta, vou jogar mesmo."

Não. Absolutamente não. Elle se sentiu nauseada. Desejou, e era um desejo horrível, que pudesse apagar a última semana da mente de Holly e fazer as coisas voltarem ao normal.

"Holly, não, agora chega!", ela esbravejou. "Nós não usamos nossos poderes assim... em momento algum." Uma curandeira *poderia* infligir uma dor um tanto excruciante, mas isso era contra tudo o que Elle acreditava.

"Mãe! Eu tô brincando. Meu Deus, você precisa relaxar."

Ela levou o suco para a sala de estar, e Elle foi deixada a sós em sua cozinha de capa de revista. Aquele era seu espaço, seu QG pessoal. Era o escritório, a sala de estratégias, a cantina. Ela com certeza passava mais tempo naquele cômodo do que em qualquer outro, como um corpo planetário ao redor do qual seus satélites orbitavam. Eles iam e vinham de sua órbita e ela permanecia fixa em seu eixo.

Será, ela se perguntou, que é assim que Gaia se sente?

É isso que significa ser Mãe?

Leonie } MISSA NEGRA

Havia restaurantes chineses melhores fora de Chinatown, mas o Imperatriz de Jade era conveniente e Chinara gostava do fato de eles servirem *dim sum* o dia todo. A própria Leonie ia até lá pelo macarrão frito com tofu o tempo inteiro. O nível exato de gordura, mas sem o barato do glutamato monossódico depois.

Era um restaurante apertado, quase claustrofóbico, com coisas vermelhas por todo lado: paredes, carpete, cabines com assentos em vinil e lanternas de papel. Havia patos depenados pendurados na janela, uma característica que Leonie achava medonha.

"Quer um pouco de lula?", perguntou Leonie, oferecendo uma porçãozinha com seus pauzinhos.

"Dá aqui", respondeu Chinara. Leonie era *em grande parte* vegetariana, mas um bocado aqui e ali de frutos do mar não a fazia se sentir muito culpada. Era provável que a razão disso era o fato de ela nunca ter morado junto ao mar.

Leonie o pousou na boca de Chinara no momento em que seu celular vibrou na mesa. A notificação dizia que era Niamh. Droga. Fazia um tempão. Ela se deu conta, porém, de que desde seu estranho lance-do-ataque-de-pânico naquela noite, vinha esperando por isso. Bem, estava esperando *Helena*. Leonie se perguntou se ela havia pedido para Niamh entrar em contato.

"É o coven?", perguntou Chinara enquanto o garçom lhe entregava uma cesta fumegante de costeletas de porco.

Leonie pegou o celular. "Não, é a Niamh." Ela leu a mensagem. E lá estava. "Ela quer que eu vá até Hebden Bridge."

"Pra ver gente branca?"

Leonie riu. "Não. Bom, sim. Uma pessoa branca em particular. A criança das visões." E, de repente, ela perdeu o apetite pelo macarrão frito. Havia uma energia nervosa em seu próprio coven quanto àquela criança aleatória, e ela não queria conectá-la ao seu súbito agouro. Era pura coincidência. Porque se não fosse... bom, não queria pensar a respeito.

Chinara dispensou a preocupação dela com um aceno dos pauzinhos. "É assunto do CRSM."

"Mas a Niamh não é do CRSM, é?"

"Meu bem, daria na mesma se fosse."

"Ela nunca me pediu nada antes."

Niamh fora a primeira garota por quem Leonie tivera uma paixonite. Chinara sabia disso porque Leonie havia lhe contado, certa vez, quando estava bêbada. Em retrospecto, provavelmente havia sido um erro. E, de todo modo, independente de todas as canções de amor não correspondido que Leonie havia escrito sobre ela em seu caderno das Meninas Superpoderosas, na época, Niamh era hétero convicta, então fim de papo. Muito mais estranho era que ela nunca tinha se interessado por Ciara. Sim, elas eram fisicamente idênticas, mas Ciara fora a única pessoa enviada para a sala da coordenação mais vezes do que ela. Eram parceiras de crime, enquanto Niamh era só guirlandas de margaridas e brilho labial, o que a tornava ainda mais atraente.

Agora, parando para pensar, havia nisso uma certa baboseira patriarcal.

Leonie remexeu a comida uma última vez antes de abandoná-la.

"Essas visões", disse Chinara, de boca cheia, "não têm nada a ver conosco. A Bri disse que não conseguia nos ver com papel algum nessa história."

Leonie balançou a cabeça. "Eu sei, eu li." Ela fez uma pausa. "Mas não sei se isso significa que *não* temos um papel nela. Entende o que quero dizer? Essa coisa toda é bem arrombada. A água tá toda enlameada, amor."

Ela nunca tinha encontrado nada como aquilo e depositava uma grande crença nas intuições. As oráculos haviam lhe contado o que tinham visto, e suas possíveis interpretações, mas Leonie sempre fora capaz de se fiar no instinto, que sempre a guiava para o lugar certo.

Em geral, ela costumava dispensá-lo com um *vai ficar tudo bem*. Outras vezes, apenas sabia quando ficar preocupada. Em 2019, oráculos ao redor de todo o mundo haviam visto os mesmos avisos de praga e inquietação. Alguns governos deram ouvidos às bruxas. Outros, não.

E agora, essa criança. Um menino que traria a morte e a destruição. Uma profecia da velha guarda, clássica, um arauto da ruína. Seus instintos estavam lhe dizendo... para se sentir estranha. Só isso e nada mais. Não era algo bom, era como se o planeta estivesse se inclinando e todos estivessem prestes a escorregar dele. "Temos que esperar", ela afirmou. "Sou cem por cento a favor de agir, mas às vezes o que precisa ser feito é apenas esperar."

Chinara assentiu devagar. "Você tem razão. Mas reafirmo que você é ruim pra caralho em escolher suas batalhas."

Leonie sorriu. "Você não tá errada." Ela leu a mensagem outra vez e pôs o celular longe. "Vou pensar a respeito e respondo depois da missa."

Uma garotinha se aproximou delas. Leonie presumiu que era a filha de proprietárie do restaurante porque estava brincando de colorir na mesa isolada junto à porta, sozinha.

"Olá", cumprimentou Chinara com um sorriso largo.

A menina estendeu uma rosa de papel que havia colorido com uma caneta hidrográfica azul.

"É pra mim?"

Ela fez que sim com a cabeça e Chinara pegou a flor. "Ai, minha nossa! Muito obrigada. É quase tão adorável quanto você, por ter feito isso."

A cabeça da menina quase desapareceu dentro do corpo e era fofura demais para suportar. Ela se virou e saiu correndo de volta para a mesa.

"Ai, minha deusa, que fofura!", disse Leonie.

"Pois é." Chinara dobrou a rosa com cuidado e guardou-a na bolsa Louis Vuitton que Leonie lhe dera em seu último aniversário. "Já está na hora?"

"Da missa?"

"Não... de conversarmos. Você disse que poderíamos conversar outra vez no verão."

Leonie sorriu, mas sentiu, ao mesmo tempo, um tipo diferente de pavor se assentar. "Amor, se eu tô de casaco, não é verão."

"Eu sei, mas temos muito o que conversar. E se vamos ter dues, como dissemos que teríamos, então..."

"Neném..."

"*Nenéns.*" Os olhos de Chinara cintilaram.

Leonie riu, mas nem ela estava convencida. É claro que ela queria ter filhes... dali a, tipo, cinquenta anos. Tanto Helena quanto Elle tiveram filhes na casa dos 20 anos e isso tinha *arruinado* tudo.

No ano anterior, ela e Chinara haviam tocado o foda-se e ido para a Jamaica, onde ficaram de biquínis e de papo para o ar por três semanas. Passaram quatro dias no Leeds Festival, enchendo o rabo de bala. Leonie tinha ido para um retiro de yoga em Bali, tendo decidido apenas um dia antes. A maternidade de forma alguma se encaixava nas vidas delas. Pra ser sincera, era a porra de uma charada a razão pela qual Chinara estar tão propensa a isso. "Caralho, como é que nós vamos cuidar de crianças se nós mesmas ainda não crescemos?!"

"Fale por você! Somos mulheres feitas na casa dos 30 anos. *Spoiler*: não somos mais meninas."

Certo, Chinara era uma adulta legítima, mas Leonie não tinha tanta certeza quanto a si mesma. Ela terminou a cerveja se perguntando se havia possibilidade de conseguir mandar outra para dentro antes da missa e se essa seria uma boa ideia. Viu? Esse não era o tipo de pensamento que adultos tinham. Eles saberiam que comandar um grande evento bêbada era uma ideia pavorosa. "Eu fico só esperando que chegue o dia em que vou acordar e me sentir uma adulta."

"Lê, eu sou uma advogada de direitos humanos e ainda estou esperando por esse dia. E olha só tudo que você já fez, viada. Eu vejo o que tá aí dentro."

Fundar um coven de cinquenta pessoas era bem menos intimidante. A questão não era seu compromisso com Chinara; elas estavam nessa até a morte. É só que, antes dela, Leonie não havia pensado nem de um jeito nem de outro sobre filhes. Era como essa profecia: algo turvo. Ela se conhecia bem o suficiente para saber do que se tratava. Era medo, em sua forma pura e simples. Seu pai tinha ido embora quando descobriu o que ela era, e temia a hipótese de magoar uma criança do mesmo modo que ele a magoara. Ela havia feito terapia por um tempo, na qual ganhava um biscoito toda vez que conseguisse identificar corretamente uma emoção.

Falando em biscoitos, elas provavelmente deveriam pedir a conta. Ela fez sinal para o garçom.

"E aí?", perguntou Chinara. "Devemos começar a fazer planos?"

"Sim", disse Leonie, com o coração saindo pela boca. "A gente com certeza deveria começar a *planejar*."

"Estou vendo o que você está fazendo", disse Chinara. "Não digo planejar no sentido de termos um plano no ano que vem, estou falando de começarmos a conversar sobre porra, aplicadores, úteros."

"Úteros? Ou úteroses?"

Chinara jogou um guardanapo amassado na cabeça dela. "Quem liga, caralho? É sério, Lê. Vamos fazer isso. Não existe uma época ideal, então o momento pode muito bem ser agora."

O garçom levou a conta em uma bandeja de prata com os biscoitos da sorte.

"Ah, isso vai ser bem interessante", comentou Chinara, com peraltice em seus olhos, quebrando o biscoito na palma para abri-lo. "*Abrace as mudanças; não resista a elas.* Bom, acho que o caso está encerrado. Vamos ser mães. Que felicidade."

Leonie fez uma careta. "Ah, claro, vamos planejar nossas vidas com base na sabedoria de biscoitos. Talvez o meu nos diga de quem vai ser o forninho que vamos usar. Não acha?" Ela abriu o biscoito no meio. "*Amigos de verdade ajudam amigos em necessidade.* Ah, mas puta que pariu."

Chinara riu ainda mais alto. "Acho que você está indo para Hebden Bridge *e* vai ter ume filhe. Grande noite para Leonie Jackman. Vem, vamos nessa ou nos atrasaremos."

Como faziam toda semana, elas escapuliram pela cozinha engordurada e cheia de vapor, passando pela saída de incêndio. O Imperatriz de Jade era gostoso *e* conveniente. Ficava só a alguns passos do beco para o qual dava a porta dos bastidores do velho Teatro Diablo. Chinara bateu à porta enquanto Leonie dava umas rápidas tragadas. *Vai ter que largar o cigarro de vez se vamos ter uma criança, Leonie.* Depois de um ou dois minutos, a porta se abriu e o rosto de Kane apareceu pela fresta. "Ah, minha nossa! Achei que vocês não vinham! Estão atrasadas!"

"São 20h em ponto!", disse Leonie, forçando a passagem por elu. De dia, Kane Sanchez era aprendiz de enfermagem em saúde mental, à noite era Kane *Dior* Sanchez, ume *drag queen* ferrenhe pra caralho. Sim, levou um tempo para se acostumar aos pronomes, mas, como em tudo na vida, quanto mais Leonie praticava, menos ela falava merda. "Tá lotado?"

"Sim, senhora. A plateia está quase cheia."

"Ah, uau."

O trio avançou pelo labirinto de corredores dos bastidores, agora uma cidade-fantasma teatral. O teatro, na Shaftesbury Avenue, no Soho, não havia reaberto após a pandemia, mas ninguém podia demoli-lo por se tratar de um prédio tombado. Ele vinha juntando poeira e teias de aranha até Leonie entrar em contato com uma velha bruxa burguesa que fazia parte do conselho e pedir para usá-lo para as Missas Negras, sem custos.

O teatro tinha um cheiro embolorado, alguns dos assentos haviam sido rasgados por invasores, e era possível ouvir as atarefadas patas dos ratos pelas paredes, mas, embora estivesse cansada, ela ainda era uma *grande dama*. O esplendor vitoriano havia se desvanecido, mas o Diablo tinha uma certa dignidade dos tradicionais shows de variedades popularescos, e Leonie sempre tinha sido fã de *drag queens* veteranas, com as rugas preenchidas por pintura de guerra. Em geral, ela era imune a essas sentimentalidades, mas o teatro *era*, de algum modo, um terreno sagrado.

Alguns dos maiores nomes do vaudeville tinham se apresentado ali, como Rita Mae Brown e Josephine Baker; e agora ele era lar, uma vez por semana, da Missa Negra. Leonie tinha orgulho de seu pequeno jogo de palavras. Um dia usadas pela igreja para difamar qualquer tipo de atividade bruxa como sendo satânica, Leonie agora as reclamava para descrever as reuniões de sua comunidade. Houvera, como costuma acontecer com essas coisas, muita, *muita* discussão a respeito de o nome ser ou não inclusivo a *todas* as pessoas não brancas, mas, no fim, ele simplesmente pegou. As pessoas entenderam que era mais um chiste do que uma declaração. *Funcionava.* Identidade de marca era tudo.

Ela espiou o palco à esquerda pelas coxias, e viu cerca de oitenta congregantes naquela noite. Nunca era menos que insano. Cinco anos atrás, era ela e cerca de mais oito... agora, vejam só. Ela não conseguia evitar se sentir meio embriagada pelo orgulho, misturado a uma dose de pânico para acompanhar. Às vezes, a responsabilidade era demais. Todos a procuravam atrás de respostas, respostas que nem sempre ela podia dar. Ela era só uma mulher que tinha chamado a responsabilidade para si em um momento de delirante bravata. Deusas, será que era assim que os homens se sentiam o tempo todo.

Nem todos que apareciam para a Missa Negra se uniam ao coven de forma oficial, mas tudo bem. Bruxas também tinham vidas, e ela sentia que ninguém deveria se sentir obrigado a se definir por sua herança.

"Tá pronta, amor?", perguntou Chinara.

"Tô, pode ir se sentar."

Chinara deu-lhe um beijo de boa sorte e se esgueirou pelas coxias, descendo as escadas ao lado do palco até as primeiras fileiras. Kane testou o microfone. Um-dois, um-dois. "Tá, quando você estiver pronta."

"Vamos nessa."

Kane ergueu o microfone até os lábios. "Senhoras, senhores e aqueles sábies o bastante para transcender o binarismo, por favor, deem as boas-vindas ao palco à rainha da Diáspora e fundadora da Missa Negra, Leonie Jackman!"

Houve uma salva de palmas e Leonie usou a deixa para adentrar o palco. Ela sempre se sentia como a Oprah, a Tyra ou qualquer merda assim. Era um pouco constrangedor, mas ela ouvira, uma vez após a outra, que aquela comunidade ajudava. Ela estava *ajudando*, e cada afirmação era uma outra virada de chave, lhe dando corda para seguir em frente. "Obrigada, obrigada!" Ela aguardou que todos se acomodassem em seus lugares. "Ah, obrigada de novo! Não sei nem como dizer... vocês me dão tanta vida!"

Mais aplausos.

"Ok, Ok, Ok! As merdas chatas primeiro... saídas de incêndio..." Ela o fez como uma aeromoça. "E minhas colegas Halima e Valentina estão trazendo os pratos de ofertório. Cada centavo vai para a Diáspora, para continuarmos a manutenção da comunidade. Por favor, deem o que puderem dar, e se não puderem dar nada, é por minha conta."

Nos primeiros dias, Chinara tivera que forçar Leonie a fazer coletas. Ela odiava ficar com o pires na mão. Sua mãe a havia criado para ser contra qualquer tipo de esmola. *Leonie May Jackman, você está me escutando? Se você não tem, não gaste.* Esther Jackman nunca tivera um cartão de crédito. Mas, como Chinara lutou para ressaltar, a Diáspora *não* era o CRSM, recolhendo literalmente milhões do governo através de impostos. Se os mundanos soubessem que seu Seguro Nacional estava pagando as capas Westwood das lacaias de Helena, haveria uma revolta.

Comandar o coven era um empreendimento de tempo integral. Leonie antes havia sido maquiadora profissional, trabalhando em filmagens para a televisão e, até mesmo, em eventuais casamentos, mas ela não conseguia fazer as duas coisas. Se quisesse comer, teria que taxar sua congregação, por mais que desprezasse a tarefa.

Conforme as vasilhas eram passadas, ela leu as notícias da comunidade. A sra. Brown estava realizando uma oficina de tarô todas as quartas, pela manhã. A sra. Mandela estava agora vendendo répteis familiares em seu novo apartamento, em Peckham. A sra. Ramachandran ia realizar um banquete naquele sábado para celebrar o "desabrochar" de sua filha, Sunita, na bruxaria. Os anúncios de sempre.

"Se você é novo aqui esta noite, e eu estou vendo algumas caras novas, muito obrigada por virem. Vocês são muito, muito bem-vindes." Novos membros deveriam ter referências de um membro mais antigo, ou ser analisado por alguém do comitê. Nada de mundanos e nem de gente branca. Leonie sentia que essas parcelas demográficas já tinham opções pra caralho para se entreter na Shaftesbury Avenue.

"Meu nome é Leonie. Meus pronomes são ela/dela. Um pouquinho sobre mim... eu tinha apenas 8 anos quando fui levada de Leeds para Pendle, para treinar para o CRSM. Sei que muitos de vocês também foram.

Bruxas brancas me ensinaram coisas sobre bruxas brancas, como ocorreu com quase todos nós. Disseram a mim que as coisas eram de uma determinada forma e eu acreditei, porque, bom, eu tinha 8 anos!"

Ouviu-se uma solidária marola de risadas pelo teatro. Algumas dessas bruxas e feiticeiros haviam estudado em Pendle, ou em Manchester, ou em Boscastle; muitos deles, não. "Porque o CRSM é super focado em traçar o legado das linhagens; ou seja, encontrar bruxas que elas já encontraram; e, como há um inegável viés racial em relação à nossa "cultura", muitas bruxas não brancas nunca são identificadas na infância."

Ouviu-se uma suave vaia.

"Eu sei, uma grande baboseira. Essas bruxas brancas, essas professoras do CRSM, veem uma menininha chinesa e pensam, *ah, todas as meninas chinesas podem fazer isso*. Olha, ela tá levitando, caralho! Seja lá por qual razão... ok, a gente sabe que é pelo racismo estrutural... bruxas pretas e asiáticas sempre tiveram que cuidar de si mesmas. Mesmo antes da Diáspora, só quatro por cento das bruxas do CRSM faziam parte de alguma minoria. Foi por isso que rompi com ele depois da guerra. Eu sabia que havia meninos e meninas..." Kane tossiu lá das coxias. "... e pessoas de gênero fluido que precisavam de atenção. Era uma puta de uma emergência."

Isso causou os maiores aplausos até então. Algumas bruxas se puseram de pé e ergueram o punho em solidariedade.

"Amigos, elas mentiram pra gente. E é por isso que nos reunimos na Missa Negra... para *compartilhar*, *recordar* e *celebrar* nossas origens. As flores e as folhas são gloriosas: nós somos visíveis, somos lindos, mas não devemos ignorar as raízes. Se for possível, hoje eu quero voltar ao início. Unam-se a mim em contemplação. Vamos dividir nossas histórias."

Uma conexão telepática com cerca de cem pessoas de uma vez é quase tão difícil quanto parece, mas Leonie tinha um sistema. Ela se sentava no palco e começava o ritual. Com um pedaço de giz, ela desenhava primeiro amplos círculos nas ripas de madeira ao seu norte, sul, leste e oeste. Riscava cada círculo ao meio, um poderoso símbolo para ampliar sua força natural.

Queimou alecrim em um prato de bronze com um pedaço de quartzo rosa, que logo se enegreceu, para produzir uma neblina espessa e pungente. Essa fumaça, em seguida, ondeou pelo teatro, induzindo um estado de sonho lúcido entre o público em pouco tempo. Ela e Chinara, na privacidade de seu próprio lar, se referiam à preparação como "lubrificante mental". As mentes da congregação se abriram para ela como mexilhões na fervura, e ela pôde adentrar suas psiques sem resistência. A névoa funcionava como uma espécie de condutor para os pensamentos.

A própria Leonie também entrou em transe. Aquilo não era uma via de mão única e ela fora sincera no que diz respeito a *partilhar*. Ela conjurou as histórias que haviam lhe contado e que havia recebido de suas anciãs. A cabeça dela pendeu para trás. Os olhos se tornaram enevoados e, então, brancos feito leite.

Ela era um conduíte.

Não enxergava nada além de suas histórias...

Essas são as histórias de nosso povo.

Certa vez, há muito tempo, havia três menininhas. Nenhum de nós se lembra de seus nomes, e o lugar onde elas nasceram não está mais em nenhum mapa. Elas caminharam, para longe, em busca daquilo que hoje chamamos de Nilo.

Um dia, uma tempestade de areia surgiu do nada, e as meninas se viram desesperadamente perdidas. Elas temiam ir parar na barriga do deserto quando, em meio à terra, um poço brotou das areias áridas. Elas beberam com vontade e, diante de seus olhos, a água correu pela terra, e árvores, palmas e videiras se desfraldaram. O oásis estava apinhado de vida, com pássaros, dragões e insetos.

Uma serpente, do verde mais nítido, veio deslizando do eucalipto mais alto para beber do poço. Para o assombro das meninas, a cobra se transformou em uma magnífica mulher. Saindo nua da água, ela era mais alta do que qualquer homem, com as mesmas escamas vibrantes da cobra, ferrenhos olhos negros e uma língua bifurcada. Porém, elas não correram nem gritaram.

"Não se assustem", disse a mulher-serpente em um dialeto que as meninas compreenderam. "Me chamem de Mãe, já que dei vida a tudo."

O trio sabia que aquilo era verdade e que elas deveriam servir e honrar a Mãe. Ela as marcou como filhas ao colocar uma gota de seu próprio sangue nas línguas delas, e elas viram as verdades universais do ar, da terra, da água e do fogo: os caminhos das bestas e dos espíritos. Então viram como tudo brotava dela, como ela era a primeira e a última. E como a humanidade se encaixava em seu intrincado planejamento. "Se têm a intenção de lutar contra a natureza", disse-lhes a Mãe, "antes decepem a mão direita."

As três meninas foram as primeiras bruxas, as primeiras anciãs e os primeiros espíritos ancestrais a contar sua história. As histórias, como o sangue, atravessavam os séculos. O nome da Mãe desprendeu-se de muitas línguas, em muitas terras: Abuk, Ningal, Pachamama, Asintmah, Isis, Lakshmi, Goanna, Gaia e milhares outros por mil anos. Bruxas guerreiras regeram as planícies e as montanhas, os rios e os mares.

Só então, como uma praga de gafanhotos, vieram os colonizadores. Devoraram tudo e devastaram aquilo que não puderam consumir. Os múltiplos ancestrais das três menininhas e seus clãs foram mortos, escravizados ou levados ao exílio. Nossa magia, nossos costumes e nossa cultura foram denominadas selvagens. O fogo de nossa glória foi extinto.

Nós a chamamos de Mãe Terra por uma razão. Muitos de nossos irmãos, irmãs e irmães, na casa dos milhões, foram levados para longe sobre terra e água, e a Mãe chorou pela desgraça da humanidade. Mas os colonizadores, alguns também da espécie bruxa, com os demônios da ganância berrando alto em seus ouvidos, ansiavam por nossos dons, nosso poder, nossa fácil comunhão com a terra e com o céu. Alguns buscaram aprender; outros, tomar.

Ensinamos às nossas irmãs brancas os segredos porque entendíamos nossa afinidade. Éramos todas filhas de nossa Mãe. A verdade reuniria outra vez suas filhas, há muito separadas, pelo dever sagrado da bruxa.

A palavra da Mãe perdurou. O poder perdurou. O poder é nosso.

A cabeça de Leonie se retesou de pronto, e os olhos voltaram ao castanho de sempre. Ela enxergou o salão mais uma vez, não a tapeçaria do passado. "Pois então, por que caralhos as bruxas mais influentes na porra desse mundo são mulheres brancas?", ela questionou em voz alta.

Suas palavras eram uma trovoada, o chamado de um clarim. O público foi sacodido para fora do mundo dos sonhos, pronto para aplaudir de pé. Leonie se levantou, tomou uma respiração profunda e renovadora pelas narinas e quase — quase — irrompeu em lágrimas. Mas não o fez.

Os aplausos seguiam sem parar. Chinara articulou, em silêncio, um *mandou muito bem* lá da primeira fila, e Leonie soube que deveria se sentir uma rainha. Então por que, mesmo sabendo as histórias de suas ancestrais, mesmo sabendo de onde vinha, ela não tinha a menor ideia para onde estava indo?

Niamh } NOITE DO ENCONTRO

Não era um encontro, mas Niamh se certificou de reservar tempo suficiente para tomar banho, trocar de roupa e aplicar um pouco de maquiagem após o trabalho. Disse a si mesma que isso era menos por Luke e mais para ela própria. Ela estava em modo de crise: comendo porcarias, dormindo pouco e vigilante em excesso. Desde a chegada de Theo, investira toda a energia em seus cuidados, embora estivesse começando a achar que isso não era necessário.

O menino estava bem, e essa tarefa estava começando a parecer uma perda de tempo. Para início de conversa, ele era bastante quieto, mas também um ótimo companheirinho de casa. Era ávido em aprender sobre o que havia no herbário e ajudar na cozinha; arrumava as próprias coisas rápido e, o mais importante, fazia uma xícara de chá danada de boa.

Seu pobre sócio na clínica, Mike, precisava dolorosamente de um dia de folga, e Niamh não podia mais tirar nenhum para ficar de babá. Sem saber o que mais poderia fazer, Theo foi trabalhar com ela, como se fosse o *Dia de Levar Sua Criança Maculada Para o Trabalho*, e ele não foi nada além de calmo e prestativo. Ela disse aos clientes que ele estava ali para uma experiência de trabalho, e ele era um assistente perfeito: buscava coisas na geladeira e levava os animais para a recepção quando os humanos vinham buscar os amigos peludos. Era difícil conceber que ele levaria à total destruição do mundo. Era absurdo e ela planejava dizer isso à Helena.

Um táxi a aguardava na rua, o taxímetro correndo. Ela desceu as escadas estreitas do chalé a galope e, no balaústre, apanhou a delicada bolsa "de sair", com espaço suficiente apenas para um batom, um absorvente interno e um cartão do banco. Como sempre, ela iria se atrasar. "Vocês dois vão ficar bem?", perguntou a Holly e a Theo. Os dois estavam na sala de estar feito unha e carne, devorando uma pizza que tinham pedido em uma pizzaria da cidade.

"Vamos sim! Vai logo! Divirta-se!", disse Holly. Niamh notou que ela estava usando rímel e delineador, o que não era típico dela. As crianças de hoje eram tão horríveis quanto as séries de televisão mostravam? Ela se perguntou se deveria deixar camisinhas ou coisa assim, mas achou melhor não.

Era engraçado. Em sua época, tudo o que ela queria era fazer feitiços com as amigas e escrever cartas para as Spice Girls; e ainda assim, lá estava ela: se preocupando com a virtude de Holly. O patriarcado é contagioso pra caralho, mesmo entre as mulheres.

Se comportem, ela disse a eles, atirando-se porta afora pela cozinha.

Como esperado, Luke já a aguardava nos degraus da Picture House de Hebden Bridge quando o táxi encostou. O imponente cinema, com suas colunas de pedra *art déco* nos dois lados da entrada, era sua construção favorita na cidade. Havia até um gracioso barzinho ao lado dele, perfeito para a pré-sessão e a análise pós-filme. Ela entregou dez libras ao motorista e correu para o meio-fio para cumprimentar Luke. "Desculpa!"

"Sem problema", assegurou Luke. "Temos tempo."

Ele lhe deu um casto beijo no rosto e a conduziu ao saguão. No caminho, Niamh notou uma bela jovem fitar cobiçosa o físico de Luke. Ela não teria como dar mais bandeira, nem se babasse. Niamh sempre sentiu essa familiar espécie de insegurança. Ela experimentava a mesma coisa com Conrad, aquele julgamento de *o que esse deus grego está fazendo com uma esquisita feito* ELA.

Se ela fosse menos sensata, acharia que ele estava lendo sua mente quando disse: "Você está linda hoje".

Adolescentes ruivas, com pouco peito e altas demais raramente crescem e se tornam mulheres confiantes, então os elogios nunca chegavam a passar de uma gota d'água no oceano. Ela sempre daria ouvidos às meninas da escola em primeiro lugar. "Obrigada. Passei até um rímel."

Ele sorriu. "Estou vendo! A propósito, já comprei os ingressos..." Ela ia argumentar, mas ele se interpôs depressa. "Mas como isso não é um encontro, você fica encarregada das bebidas e dos lanches caríssimos."

"Fechado! Vamos comer o quê?"

Ele escolheu uma pipoca salgada com Coca sem açúcar, o que Niamh sentiu que se tratava de um ataque pessoal, então ela pediu seu próprio balde de pipoca doce. Isso significava que eles não iam dividir e que não havia o perigo dos dedos se roçarem, e tudo bem, porque aquilo não era um encontro.

Ela ganhou um desconto de sócia. Niamh amava a Picture House. Era um cinema independente com uma única tela, mas que compensava o que lhe faltava em comodidades modernas com uma equipe de nerds que sabia muito bem o que estava fazendo.

Eles já estavam nos assentos duros do auditório havia cerca de dez minutos, esperando o início dos trailers, quando se deram conta de que eram as únicas pessoas na sessão. "Que sonho", comentou Luke. "Sempre quis ter meu próprio cinema. Fico me sentindo um rei."

Niamh riu, embora desejasse, só dessa vez, que o cinema estivesse cheio de adolescentes histéricos que passavam o filme inteiro jogando no celular. Assim pareceria menos um encontro. Dito isso, eles estavam prestes a assistir a *O Exorcista*, então isso deveria cortar um pouco o clima. Se não cortasse, aí sim ela teria que se preocupar.

Luke puxou conversa, ceifando as reservas de sua pipoca antes mesmo de o filme começar. Niamh havia sido criada para esperar: era um exercício de autocontrole. "Quanto tempo o... hã... como é o nome dele?"

"Theo."

"Quanto tempo o Theo vai ficar?", perguntou Luke.

"Não sei", ela respondeu com sinceridade.

"E ele é seu...?"

Qual mentira havia contado a ele? Já perdera a noção. "Primo. É filho do irmão mais novo da minha mãe." Ela realmente tinha um tio Damian lá em Galway, na Irlanda. Na realidade, ele era irmão de seu pai e ela não o via há décadas. Nem sabia se ele tinha filhos. Se tinha, não eram bruxas ou feiticeiros, ou ela teria ficado sabendo. Aquele lado da família não tinha os paranauês da bruxaria. Nunca teve. Seu pai havia sido o rebelde da família.

"Aliás, você nunca toca no assunto da sua família", disse Luke,

"Olha só quem fala!", retrucou Niamh, virando o jogo com perfeição. Uma imagem fugaz passou pela mente de Luke: um homem que parecia uma estátua de infelicidade, e, em seu coração, a dolorosa suspeita de que era uma decepção para o pai. Como muitos homens mundanos, Luke rebateu o pensamento como se faria com uma peteca. Ela quis reconfortá-lo, afinal, quem não teria orgulho do belo, gentil e empreendedor Luke Watts; mas sabia que deveria ficar em silêncio.

"Não tenho muito o que dizer." Luke jogou uma pipoca na boca. "Pai morto, mãe se bronzeando no Algarve."

Dessa vez, ela enxergou uma mulher de aspecto duro bebericando Aperol em uma praia ensolarada com vividez.

"Você tem uma irmã, não tem?", perguntou Luke.

"Sim, senhor", confirmou Niamh, com mais tristeza do que pretendia.

"E ela está no hospital?"

"Está."

"Você... quer conversar sobre isso?", perguntou Luke, com gentileza.

"Não, pode ser? Não quero que minha tragédia pessoal estrague o filme meigo e familiar do qual estamos prestes a desfrutar."

Ele riu. "Tudo bem. Famílias fodem mesmo com a cabeça da gente. O ditado é verdadeiro: amigos, a gente escolhe, mas família, não, né?"

Mais uma vez o rosto severo do pai adentrou a cabeça dele. As memórias eram diáfanas, e Niamh se perguntou se seriam memórias antigas, de muitos anos atrás. "Problemas paternos?", ela perguntou, arriscando.

"Coisa do tipo." Com um arquejo mecânico, as cortinas vermelhas se abriram e as propagandas começaram. Ele afundou um pouco mais no assento. "Olha, se ficar assustador de verdade, não vá se agarrar em mim. Eu não sou seu namorado."

"Ah, por favor! Não venha *você* se esconder atrás de mim. Eu sei me defender." Ela deixou de fora a parte de, nos velhos tempos, ter afugentado demônios bem mais assustadores do que os de Linda Blair.

Ela olhou para o perfil dele, o perfeito nariz romano. Ele a flagrou olhando. "Que foi? Tá me paquerando?"

"Você não acha, sr. Watts, que deveria estar aqui com uma boa moça que não vem com um noivo morto e uma irmã em coma a reboque?"

Ele deu uma gargalhada, afinal, não era como se houvesse alguém ali para lhes pedir silêncio. "Meu Deus, taí uma pergunta!"

"Luke, é sério. Ninguém aqui está ficando mais jovem..."

Ele riu outra vez, tão alto que ecoou pelas paredes. "Meu relógio biológico está correndo?"

Ela lhe deu um cutucão com o cotovelo. "Sim, não está?"

"Não tenho certeza se algum dia já me perguntaram isso. É assim que as mulheres se sentem?"

Niamh riu. "Planeja ter filhos? Se sim, precisa começar a paquerar!"

Ele deu de ombros. Estavam apertados um contra o outro na fileira estreita. "Sabe de uma coisa, sempre presumi que em algum momento eu teria filhos, mas sem conhecer a mulher certa, pensar demais nisso me pareceu ser o mesmo que botar o carro na frente dos bois. E de todo modo", ele acrescentou, "eu sou homem. Posso sair atirando minha gala decrépita até, o quê... meus 90 anos?"

Ele riu e Niamh deu uma gargalhada. "Seu pervertido!" Ela então acrescentou baixinho. "Metade das garotas de Hebden Bridge, e uma boa quantidade dos garotos, ia querer você."

"Até parece", ele retrucou. "O resto de Hebden Bridge não gosta de filmes de horror."

Os créditos — UM FILME DE WILLIAM FRIEDKIN — sumiram da tela, e Niamh se acomodou enquanto a estridente abertura de violinos começava.

Ela se sentiu segura e admitiu algo para si mesma, sentindo-se segura por saber que não existia nenhum outro senciente em quilômetros.

Eu o quero.

E mesmo isso deu a ela a impressão de estar cometendo um grande e terrível pecado.

CRESCENTE MINGUANTE { *Leonie*

Leonie caminhou nua pela floresta. Àquela hora, ninguém estaria por lá para vê-la. Tudo o que ela pressentia da cidade vizinha eram vibrações soporíferas de mundanos adormecidos. Já as criaturas noturnas? Elas transmitiam uma agradável vibração.

A grama úmida a cutucava por entre os dedos do pé conforme ela avançava pela relva com cuidado. Conhecia aquelas trilhas pela floresta como se fossem velhas amigas, e elas não a faziam se envergonhar por estar distante havia tanto tempo. Inalando até encher os pulmões com o ar noturno intumescido e frio, ela enxaguou seu corpo da podridão de Londres, numa espécie de diálise rural.

É claro que tinha concordado em ir ajudar Niamh. Como Chinara dissera, ela poderia ruminar aquilo e enlouquecer a si mesma por uma semana, ou comprar uma passagem no próximo trem para Hebden Bridge. O Airbnb no qual ela estava hospedada, pertencente ao cara com quem Niamh clinicava, era uma graça, mas ela não ia desperdiçar todo aquele espaço aberto.

O céu de Yorkshire era muito mais amplo que o londrino. Sem a neblina e a poluição luminosa, o firmamento era do mais puro preto, e as estrelas eram verdadeiros diamantes.

Uma coruja piou, e seu coração cantou junto a ela. Ao chegar à clareira que, quando crianças, costumavam chamar de Prado das Campânulas, Leonie se pôs de joelhos. Ela não sabia por quê, mas chorou.

E seu corpo inteiro pareceu derreter terra adentro. Era uma reação que estava fora do seu controle, e ela mal conseguia respirar entre os soluços. Aquele não era seu lar, mas sentia falta dele, ansiava por ele todos os dias em que estava longe.

Em geral, temos fome daquilo que não é muito bom para nós, e era isso que ela sentia por aquele lugar. Um lugar que não a queria de fato. A pequena Leonie Twist, a única menina preta de sua série na escola, jogada na Mansão Vance, depois, por um tempo, no chalé da vovó Device, e em seguida, na casa geminada de sua tutora, Edna Heseltine. Annie, que as deusas a abençoassem, havia tentado, mas ninguém fizera aquele lugar parecer seu lar, exceto Gaia.

Talvez tenha sido isso que a fez chorar. Há algo de singular em ir visitar a mãe em casa.

Ela afundou os dedos na terra molhada e turfosa. Lá no alto, havia uma vista completa do cosmos. Leonie rolou de costas e se sentiu flutuando em um vasto oceano negro. As águas mais calmas. A lua crescente, perto o bastante para ser quase desconfortável, caía sobre ela. Havia algo de conscientemente sensual em suas curvas. Leonie se tocou com os dedos enlameados usando as duas mãos: uma dentro, uma por cima.

A terra respondeu à sua energia sexual, uma das mais poderosas que existem. Leonie sentiu as minhocas se contorcendo metros abaixo da terra. Um besouro passou correndo por seu rosto. Ela fechou os olhos e deixou raízes, vinhas e seres rastejantes a abraçarem com suavidade, puxando-a cada vez mais baixo para o detrito. Ela não tinha medo de se afundar. Sentia-se segura naquele casulo escuro. Naquela noite, ela dormiria no colo da Mãe.

PENA, CRÂNIO E PEDRA { *Niamh*

Niamh encostou em frente à casa de Mike e Grant, na vila de Heptonstall, e buzinou. Sempre que alguém ia até lá para visitá-la, ela recomendava o apartamento do veterinário que era seu sócio, anunciado no Airbnb: um estúdio embaixo da residência principal. Após um ou dois segundos, a porta para o anexo se abriu e Leonie emergiu.

Niamh desligou o motor e pulou do Land Rover.

"Olha só pra você!"

Como sempre, Leonie estava estonteante. Quanto tempo fazia? Quase um ano? Mais? Na época, ela estava usando tranças prateadas, mas agora estava com seu cabelo cacheado natural. Como Leonie podia ficar *mais* bonita com a idade, enquanto ela só parecia mais acabada?

"Dormiu bem?"

"Feito uma bruxa!" Leonie correu pela entrada da garagem e jogou os braços ao redor da amiga. Ao inspirar fundo o cheiro que vinha dela, Niamh já se sentiu mais centrada por ter uma outra bruxa da água por perto. Uma bruxa sempre sabe dizer qual é seu tipo. Todas as bruxas são mais afinadas com alguns elementos do que com outros.

"Estava com saudades", Leonie sussurrou em seu ouvido.

"Obrigada por vir."

"Claro." Com uma verdadeira amiga, não importava o tempo que haviam passado distantes, vocês retomavam de onde haviam parado. "Como você tá?"

"Magnífica."

"Magnífica em irlandês ou em inglês?"

Niamh riu. "Diga aí a diferença! Pronta pro rolê?"

Leonie disse que sim e ambas entraram no carro. Theo aguardava no banco de trás, olhando com nervosismo pelas janelas para o céu cinzento e carrancudo. "Theo?", chamou Niamh. "Esta é minha amiga Leonie, aquela de quem eu te falei. Ela também é senciente."

Muito prazer, Theo. A voz de Leonie correu por ele, clara como água de uma fonte.

Olá.

Dele, Niamh sentiu reticência, até mesmo suspeita. Ele ficava inseguro perto de pessoas novas. Niamh deu a Leonie um breve olhar de esguelha: *Pegue leve, não queremos assustá-lo.*

Vou entrar.

Se Leonie Jackman, uma senciente Nível 6, não conseguisse atravessar as defesas dele, estariam com um sério problema. Só *havia* sete níveis, e a última bruxa de Nível 7 morrera em 1982.

Elas seguiram para o norte da cidade, passando pelas charnecas em direção de Pendle, colocando a conversa em dia enquanto Leonie pulava, sem parar, de uma estação de rádio para a outra, procurando a melhor música.

"Sério, você tem TDAH", provocou Niamh, enquanto dirigia.

"É provável."

"Como está Londres? Como está a Diáspora? Como está Chinara?" Niamh disparou perguntas como se fossem balas.

Leonie abriu a janela para poder fumar, o cabelo ondulando ao vento. "Londres é cara pra caralho. Desculpe pela linguagem e o conteúdo adulto, Theo. A Diáspora ocupa, literalmente, todo o meu tempo, mas eu amo, e a Chinara tá formidável..."

Ela quer ter ume bebê...

NÃO!

Pois é, né?

E vocês vão levar isso adiante?

Algum dia, sim. Agora, não tenho certeza. Minha filha é a Diáspora.

"Eu estou muito feliz por vocês", ela exclamou em voz alta. "A gente pode fazer um casamento, por favor? Você sabe que eu amo casamentos!"

"Casamento? Como é? Agora você é católica? A gente pode fazer uma *bênção* em algum momento. Casamento! Tire essa palavra da sua boca!"

"Você sabe o que eu quis dizer."

Começou a tocar Spice Girls no rádio, *"Who Do You Think You Are"*, e Leonie aumentou o volume. *"Destino..."*

Elas cantaram juntas a plenos pulmões pelo resto da viagem, com Theo parecendo cada vez mais perturbado. Quando chegaram à vila de Malham, viram o Fiat 500 de Elle parado no estacionamento do National Trust e encostaram ao lado dele. Elle, Holly e Annie aguardavam junto ao centro de visitantes sob a tímida luz do sol. Niamh esperava que a enseada não estivesse apinhada de turistas, ou ela teria que despender todas as suas energias para ocultá-los enquanto Leonie fazia a leitura de Theo.

Leonie desceu do Land Rover primeiro e saudou Elle com um abraço de urso. Se fossem mundanas, elas nunca teriam sido amigas. Eram como água e óleo, ou melhor, como terra e água; mas elas eram *mais* que amigas, eram irmãs. Como tal, toleravam muito da conversa fiada uma da outra. No entanto, era importante para a paz geral que nunca conversassem sobre política.

"Que saudade dessa carinha!", Leonie tomou o rosto de Elle nas mãos.

"Eu tô uma velha coroca."

"Vai se foder, você ainda é a Baby Spice. Olhas essas bochechas!" Ela beliscou a face de querubim de Elle.

"Sai daqui!"

"E você pode ir direto pra casa do caralho se acha que vou acreditar que essa mulher feita é Holly Molly Polly!" Ela agarrou Holly e também a puxou para um abraço.

"Leonie Cone!"

Elle suspirou. "Por favor, não fale palavrão na frente da minha filha..."

Enfim ela chegou até Annie, que permanecia empoleirada em um muro baixo, mas tomou as mãos dela. "Minha doce Leonie, que saudade eu estava de você."

O comportamento de Leonie esfriou. Niamh poderia jurar ter visto uma lágrima brilhar nos olhos dela. "Também tenho saudade, Annie. O tempo todo."

Annie sorriu. "Nosso cordão umbilical sempre vai se esticar o tanto que você precisar, garota. Pense nisso."

Interessante escolha de palavras. Niamh se perguntou se Annie tinha visto o bebê no futuro de Leonie. Não ia perguntar. O futuro de outra bruxa dizia respeito apenas a ela.

"Pois bem!", anunciou Annie. "Peguem o piquenique e vamos andando. Iremos no meu ritmo, então talvez cheguemos lá só no Natal."

Eles tomaram o passeio já gasto na direção da enseada. Leonie foi na frente, com o braço de Annie envolvendo o seu. Elle e Niamh seguiam logo atrás, com Theo e Holly mais distantes, comunicando-se sem palavras.

Niamh ficou contente por não poderem se apressar; isso deu a ela a chance de *existir* um pouco. Quando há um lugar onde se deve estar o tempo todo, você pode esquecer da jornada, e Malham Cove era bonita demais para apenas *chegar lá*. Todo aquele verde era exuberante, apaziguante, e o ar, cheirando a húmus e matizado de alho, era como um tônico, ainda orvalhado da aurora. Claro que estar na companhia de outras bruxas já era revigorante por si só. Havia uma razão para elas se unirem em covens.

Seguiram a trilha que corria ao longo do sinuoso riacho com languidez, por todo o caminho até o enorme bojo de pedra que assomava diante deles.

Havia um poder incalculável ali, encerrado no interior do calcário ancestral. Doze mil anos antes, a era do gelo havia derretido, e o degelo dos icebergs formara o altaneiro anfiteatro de pedra, agora chamado de Malham Cove. Annie sempre dissera que *onde há anos, há magia*. Todo o poder da própria Gaia estava selado naquelas pedras.

O ponto perfeito, em outras palavras, para ver o que o jovem Theo podia fazer.

Era um dia de semana de março, e o tempo inconstante havia mantido a maioria dos turistas longe. Niamh avistou alguns andarilhos olhando para baixo do topo da queda d'água, mas seria fácil se camuflar dos mundanos ocasionais.

Montaram acampamento na base das rochas, perto de onde o murmurante riacho desaparecia pelas falésias adentro. A água era cristalina o bastante para contarmos os seixos no fundo. Havia uma encosta de relva, protegida em grande parte por espinheiros brancos, onde estenderam as toalhas de piquenique.

Annie se sentou em uma cadeira de acampamento dobrável — "Se eu me sentar nesse chão, nunca mais eu me levanto" — enquanto os outros se acomodaram de pernas cruzadas nos panos, formando um círculo em volta de Theo e Holly. "Somos um círculo sagrado", explicou Niamh, derramando sal em torno do perímetro antes de tomar seu lugar. "Somos uma muralha ao seu redor. Então, tudo o que fizerem, será mantido dentro dela. Nada pode lhes fazer mal, e vocês também não podem fazer mal a ninguém."

"O que ela está dizendo", acrescentou Leonie com ostentação, "é... façam o seu pior!"

Holly riu, mas Theo parecia perturbado.

Está tudo bem, disse Niamh, apenas a ele.

"Este é um lugar de poder", afirmou Annie. "Vocês conseguem sentir?"

"Consigo", respondeu Elle. Ela passou os dedos pela grama. "Ele é muito vivo."

Niamh e Leonie também postaram as palmas na terra. Elle tinha razão. Gaia, sempre a sussurrar, lírica, ali rugia.

"Vejam...", disse Elle.

Niamh sentiu a energia pulsar e se canalizar pelo solo, enquanto Elle lançava uma convocação pelas redes de raízes. A pele dela reluziu com uma luz dourada, cor de mel, vinda de dentro.

"Mãe?", perguntou Holly, nervosa.

"Fique quieta, criança", Annie a alertou. "Fique quieta."

Holly fez o que lhe foi mandado.

Elle exalou o ar, e as primeiras margaridas e ranúnculos irromperam pelo solo, desabrochando diante dos olhos deles. Então vieram flores silvestres ainda maiores: amores-perfeitos, polígalas e gerânios. Emergiram desdobrando as delicadas pétalas como se fizessem uma reverência. Logo, todo o círculo estava repleto de cores e aromas. A primavera estava no ar.

"Que coisa linda", arfou Holly, perplexa. "Foi você quem fez isso?"

Elle abriu os olhos para apreciar sua obra. "É fácil, na verdade. Está tudo lá embaixo, esperando no escuro. Eu só as encorajei."

"Minha vez", disse Niamh. Ela se acomodou e deixou a mente vagar pela enseada. As bruxas eram ruidosas e presentes em sua mente, mas ali havia uma cornucópia de vida. Toda sorte de vozes. Algumas grandes, outras minúsculas. Quanto menor a criatura, mais fácil de persuadir.

Ela conduziu uma borboleta-das-couves que passava por perto, lá no alto das árvores, então outra, depois uma atalanta, uma azul-comum e uma bela-dama. Elas desceram voejando feito folhas de outono e rodearam alegres o círculo sagrado. Dezenas de borboletas mergulhavam e davam rasantes, pousando nos cabelos e nas roupas dos ali presentes. Ela viu Theo sorrir quando uma clara borboleta-limão se acomodou na mão dele. Ela sorriu de volta.

"Olhem", pediu Leonie. Ela se concentrou e atraiu das sombras uma tímida corça. "Venha", encorajou, e o animal obedeceu sem questionar. Sem nenhum sinal de medo em seus olhos, ele se aproximou do círculo e caminhou direto até Holly, deixando que ela a acariciasse.

"Tia Leonie", ela exclamou. "Que coisa mais linda."

"Aposto que você não sabia que sua tia era a Branca de Neve, hein?"

"Não são truques", explicou Annie, em tom grave. "Isso demonstra nossa unidade com Gaia. É um privilégio, não uma brincadeira."

"Vovó, eles sabem", disse Elle, com uma gentileza defensiva.

"Nós usamos nossos poderes apenas quando precisamos. Estamos aqui para cuidar da terra, não para saqueá-la, ou dobrá-la à nossa vontade. Sim, é tentador ficar deitada na cama e abrir as cortinas com a mente, mas lembrem-se que isso é sugar a energia essencial de alguma outra coisa. Há uma quantidade determinada de poder a ser usado e o poço não pode secar nunca. Mas para defender a mãe, ou o coven, nós devemos, sim, ser mestres e mestras da nossa relação com a terra."

Niamh libertou as borboletas do seu controle e elas saíram voejando. Leonie, de forma similar, liberou a corça para voltar às árvores. Holly fez um aceno a ela, dando adeus.

"Agora é a vez de vocês", disse Leonie.

"Nós?", indagou Holly. "Eu não consigo fazer isso."

"Claro que consegue", afirmou Niamh. "Mas vamos começar por baixo." Ela retirou algumas ferramentas de sua bolsa: uma pena, um crânio de pássaro, um seixo liso cinzento. Colocou-os entre Theo e Holly. "É bem fácil: um teste de atenção plena."

"Objetos inanimados são fáceis", acrescentou Leonie. "Assim como fariam com as mãos, alcancem-nos com suas mentes e os ergam."

"Primeiro tentem a pena, depois o crânio, daí a pedra", instruiu Niamh. "É como um músculo. Quanto mais você usa, melhor fica."

Ela já tinha visto em Grierlings o que Theo era capaz de levitar, mas o que ela queria descobrir agora era se ele tinha qualquer tipo de *controle* sobre seu poder.

"Holly, você vai primeiro."

Ela levou algum tempo e começou a ficar frustrada. *Não é a mesma coisa*, disse ela, as faces se avermelhando.

Não procure ouvir uma resposta, instruiu Niamh. Procure ouvir apenas o som. Tudo na natureza tem um. Você sabe como uma pena é ao tato, mas como é o som dela?

"Você consegue, Holly", encorajou Elle. "Leve o tempo que precisar."

A garota pareceu satisfeita com o voto de confiança da mãe e tentou outra vez. Após um ou dois minutos, a pena tremelicou. "Isso fui eu?", exclamou Holly.

"Com certeza foi!" Leonie a aplaudiu.

Holly tentou de novo. Dessa vez, a pena levitou bamboleando a alguns centímetros da toalha. E ela ganhou ainda mais controle, erguendo-a até a altura dos olhos.

"Muito bom!", comemorou Niamh. "Agora, tente o crânio."

Mais uma vez, ela levou alguns minutos para encontrar o crânio, mas o ergueu do chão com confiança. Niamh não sabia dizer se Elle, que assistia a tudo com uma expressão vaga, estava impressionada ou não. Na pedra, ela tropeçou. Encontrava seu núcleo, mas só conseguiu deslocá-la alguns centímetros pela toalha, não erguê-la.

Quando ficou claro que ela só ia se exaurir, Niamh encerrou o teste. "Tudo bem. Vamos praticar mais em nossas sessões. Não tente isso em casa..."

"Isso", Elle concordou, "não tente."

"Ai, feche a matraca, Elle", riu Annie. "Você matou metade das flores de Hebden quando estava em treinamento."

"Tenho certeza que sim, mas não preciso de nenhuma pedra voando pela minha casa!" Todavia, Elle deu um abraço afetuoso em Holly e garantiu-lhe que tinha se saído muito bem em seu primeiro teste.

"Ok, Theo, é sua vez", disse Niamh, jovial, enquanto Holly retornava à sua posição no centro do círculo. "Mesmas regras. Pena, crânio e pedra."

Ele assentiu. Semicerrou os olhos, focando a pena. Nada por um segundo, e então a pena disparou pelo ar como se tivesse sido lançada de um canhão. Leonie esticou a mão para contê-la. Ela a trouxe para baixo e a devolveu com o poder da mente. "Controle", ela falou, com gentileza.

Niamh se lembrou de ir até ali com a sra. Heseltine, 25 anos antes. Ela se recordava de como a mentora havia lhe dado um tapa no pé do ouvido. *Poder não é nada sem controle, Leonie Jackman!* Vaca horrorosa. Houve um momento satisfatório em seu velório quando todas, quase no mesmo instante, se deram conta de que podiam falar sobre a jararaca que ela havia sido.

"Controle a pena", Leonie disse outra vez.

Theo tomou o controle da pena. Ela se sacudia diante de seu rosto feito uma vespa.

"Não lute com ela", aconselhou Niamh, com gentileza. "É uma *pena*, não uma cobra. Segure-a como tal."

Ele escutou, e a pena enfim levitou, imóvel.

"Muito bem", congratulou Annie. "Agora, o crânio."

Theo focou o crânio. Nada pareceu acontecer.

"Você o encontrou?", perguntou Holly.

Eles estavam com um foco tão intenso no crânio que ninguém pensou em olhar para cima. Um corvo mergulhou do alto da queda d'água. O bico dele acertou a testa de Theo, que deu um gritinho e rolou de bruços, cobrindo o rosto com as mãos.

Outro corvo se precipitou sobre Niamh por trás. A primeira coisa que ela notou foram as garras em seu cabelo. Ela se pôs de pé num pulo e viu um enxame de formas pretas pontudas circulando lá no alto. Eles crocitavam com raiva. Então, ela se deu conta do que havia acontecido.

Theo, pare. Você invocou pássaros vivos. Deixe eles irem embora.

O bando de aves bloqueou o tímido sol e foi como se a noite tivesse caído sobre eles. Os pássaros se precipitaram. Holly gritou pela mãe, mas os corvos se lançaram sobre a garota, que só pôde se encolher. "Holly!", guinchou Elle.

"Caralho!", gritou Leonie, lançando os braços sobre Annie para protegê-la. Elas se curvaram juntas.

Niamh caiu de joelhos, tentando proteger os olhos. Ela projetou a mente para as aves, para detê-las, mas estavam irritadas, cheias de raiva. Era como se Theo as tivesse enfurecido e elas o vissem como uma ameaça a ser destruída. Os corvos continuaram a atacar. A mente de Niamh estava vermelho vivo, tomada por um pânico ensurdecedor.

Theo, ela tentou de novo. A mente dele voltara a ser a muralha preta feito piche.

Leonie?

Sim.

Não consigo entrar na cabeça dele, você consegue?

Não.

Pode me proteger?

Sim.

Os pássaros continuavam a ir para cima deles. Dezenas de asas batiam, fazendo cair sobre eles uma chuva de penas e lanugens. Bicos, línguas de sílex e olhos negros.

Com cuidado, Niamh conseguiu firmar os pés mais uma vez. Logo os pássaros voavam ao redor dela. O escudo de Leonie estava funcionando. Niamh avançou à força pelo tornado, asas batendo e garras, agora, à distância. Ela viu Theo e Holly encolhidos juntos, mãos e rostos cobertos de sangue.

Estou chegando.

Niamh cambaleou até o lugar onde estavam, junto do riacho, ainda lutando para avançar. Ela caiu de joelhos e separou Theo e Holly.

Theo, pare com isso.

Não consigo, não sei como.

Então ME DEIXA ENTRAR.

Ela tomou a cabeça dele entre as mãos e, com todo o poder que possuía, forçou um caminho para dentro de sua mente. Havia tanto nela.

Tanto barulho. Lares temporários; o tutor que ficou olhando enquanto ele trocava de roupa; professores que riram da cara dele; *aquele* banho; as bruxas de Helena o arrastando para a van, para a jaula e...

Os pássaros.

VÃO.

E os pássaros se foram. Assim como vieram, partiram. Continuaram a cuidar de suas vidas, voltando a circular sobre as árvores ou a queda d'água. As últimas penas negras pairaram até tocar a grama.

O córrego continuava a balbuciar enquanto eles voltavam a si. Leonie foi ver como Annie estava. Theo parecia atônito.

"Estão todos bem?", perguntou Elle, um corte na testa já cicatrizando. Com o modo enfermeira se ativando, ela foi até Holly, com passos largos e eficiência nos gestos. "Deixa eu ver. Pegue minha mão." Um momento depois, os cortes de Holly — na verdade, pouco mais que arranhões — haviam sumido. Elle voltou sua atenção para Theo, mas os dele já estavam se fechando.

Os olhos de Elle se arregalaram quando ela viu o que estava acontecendo. Ela olhou para Niamh. "Ele é um perito", esta explicou, ainda sem fôlego.

O olhar de Leonie era severo. "Que diabos foi aquilo?"

Theo já tinha voltado a ser a coisa feral acuada que ela encontrara na prisão, com os braços envolvendo as pernas, os olhos encarando o nada.

"Eu não sei!", esbravejou Niamh enquanto Elle tomava a mão dela para trabalhar em seus ferimentos. "Eu não sei", ela disse outra vez, recuperando o autocontrole. Sentia que aquilo tinha sido culpa dela. Ela era responsável por Theo, e ele havia falhado na mais introdutória provação da bruxaria. O tolo não era ele, mas ela, por pensar que uma semana em um chalé haviam feito com que ele se regenerasse por milagre. Ciara sempre tinha dito que ela era ingênua, uma Pollyanna incorrigível.

Niamh olhou para Annie, desafortunada, enquanto Leonie a ajudava a se pôr de pé. Embora ela soubesse que Annie não podia ver, seus olhos pareciam fixos em Theo. E ela parecia mais abalada do que Niamh algum dia já a vira. "Agora, escute aqui", ela falou, sem rodeios. "Eu não sei o que você é, criança, mas você é algo novo."

Se Theo a escutou, não respondeu.

"Levante", Annie ordenou, mas ele continuou a agarrar as pernas. "Eu falei para LEVANTAR."

Voltando a si num estalo, ele se ergueu, constrangido. Annie se aproximou dele, Leonie a guiando até onde ele estava. Ela tomou-lhe o queixo com uma das mãos e enxugou as lágrimas dele com a outra. "O que vamos fazer com você, hein?" Ela fez uma pausa, e Niamh se perguntou se ela estava vendo, com o auxílio do terceiro olho, o futuro se desdobrar. "Você é uma ave rara, não é? O trocadilho foi intencional."

Eu não quero machucar ninguém.

"Ótimo. Já é um começo. Potencial é besteira. Uma pedra pode ser uma pá ou uma lança, entendeu?" Ele não disse nada. "Está preparado para trabalhar? Trabalhar *de verdade*? Deixar-se moldar por Niamh?"

Estou.

"Estamos acertados, então." Annie soltou o rosto dele, parecendo satisfeita com as respostas.

Niamh sentiu os escarlates se esvaírem de Theo, substituídos por apaziguantes azuis. Um vento frio veio soprando do vale e ela se abraçou com força.

Annie tomou a bengala das mãos de Leonie e cutucou Theo no peito. "Um começo", ela disse, "costuma sinalizar um fim. Essa é a questão da aurora... você primeiro precisa atravessar a noite".

Annie foi se balançando na direção da trilha para fora da enseada. Niamh olhou para Elle desesperada, e então para Leonie, que só conseguiu dar de ombros. Parecia que a atividade de campo estava encerrada.

Helena } CICATRIZES

Outrora, uma bruxa podia se comunicar com seu coven através de um cristal encantado. Água-marinha ou turquesa eram os mais eficazes. A pedra agia como um condutor para a senciência, daí o arquétipo da "bola de cristal". Hoje em dia, Helena preferia a facilidade de fazer videoconferências do conforto do escritório em sua casa.

Era um daqueles raríssimos dias em que ela havia chegado em casa antes do pôr do sol e jantado com Neve uma refeição feita em casa, mas ainda havia bastante trabalho a ser feito antes de poder assistir *Real Housewives* na cama. O wi-fi de Niamh era horroroso e a imagem de sua amiga não parava de congelar. "Como estão as coisas por aí?", perguntou Helena.

"Está tudo bem", disse Niamh, lépida, aparentemente com o laptop na cozinha do chalé.

"Está mesmo?" Helena bebericou a água quente com limão. Era semana do detox, o que não estava ajudando em seu humor.

"Sim." Niamh com certeza estava se esforçando para parecer casual. "Estou realizando testes básicos pra determinar o nível de poder dele."

"E qual é a sua análise?"

Niamh deu de ombros. "É cedo demais pra dizer. Acho que o truque é controlar o poder dele. Posso dizer com certeza que ele é um perito. Já vi nele senciência, cura e elementalidade."

Helena sentiu o queixo travar. "Algo mais?"

"Tipo o quê?" Ela riu um pouco. "Isso não é impressionante o bastante?"

"Sabemos de mais alguma coisa sobre ele? Você conseguiu fazer uma leitura da mente dele?"

"Vi uns pedacinhos aqui e ali." Ela baixou a voz. "Ele teve uma vida muito difícil, Helena. Dura mesmo. Mais do que o suficiente pra explicar o que houve na escola dele."

Estaria Niamh insinuando que Helena não conseguia ter empatia? "Tudo isso é muito bom", falou ela, sucinta. "Mas um menino não deveria ser capaz de dominar mais de uma disciplina. Ele mal deveria ser capaz de dominar uma."

"Não tenho certeza de que ele esteja dominando qualquer coisa nesse momento. A cabeça dele não está no lugar, e isso, em parte, é culpa nossa. Ele deveria estar sendo treinado desde que usava fraldas."

"Niamh, estou falando sério."

Ela sorriu. "Ah, você sempre está falando sério! Helena, tá tudo bem, nós estamos bem. Está tudo sob controle. Relaxe!"

Elas encerraram e deram boa-noite uma à outra. Helena esperou que a tela escurecesse antes de olhar para Robyn Jones, sentada em silêncio na ponta oposta de seu escritório. Havia permanecido calada durante toda a ligação, na poltrona de leitura sob a janela. Não que alguém, alguma vez, lesse ali. Verdade fosse dita, as estantes e prateleiras de livros esotéricos encadernados em couro eram mais para figuração.

"E então?", perguntou Helena.

"Ela está mentindo", afirmou Robyn, abrupta como sempre. Ela era uma galesa alta, robusta e de ombros largos. Helena acreditava que ela costumava competir nacionalmente em arremesso de peso, martelo, dardo ou qualquer um desses que são arremessados antes de ter se tornado parte do crsm em tempo integral.

Helena se reclinou em sua cadeira nova, que, em teoria, deveria impedi-la de se tornar um Quasímodo do teclado, mas como era feia. Por que ninguém conseguia aperfeiçoar o equilíbrio entre estilo e funcionalidade? Ela bebericou a água outra vez e ponderou, tamborilando as unhas na lateral da caneca. "Talvez eu devesse ter perguntado na lata por que Leonie está lá."

"Algo deu muito errado em Malham Cove. Elas estavam camufladas, mas vi todas entrarem em pânico. Não sei o que estavam tentando fazer, mas um bando de aves as atacou. E eu encaminhei pra você os relatórios sobre uma atividade sísmica na noite em que ele chegou a Hebden Bridge."

"É *ele*!", Helena esbravejou, baixando a caneca com um baque. Merda. Ela limpou a água derramada com a palma da mão antes que manchasse a madeira. "Por que diabos ela está defendendo ele? Alguém vai ter que morrer antes de ela acordar?"

Robyn continuava parecendo uma estátua.

"Continue a vigilância e me conte *tudo*." Helena ligou pela discagem rápida para a equipe de plantão nos gabinetes. "Teleportem Robyn de volta para o esconderijo em Hebden Bridge, por favor."

Robyn aguardou impassível que o coven a mandasse de volta. Um momento se passou e ela fora embora. Pelo menos Helena podia confiar que *algumas* pessoas faziam o que se mandava.

Ela estava furiosa demais até mesmo para checar os e-mails. Queria quebrar alguma coisa. Em vez disso, foi até o globo no qual guardava a bebida de emergência e abriu um Bourbon de vinte anos. Serviu-se de um belo gole em um copo redondo de vidro e gelou-o com a ponta do dedo.

Não funcionou.

Ela continuava querendo *muito* quebrar alguma coisa.

Em uma estante de livros vazia, ela passou os olhos pelas fotos das quais gostava o bastante para emoldurar. Estavam empoeiradas. Ela certamente traria o assunto à baila com a pessoa da faxina. A primeira era do dia de seu casamento com Stef. Embora soubesse que isso era problemático, nunca estivera tão bonita ou tão magra quanto nas vésperas daquele dia. Era estranho que, ao olhar para a foto, tudo o que ela visse eram suas clavículas salientes. O dia do casamento em si era um vertiginoso borrão do qual ela mal se lembrava.

Sua mãe, é claro, havia questionado *por que* ela queria se casar aos 23 anos, sendo uma jovem bruxa tão promissora. No entanto, ninguém conhecia Stefan Morrill como ela. Para começar, ele era dez anos mais velho; mas, além disso, era uma força da natureza. Isso era uma bênção e uma maldição. Ser amada por Stef era como ter o próprio sol particular, brilhando sobre você. Quando eles ficaram juntos, ela se sentiu quase *bombardeada* de amor. Nunca havia sentido nada assim. Então, quando ele a pedira em casamento certa noite, em Manchester, com direito a *flash mob* e tudo, como ela poderia dizer não?

Junto dessa foto estava uma de Neve quando bebê, dormindo pesado no peito largo de Stef. Essa realmente mexeu com ela. Doía, mas ela nunca quis que não doesse. A foto seguinte era uma que ela guardava com carinho: uma das poucas fotos existentes de Betty Kettlewell, a primeiríssima Alta Sacerdotisa do CRSM, da época de sua fundação, em 1869. Era uma mulher severa, com vestido preto ondulante abotoado até a garganta. Betty Kettlewell tinha a aparência de uma líder.

A última foto também era do dia de seu casamento. Das damas de honra. Era de arrepiar ver o quanto vestidos "bandagem" combinando haviam ficado datados. Naquela época, Helena pensara que fazê-las usar os vestidos justos, na altura do joelho, era sensual de um modo progressista, mas agora elas pareciam muito vulgares.

Aliás, doía vê-las agora. Niamh, Leonie, Elle.

Era para Niamh ser sua *amiga*. Então, por que estava tomando o lado dele?

Seu sangue estava fervendo. A sensação era a de que seus ossos inchavam, desesperados para irromper para fora da pele. Lá fora, ela ouviu o ribombar distante de um trovão. Fechou os olhos. Ela era melhor do que isso, tivera tudo na mão. Outro bramido dos céus.

Niamh, Leonie, Elle e vovó Device saindo para um piquenique. Que alegria.

Era a história da Tammy Girl se repetindo mais uma vez.

Relâmpagos reluziram, e o brilho das lâmpadas do escritório diminuiu com a oscilação de energia. Dessa vez, o trovão soou como se o céu estivesse se partindo em dois.

Segure a onda, sua vaca idiota.

Era ridículo, e vergonhoso, que ela ainda estivesse tão doída por causa daquele dia. Já fazia... o quê? Vinte e um, 22 anos? A mãe de Elle a levara, junto das gêmeas e Leonie, ao Trafford Centre, pouco depois da abertura do local, para um dia de compras, hambúrgueres e milkshakes. Ela não tinha sido convidada de propósito, porque Julie Device *não gostava de como Helena bancava a mandona com Elle o tempo todo*. Só ficou sabendo do passeio porque Ciara deu com a língua nos dentes sobre onde tinha comprado suas novas calças *flare* enfeitadas. Na Tammy Girl.

Doera. Doera mais do que quando Mark Braithwaite comentou sobre suas "coxas de lutador" no dia dos jogos escolares. Na noite em que Ciara lhe contou, ela chorou e chorou, e sua mãe não conseguia entender qual era o grande problema. Elas poderiam ir ao Trafford Centre quando quisessem.

No fim das contas, Lilian ligou para Julie, e isso pareceu só piorar as coisas, embora a mãe da amiga tivesse voltado atrás e dito apenas que não havia lugar no carro. A partir daquele ponto, Helena sempre sentia que precisava bancar o anjo de candura todas as vezes em que ia à casa das Device para o chá ou para as festas de aniversário. Prostrações e lamúrias, por favores e obrigadas. Era humilhante.

Mesmo agora, em seu belo escritório, na sua bela casa geminada, ela se contorcia, mortificada com a coisa toda. Por que isso ainda a afligia? Por que ela chegava até mesmo a se *lembrar* da porra do passeio à loja Tammy Girl, mesmo tendo tido uma filha, vencido uma guerra e perdido um marido?

Quer saber? Não importava.

Elas que fizessem seus passeios diurnos secretos. Helena tinha o seu *trabalho*. Era por ele que ela seria lembrada. A mais jovem de todas as Altas Sacerdotisas estava prestes a salvar a terra da ameaça demoníaca mais poderosa em séculos. Um demônio em forma humana, mas ainda assim, um demônio. O trabalho era o que importava.

"Neve!", ela gritou.

"Que foi?", berrou a filha, da sala de estar.

"Venha cá, por favor."

"Por quê?"

Helena cerrou os dentes. Era melhor não gritar quando estava prestes a pedir um favor. "Porque estou mandando."

Neve atravessou o corredor se arrastando, com um pijama de flanela e o cabelo preso em tranças para que, pela manhã, ele ostentasse um ondulado praiano. "Que foi? Tô assistindo *Botched*."

Helena se sentou outra vez à mesa. "Preciso te pedir um favor." O Bourbon estava no ponto: amadeirado e maduro.

Neve não parecia impressionada. "Que favor?"

"É um favor grande, e do qual você pode não gostar, mas estaria prestando um grande serviço à sua mãe *e* ao seu coven."

Foi o bastante para deixar Neve intrigada. Ela se sentou no descanso de pés. "Certo..."

"Preciso que passe um tempo na casa dos seus avós..."

"Quanto tempo?", ela perguntou, bastante cautelosa.

"Não muito, talvez até o solstício."

"Aff! Nem pensar! Isso são semanas, e a vovó só compra, tipo, uma marca de sucrilhos."

Helena suspirou. Ela sabia que isso aconteceria. "E se eu disser para ela comprar os sucrilhos que você gosta?"

"Mãe, não! Isso é loucura! E os meus amigos? Não tô entendendo! E por que você quer que eu vá pra lá, mesmo?"

"Se você se acalmar, eu explico." Ela esperou que Neve se acalmasse. "Vou pedir à tia Niamh que a treine em preparação para o seu juramento, mas na verdade, preciso que você fique de olho naquele menino do qual te falei. Você vai às aulas que ela está dando a ele e à Holly Pearson, e vai relatar tudo pra mim."

Neve se amuou. "Por quê?"

"Porque acredito que ele seja a encarnação humana do Leviatã."

A filha riu. "Quê? Sem chance! Você tá forçando a barra, mãe."

"Espero que você esteja certa, mas temo que ele tenha enfeitiçado a tia Niamh, a tia Elle e talvez até a tia Leonie. Neve, estou confiando em você para me dizer a verdade. Porque minhas amigas, ao que parece, estão mentindo pra mim. Então, você pode fazer isso por mim?"

𝒩𝑖𝑎𝑚ℎ } SORÓRIA

Pela janela da cozinha e acima da pia, Niamh viu Holly flutuar três lápis sobre a mesa do jardim, fazendo-os girar em um carrossel circular. Theo observava. Seus olhos eram ocultos por cílios negros tão pesados que era difícil de lê-lo até do jeito mundano. Os dois estavam muito quietos, sem dúvida conversando por telepatia. Sobre o que os adolescentes falavam hoje em dia? Ela ficava apavorada só de pensar. Todos os dias, Niamh agradecia ao universo por ter se tornado adulta um pouco antes das redes sociais e dos celulares com câmera.

Ela leu o e-mail mais uma vez e colocou o celular para carregar no balcão antes de se juntar aos pupilos lá fora.

"Só consigo fazer com três", disse Holly com tristeza, sem tirar os olhos dos lápis. "Eu sou uma merda nisso."

"Não é, mesmo", replicou Niamh. O fato de ela ter qualquer tipo de habilidade telecinética dizia que ela estava a caminho de se tornar uma senciente de Nível 3. Em algum momento, teria que aplicar neles o Teste de Eriksdotter: a medida padronizada de habilidade supranormal. Era um afazer tedioso, uma série de desafios controlados para estabelecer o nível exato. Niamh nunca entendeu por que o CRSM sentia a necessidade de ranquear algo tão volátil.

"Estou condenada à flutuação de material de papelaria. Ótimo. A Bruxa Má da Papelaria."

Pois bem. Como lhes dar a notícia? Ela se sentou à mesa do jardim. "Na próxima sessão, teremos uma nova pupila", anunciou Niamh, visando manter um tom jovial. Helena devia achar que ela era muito simplória. Neve estava sendo enviada apenas para espioná-la. "Neve Vance-Morrill quer uma ajuda para se preparar para o juramento, em junho."

"Neve?", perguntou Holly fazendo uma careta.

"Não gosta dela?"

Holly transmitiu algo a Theo que, por sua vez, deu um sorriso malicioso. "Não", declarou a garota, de forma seca.

Niamh franziu os lábios. "Por favor, não façam fofoca pelas minhas costas. Façam na minha cara. Eu gosto de fofoca."

"Eu não havia me ligado de que *ela* era uma bruxa", disse Holly, com uma decepção que sugeria que, agora, ser bruxa parecia menos especial.

"Ela vai ser uma elemental poderosa. Eu disse que a ajudaria. Parece que voltei a ser orientadora de bruxas bebês." Ela se perguntou se deveria falar com Mike sobre reduzir para dois os seus dias na clínica. Trabalhar durante o dia, ficar de plantão e treinar alunos era um belo de um malabarismo a se fazer. A única vantagem era estar ocupada demais para ver Luke. Ele havia perguntado se ela gostaria de ver outro filme, *Os Olhos Sem Rosto*, porém ela recusou. Era verdade que estava assoberbada, mas isso com certeza oferecia uma desculpa conveniente.

Porque, sim, ela *queria* vê-lo. A última coisa que surgia durante a noite, quando o chalé estava em silêncio e Theo estava dormindo, eram os pensamentos sobre Luke escorregando com ela para debaixo do edredom. De uma hora para outra, ao que parecia, ela queria tê-lo de uma forma bastante carnal. Talvez fosse a mudança das estações. Conforme a primavera florescia, a libido crescia. Ela queria sentir o peso dele sobre o seu corpo. Queria beijar seu queixo áspero. Queria as mãos grandes dele a apalpando.

É assim que eu supero Conrad?, ela pensou. *Com sexo?* Ela comparou isso a estar doente. Por um bom tempo, você não tem apetite. Tanto tempo que, quando a fome retorna, você é quase pega de surpresa. De repente, ela estava faminta, e provavelmente era mais seguro se Luke não estivesse por perto para... comer. Ela não dormiria com Luke pela mesma razão que não enchia mais a cara de doses de sambuca todos os sábados. Não valia a ressaca no dia seguinte.

"Ela *tem* que vir?", Holly continuava a choramingar. "Eu gosto das coisas do jeito que estão."

Niamh se perguntou se ela, na verdade, não estaria com medo da competição: tanto pelas ordenações bruxas quanto pela atenção de Theo. Sem dúvida, Holly era louca por Theo. Niamh nem precisava lê-la para saber disso. Ela supôs que ele tinha um certo quê ensimesmado de Heathcliff adolescente, e conseguia entender por que uma adolescente beirando o gótico curtiria isso.

De todo modo, ela já havia tentado fazer Helena desistir de enviar Neve. A garota vinha aprimorando as habilidades desde o berço, então não havia nenhuma necessidade real de ter aulas particulares. Porém, ao que parecia, Helena estava decidida.

Ainda havia certos deveres que uma bruxa deveria cumprir, muito embora ela não fizesse parte oficialmente da equipe de Helena. "Um coven é uma irmandade, Holly. Em qualquer coven pode haver mulheres que você não escolheria como amigas, mas nossos laços são mais profundos do que isso. No juramento, nós prometemos que nosso elo é eterno e e que ele supera nossas relações humanas. O coven é soberano."

Holly ponderou sobre aquela afirmação. "Então, na verdade, não é preciso *gostar* de toda bruxa?"

Niamh balançou a cabeça. "Não! Deusas, não! Mesmo quando você não gosta de uma irmã, você ainda a ama como uma. Nós chamamos isso de *Soróría*, o tipo mais especial de amor. Há bruxas de quem não gosto, bruxas das quais discordo profundamente em toda sorte de coisas, mas eu lutaria por elas, as protegeria, as apoiaria... porque os objetivos do coven, que são proteger Gaia, suas filhas e suas criações, são mais importantes do que nossas babaquices pessoais mesquinhas."

E quanto a mim?, perguntou Theo, de súbito, e os lápis de Holly despencaram na mesa.

"O que tem você?", perguntou Niamh.

Eu faço parte do coven?

Desde o passeio, foi a primeira vez que a pergunta sobre o futuro de Theo voltara a perturbá-la. Embora ele ainda ficasse sedado durante a noite, durante o dia, se ele se abstivesse de usar seus dons, não havia maiores questões. Ele não *precisava* estar ali. Não de fato. Os feiticeiros poderiam designá-lo a um mentor.

"Bom, podemos nos aprofundar na história disso tudo na próxima lição, mas os feiticeiros têm seu próprio coven. Eles o chamam de cabala. Algum dia, quando estiver pronto, você vai se unir à cabala, mas não há pressa. Estou muito feliz em trabalhar com você para deixar seus poderes sob controle."

Ele parecia muito desapontado. Niamh não precisava lê-lo para notar isso. Mais um parente adotivo que o passava adiante quando a música parava, como se ele estivesse num passa-anel humano. Ela tomou a mão dele. "Vai ficar tudo bem. A gente vai dar um jeito."

Naquela noite, pela primeira vez desde o início da primavera, estava quente o suficiente para jantarem do lado de fora. Niamh observava Theo preparar um fusilli com molho, colhendo tomates frescos da estufa e manjericão do jardim. Como a maioria dos sencientes, Niamh era majoritariamente vegana, tirando os ovos que suas galinhas botavam. Como veterinária, ela passara algum tempo em fazendas, e basta dizer que aquelas criaturas sabem o que é o abatedouro e têm muito medo dele.

Comer animais não tinha mais graça depois disso. E vacas leiteiras passam os dias em frenesi, perguntando a si mesmas aonde foram seus bezerros. Então, leite também não tinha tanta graça.

O macarrão estava delicioso, e ela enxugou cada uma das últimas gotas de molho com um pão de casca crocante. Era no meio da semana, mas ela se permitiu um pequeno gole de vinho tinto. Imaginou como seria o verão e se perguntou se Theo ainda estaria lá quando a estação chegasse. Estava ficando um tanto afeiçoada à companhia dele. Para começar, isso significava que as noites nas quais o jantar era um saco de batatinhas mergulhadas em ketchup eram coisa do passado.

"Está satisfeito?", ela perguntou a Theo. "Deixamos o sorvete pra mais tarde?"

Ele assentiu, perdido em pensamentos.

"O que foi?"

Você tem uma irmã de verdade?

Tenho, sim.

Você pensa bastante nela. Ela parece com você...

"Gêmeas idênticas", disse Niamh, e apontou para o galinheiro com a cabeça. "A gente um dia já foi um ovo só. Isso me deixa pasma, às vezes."

Onde ela está agora?

Desconfortável, Niamh juntou a louça suja.

Desculpe. Estou me intrometendo.

"Não", ela negou e sentou-se outra vez. "Tudo bem. Ela... está numa espécie de hospital particular... barra prisão."

Você tem saudades dela.

Niamh poderia repreendê-lo por fuçar na cabeça dela, mas ela havia fuçado bastante na dele, e ela duvidava de que seus sentimentos em relação a Ciara estivessem particularmente bem enterrados. "Tenho. Mas é uma história bem complicada."

Sorória.

"É isso mesmo."

Você deveria visitá-la. Pensa nisso o tempo todo.

Niamh exalou o ar pelas narinas, em uma risada seca. "Quanto mais deixo pra lá, pior fica, mas também sei que vai ser... uma merda."

Foi a vez de Theo rir. *Deveria ir mesmo assim. Quer que eu vá com você?*

Era uma oferta gentil, até que um pensamento sombrio adentrou a mente dela. A escrota da Helena estava deixando-a paranoica. Mas seria um estratagema e tanto, não? Chegar à Ciara através dela. Sua irmã havia se associado à toda sorte de demônios em seu apogeu.

"Acho que essa é uma daquelas coisas heroicas que preciso fazer sozinha", ela respondeu, mantendo a suspeita detrás das cortinas. Nesse momento, ela recolheu as louças e partiu em direção à porta dos fundos.

Ela também quer ver você.

Niamh derrubou as tigelas, que se espatifaram em caquinhos pelo pátio. Ela se virou para olhar para ele. *O que foi que você disse?*

Os olhos dele estavam escuros, sem expressão. *Escuto uma voz como a sua, mas, de alguma forma, diferente. Primeiro, eu não conseguia entender. É muito fraca e distante, quase como um eco. Ela está chamando seu nome.*

Niamh reprimiu o anseio de ir até ele e estapeá-lo no rosto, porque não tinha chance de ele estar dizendo a verdade.

Ela está chamando você. Eu consigo ouvi-la.

Niamh } O HOTEL CARNOUSTIE

Oito Anos Antes

Elas se materializaram, uma a uma, nos relvados de grama alta, que um dia haviam sido um campo de golfe, na frente do hotel. Os ventos fortes passavam, fazendo as dunas de grama ondularem, e o céu estava tão cinzento quanto as capas do CRSM que todas elas usavam.

"Tem certeza de que quer fazer isso?", perguntou Helena.

"Tenho", respondeu Niamh, embora não tivesse certeza nenhuma.

"Aqui, tome um gole disto." Leonie passou para ela um pequeno frasco de vidro tampado com uma rolha. *"Excelsior."*

Em circunstâncias normais, ela não beberia, pois o líquido era feito de folha de coca e ginseng, ou seja, era muito viciante. Contudo, naquela ocasião, ela pingou uma ou duas gotas na língua. A tintura amarga, quase terrosa, a deixaria alerta, aguçaria seus sentidos e elevaria seus dons. Ela aceitaria toda ajuda que aparecesse.

"Helena?"

"De jeito nenhum, não!", Helena balançou a cabeça em rejeição e avançou a passos largos na direção do hotel abandonado.

"Que foi? Você acha que *eles* vão seguir as regras do jogo?"

Leonie a seguiu, guardando o frasco em sua capa mais uma vez. Niamh pensou em Elle, naquele momento em Dorset, curando as bruxas que Hale havia mutilado durante sua captura.

"Não quero nublar minha mente", Helena retorquiu. Desde que Stef havia se afogado, era claro que ela estava aguentando firme, guardando as lágrimas para o fim da guerra. Niamh sentia o mesmo. Ela daria tudo de si naquele dia, assim como no dia anterior e no outro antes desse, porque elas agora estavam *muito* perto.

Ao tentar acompanhar o passo das outras, Niamh sentiu uma dor aguda no estômago. Não queria estar ali, embora soubesse, no fundo do coração, que, mais cedo ou mais tarde, aquele dia seria inevitável. Ela torcera para que demorasse mais tempo.

Era uma das suas últimas lembranças de sua mãe antes de ela morrer. Niamh havia se empoleirado nos joelhos dela, enquanto ela lhe escovava o cabelo. "Como Ciara usa os poderes dela?"

"Como assim?"

"Ela alguma vez os usa para... machucar as pessoas?"

Em todos aqueles anos, Niamh não havia, de fato, entendido a pergunta, ou por que sua mãe a faria. Agora ela entendia. Ciara machucava as pessoas.

Helena parou e esperou que ela as alcançasse. "Sério, Niamh. Ninguém a culparia por não querer entrar lá. Nós podemos esperar a chegada de reforços."

"Não", disse Niamh, com firmeza. "Quando souberem que Hale foi capturado, vão fugir. Tem que ser agora. Essa é nossa chance."

Helena assentiu, os ventos revoltos jogando os cabelos em seu rosto. Não enxergava falha na lógica de Niamh. Em vez disso, ofereceu uma alternativa: "E se eu explodisse o prédio? Posso derrubar ele todo".

"Não pode não, Helena", replicou Leonie.

Niamh não duvidava de que ela *pudesse*, mas não era o certo. "Eu sei que parece puro melodrama, mas acredito que isso é algo que tenho que fazer. Preciso vê-la com meus próprios olhos. Preciso ouvi-la confirmar."

As outras nada disseram por um instante. "Você é incrível", afirmou Helena.

"Você também."

Lá estavam elas. No fim da guerra. Um dia pelo qual Niamh ansiara muito, mas nunca fora capaz de visualizar de fato. Ou, talvez, ela só estivesse com medo de ter esperança. Duas viúvas. Esfarrapadas, exaustas e fracas, mas que tinham conseguido. Hale estava a caminho de Grierlings. Só restava uma última missão, para garantir que os acólitos dele não pudessem continuar sua obra. Então, ela poderia começar a focar na dor de perder Conrad. Havia guardado tudo aquilo em uma caixa, e estava pronta para abri-la assim que capturassem Ciara.

"Vamos acabar com isso", disse Helena, com toda a sinceridade, e tomou a frente.

O hotel estava em ruínas. As paredes exteriores estavam cobertas por um colorido espaguete de assinaturas pichadas; as janelas, tapadas com tábuas para manter os invasores longe. Era difícil imaginar que aquele lixão era a fortaleza de gênios do crime. Um dia, o local devia ter sido majestoso, com vista para a vastidão bruta do Mar do Norte, mas o sol havia se posto naquele resort de golfe havia uma década.

Era uma cidade fantasma, cheia de fantasmas. Cada célula no corpo de Niamh rechaçava o lugar, incitando-a a bater em retirada. Atos não naturais estavam sendo realizados. Ela conseguia senti-los. Seus poderes naturais estavam respondendo aos abusos dentro do hotel.

O trio chegou ao local que um dia havia sido a recepção. Um enorme aviso de "CONDENADO — MANTENHA DISTÂNCIA" estava colado nas portas duplas. "Se puder, pegue-os com vida", pediu Helena. "Podemos usá-los para descobrir onde qualquer outro retardatário possa estar se escondendo. Use *Senhor dos Sonhos*, *Medusa* ou apenas acabe com eles usando a telepatia. Se for *preciso*, extirpe-os."

Niamh e Leonie assentiram. Um dia, extirpar uma bruxa ou um feiticeiro, ou seja, separá-los da consciência, teria levado qualquer senciente à loucura, mas ambas haviam recorrido a isso mais de uma vez desde a deflagração dos problemas. Era inimaginável antes, mas era engraçado como mesmo as coisas mais pavorosas podiam vir a ser consideradas. E num período tão curto de tempo. Era uma vergonha, pensou Niamh, e haveria um tempo, em breve, para as consequências.

A guerra não era uma desculpa. Nunca.

"Leonie", chamou Helena, "preciso de um campo ao redor de todo o hotel. Sem teleportes, nem saindo, nem chegando."

"Pode deixar."

"Fique aqui. Se alguém tentar fugir..."

"Pode deixar, também", ela interrompeu com seriedade.

Helena gesticulou para que recuassem um passo e invocou das nuvens um relâmpago ofuscante. Em seguida, ergueu as mãos para recebê-lo e o direcionou para as portas. Ela explodiu para dentro, se desfazendo em farpas e gravetos. "Certo, se eles não sabiam que estamos aqui, agora sabem. Vamos lá. Não, baixem, a, guarda."

Niamh e Helena subiram um lance das encardidas escadas de mármore.

"Peraí!", exclamou Leonie. Elas pararam. "Lembrem-se... é a *Ciara*."

Niamh suspirou. Isso podia significar muitas coisas: *ela é nossa amiga, nossa irmã*, ou *ela mataria vocês num piscar de olhos*. Todas eram verdade.

"Venha." Helena tomou Niamh pela mão.

O interior do hotel, em *art déco,* estava, de algum modo, mais bem preservado que o exterior, mas não muito. A claraboia sobre a mesa da recepção, que um dia fora ornamentada, estava quebrada, e o saguão havia sido inundado vezes demais. A hera serpenteava pelas vidraças ausentes, descendo pelas paredes como tentáculos. Tinha cheiro de estagnação, como água parada. Estava escuro, com a luz débil despontando apenas pelos espaços entre as tábuas sobre as janelas.

"É enorme", disse Niamh. "Eles podem estar em qualquer lugar."

"Não consegue senti-la?"

Niamh fechou os olhos e deixou a mente vagar pelos corredores, escadas e vãos de elevadores acima. "São três", revelou Niamh. "Todos poderosos... e *ela* está aqui."

Ela reconheceria a energia caótica da irmã em qualquer lugar: vermelho-granada, rodopiando com matizes de preto e dourados escuros.

"Pode encontrá-la?"

"Lá em cima."

Helena assentiu, e Niamh tomou a frente. Se ela podia sentir Ciara, Ciara podia senti-la. A primeira escadaria, vasta, levava a uma espécie de mezanino onde, algum dia, você teria se servido do bufê do café da manhã, tomado o chá da tarde ou um uísque após uma breve partida de golfe.

O bar estava fechado em caráter permanente, e as mesas e cadeiras estavam cobertas por um espesso mofo preto. Num prédio daquele tamanho, eles poderiam estar se escondendo, como ratos, em qualquer fenda escura. Niamh sentiu o coração apertar. Talvez não fosse o fim, afinal.

"Ouviram isso?", sussurrou Helena.

"O quê?"

"Eu ouvi alguma coisa."

Niamh fechou os olhos outra vez. Antes mesmo de começar, ela sentiu algo lá no alto, com um sexto sentido que todas podem acessar. Abriu os olhos e viu a figura de uma mulher, loira, rastejando pelo teto feito uma aranha.

"Helena!"

Percebendo que havia sido descoberta, a bruxa saltou diretamente na direção dela. Talvez porque o *Excelsior* estava batendo, Niamh ergueu a mão e, usando telecinese, lançou-a para um dos lados, como quem afasta um mosquito. A loira caiu em uma mesa de nicho aveludada com um ruído desagradável e uivou de dor. Mesmo assim, como um gato, a bruxa ficou de pé em segundos, mancando na direção da escada.

"Pare!", ordenou Niamh, afundando as garras na mente dela. A bruxa congelou, mas gritou de frustração.

"Cassidy Kane", disse Helena, olhando para Niamh. "Ora, mas que interessante."

Havia rumores de que a elemental norte-americana tinha se associado à Hale, mas nada fora provado. Até o momento. Niamh se regozijou com o quanto ela parecia desmazelada. Ela sempre havia sido conhecida como o rosto belo e altivo da extrema direita, uma apoiadora do credo de Hale da dominação das bruxas sobre os mundanos.

"Trate de me soltar, idiota do caralho", ela grunhiu, resistindo ao controle de Niamh.

"Claro, essa foi boa", ironizou Helena. Ela traçou uma linha reta para Cassidy e, sem cerimônia, soprou um punhado de *Senhor dos Sonhos* em seu rosto. Os olhos de Cassidy se reviraram e Niamh a soltou. A bruxa se dobrou rumo ao chão.

Helena cuspiu nela. Um tormento especial aguarda as bruxas que traem o coven. Talvez não neste mundo, mas no próximo. O corpo de uma bruxa retorna para a terra, para Gaia, mas a alma... bem, quem sabe? Cassidy Kane não iria para nenhum lugar bom.

Leonie, bruxa adormecida no mezanino.

Vou mantê-la por lá.

"Leonie está cuidando dela", Niamh informou à Helena.

"Menos uma", respondeu.

Havia dois andares de quartos e salas de conferências, todos conectados por metros e metros de carpete xadrez. Niamh estava ficando com um pouco de vertigem. Cada corredor se virava para outro idêntico ao anterior. Também estava mais escuro lá em cima.

"Consegue fazer as luzes funcionarem?", perguntou Niamh.

Helena direcionou um pouco de energia de volta à estrutura do hotel, mas as instalações elétricas engasgaram e zumbiram somente com a mais tênue das luzes.

O labirinto de corredores se prolongava, infindável. Niamh perdeu a noção de por quais quartos já haviam passado. Não conseguia sentir vida em nenhum deles. Era como aquele velho programa de TV em que você tinha que escolher uma porta e torcer pelo prêmio.

"Talvez devêssemos nos separar", sugeriu Helena.

"Não. Helena, você ficaria cega..."

De repente, alguém despencou sobre as duas. Elas se chocaram uma com a outra dolorosamente, formando um emaranhado de pernas, punhos e dentes.

Ciara pairava acima delas. "Peguei. Tá com vocês."

Com uma desdenhosa balançada do punho, ela as fez derrapar pelo chão até o fim do corredor. A fricção em suas costas era angustiante, até que a cabeça de Niamh acertou a porta da saída de incêndio feito um aríete. Ela sentiu o cérebro chacoalhar dentro do crânio. Vendo estrelas, se sentou e estendeu a mão. "Pare!"

"Não", respondeu Ciara de forma casual, bloqueando Niamh de sua mente. E continuou a atravessar o longo corredor flutuando, as unhas dos dedos de seus pés descalços roçando o carpete. As luzes piscaram, e foi como vê-la se mover por um zootrópio.

Niamh recuou, levantando-se. Agora, elas estavam longe de serem gêmeas. A irmã estava mais magra do que nunca, macilenta, com as faces encovadas e os olhos negros de azeviche afundados no crânio. Havia uma indolência nela, a cabeça balançando de um lado para o outro em seu pescoço de palito de dentes. As unhas estavam compridas e amareladas pela nicotina.

"Ciara, pare", Niamh tentou mais uma vez, colocando-se de pé.

"Fique no chão", mandou Ciara, derrubando-a mais uma vez com um dedo. A voz dela era profunda de um modo não natural, canalizando fosse lá qual entidade demoníaca que ela havia invocado. Niamh sentiu uma presença escura agachada atrás da irmã, o poder era maior do que jamais conhecera.

Ciara estava alcançando-as. Helena disparou um relâmpago diretamente nela e, com um berro, Ciara foi repelida pelo caminho por onde viera. A descarga foi o bastante para libertá-las de seu controle, e Niamh ajudou Helena a se levantar. "Rápido!"

"Eu a matei?", arfou Helena.

Como resposta, a cruel risada de Ciara ecoou pelo corredor. "Bom, isso foi grosseiro." Ela agora avançava na direção delas, aos pisões.

Helena cerrou os dentes e invocou a rajada de vento mais forte que podia, contendo Ciara. Ela manteve a pose, parecendo entediada. "Consegue entrar na cabeça dela?", gritou Helena, acima da ventania.

Niamh se projetou, tentando forçar o caminho para dentro da mente da irmã.

"Pode não fazer isso, por favor?", pediu Ciara. "Ah, Helena, tem uma coisinha no seu rosto..."

Niamh se virou e viu uma abelha se arrastar pela face de Helena.

Helena a espantou. "O que é isso?" Ela viu a abelha, e seus olhos se arregalaram. Era mortalmente alérgica a elas. Por uma rachadura na parede, um enxame se infiltrou, zumbindo com raiva ao redor dela. Ela as enxotava para longe, em pânico. Conforme elas picavam suas costas, os ventos iam perdendo a força, e Ciara se libertou.

"Helena!", gritou Niamh, tentando pegar o manto dela. "É só um encantamento! Não é real!"

Tarde demais. Ciara estava livre. Com um risinho, ela partiu o piso sob os pés de Helena ao meio. Preocupada demais com as abelhas para usar seus poderes, ela despencou. Niamh olhou pelo abismo chanfrado que a irmã havia criado e viu a amiga caída lá embaixo, em uma piscina vazia.

O corpo dela estava imóvel.

Sem vacilar, Niamh se jogou pela fenda, levitando até lá embaixo, ao lado de Helena. Havia sangue nos azulejos. "Helena?"

Sua essência ainda estava lá. Ela estava viva, mas muito ferida. Niamh pôs as mãos sobre a testa de Helena e tentou curá-la.

Leonie, preciso de ajuda.

"Cacete, vocês não podiam só me deixar em paz, né?", perguntou Ciara, sentando-se na ponta do trampolim e balançando as pernas. "Tinham que me achar e fazer toda a tal conversa entre irmãs. Deixa eu adivinhar: *não é tarde demais, Ciara, nós ainda te amamos. Você pode fazer boas escolhas.*"

Do fundo da piscina, Niamh ergueu o olhar para a irmã... e também olhou *além* dela. Uma ideia estava se formando, e ela esperava que Ciara não a escutasse por cima da fúria escarlate em sua cabeça. "Isso não é a porra de uma intervenção, Ciara."

"Não sou digna nem disso?"

Niamh cerrou os dentes com tanta força que parecia permanente. "Há muito que você já não tem salvação..." Ao lado da piscina, por trás de Ciara, uma mangueira vermelha se desenrolava, lenta e constante.

Ciara soltou um riso seco. "Ora, isso não é coisa que uma irmã diga! O que Julia Collins falaria a respeito disso!? Ah, espera... ela está mor..."

A mente de Niamh apanhou a mangueira e, como uma víbora, ela atacou. Envolveu o pescoço de Ciara e, no mesmo instante, arrastou-a da ponta do trampolim. Ela caiu.

Isso teria partido seu pescoço esquelético, mas assim que Ciara percebeu o que estava acontecendo, tentou flutuar para a lateral da piscina. Porém, a gravidade estava do lado de Niamh, então ela puxou a irmã para baixo, pelos pés, até o laço de borracha estar rodeando o pescoço dela. Um ruído horrível gorgolejou pela língua da irmã. Ela pendia a um metro da parte mais funda, esperneando. As mãos se remexiam junto ao pescoço, tentando afrouxar a mangueira em desespero. "Niamh...", ela se esganiçou. Já não soava mais tão jovial.

Dessa vez, Niamh não teve pressa. Caminhou devagar pelos azulejos rachados da piscina. A cada passo que dava, o poder de Ciara diminuía. Era a primeira vez que ficavam cara a cara em dois anos e, agora, estavam a meros centímetros de distância. Havia apenas uma questão: "Por que você fez isso, Ciara?". A voz de Niamh tremia.

Ela lutou menos, se rendendo. *Por que eu fiz o quê?* Seu rosto estava ficando escarlate.

Um soluço escapou dos lábios de Niamh. "Por que você matou Conrad?"

Por um segundo, os olhos negros de Ciara se encheram do ódio mais puro que Niamh algum dia já tinha testemunhado. E então soou um ruído engasgado, que poderia ter sido uma risada, e o cuspe se espalhando pelo rosto da irmã. "Eu fiz isso... pela diversão."

Puta. Niamh levitou do piso, agarrou a cabeça de Ciara pelos dois lados e a apertou com toda a força que tinha. Irrompeu por todas as barricadas da irmã e começou a obliterar tudo que via ou sentia. A boca de Ciara pendia aberta em um grito silencioso.

Os balões de hélio do décimo aniversário delas. Apagado.

As Spice Girls ao vivo no estádio Don Valley. Apagado.

A prova de suas capas para o juramento pela primeira vez. Apagado.

O primeiro beijo nos balanços do parque, com Joe Gulliver. Apagado.

Os pais. Apagados.

Niamh foi rasgando a mente da irmã, saqueando cada uma de suas memórias. Elas todas se escureceram.

Uma bruxa é feita de suas histórias e das histórias das que vieram antes dela. Era assim que se extirpava alguém.

De repente, os braços de Niamh se prenderam aos quadris. Uma força maior do que a dela a arrastou de volta para a terra com um baque. Ciara também tombou, a mangueira flácida.

Niamh tentou gritar, mas não conseguia mover a boca. Em vez disso, seus pés recuaram, um passo largo, depois outro. Não tinha controle de seu corpo, como em uma maldição.

"Pare!", gritou Leonie, correndo até a beira da piscina, com as duas mãos esticadas. Chame de controle mental, lavagem cerebral, império ou manipulação. Todas eram palavras diferentes para a mesma coisa: uma maldição. Leonie tinha o controle sobre o corpo de Niamh e, como a senciente mais poderosa, não permitia que ela se soltasse. Niamh sentiu as lágrimas correrem pelo rosto, salgadas em seus lábios.

Ciara agora estava jogada no chão. Uma nuvem preta de odor fétido vazava da boca, dos olhos e das narinas dela: as entidades demoníacas que ela havia invocado fugiam antes de poderem ser exorcizadas. Elas escoaram pelas rachaduras dos azulejos, procurando alguma rocha ou raiz na qual buscar santuário.

Leonie corria até elas na lateral da piscina. "Puta que pariu, Niamh. Você não quer fazer mal à sua irmã", ela disse com gentileza.

Ah, mas ela queria sim. E tinha feito.

Leonie } SANGUE

Tempos desesperadores pedem medidas desesperadas. Pelo menos, esse era o mantra que Leonie recitava enquanto avançava pela passarela do terceiro andar da St. Leonard House, rumo ao apartamento de Madame Celestine. Aquela era uma "área barra-pesada" da cidade, mas, na verdade, Leonie até que gostava dos altos e brutos complexos de moradia social, com suas fachadas de seixo telado, que predominavam em South London. Certamente, eram preferíveis às monstruosidades de vidros curvos com as quais os conselhos municipais estavam substituindo-os.

Ela passou por dezenas de apartamentos padronizados, que eram como petiscos da vida de Londres, com crianças gritando nas áreas de recreação, cães latindo e TV aos berros, até chegar a um que era especialmente pungente. Havia uma guirlanda de folhas de palma secas na porta e uma cesta para oferendas. Naquele momento, estava com metade do espaço preenchido por flores recém-colhidas, algumas pimentas, cocos e uma manga. Leonie respirou fundo e bateu três vezes.

Não estaria ali se não fosse *absolutamente* necessário. Não havia contado nem a Chinara que ia, porque, por mais que tivesse a mente aberta, ela não topava uma merda dessas. A noção de gatilho havia se tornado muito desacreditada... *blá, blá, blá, branquelinhos sensíveis* e tudo o mais, porém Chinara tinha visto muita merda quando era criança. Era mais gentil deixá-la de fora.

Havia um olho mágico no centro da guirlanda. "Quem desperta os espíritos?" Uma voz abafada falou através da porta.

"Leonie Jackman, da Diáspora. Estou aqui para ver Madame Celestine."

Houve uma pausa e a porta se abriu. O cheiro de sálvia e eucalipto era acachapante. Leonie adentrou a sala de estar/sala de espera, onde a clientela de Celestine aguardava por suas leituras. Uma adolescente delgada, que não devia ter mais do que 13 ou 14 anos, acenou para ela entrar. "Espere aqui", ela disse. "Vou ver se a Senhora está aceitando visitas."

Leonie não se sentou porque se sentia desconfortável e preferiu andar de um lado a outro. Dezenas de velas réchaud tremeluziam em jarros vermelhos, enchendo o ambiente com uma luz escarlate. Vermelho de perigo. Entre as velas, fileiras de órbitas oculares vazias a encaravam de um altar feito de crânios humanos. As paredes estavam cobertas de máscaras que representavam vários deuses e deusas.

Ela não estava em posição de julgar. Não se engane, aquela não era sua abordagem da bruxaria, mas esse era todo o objetivo da Diáspora: expandir e incluir. Havia tantos modos de ser uma bruxa quanto havia bruxas. Madame Celestine, cujo nome de batismo era Dolores Umba, havia entrado para a lista de párias do CRSM trinta anos atrás porque não praticava a forma *educada* de bruxaria.

"Por que a *rainha* da Diáspora está fazendo sombra à minha porta?" A voz estrondosa anunciou a chegada de Madame Celestine quando ela entrou na sala de repente, passando por uma cortina de contas. Era uma mulher formidável, com a cintura cilhada por um espartilho para acentuar a silhueta robusta. Ela já era alta, mas seu adorno de cabeça a fazia parecer uma amazona.

A palavra *rainha* era amarga em sua língua. O advento da Diáspora tinha, na falta de expressão melhor, jogado areia na poção de Celestine ao oferecer uma alternativa mais convencional aos métodos dela. Desnecessário dizer que ela não era a maior fã de Leonie. "Não estou aqui para falar da Diáspora..."

"Ótimo. Porque não tenho nada a dizer sobre isso. Pelo que me lembro, alguém que chegou a Londres e disse que não precisava de nenhuma ajuda de Madame Celestine..."

Leonie deu de ombros. "Estou aqui apenas como cliente. Quero uma leitura."

Celestine jogou a cabeça para trás e deu uma risada rouca. "Acha que vou lhe fazer favores, criança? Depois do desrespeito que mostrou por mim?"

"Meu dinheiro vale tanto quanto o de qualquer pessoa..."

Essa era a língua que Celestine falava. Uma bruxa de aluguel. Mais uma vez, Leonie não estava ali para julgar. Antes de haver médicos, havia bruxas curandeiras e, antes disso, apenas bruxas. Toda garota precisa comer. "Para você, criança, eu cobro o dobro. Chame de reparação."

"Fechado." Ao menos ela sabia que estava levando um golpe, diferente de muitos de seus outros clientes. Pelo que Leonie tinha concluído ao fuçar um pouco, Dolores tinha chegado a Londres como refugiada, fugindo da guerra no Congo durante os anos 1990. O CRSM a colocara em observação após ela fazer propaganda de suas habilidades como exorcista. Na verdade, Leonie sabia que o CRSM temia aquilo que não entendia. O CRSM era a boa bruxaria *inglesa*, tão típica como o chá das cinco. Nada de sangue menstrual. Nada de sacrifícios. Nada de sexo, por favor. Somos britânicos.

"Dessa eu vou gostar", sorriu Celestine. "Pode entrar."

Ela segurou a cortina e Leonie a seguiu para o que seria, pela lógica, uma sala de jantar. As paredes estavam cobertas por uma tinta preta gordurosa com símbolos pintados em vermelho vívido. As janelas estavam bloqueadas de forma tosca por tábuas de madeira aleatórias, e havia ainda mais crânios, vasos canópicos e partes de animais petrificadas pelas prateleiras.

Isso tudo fora projetado para assustar os mundanos: um trem fantasma de parque de diversões.

A razão para Leonie *ter* discordâncias com o modelo de negócios de Celestine é que ele envolvia dizer aos mundanos que eles estavam amaldiçoados ou possuídos, e então cobrar deles para remover ou exorcizar os demônios. Dito isso, os clientes chegavam a Celestine atormentados, e saíam… menos atormentados, apesar de todo o teatro. Aquilo era, supunha Leonie, uma espécie de terapia alternativa, e todos os outros terapeutas de Londres cobravam bem mais do que Celestine.

Além do mais, Celestine também era uma médium boa para cacete. Ela chegava em pontos que as oráculos não conseguiam. Leonie já estava farta de esperar pelo que havia no horizonte e de se sentir nas garras de alguma sina sem nome. Ela queria revelações do enredo.

Leonie sentou-se em seu lugar à pequena mesa redonda à luz de velas, no centro da sala. Celestine se sentou de frente para ela, em um trono entrelaçado de rosas e lírios, e pegou um charuto gordo. "O que a trouxe à Madame Celestine? O que perturba essa cabecinha linda?" Ela tragou o charuto e exalou uma coluna de fumaça na direção de Leonie.

Relutante, Leonie vasculhou sua bolsa e tirou de lá uma oferenda. Celestine desembrulhou o pacote.

"E você chama isso de quê?"

Leonie piscou. "É um pombo."

"Está morto."

"Eu sei. Sou senciente. Não vou ficar aqui sentada enquanto você abate animais vivos."

Celestine sorriu. "Menina nativa idiota. Sem uma oferenda de sangue, como espera satisfazer os espíritos?"

Além das sencientes, elementais, curandeiras e oráculos, há um tipo de bruxa sobre o qual o CRSM *nunca* ensinaria às suas crianças, nem admitiria a elas sua existência. Necromantes. Bruxas da morte. "Tem sangue o suficiente nessa ave", rebateu Leonie.

Quando as filhas de Gaia deixaram a mãe-terra, elas viajaram para longe, absorvendo e assimilando a miríade de culturas e costumes. Um dia, Leonie havia feito juramento a *um* coven, mas, em teoria, a Diáspora reconhecia que há milhares de covens pelo mundo, e incontáveis outras bruxas. E não cabia a ela, ou a Helena, ou a ninguém, definir o modo certo ou o errado de ser uma bruxa.

Ainda assim, ela o fazia. Ela era uma mentirosa e uma hipócrita. Quer saber? Ela julgava *sim*. Havia estilhaços terríveis nas entranhas de Leonie, e eles se chamavam *vergonha*. Quando as pessoas a viam, uma bruxa de pele marrom, pensavam que isso era a sua praia: rituais de sangue, espíritos e demônios. *Vai me fazer um vodu, Leonie?* Estereótipos contra os quais ela lutara a vida toda. Mas ali estava ela, julgando Celestine por viver a própria vida. E julgava a si mesma por julgá-la.

"Severine!" Celestine berrou e a garota, sua assistente, entrou apressada. *"Va m'en chercher un vivant, et mets cette merde morte à la poubelle."**

A menina pegou o pombo, e Leonie se deu conta de que Celestine ia mesmo fazê-la pagar. Um momento depois, a assistente voltou com uma galinha d'angola lutando em suas mãos. Ela a entregou a Celestine, que a segurou com firmeza.

A bruxa jogou a cabeça para trás e deu uma risada rouca, do fundo da garganta. "A menina desaprova Madame Celestine."

"Não desaprovo", discordou Leonie.

"Mantenha essa sua língua traiçoeira fora da minha casa."

Leonie estava envergonhada. "Desculpe. Têm razão, eu desaprovo, sim. Mas também respeito seu talento e preciso de você. Essa é a verdade. Juro pela deusa."

Celestine riu. "Muito bem. O que deseja saber, *bébé reine?*"

"Já ouviu a profecia da Criança Maculada?" Celestine assentiu. "Eu conheci o garoto na semana passada. Ele é muito poderoso. Poderoso demais. Admito que fiquei assustada."

"Até você, *rainha?*"

"Sim, até eu. O crsm acredita que ele está em conluio com o Leviatã. Quero saber o que o mundo espiritual está vendo."

A bruxa da morte riu mais uma vez. "Ah, entendo! A menina não gosta quando não é ela que está no topo do totem!"

Leonie balançou a cabeça. "Não é isso. Preciso saber se essa ameaça é real e se preciso proteger meu coven. Por mim, eu não teria nada a ver com esse drama de bruxa branca."

---

* Do francês: "Vá buscar um vivo para mim e coloque essa merda morta no lixo". (N. E.)

A risada foi a mais alta até então. "Criança, com isso eu concordo! Como queira. Mas esteja pronta para ouvir coisas das quais pode não gostar."

"Estou pronta."

Ela colocou a galinha na mesa e, de forma casual, apanhou um cutelo. Leonie focou em qualquer outra coisa que não fosse o pânico crescente da pequena ave. Ela sabia.

Mas acabou rápido. Com um golpe, a cabeça foi cortada e o sangue começou a esguichar do buraco em seu pescoço. Celestine se pôs a trabalhar, traçando símbolos na mesa com o sangue, antes de limpar os polegares vermelhos sobre os olhos.

Leonie tinha *ouvido falar* sobre como era uma invocação, como ela soava, mas nunca tinha visto por si mesma. As invocações eram as histórias de fantasmas que as bruxas contavam em festas do pijama. Era deixar algo deslizar para dentro de seu corpo, e dava para ver por que adolescentes, em particular, achavam isso tão assustadoramente cativante. Ela estava determinada a olhar sem se encolher. Afinal, era a diretora de um coven, ora essa, não uma adolescente assistindo a seu primeiro filme para maiores de 18 anos. Ela *não* ficaria verde na frente de Celestine.

Como oráculo, Celestine era no máximo uma Nível 2, mas os rituais da morte haviam levado seu poder a um reino novo e não mapeado: o das almas. Quando uma pessoa morre, seu corpo é reciclado, mas nem mesmo uma bruxa sabe bem o que aguarda o espírito. Bem, a *maioria* das bruxas não sabe. Como o CRSM, no Reino Unido, e o Coven de Inteligência da América, do outro lado do oceano, não reconheciam a existência de necromantes, era impossível saber quantas operavam no mundo. Acadêmicas bruxas falavam de necromancia como se fosse algo que selvagens praticavam no passado, em cabanas de lama, numa África monolítica.

Celestine começou a se mover em círculos na cadeira, murmurando entredentes em francês, sem dúvida, invocando os espíritos. Leonie estava pronta. Quando se abre uma porta, qualquer coisa pode passar por ela. Ela se lembrava daquele dia de merda no Hotel Carnoustie, daquela merda preta pingando do rosto de Ciara. Se você deixa um demônio entrar no seu corpo, ele nem sempre quer ir embora.

Leonie apertou as mãos entrelaçadas no colo. O cântico de Celestine ficou mais alto e, seu balançar, mais agressivo. O pescoço e os ombros dela espasmaram, e Leonie se perguntou se estava recebendo a experiência turística completa, até que algo se moveu no canto de seu olho.

Uma brisa atiçando a luz da vela? Não. Uma sombra alta se balançou pela parede, e um vento gentil bagunçou os cabelos de Leonie. Ela olhou para trás, mas não havia mais ninguém no cômodo.

"*Je convoque les esprits! Je convoque les esprits! Entendez moi! Entrez moi!*"*

Sombras desincorporadas agora rodeavam a mesa, sendo algumas impossivelmente altas e outras do tamanho de crianças. Elas pareciam se congregar ao redor de Celestine.

De repente, a médium se sentou bem aprumada e quieta. Com os olhos brancos, a boca escancarada e a língua se projetando, flácida. Um resmungo rouco se ouviu de seu peito, estrondoso, primeiro baixo, depois alto e estrangulado. Leonie se forçou a observar enquanto a saliva pingava por seu queixo e gotejava no decote.

O pescoço de Celestine se dobrou para um lado. Uma voz emergiu de sua boca, mas não era a voz dela de verdade, e seus lábios não se moveram. "*Leonie? Leonie? Gente preta fica queimada de sol?*" Era a voz de uma criança. Certa vez, uma menininha havia lhe perguntado isso em um parque itinerante, em Skegness.

Leonie ficou sem fala.

A voz mudou. Agora uma mulher velha, bem velha, parecia falar através de Celestine, nos tons bem articulados do inglês britânico considerado padrão. "*Você está fazendo todas as perguntas erradas. Esse é o problema com o seu povo.*"

A voz mudou de novo, mais rouca, severa. "*Mira con más cuidado.*"

A velha mulher elegante retornou. "Em minha época, nós não tínhamos uma palavra para isso, é claro."

---

* Do francês: "Eu invoco os espíritos! Eu invoco os espíritos! Ouçam-me! Entrem em mim!". (N. E.)

E a menininha: "Por que você não tem pai?".

"Leonie, meu amorzinho", disse uma voz que parecia muito com a de sua avó. "Uma criança vai mudar tudo. Vai mudar você."

"*Mira de nuevo.*"

"Apenas a escute", aconselhou a senhora.

Uma voz de homem se intrometeu com um forte sotaque caribenho. "Era de se pensar que, dentre todas as pessoas, você já teria entendido."

"Surda!", gritou a velha. "Surda e cega!"

Celestine gemeu, e seus olhos se avolumaram. Ela tombou no trono e uma nova voz emergiu. Uma que ela reconhecia. "*Leonie? Está me ouvindo?*"

Tão familiar, porém, tão ao longe. Tão distante. Ela levou um momento até reconhecê-la. "Stef?", ela sussurrou. Stefan, o marido de Helena. Não podia ser. Ela se lembrava de seu cadáver boiando, pálido e inchado, preso em uma sebe durante as inundações. Ela se sentiu tonta, como se todo o sangue estivesse deixando a cabeça.

A voz dele agora veio, quase como se soasse ao contrário, pela boca de Celestine. "*Leonie. Você precisa detê-la. Você precisa deter Helena antes que...*"

Então Celestine disparou da cadeira, batendo os punhos contra a mesa. Os olhos agora eram de um preto azeviche. "VOCÊ NÃO PODE DETÊ-LO."

Uma lufada quente e fétida, de um vento sulfúrico, correu pela sala lúgubre, apagando as velas. Leonie recuou, escorregando de sua cadeira para o chão.

"Celestine!"

"ELE SE ERGUERÁ, E CADA BRUXA ESCROTA E SUJA VAI QUEIMAR."

"Celestine! Para!", gritou Leonie.

Os olhos da médium verteram sangue, que correu por suas faces. "O LEVIATÃ SE ERGUERÁ. *SATANÁS PARA SIEMPRE!*"

Leonie ergueu uma das mãos contra o furacão e focou todo o seu poder em repelir Celestine. Seja lá o que estivesse dentro dela, era poderoso, mas ela deu conta. A mulher voou para trás, se chocando contra as tábuas sobre a janela. Ela gritou e despencou para o chão, caindo estatelada.

Os ventos e o fedor se dissiparam, e Leonie engatinhou até ela. "Celestine? Você está bem?"

Celestine se sentou e arrumou o lenço de cabeça. Por um momento, ela olhou para Leonie de forma inexpressiva, como se tentasse se lembrar de onde estava. "Estou bem", ela declarou, embora não parecesse. Leonie a ajudou a ficar de pé, e ela alisou o vestido. "Pode ir embora agora."

"Mas... ainda não paguei você..."

Celestine parecia entorpecida, o rosto pálido. "Não quero seu dinheiro e não quero seus problemas, menina nativa. Você não tem o direito de trazer essas merdas à minha porta. Se tivesse qualquer bom senso nessa sua cabeça, deixaria tudo isso bem distante. Aquela *coisa* ímpia que acabei de sentir nos meus ossos não está para brincadeira. É antiga, está faminta, e tem uma boca cheia de dentes. Está me ouvindo, *bébé*?"

Leonie assentiu. "Alto e claro."

A GUERRA { *Niamh*

A cozinha, que já era atulhada, estava começando a se parecer com uma sala de aula. Neve, por incrível que pareça, estava sentada entre Holly e Theo, composta e pronta para começar, com um reluzente caderno novo e canetas.

"Tenho uma pergunta", disse Holly.

"Faça", autorizou Niamh, carregando uma caneca de chá de limão com gengibre para a mesa.

"Minha mãe é curandeira, né? Então, por que a avó da Neve precisa de uma cadeira de rodas?"

Neve retorceu o rosto como se tivesse engolido algo amargo. "Você é idiota?"

"Neve, chega." Niamh a calou, já lamentando a perda do aconchegante trio que ela, Holly e Theo haviam estabelecido tão rápido. "Holly e Theo não tiveram o treinamento que você teve. Temos que ir no ritmo deles, tá?"

"Desculpe", murmurou Neve. "Para ser justa, eu fiz a mesma pergunta quando tinha uns 8 anos. Ela teve uma coisa chamada hérnia de disco ao ter a minha mãe. Brutal, né? As curandeiras a ajudaram durante anos, mas sem a magia delas, a situação piora na mesma hora."

Niamh assentiu, sábia. Era um ponto de aprendizagem válido. "Entendam isso: as bruxas trabalham *com* a natureza, não contra ela. Tenho certeza de que uma bruxa poderosa poderia manter ela mesma, ou ele mesmo, jovem e em forma para sempre, mas essa é uma má utilização chocante do poder de Gaia. Nossa natureza é envelhecer e morrer, assim como todas as coisas. Não somos deuses."

"Bom, essa era minha próxima pergunta", falou Holly. "Você é poderosa pra caramba e tudo o mais, certo?"

"Certo."

"Então por que você, tipo, não bota um collant e faz todo um rolê estilo Marvel?"

Neve soltou mais um muxoxo, mas Niamh também considerou essa uma pergunta perfeitamente válida. "Para começar, os mundanos não gostam da ideia de que há pessoas mais fortes do que eles, especialmente se forem mulheres. Então, por um bom tempo, eles nos arrebanharam, e, bem... vamos dizer que era mais seguro nos mantermos em segredo. Apenas umas poucas pessoas do governo estão cientes da nossa existência, e elas assinaram a Lei dos Segredos Ocultos. Nossa trégua com os mundanos começou com o início do CRSM..."

Theo parecia pensativo. Niamh o sondou com gentileza e havia um sabor de sal, um sentimento plúmbeo de... decepção? Deflação. Ela não continuou a forçar. "Tudo bem aí, Theo?", ela perguntou, em vez disso. Ele assentiu.

"Então, muito bem", prosseguiu Niamh. "Hoje quero me aprofundar na história do CRSM, porque faz diferença saber como funcionamos. Acho que é importante que saibam quem nós somos, quem *elas* são." Ela se esqueceu, por um instante, de que não fazia mais parte do CRSM. Andava acontecendo muita coisa nos últimos tempos.

Ela postou as palmas sobre a mesa, tinha um naco de ouro-dos-tolos entre elas. "Deem as mãos", ela pediu aos alunos. "Foquem na pedra. Vou compartilhar o passado da forma como eu o entendo. Estão prontos?"

Os jovens acólitos assentiram. Mesmo Neve estava absorta agora. Eles levaram cinco minutos para sincronizar as respirações e Niamh falou em seu tom mais sereno. "Abram suas mentes. Vejam como eu vejo..."

Nunca saberemos exatamente quando as primeiras bruxas migraram para esses litorais. Há evidências de que havia bruxas e feiticeiros aqui, canalizando a energia de Gaia, há tempos tão distantes quanto a Idade da Pedra. É certo que há bruxas desde que a História é registrada. Curandeiras, médicas, xamãs e videntes. Tivemos muitos nomes e fomos reverenciadas, até exaltadas, nos tempos antigos.

Podemos traçar o declínio das bruxas paralelamente à ascensão das religiões monoteístas. Uma a uma, essas religiões se apropriaram da magia e a tornaram espiritualidade. "Feitiços" se tornaram "milagres". E apenas certas qualidades de milagres se tornaram aceitáveis, embora muitas das crenças judaico-cristãs, vocês podem reparar, se sobreponham às nossas.

Teria sido Jesus um feiticeiro? Ninguém sabe, mas acredita-se que ele comungava com a natureza, curava os doentes e voltou dos mortos, então...

Onde eu estava? Conforme as religiões ao redor do mundo passaram a perseguir as bruxas, fomos levadas a nos esconder. Desenvolvemos linguagens secretas e símbolos, formamos covens e cabalas, e operamos nas sombras.

Agora. Levem suas mentes até 1522. Um ano que, em retrospecto, mudou o caminho das bruxas britânicas para sempre. Uma poderosa jovem bruxa chamada Ana Bolena descobriu sua considerável senciência e treinou com um coven na França. Ana era diferente das outras bruxas porque havia nascido na nobreza. Ela era uma garota poderosa, numa época em que as garotas não deveriam ter poder, e não aceitou se casar com seu primo. Em vez disso, seus olhos se puseram sobre o trono.

Quem pode dizer se ela usou um encantamento em Henrique ou se ela era simplesmente uma fera na cama, que é, de longe, o modo mais fácil de se enfeitiçar um homem, para ser sincera. Porém, quando Ana falhou em dar a ele um herdeiro, o rei passou para a próxima mulher. Algumas pessoas acusaram Ana de bruxaria; outras, de adultério e incesto. De todo modo, na época em que ela foi decapitada, Ana já havia estabelecido um coven secreto na corte de Henrique VIII.

Ela também teve uma filha, Elizabeth, que mais adiante veio a se tornar rainha da Inglaterra, em 1558. De acordo com todos os relatos, ela não era tão poderosa quanto a mãe, mas entendeu o valor do coven, ainda que, na vida pública, tenha se distanciado da pobre Ana sem cabeça. Vocês não vão encontrar em nenhum livro de história, mas foi Elizabeth quem fundou o primeiro Coven Real oficial, em 1560. Dizem que ela era desconfiada dessas bruxas, mas sabia que não havia ninguém melhor para protegê-la quando estava cercada por víboras em todos os lados de sua corte.

Tudo ia às mil maravilhas até que Elizabeth escolheu não ter filhos, e eu respeito a escolha dela, é óbvio. Pórém, se tivesse tido, acho que estaríamos tendo esta aula em uma escola, em vez de na minha cozinha. Naquelas circunstâncias, Jaime, o filho de uma prima distante, ascendeu ao trono. Ele não era um feiticeiro e tinha pavor do coven. Temia ser morto por ele e que colocassem uma bruxa no trono. Em 1604, ele decretou a Lei da Bruxaria.

Sabendo que seriam executadas, as bruxas da corte de Elizabeth fugiram, forçadas ao exílio enquanto o rei Jaime supervisionava julgamentos de bruxas de uma ponta a outra do país. Mais de quinhentas bruxas foram enforcadas, queimadas ou afogadas entre aquela época e 1717, quando a lei foi, enfim, revogada.

Claro que, durante esses anos, tanto a Coroa quanto o Parlamento tinham conhecimento da existência das bruxas e do que éramos capazes. Algumas de nós receberam ofertas de acordos, se é que podemos chamar assim: suas vidas por seus serviços. Fomos escravizadas, forçadas a ajudar, ou seríamos queimadas na fogueira. Isso continuou por um século, até o longo reinado de Vitória.

Por volta daquela época, o espiritualismo entrou bastante na moda entre as classes médias. Como vocês sabem, quando brancos ricos começam a fazer alguma coisa, essa coisa logo é legalizada. Com Vitória não foi diferente e, quando seu amado Albert morreu, ela convocou um coven para ajudá-la a comungar com os espíritos. Seu "coven pessoal" também previu as quatro tentativas finais de assassinato contra a rainha e salvou a pele dela, de modo que, cada vez mais, ela se fiou em oráculos para guiá-la.

É óbvio que as bruxas e a igreja formavam uma aliança nada confortável. Vitória decretou que a coroa devia ser protegida pelas bruxas, mas em segredo. A igreja e o coven existiriam separadas do Estado, mas trabalhariam um ao lado do outro. Em 1869, foi formado, oficialmente, o Coven Real de Sua Majestade. Desde aquele ano, sempre houve um coven verificado trabalhando com o governo. Isso não quer dizer que não haja outros, como é o caso da Diáspora, mas o CRSM é o maior e o mais forte. Quando fazemos o juramento, é a ele que juramos servir.

Se olharem com bastante atenção para as fotografias antigas, nós estamos lá no fundo: curandeiras nas trincheiras, sufragistas, oráculos do Bletchley Park, moças da terra* e combatentes da resistência. Por que é que ajudamos em tempos de crise? Por que nós temos um dom. Somos mais fortes que os mundanos, apenas isso.

Nós poderíamos, e algumas bruxas acham que deveríamos, escravizar ou dominar nossos irmãos e irmãs sem dons. Mas, no CRSM, nós decidimos, há muito tempo, ajudar e proteger os mundanos. Independentemente de como tenhamos sido tratadas no passado, somos iguais aos olhos de Gaia. Ela não prefere uma bruxa a uma pulga. Não achamos que nossos poderes nos tornam superiores. Eles nos tornam responsáveis. Somos guardiãs e zeladoras, não armas. Por isso, somos ferozes para manter nossa independência dos políticos. Eles fariam com que bombardeássemos países a torto e a direito. Nos fariam amaldiçoar líderes mundiais, do modo como a Rússia fez com...

"Mas e quanto à guerra da qual minha mãe falou?", perguntou Holly.

Niamh piscou e voltou à cozinha. Theo e Neve também tinham deixado o estado de transe. "Eu já ia chegar nessa parte", disse Niamh. "É importante que vocês saibam, porque mostra como o coven esteve perto de implodir de vez."

"O que aconteceu?", perguntou Neve. "Mamãe não gosta disso."

Niamh hesitou. Helena podia não ficar nada grata a ela por isso. "Tem certeza de que quer saber, Neve?"

---

* No original, *"land girls"*, como ficaram conhecidas as mulheres britânicas que substituíam os homens nos campos de cultivo, em tempos de guerra. (N. T.)

"Tenho", Neve assentiu, determinada. "Quero saber como meu pai morreu. Eu nem me lembro dele. Só sei dele por lembranças que as oráculos me mostraram, mas não são minhas."

"Você merece ao menos isso", declarou Niamh. "Dez anos atrás, estávamos na grande festa após o juramento. Depois de as novas bruxas terem feito a jura, a fogueira foi acesa, como sempre. Tiramos nossas capas e dançamos. Essa é a tradição: nós celebramos nossa liberdade junto ao fogo e ao ar livre.

"Naquela época, tínhamos uma Alta Sacerdotisa chamada Julia Collins. Ela era uma mulher boa, e era linda. Ela supervisionou o meu próprio juramento, lá atrás, e o de sua mãe. Eu estava dançando ao redor do fogo e pressenti, sabem. Eu soube que algo estava errado, e então eu falei. Parei de dançar e me virei para ver Julia. Ela estava à margem da dança, observando a fogueira, batendo palmas e cantando. De repente, seu sorriso se desfez: ela tomou o punhal de prata do altar e cortou a própria garganta."

Holly e Neve reagiram com choque. Theo escutou, esperando que ela continuasse.

"Eu vi o modo como o rosto dela mudou. Ela fora amaldiçoada. É quando um senciente toma o controle do corpo de outra pessoa. Até hoje não sabemos quem a amaldiçoou, mas quando uma bruxa assassina outra bruxa, isso é alta traição. Você não pode trair o coven. Esse é o maior pecado de todos.

"Antes disso, durante algum tempo, existira uma tensão. Dabney Hale, um feiticeiro bem-nascido, de boa família, estava obtendo bastante apoio tanto de feiticeiros quanto de bruxas. Ele sentia que o tempo do CRSM havia chegado ao fim. Ele era velho, conservador e estava à total disposição de políticos mundanos idiotas. Ele formou o próprio coven baseado na filosofia da supremacia bruxa. Hale acreditava, como eu disse, que bruxas e feiticeiros eram mais fortes que os mundanos. Que não deveríamos nos ocultar nas sombras, deveríamos estar regendo o mundo.

"E ele não era o único. Acontece que, quando alguém belo, refinado e abastado, como Hale, é ousado o bastante para dar um passo adiante e dizer isso em voz alta, vai haver muitos outros que também vão aderir a essa opinião. Incluindo minha irmã, Ciara."

"Que droga", disse Neve.

"Sim, Neve, foi mesmo uma droga. Com a morte de Collins, o CRSM virou um caos, e Hale e sua cabala tiraram proveito disso. Eles atacaram os mundanos com inundações e incêndios; invocaram demônios para provocar violência e morte; promoveram surtos de infecções, instilando o descontentamento, a paranoia e o medo do desconhecido. Usaram sencientes para voltar as pessoas contra as vacinas, e então conjuraram velhas doenças, como o sarampo e a sífilis. Atiçaram divisões ideológicas, separando famílias. Tramaram isso durante *anos*. O objetivo supremo de Hale era ascender ao poder. Ele ia criar uma miríade de desastres 'naturais', e então se apresentar como o salvador. A humanidade se curvaria diante de nós.

"Aquelas de nós que restaram no CRSM não tiveram outra escolha. Tivemos que ir à guerra contra outras bruxas. Uma guerra civil. Nenhuma de nós *queria* matar bruxas, afinal, nós já somos tão poucas, mas que escolha nós tínhamos? Subjugar os mundanos, apesar de tudo o que eles fizeram conosco, era errado, *é* errado. Temos que saber, assim eu acredito, a diferença entre o certo e o errado.

"Então fizemos o que tínhamos que fazer, as mães de vocês, além de mim e de Leonie. Nós lutamos por aquilo que achávamos correto. Sempre que possível, detínhamos os terroristas. A maioria deles está em Grierlings, mas nós também tivemos... eu também tive... que matar algumas. Como as bruxas mais jovens do coven, cabia a nós liderar a investida. Acho que eu tinha apenas 24 anos quando Collins morreu. Jovem demais."

"E meu pai?"

"Ele morreu nas inundações de Somerset", admitiu Niamh. "Tentando salvar mundanos e deter bruxas rebeldes. Meu noivo, Conrad, foi morto por... uma senciente. Algumas delas vieram atrás de nós, é claro, quando souberam o que estávamos fazendo. Conrad nem era feiticeiro. Ele apenas estava lá. E aí está: a guerra foi assim", concluiu ela, com tristeza.

"Peraí um segundo", disse Holly. "Se houvesse, tipo, uma grande guerra, as pessoas não ficariam sabendo?"

Niamh balançou a cabeça. "Ah, Holly, você não faz ideia. Mesmo durante a guerra, alguns mundanos começaram a fazer estardalhaço sobre bruxaria. Até saiu nos tabloides. E você sabe o que acontece quando as pessoas ouvem falar sobre bruxaria..."

"Caça às bruxas", respondeu Neve.

"Precisamente. Nós, do coven, tomamos a difícil decisão de apagar as lembranças da população. O primeiro-ministro fez um pronunciamento no rádio e na TV que permitiu que cada senciente que tínhamos..."

Ela teria continuado; mas, às suas costas, ouviu-se um baque na porta de trás. Ela se virou bem em tempo de ver o rosto de Luke pela janela, mas acabou não vendo Theo recuar com a surpresa.

Tudo o que ela viu foi o lampejo de um relâmpago em sua visão periférica. "Theo! Não!"

Tarde demais. Um raio foi disparado das mãos de Theo, obliterando a porta dos fundos e lançando Luke para o outro lado do quintal. O caixote de vegetais que ele carregava girou no ar, uma chuva de laranjas e cebolas. Niamh se levantou num salto, a cadeira retinindo contra os azulejos. Ela foi correndo para o quintal, onde Luke jazia imóvel no gramado.

Ele estava imóvel, de olhos fechados. Sangue fresco cobria seu rosto: ferimentos provocados pelos estilhaços do vidro da porta, supunha ela. Niamh pôs a mão no peito dele, tentando achar um batimento. "Holly", ela chamou com severidade. "Ligue pra sua mãe, *agora*."

O SEGREDO { *Elle*

Mesmo uma mãe mundana sabe quando os filhos não estão brincando. Então, quando Holly ligou, ela ouviu *aquilo,* aquela sirene, na voz da filha no mesmo instante. Algo de terrível havia acontecido. Elle abandonou o carrinho no meio do corredor do supermercado Sainsbury's e voltou correndo para o carro.

Ela havia terminado as rondas daquela tarde, mas ainda não havia passado em casa para tirar o uniforme pardo de enfermeira comunitária. Estacionou o carro junto à van de Luke, na rua em frente ao chalé de Niamh, e apanhou o kit de primeiros socorros no porta-malas. Já fazia um bom tempo que ela não atendia um caso de trauma — de fato, depois da guerra, nunca mais o fizera — e um pavor puro pairava sobre ela como quem esticava músculos antigos: aquela sensação horrível de não saber exatamente quais horrores a aguardavam, mas que, com certeza, horrores a aguardavam.

Ela viu o corpo de Luke no gramado; Theo chorando nos degraus dos fundos; Holly confortando-o, com um braço envolvendo os ombros dele; Niamh curvada sobre Luke, fazendo o possível para curá-lo. Havia uma razão para Elle ter desistido de tudo aquilo em nome de uma vida de trocar curativos ou tirar pontos no conforto do lar das pessoas.

Elle pisou nas frutas e verduras caídas e correu para se posicionar no gramado. "O que aconteceu?", ela perguntou depressa, o tempo sendo essencial.

Neve Vance-Morrill pairava ao lado dela. "Theo tem, tipo, síndrome de Tourette mágica ou coisa assim."

"Bem-vinda de volta, Neve." Elle ignorou o comentário.

Niamh tirou uma mecha de cabelo que havia entrado em sua boca. "Relâmpago. Mas acho que a porta absorveu a maior parte do impacto. Fiz o que eu podia, mas..."

Elle examinou Luke. Havia uma horrível lasca de madeira se projetando da virilha dele e talhos em seu rosto. "Para trás." Ela se ajoelhou ao lado dele e estendeu as mãos sobre seu peito. "Ele tem pulso e está respirando. Vai ficar bem." A vida emana de todas as coisas vivas. Quanto mais vibrante, mais viva. Luke estava mais próximo do que ela gostaria da linha tênue depois da qual ela não seria capaz de trazê-lo de volta.

Ela ouviu Niamh soltar um suspiro profundo. "Você pode curá-lo?"

"Posso." Não seria agradável para ela; teria que transferir bastante da sua própria radiância a Luke, mas os órgãos vitais estavam todos intactos, pelo que ela podia sentir. Ela tomou o rosto dele com a mão esquerda em concha e tocou a terra com os dedos da mão direita. Também podia tomar emprestada a energia do solo. Elle fechou os olhos e deixou que a mente traçasse os locais onde ele estava mais ferido.

A natureza da natureza é a cura. Tudo o que Elle fazia era apressar o processo; com frequência, ela pensava em seus poderes como um botão biológico de acelerar. Ela direcionou glóbulos brancos e plasma para onde eles precisavam estar. Em seguida, imbuiu energia à matéria celular para que ela se regenerasse mais rápido do que algum dia seria capaz por conta própria.

A lasca na virilha de Luke, porém, estava no caminho. Elle foi até seu kit e encontrou algumas luvas sem látex. Esticou-as de forma eficiente. "Isso não vai ser muito agradável", ela os alertou antes de extrair a estaca com agilidade, fazendo um ruído úmido. Luke gemeu e se retorceu. Ela deslocou a mão esquerda até a testa dele e o colocou para dormir de novo, lançando um fluxo de melatonina em seu sistema.

Ainda havia farpas de madeira na perna dele, mas o processo de cura iria expeli-las. Preparando-se para isso, ela ofereceu a Luke tanto quanto poderia da própria energia curativa. Os ferimentos no rosto dele se fecharam primeiro, seguidos pela feia incisão na dobra do quadril.

Elle desabou, esgotada. O chão parecia formigar, esponjoso feito um colchão ruim. Ela estava enferrujada. Precisaria de um minuto de descanso. Admirava aquelas bruxas que secretavam tudo de si nas alas das emergências. Eram corajosas e abnegadas, mas ela, que havia tentado por um ou dois meses após sua qualificação, achava aquilo tudo triste demais. Chegavam àquela ala pacientes demais que estavam além de suas capacidades.

"Mãe? Você tá bem?" Elle sentiu passos se aproximando dela a galope.

Elle rolou, ficando de costas, e absorveu o máximo de energia que podia da grama e do solo. Fitou as nuvens, que eram como galeões brancos num profundo mar azul, e sentiu seus batimentos voltarem ao normal. "Vou ficar. Só me dê um segundo."

"Você é incrível", falou Niamh com suavidade, beijando a testa dela e, ao mesmo tempo, transferindo um pouco da própria radiância para Elle. "Obrigada."

"Só mais um dia de trabalho."

"Você vai apagar a mente dele agora?", perguntou Neve, nada impressionada, ao que parecia, com o empenho dela.

Holly ajudou Elle a se sentar, e ela olhou para Niamh. "Você acha que ele vai se lembrar?"

Niamh parecia dividida. "O que é que eu vou dizer? Que uma bomba estourou na minha cozinha?"

Elle voltou os olhos para o chalé. Theo ainda estava empoleirado nos degraus dos fundos, cercado pelo pandemônio que havia criado. Ele observava com atenção, os olhos vermelhos e inchados. O pobre menino era um desastre ambulante. Era como quando sua mãe havia adotado um vira-lata perdido no Chipre, e ele destruiu a casa dela. "Bom, duvido que você possa contar a ele que é uma bruxa."

"Eu sei." Niamh focou e tocou a têmpora com um dedo para apressar o processo. Um segundo depois, estava feito. Ele não se lembraria de nada.

Elle tirou um lenço antibacteriano de seu kit e começou a limpar qualquer sangue revelador. "Como vai explicar o buraco na calça dele bem na altura da virilha? Poderia dizer que tentou arrancar as calças dele."

"Não comece", Niamh a alertou.

"Que foi?", Elle fez-se de desentendida, batendo pestanas.

"Venham cá, pessoal", chamou Niamh, tentando animar a tropa. "Vamos levá-lo *com cuidado* até a rua. Vamos dizer que ele desmaiou." Era um pretexto frágil; mas, de improviso, Elle não conseguia pensar em nada melhor.

O corpo de Luke levitou do chão e seguiu Niamh com obediência. Ela parecia cansada, pensou Elle. Essa coisa de creche estava deixando-a esgotada.

Niamh estendeu a mão para Theo. "Vem. Foi um acidente. Mas agora já foram a minha janela *e* a minha porta. Vou começar a cobrar se você não for mais cuidadoso." Ela deu uma piscadela para ele enquanto o levantava. "Vocês recolhem a comida, pessoal. Temos que fazer com que pareça que ele desabou na rua."

Neve recolheu o caixote, mas Elle viu Theo e Holly em uma profunda conversa. Theo tomou a mão dela. Holly, de forma pouco sutil, balançou a cabeça. O que Elle não daria para ser uma mosca naquela parede. O menino era um risco. Desta vez, Luke ficaria bem, mas não lhe agradava o fato de que Holly poderia acabar no caminho de um relâmpago, mesmo que acidental.

Elle se perguntou se havia deixado aquele flerte ir longe demais.

Esperou até que Jez levasse Milo ao treino para partir para o ataque. Certas noites, Elle insistia que comessem na mesa da família, lembrando a eles que ela não estava gerenciando um restaurante de comida para viagem. Isso não resultava em nada além de discussões, porque ela havia estabelecido uma política estrita de proibição aos celulares em tais noites, mas mesmo assim persistia nisso.

Holly cutucou a fatia de torta de amoras com maçã por muito tempo após seu pai e seu irmão saírem. "Qual é o problema?", perguntou Elle. "É a sua favorita." Ela havia feito a torta como uma forma de propina.

"Não tô com fome", comentou Holly.

Houve um tempo em que Elle temeu que Holly tivesse anorexia. Como muitas adolescentes, ela havia passado pela fase de medir o espaço entre as coxas e de beliscar partes do corpo. Pior, Elle sabia que, de forma indireta, esse era um comportamento aprendido com ela. Queria poder voltar no tempo e se impedir de choramingar por seu tamanho 42, "dietas do biquíni" ou contagem de calorias na frente da filha quando ela era pequena. Por sorte, cada obsessão por dietas do Instagram durava apenas alguns dias antes da filha aceitar, faminta, qualquer comida que Elle lhe preparasse. De todo modo, seu metabolismo era o de um cão whippet.

Elle não estava totalmente certa de quanto deveria se preocupar com coisas como automutilação, pois pelo menos uma das amigas góticas de Holly se cortava; e a filha estivera em cima do muro quanto a possíveis tendências lésbicas antes de Theo aparecer. É claro que Elle havia notado o surgimento do delineador e do rímel, e dos pedidos de empréstimo de sua chapinha. O que mais poderia significar? Ela *presumiu* que Theo tinha deixado Holly gamada e aquilo era a razão de sua hostilidade, ao menos naquela semana.

"Holly?"

"Que foi?"

"Tem alguma coisa que você queira me contar?" Ela tentou manter a leveza no tom, o que era difícil após a tarde intensa que haviam tido. Ela havia despertado Luke na rua perto de sua van, atordoado depois de ter a mente apagada, mas, tirando isso, ele estava bem. Mais constrangido por terem chamado uma enfermeira do que por qualquer outra coisa. Elas o deixaram na cozinha do chalé, com Niamh tentando explicar como os *bombeiros* haviam destroçado sua porta dos fundos devido a uma suspeita de vazamento de gás.

"Não", respondeu Holly. Nem se ela tentasse poderia parecer mais suspeita.

"Holly. Eu gosto de pensar que você pode me dizer qualquer coisa. Não sou uma dessas mães que dão medo, sou?"

Holly riu. "Não! Definitivamente você não é uma mãe que dá medo."

Elle se perguntou se ambas estariam pensando em Lilian Vance. "Então o que foi? Desde que o Theo apareceu, vocês dois andam como unha e carne, passam o tempo todo trocando mensagenzinhas psíquicas; sim, eu notei. Tem algo acontecendo. As mães sabem dessas coisas. Mesmo as que não são bruxas."

Holly parecia sentir o peso de carregar algum fardo. Se esse menino, Theo, era o Leviatã encarnado, não havia a menor chance de que ele fosse arrastar sua filha com ele. "Holly...?"

"Mãe, eu não posso contar. Eu prometi ao Theo."

"Prometeu o quê?"

Houve uma longa pausa. "Bom, a questão é essa... não, mãe, não posso. Promessa é promessa."

Ela se levantou para sair da mesa, mas Elle a deteve. "Holly, sente-se. Eu sei que promessa é promessa, mas isso é sério. Theo não é um hóspede, ele está aqui porque o CRSM acha que ele é perigoso. Se você sabe de algo que possa fazer mal ao coven, então..."

Holly parecia prestes a chorar. Elle sabia que aquilo estava se transformando em um interrogatório, mas ela agora estava perto demais para parar. "Mãe! Você entendeu tudo errado!"

"Então, o que é?" Foi aí que ela usou seu trunfo. "Veja. Niamh não consegue ler Theo por sabe-se lá qual razão, mas estou disposta a apostar que ela pode ler você. Então você me conta agora, ou eu vou pedir para ela fazer isso."

Holly havia sido derrotada e sabia disso. Uma lágrima escorreu por seu rosto. Elle se lembrou de como as amizades eram monumentais quando se tem 14 anos. A aprovação de uma amiga era mais importante do que qualquer outra coisa. É uma concepção errada a de que as adolescentes são loucas por garotos. Pelo contrário, ela se lembrou de como elas sempre submetiam os garotos umas às outras, avaliando-os minuciosamente antes de concordarem em sair com eles.

Elle se levantou e apanhou uma folha de papel toalha para Holly enxugar o rosto. "Agora", disse com gentileza, "o que diabos está havendo com aquele menino?".

Holly meio que riu entre um soluço. "Bom, essa é a questão!"

"Pelo amor de Gaia, Holly, qual?" Mesmo sem ter a intenção, ela agarrou a mão de Holly, e sua angústia fluiu para ela. Elle lutou contra o anseio de também chorar.

"Mãe, eu gostava de verdade do Theo, mas... mas ele... *ela* não é um menino. Theo acha que é trans."

"Ah." O som brotou da boca de Elle de forma involuntária, e ela largou as mãos de Holly.

"Não acredito que te contei. Eu *jurei* a Gaia que não diria nada. Ela ainda não contou pra *nenhuma* outra pessoa. Mãe, você tem que *prometer* que não vai dizer nada a ninguém."

Elle entregou-lhe outra folha do papel toalha. "Eu prometo, meu bem."

Niamh } FILHAS DE GAIA

"Holly me fez *prometer* que eu não contaria isso a você", disse Elle no segundo em que a garçonete se afastou com o pedido no Capa de Chaleira.

Niamh piscou. "É *essa* a emergência? Você tem uma *fofoca*?" Niamh ainda estava usando o jaleco de veterinária, tendo saído às pressas da clínica para responder à urgência da amiga. "Elle! Eu tenho consultas!"

Elle dirigiu a ela um olhar severo. "Não é fofoca. É importante."

"Então continue... você tem cinco minutos." Niamh supôs que se tratava de algo sobre o que havia acontecido na tarde do dia anterior. Theo estava em casa naquele momento, esperando que a marceneira fosse consertar a porta. Niamh esperava que ele não a eletrocutasse também. Essa era uma das muitas coisas boas em Hebden Bridge: uma variedade de obreiras lésbicas superconfiáveis. O quadro de avisos analógico junto da livraria independente era um verdadeiro entroncamento da comunidade. Os cartões de visita e os panfletos revelavam um pouco de seu segredo: yoga para mulheres, herbalistas, jardineiras e corais. As pistas da bruxaria estavam lá, se você soubesse onde procurar. Niamh nunca tinha morado em nenhum outro lugar onde tantos mundanos *suspeitavam*, para dizer o mínimo, que estavam na presença de bruxas de verdade e pareciam não se importar.

A garçonete entregou os lattes delas e Elle esperou que ela saísse. "Tá, essa é das grandes..."

"Elle... eu tenho gatos excitados para castrar."

"Theo é transgênero", ela falou de repente.

Niamh esperou que ela continuasse. "Como é?"

"É verdade. Ele... ou, como viemos a saber, ela... contou a Holly."

Niamh fez alguns cálculos mentais. Será que ele... ela... tinha dito alguma coisa? Ou mesmo insinuado? "Tá..." ela refletiu, rodando a informação em sua cabeça como se estivesse em uma degustação de vinhos.

"Explica muita coisa, não?"

"Explica?", perguntou Niamh. O salão de chá parecia girar ao redor dela. Ela se sentiu zonza.

"Bom, explica o poder dele... dela... pra começo de conversa." Elle baixou a voz e passou os olhos pelo salão de chá. Naquele momento, só havia duas outras pessoas ali dentro: um homem com um buldogue francês bastante fofo e uma adolescente no canto, digitando no celular.

Niamh massageou as têmporas. Estaria uma bruxa trans em pé de igualdade com uma bruxa cisgênero? Se ela procurasse por isso no Google, será que ajudaria? Improvável. "Você tem razão. Faz sentido. Minha deusa, eu não dei a menor bola pra isso."

"Para o quê?"

"Algum tempo atrás, ele... *ela* perguntou se seria aceita no CRSM, eu disse que teria que ir para uma cabala e ela pareceu completamente destruída."

"Olha aí." Elle bebericou o café, triunfante. "Fiquei chocada por um tempo, ontem à noite, mas agora não parece grande coisa, né? Há um menino trans na turma da Holly, na escola. Parece que eles lidam bem com isso."

Niamh esperou a sala parar de rodar. Entre todos os portentos apocalípticos agourentos pra caralho sobre aquela criança, ser *transgênero* era peixe pequeno. Ela de fato deu um suspiro de alívio e os ombros baixaram alguns centímetros pela primeira vez em semanas. "Ela é trans. Ok. Isso é quase uma merda mundana qualquer. Lembra daquela moça na escola? Aquela que trabalhava no escritório do tesoureiro?"

Elle ficou confusa por um segundo e então fez-se um lampejo de reconhecimento em seus olhos. "Ah, sim! Como era o nome dela? Daphne!"

"Essa mesma."

"Bendita seja. Não pensava nela há anos. O que será que houve com ela? Os meninos eram horríveis com ela, lembra?"

Niamh fez uma pausa. "Todos nós éramos. Nós éramos uns baita de uns merdinhas. A gente também caçoava dela, Elle. Você sabe que sim."

Elle retorceu o rosto, mas não negou. "As coisas hoje são diferentes."

"São? Espero que esteja certa, pelo bem do Theo. Porém, crianças ainda podem ser bem cruéis. Eu às vezes ouço as coisas que elas falam."

"Às vezes eu entreouço Milo e os amigos dele. Acho que eles tentam superar uns aos outros."

Niamh sentiu seu diagrama se reorganizando para acomodar essa nova verdade. As peças estavam se encaixando. Tudo em Theo era instável, turbulento. Niamh havia presumido que o caos estava na vida doméstica dele... *dela* (ela precisava pegar o jeito disso), mas parecia que também havia uma tempestade dentro *dela*. O que era mais fundamental que o seu gênero? O modo como as pessoas descreviam você, tratavam você, cumprimentavam você de forma cotidiana. Não era de se admirar que Theo não conseguisse controlar a porra dos poderes. Imagine descobrir não só que você é uma garota, mas que também é uma bruxa.

E, para completar, a mãe dela havia tentado afogá-la e Helena a havia sequestrado. Niamh sentiu uma súbita onda de raiva, um calor e uma irritabilidade no peito. Theo precisava de proteção, não de perseguição. Isso mudava tudo.

"Você está bem?", Elle perguntou.

"Estou, desculpe. Só pensando com meus botões. Isso é bem importante, Elle."

"Eu disse que era uma emergência!"

Niamh sorriu, mas agora encarava a tarefa nada invejável de terminar o resto do dia de trabalho com essa novidade na cabeça. "Obrigada por me contar."

"Mas não conte a Theo que Holly deu com a língua nos dentes. Acho que ela o... *a* idolatra."

"Pode deixar. Caralho. O que eu faço com isso? Será que pergunto a Theo na lata?"

Elle deu de ombros. "Contar a Helena, creio eu?"

Por alguma razão, essa solução não era a melhor. Com certeza, era melhor que Theo fosse uma garota do que estar em conluio com o Leviatã, né? Porém, de algum modo, parecia fácil demais. Resolver esse caso não poderia ser assim tão descomplicado... poderia? "Podemos esperar um pouco?"

"Por quê?"

Era um reflexo, um palpite, mais do que qualquer coisa. "Acho... que consigo ultrapassar as defesas dela, fazê-la se abrir. Se ela é uma garota, pode vir a ser uma bruxa fenomenal. Não quero contar à Helena para que ela se intrometa e arruíne o trabalho que estamos fazendo."

Elle assentiu. "Claro. Você quem manda."

"Eu definitivamente não mando em nada, Elle."

A amiga deu um risinho, e Niamh virou o resto do café. Estava amargo, com espuma demais. A cabeça dela estava uma bagunça. Se *ela* estava confusa, como devia se sentir a pobre da Theo? Ela não sabia o que aconteceria em seguida. Não sabia se podia fazer qualquer coisa para ajudar, mas Niamh decidiu, bem ali, naquela manhã, no Capa de Chaleira, que ela estaria *ao lado* de Theo. Da forma que fosse necessário.

Ela era uma irmã, afinal de contas.

Ao deixar o Capa de Chaleira, Niamh viu uma van da HortiVerde estacionada do outro lado da Market Street, em frente ao restaurante turco. Poderia estar com qualquer um de seus motoristas, mas como determina a Lei de Murphy... como era de se esperar, Luke emergiu da entrada principal, balançando um caixote vazio.

Ele a avistou e ergueu um braço em saudação.

"Boa sorte com isso", disse Elle, e lhe deu um beijo de despedida.

Niamh agradeceu a ela por suas palavras e atravessou a rua para encará-lo. O verão já devia estar no horizonte, pois ela avistou o afluxo de turistas, com suas capas de chuva da North Face ou da Berghaus e botas de trilha novas. Era ótimo para os comerciantes da vila, para os cafés e para as lojas de presentes, mas Niamh sempre se sentia um pouco aflita por compartilhar sua pérola escondida com os forasteiros.

"Bom dia!", ela o cumprimentou, alegre. "Como você está?"

Luke guardou o caixote na parte de trás da van e se virou para ela. Já era primavera o suficiente para que ele colocasse as bermudas cargo pela primeira vez naquele ano, revelando as panturrilhas musculosas. "Tudo certo. Mas ainda meio esquisito por causa de ontem."

"Como está se sentindo?", perguntou Niamh. Ela enfiou as mãos no bolso do jaleco, tentando esconder a culpa.

"Estou bem!", ele respondeu. "É uma loucura. Nunca havia desmaiado na vida."

"Sabe o que eu aposto que é? O 5G."

Ele bramiu. "Você está falando sério?"

"Não! Sei lá, hipoglicemia?"

"Eu havia acabado de comer."

"Hiperglicemia?"

Ele franziu o cenho. "Você está bem? Parece agitada."

Ela apontou para o café. "Ah, o meu veneno é a cafeína, não o açúcar."

"Olha. Desculpa por desabar em cima de você."

"Quando quiser", disse Niamh, sem pensar direito. "Digo…"

Luke deu um sorriso largo. "Entendi. Quer saber, Niamh? Um dia desses, vou conseguir entender o que se passa nessa sua cabeça."

Niamh sorriu. "Acha que está pronto para os grandes segredos?" Ela sabia, lá no fundo, que ele não estava. Tinha sido diferente com Conrad, lá em Dublin. Aquele parecera um estágio perfeitamente natural do desabrochar das pétalas no início do relacionamento. Eles haviam revelado seus segredos um ao outro enquanto exploravam os seus corpos e suas vidas. Isso era diferente.

"Eu posso lidar com qualquer coisa que você mostrar." Luke sorriu, e ela sentiu o sorriso entre as pernas.

"Sério? Tá bom, vem cá…" Ele se inclinou mais para perto. "Eu sou o Homem-Aranha…"

Ele riu ainda mais alto. "Entendi! Não a Mulher-Aranha?"

"Existe uma Mulher-Aranha?"

"Ah, existe. E ela também é uma gata."

Aquilo estava ficando difícil. As mãos dela queriam envolver o pescoço dele e puxá-lo para um beijo. "Preciso voltar para o consultório…"

"Certo. Bom te ver."

"Não vai contar pra ninguém a minha identidade secreta, vai?"

"Juro de pés juntos."

Ela foi se afastando pela rua principal, com aquela sensação que temos no prelúdio do sexo: aquela antecipação, o sabor de limonada rosa por toda parte. *Quero cair mortinha.*

Helena } BISBILHO-TANDO

Era apenas o certo que Helena tivesse o melhor gabinete de canto no CRSM. Vista dupla, com janelas em dois lados, dando para a expansão de tijolos vermelhos e aço que é Manchester. A Beetham Tower, que era o prédio mais alto em quilômetros, brilhava ao sol turvo e tangerina do final da tarde.

Ainda havia bastante a ser limpo de sua mesa antes que ela pudesse dar o dia como encerrado: autorizar os reparos aos danos causados na operação de captura de Smythe; conferir com Sandhya os preparativos para o solstício; uma rápida reunião pelo Zoom com Sanne Visser, notoriamente, e talvez ironicamente, a fria diretora do Coven Internacional pela Ação contra o Aquecimento Global.

Mas primeiro, e mais importante, a Criança Maculada.

O interfone zumbiu. "Sim?"

"Chegada de teleporte", comunicou a secretária.

"Obrigada, Karen."

Os pelos de seu braço se arrepiaram e houve um familiar odor de noite de fogueira quando as partículas de sua filha começaram a rodopiar ao redor do centro do gabinete. A expressão dela era azeda. "Odeio me teleportar", ela choramingou antes de estar plenamente formada. "Sério, isso provoca o meu intestino irritável. A gente não pode só se falar por chamada de vídeo, como todo mundo?"

Helena se levantou para lhe fazer um chamego. "Eu não posso ver minha filha?"

Neve descansou a cabeça no peito dela. "Foi você quem me exilou."

Helena sorriu e voltou à sua cadeira. "Como vai sua avó?"

Neve se serviu de um sorbet de limão, da tigela na mesa de Helena, antes de se jogar na cadeira de visitas. "Ela não me deixa falar quando está passando a previsão do tempo. Eu digo, tipo, *alô, nós literalmente podemos controlar o tempo*, mas beleza, vó, arrasa aí."

Helena não pôde deixar de rir. Era reconfortante saber que a mãe era imutável, um monólito. "Você disse que tinha novidades?"

"Sim!", exclamou Neve, empolgada. "Acho que vai ficar muito orgulhosa! Eu banquei a espiã!"

Helena deu um largo sorriso. "Espiã? Como James Bond?"

"Só que bem mais gata. Olha!" Neve se concentrou e, aos poucos, sua pele e seu cabelo escureceram. Seus olhos passaram de azul para castanhos e o delicado nariz se alargou. A filha agora parecia do mediterrâneo, da Espanha ou talvez da Itália.

Helena *estava* impressionada, mas um pouco abalada. "Onde você aprendeu a fazer isso?"

"É só um encantamento." A voz de Neve permaneceu a mesma de sempre. "A irmã mais velha da Jess nos ensinou."

Jess e sua irmã, ambas filhas de uma antiga família bruxa de Manchester, eram um problema com "P" maiúsculo. "Por favor, Neve, não use encantamentos. Às vezes, os mundanos conseguem ver o que há por trás deles, eles nem sempre são convincentes e... e bom, eles são vulgares." Ela não queria usar a expressão *magia rústica*, mas isso nem precisava ser dito.

A garota que não se parecia com sua filha revirou os olhos, em um gesto que era a cara de Neve. "Mas eu tinha que me aproximar delas."

"De quem?"

"Da tia Niamh e da tia Elle."

"Você usou um encantamento para espiar a *Niamh*?" Neve assentiu. "Então, você tem muita, mas muita sorte por ela não ter percebido que era você. Isso foi impensado, Neve... e você não devia espiar suas tias."

O rosto da estranha sorriu. "Você não quer saber o que eu ouvi?"

Helena suspirou. "Pode parar com o encantamento agora, por favor?"

Neve balançou a cabeça e a ilusão se desvaneceu até que ela voltou a se parecer consigo mesma.

"Continue. Se alguém perguntar, nós nunca tivemos essa conversa."

Neve deu um tênue sorriso malicioso. "Então, eu fui ao chalé esta manhã. Theo estava lá enquanto Niamh estava na clínica..."

"Ela o deixou *sozinho*?" Helena cerrou os dentes.

"Havia uma mulher lá consertando a porta que ele explodiu."

Os olhos de Helena pareciam prestes a pular das órbitas. As reviravoltas não paravam. "O que você disse? Ele explodiu a porta?"

"Mãe!" Neve jogou as mãos para o alto. "Dá pra me deixar terminar?" Ela gesticulou para que Neve continuasse. "Enfim, eu fui ao consultório e Niamh estava a caminho do café no centro. Eu a segui, comprei um café e uma rosquinha de canela. Estava perto o suficiente para ouvir o que elas estavam falando, e... adivinha."

Ela ia mesmo fazê-la adivinhar? "Só me diga logo, Neve, por favor."

"Tá, você vai cair dura... Theo é *transgênero*!" Ela estava feliz feito pinto no lixo com essa imensa informação.

"Desculpa, o quê?", respondeu Helena. O primeiro indício de uma enxaqueca acometeu sua fronte.

"Você sabe... tipo, trans. Ele quer ser menina. Bom, ele é uma menina por dentro, ele só precisa que o exterior reflita, ou sei lá. Lembra daquela menina da escola, a Laurel? Ela era trans e..."

"Obrigada, Neve. Eu não sou uma desinformada total. Eu sei o que transgênero significa." Ela se levantou e foi até a janela. Sentiu seu sangue borbulhar e, nesse exato momento, nuvens negras e feias começaram a se formar sobre o horizonte de Manchester. Elas se espalharam feito um hematoma. As peças do quebra-cabeças começavam a formar uma imagem que não lhe agradava. Helena viu depressa o quanto as raízes da hera iam fundo... as implicações de uma bruxa transgênero. Bom, isso poderia ser importantíssimo. Poderia mudar *tudo*.

Ou será que não?

Ela se virou outra vez para Neve. "Ele já começou a transição?"

"Talvez nós devêssemos usar os pronomes ela/dela...", sugeriu Neve. Helena a fuzilou com os olhos. "Como eu vou saber? Provavelmente não, se ela ainda não contou às pessoas. Niamh só sabe porque Holly deu com a língua nos dentes para Elle. Traíra nojenta."

Helena refletiu sobre essa informação por cerca de cinco segundos e tomou uma decisão. Às vezes, a boa liderança significava se aconselhar, escutar aqueles ao seu redor mas, em outras ocasiões, pedia que alguém desse um passo à frente e tomasse a decisão. Equilibrar os dois sempre a servira bem. Seus instintos ainda não lhe haviam falhado.

"Sabe de uma coisa, Neve?"

"O quê?"

"Acabou de me ocorrer que eu ando gastando um tempo terrível com isso, e eu realmente não precisava ter me preocupado tanto. Vou lavar minhas mãos quanto a ele."

"*Ela.*"

Helena olhou de cima para sua filha. "Veremos."

Ela pressionou o botão do interfone. "Oi, Karen? Pode marcar uma reunião urgente com Radley Jackman, por favor?"

Leonie } VALENTINA

Leonie encontrou Niamh na estação Euston, porque, mesmo sendo uma das bruxas mais poderosas de sua geração, a amiga ainda ficava ansiosa quando ia para Londres, com medo de se perder. As duas se abraçaram no saguão, e Leonie se perguntou se as pessoas pensavam que elas eram um casal.

Niamh garantiu que a jornada até ali havia sido de três horas abençoadas de leitura posta em dia, com o último livro de Atwood; e da água suja que era o café do trem, com o acompanhamento de balinhas de goma.

"Chinara está trabalhando?", perguntou Niamh.

"Pois é, ela está no tribunal hoje, mas às vezes acaba cedo, então talvez nos encontre para tomarmos alguma coisa antes de você pegar o trem de volta."

"Que bom! Eu realmente quero vê-la!"

Um maremoto humano irrompeu na direção ao trem das 11h36 com destino à estação Birmingham New Street, então Leonie tomou a mão de Niamh e a guiou para fora da multidão. Euston era, sem sombra de dúvidas, *horrível*. Elas pegaram o metrô da Northern Line até Leicester Square, e Niamh, uma ratinha do campo, passou o tempo inteiro confusa e aturdida por tudo que a cercava.

Londres é um estado de espírito. No caso, um dos ruins. A viagem para Hebden Bridge, algumas semanas atrás, lembrara a Leonie do quanto ela sentia falta do temperamento afável que havia longe da capital. Em

Londres, se alguém ficasse no lado errado da escada rolante, ela rosnava para a pessoa e a incitava, usando telepatia, a tomar jeito ou a deixar a cidade para sempre. E o ritmo, deusas, por que caralhos todos andavam tão rápido o tempo todo? Niamh tinha que seguir a galope para acompanhar seu passo no metrô.

Emergindo no que algumas pessoas chamavam de ar fresco e luz do dia, elas seguiram a passos largos pelo Soho, adiantadas para o almoço com Valentina. "Então, esse é o distrito gay?", Niamh perguntou.

"Já foi, há muito tempo", respondeu Leonie com tristeza, gesticulando na direção dos múltiplos cafés da franquia Pret a Manger. "E nem tanto para as lésbicas. Se bem que, se você quiser, tipo, um macacão de vinil pro Luke, aquela *sex shop,* a Clone Zone, ainda fica logo ali..."

Niamh riu. "Acho que o Luke não curte muito essas coisas."

"E você sabe o que ele curte?"

"Não!", exclamou Niamh, peremptória.

A novidade sobre Theo, de algum modo, havia acalmado seus ânimos após o evento traumático na casa de Madame Celestine. Ela ainda não ousara contar nem a Chinara que havia estado lá. *Algumas* das mensagens canalizadas através de Celestine agora faziam um pouco de sentido: *Em minha época, nós não tínhamos uma palavra para isso* ou *era de se pensar que você, dentre todas as pessoas, saberia.* Outras, como a de Stef e... a última, ainda a assombravam bastante. *Aquela* voz era a última coisa que ela ouvia antes de ir dormir à noite.

Theo era trans. E os espíritos mensageiros tinham razão: aquela deveria ter sido a primeira pergunta a fazer a Niamh quando elas viram quanto poder havia em Theo. *Tem certeza de que ele é ele?* Leonie deveria ter tido mais noção em vez de apenas presumir qualquer coisa a respeito da identidade de alguém. Sempre que alguém na recepção de um hotel ou um garçom se referia à Chinara como "sua amiga", ela queria socar a pessoa.

"Você já disse algo à Theo?", ela perguntou, as amenidades tendo sido encerradas.

"Não." Niamh mordeu o lábio. "Acha que eu deveria perguntar na lata? Não quero sacanear a Holly, mas eu poderia dizer que li nele... nela. Caralho, preciso melhorar nisso."

"Precisa mesmo. Temos ume senciente na Diáspora que usa os pronomes elu/delu. Foi a maior viagem no começo, mas você só precisa de prática. Chinara e eu temos um jarro em casa, no qual colocamos dinheiro sempre que erramos os pronomes de alguém." Leonie guiou Niamh na direção do Mildred's, um dos melhores restaurantes vegetarianos de Londres.

"A propósito, muito obrigada por isso, Leonie, te devo uma. Você contou a ela por que estamos indo?"

"Contei", assegurou Leonie. "Eu a preparei."

"Obrigada. É muito constrangedor eu nunca ter pensado na existência de bruxas trans."

Era mesmo, pensou Leonie, embora tenha mantido o pensamento para si mesma, pois isso nada mais era que um reflexo do seu privilégio. Ela se perguntou se Niamh havia passado muito mais tempo pensando no papel das bruxas pretas. Ela *era* irlandesa, refletiu, e irlandeses tiveram merda o suficiente com que lidar por anos, mas, ao mesmo tempo, as bruxas celtas sempre foram, de certo modo, reverenciadas no CRSM, então era difícil de dizer.

"É logo ali." Leonie apontou para o outro lado da Lexington Street e esperou que um táxi preto passasse. "Não se sinta muito mal por conta disso; você tá fora de todo o rolê. Mas se a porra do CRSM ainda não está tendo conversas sobre interseccionalidade, deveria."

Elas entraram no estreito restaurante, recepcionadas pelo aroma de batatas doces ao curry pelas quais Leonie tanto ansiava. Foram levadas a uma mesa nos fundos do restaurante e esperaram apenas alguns minutos antes que Valentina aparecesse para se unir a elas.

A questão, pensou Leonie, era que quando uma mulher trans tinha uma aparência como a de Val, que parecia uma modelo glamorosa, não era esforço algum entendê-las como mulheres. Dito isso, ela sentia que não deveria haver pressão sobre *nenhuma* mulher para que se conformasse às "regras" do gênero. Muitas mulheres pretas haviam sido ridicularizadas ao longo dos anos por parecerem "masculinizadas", então ela não podia dar valor a qualquer noção nominal de "feminilidade".

Valentina desfilou entre os clientes, virando cabeças. Ela estava usando uma saia lápis de couro artificial e uma blusa com laço na gola. A vasta cabeleira estava relaxada e tingida de um intenso loiro-caramelo. Em resumo, em circunstâncias diferentes, Leonie a pegaria sem nem pensar no assunto. Quem não pegaria?

"Oi, gente! Desculpem o atraso." Durante o dia, ela trabalhava logo na esquina, em uma clínica de saúde sexual, com algo relacionado à prevenção do HIV.

"Sem problemas", disse Leonie, inclinando-se por sobre a mesa para beijá-la. "Valentina, esta é minha melhor amiga, Niamh, da época da escola."

Val soltou um arquejo e alisou uma mecha do cabelo de Niamh. "Ai, minha deusa. Essa é a cor natural do seu cabelo?"

Niamh riu e disse que era. Elas trocaram beijinhos no ar e se acomodaram para comer. A voz de Valentina *se propagava*, então Leonie, com toda a sutileza, estabeleceu uma camuflagem ao redor da mesa para elas poderem conversar de forma mais relaxada.

"Aqui é muito barulhento", explicou Niamh, corando. "Muito obrigada por isso."

"Querida, tudo bem. Não me importo *nem um pouco*."

"Não sei se Leonie contou a você, mas estou vivendo com uma jovem pessoa que acha que pode ser transgênero... e, bem, eu não sei por onde começar."

Leonie sentiu uma túrgida frustração verde-musgo transbordar de Niamh em ondas. Ela sempre se esquecia de que a amiga não era mais do CRSM. Ela havia se voluntariado para dar um suporte com aquele... *fardo* não era a palavra certa, mas com certeza era uma *responsabilidade*. Se ela pudesse ajudar Niamh com aquilo, ela ajudaria. Marcar um almoço era o mínimo que ela poderia fazer.

"Tudo bem, querida, fico feliz em ajudar. Sou um livro aberto! O que você deseja saber?"

"Acho que...", disse Niamh, pensativa, "você primeiro soube que era bruxa ou que era menina?"

Valentina compartilhou sobre a infância em Manaus. "Querida, eu soube que era menina assim que fiquei sabendo que havia uma diferença entre meninos e meninas. Eu olho para os meninos e fico, tipo, *hã... nã-ã.* Minha mãe ficava, tipo, *meu amor, você é um menino,* e eu fazia, tipo, *bicha, nem pensar! Discordo totalmente!* Minha avó, no Brasil, era uma bruxa, uma senciente, e conseguiu ler isso em mim quando eu tinha 4 ou 5 anos. Ela disse que brilhava em mim feito o sol. Foi só mais tarde, com uns 10 ou 11 anos, que me dei conta de que também conseguia fazer coisas."

"Leia a Valentina", pediu Leonie a Niamh.

"Se não se importar..."

"Livro aberto!"

Leonie observou Niamh focar. "Nossa."

Todas as pessoas tinham uma energia única, do mesmo modo que tinham uma impressão digital única, mas era inegável que havia energias masculinas e femininas. Isso não significava que todos os homens e todas as mulheres tinham a mesma aura: algumas mulheres cis possuíam uma distinta energia masculina e vice-versa. A aura de Valentina, porém, era tão presente quanto seu perfume. Leonie ficou surpresa que os *mundanos* no restaurante não conseguissem senti-la também.

"Pois é, né?", riu Val. "Dá pra imaginar alguém tentando fazer de mim um menino? Boa sorte com essa, meu bem, pois não dá pra conter a maré! Pense um pouco nisso enquanto eu vou fazer xixi."

Valentina pediu licença para se retirar e Niamh se virou para Leonie. "E aí, ela... hã...?"

"Tem uma vagina?" Leonie explodiu. "Niamh! Isso importa? É da nossa conta?"

Niamh piscou seus olhos verdes, incrédula. "Obrigada, srta. Jackman. Eu *ia* perguntar se o *poder* dela se compara ao de uma bruxa cisgênero."

"Ah. Certo." Leonie acenou para o garçom para que elas pudessem fazer o pedido quando Val retornasse. Ela só tinha 45 minutos. "Bom, é interessante. Ela é uma E4."

"Nível 4, sério?"

"Ã-hã." Era muito, muito raro que feiticeiros alcançassem algum nível além do 3, então, com certeza, Val estava mais alinhada a uma mulher cisgênero do que a um homem cis. "Ela é uma força da natureza. Eu te disse."

Os saltos dela vieram retinindo de volta na direção da mesa. Niamh continuou: "Bom, então talvez isso explique por que Theo é tão poderosa? Faz sentido".

"É isso aí", concordou Leonie enquanto Val escorregava de volta para a banqueta. "Mas não explica *tudo*. Nós não sabemos de onde ela veio e nem por que é tão poderosa sem treinamento..." Leonie deixou de fora as coisas que havia descoberto sobre o Leviatã com Celestine. Theo ser trans não passava nem perto de explicar o que as oráculos estavam vendo.

"Não", argumentou Niamh, "mas significa que posso mandar Helena procurar você se ela tentar discutir..."

Leonie gargalhou. "Que vaca! Nem ouse!"

O garçom veio para tomar os pedidos. O almoço era uma aprazível distração, mas apenas isso. Intuição era uma coisa escrota, e Leonie não conseguia relaxar. Mesmo agora, ela tamborilava os dedos no joelho, nervosa. Algo ruim estava vindo em sua direção. Algo envolvendo Theo, Helena e o rei dos demônios. Talvez ela devesse dizer logo a Niamh o que tinha ficado sabendo em Peckham.

Niamh e Valentina continuaram a bater papo enquanto o garçom recolhia os cardápios. Niamh perguntou a Valentina se ela conhecia outras bruxas trans, e ela respondeu que ouvira falar de algumas no CIA, o Coven Internacional da América: os Estados Unidos haviam abraçado as bruxas trans com maior prontidão. Leonie tinha apenas uma pergunta, que havia perdurado desde a noite com Celestine: a gente devia se afastar dessa porra toda agora mesmo? Sério, Chinara não tirava férias havia meses. Seria a hora de comprar duas passagens de avião, preparar algumas mochilas e chamar ume *cat-sitter*? Algo... alguma peça do quebra-cabeças ainda estava faltando, e nada fazia sentido.

Como se ela, por acidente, tivesse realizado alguma espécie de invocação, primeiro o seu celular, e depois o de Niamh, vibrou na mesa. O grupo de mensagens. Era Helena. "O que ela quer?", perguntou Leonie, guardando o celular por educação.

Niamh conferiu a mensagem. "Ela... está indo para a casa da mãe na semana que vem e quer combinar uma noite das garotas no Cordeiro & Leão. Espera... ela está digitando. Ah, disse que vai mandar o CRSM teleportar você."

Merda. Aquela era sua melhor desculpa, e tinha sido mandada pra casa do caralho. "Eu... não sei."

Niamh pareceu magoada. "Ah, por que não? Acho que ela se sente excluída por termos ido a Malham sem ela. Nós quatro não saímos juntas há... bom, nem me lembro mais da última vez. No último Samhain?"

"Talvez. Vou ver com a Chinara." Pondo a culpa nela. Era estranho. Niamh, Elle e Helena pintavam a infância que tiveram de cor-de-rosa, e consideravam o grupo como algum tipo de esquadrão feminino aspirante à Taylor Swift ou *Sex and the City*, uma panelinha do Instagram, mas Leonie via o passado delas de uma forma diferente. Havia crescido com essas garotas por acaso, não por nascença, e havia sido forçada à assimilação. As dores de crescimento adolescentes haviam se originado por ela ter sido conduzida na direção da branquitude, da classe média. Elas a haviam recebido bem, mas a mantido em sua caixa. Alguma delas, por acaso, alguma vez lhe perguntara qual porra de Spice Girl ela *gostaria* de ser? Ela gostaria de ter sido, só uma vez, a Baby. O que as unia não existia mais e, como os continentes, ela se deslocara com as correntes. Tirando as merdas sobre o coven, do que mais elas falariam?

Vamos relembrar os bons e velhos tempos, a voz de Niamh encheu sua cabeça, a amiga sendo capaz de sentir sua reticência.

Leonie sorriu, mas não disse nada por que os velhos tempos não foram, assim, bons pra caralho. Os impulsos mais primitivos, muito além da lógica ou da amizade, diziam a ela para agarrar Chinara e fugir. Lutar ou correr, e essa luta não era dela.

SAÍDA COM AS GAROTAS { *Niamh*

Era engraçado, pensou Niamh, como ela sempre se esforçava bem mais quando ia sair com as amigas. Um elogio de uma mulher significava duas vezes mais que o de um homem. Com o tempo, ela usava cada vez menos maquiagem, mas ainda prezava pela linguagem. Como a bruxaria, era uma língua falada predominantemente pelas mulheres, como se fosse um esperanto secreto que a maioria dos homens não conseguia compreender.

Ela lambeu o batom dos lábios e revirou a gaveta de sua cômoda atrás do par de brincos prateados de argola, perguntando-se se conseguiria sustentar o visual se usasse dois brincos diferentes. Logo desistiu e, em vez disso, se contentou com as argolas douradas.

Olhou para si mesma no espelho. Vestido floral solto, blazer de veludo e velhas botas de caubói. Stevie Nicks ficaria orgulhosa. Uma borrifada do perfume de bergamota com manjericão e estava pronta. Ela ficou surpresa com quão empolgada estava. Era o sabor tênue da vida de antes da guerra: encontros com o Conrad e saídas com as garotas. Antes de nascerem os bebês, ela costumava encontrar com a Elle ou com a Helê o tempo todo; ela as visitava em *noites de semana* só para relaxar e assistir a *O Aprendiz* ou episódios antigos de *Charmed*. É engraçado pensar no quanto a vida havia desacelerado, como ela havia se acostumado com a própria companhia. Agora, se saía de casa duas noites seguidas... deusas, mas que semana cheia.

Lá embaixo, ela ouviu Holly fazer sua entrada, falando em voz alta com Theo. Isso devia significar que Jez estava no carro lá fora, com Elle. Ela se apressou para descer até a sala de estar. "Oi, tia Niamh!"

"Oi, meu bem. Theo, você tem tudo de que precisa?"

Ela assentiu. Niamh vinha praticando, mas não diria nada até que Theo, ou seja lá qual fosse seu nome, estivesse pronta. Não queria sequestrar isso dela. Tipo, elas haviam *entendido* que Leonie era lésbica anos antes de ela contar, mas não se podia apressar o desabrochar de uma flor, era preciso deixar que ela o fizesse ao seu próprio tempo. Bom, a menos que você fosse uma bruxa, mas essa é uma história muito diferente.

"Certo, deixei o dinheiro da pizza no balcão. Não bebam, não fumem, mas se forem fumar, certifiquem-se de que seja algo verde, tá?" As duas riram. Ela afastou uma mecha de cabelo solta do rosto de Holly. *Obrigada por ser uma amiga tão boa para Theo*, ela lhe disse.

Holly corou, dispensando o elogio. *Sem problemas.*

Niamh não falou mais nada e se apressou até o lado de fora para encontrar o carro que a esperava na rua. Elle, no banco do passageiro, esticou-se sobre o marido e apertou a buzina. "Bota essa bunda magra pra dentro do carro!", ela gritou. "As tchutchucas tão esperando!"

Ah, deusas. *Tchutchucas*. Ah, Elle... Niamh pulou no banco de trás. "Oi, Jez!", disse, forçando um cumprimento animado pelo bem de Elle.

"Tudo bem, querida?" O carro dele cheirava a óleo de motor, mas não de um modo desagradável.

"Tudo! E com você?" Tudo o que eles conversavam eram amenidades. E é isso que você ganha, Elle, quando só divide metade de si mesma com quem está casada.

Era difícil gostar do marido de Elle, não só porque ele era enfadonho e nunca fazia a sua parte no cuidado com as crianças ou com a casa, mas também porque Niamh podia ver dentro da cabeça dele como se ela fosse uma estufa, visível por todos os lados. Uma ou duas vezes por semana, Jez ia ao Hotel Harmsworth House e fazia sexo anal com Jessica Summers, uma das recepcionistas.

Ela e Leonie haviam discutido de forma exaustiva se deveriam contar ou não a Elle. É o enigma supremo da amizade: *se soubesse que o parceiro de um amigo estava traindo, você contaria?* Para Niamh, a sensação era parecida com chutar um castelo de areia. Ela também conseguia ler Elle, e a amiga era, em grande parte, feliz e satisfeita. Niamh temia que saber a verdade apenas lhe causaria infelicidade. Leonie era mais a favor de dar um puta susto em Jez, para que nunca mais saísse dos trilhos. Niamh poderia, se assim decidisse, provocar nele alguns pesadelos bem perturbadores.

Ela os observou. Jez era louco por Elle. Isso era fato, ela havia lido certa vez. A traição cria um sentimento de culpa contínuo, sendo que cada indiscrição leva o adúltero a se esforçar mais em casa. Niamh afastou esses pensamentos. Às vezes, ela *odiava* ser vidente. Daria qualquer coisa para não saber. Não era da sua conta.

Niamh sabia que estava mentindo para si mesma. Elle era sua irmã. É claro que era da sua conta.

Jez as levou até o centro, ao Cordeiro & Leão. Era meio que um ambiente de homens velhos, mas era o único pub de Hebden Bridge que tinha uma bruxa como dona. Pamela Briggs servira ao CRSM junto a Julia Collins, até se aposentar. Depois de enviarem Jez para casa, para uma noite como senhor do controle remoto, Niamh e Elle adentraram a taverna da era Tudor, Niamh se desviando das pesadas vigas pretas. Pamela as cumprimentou de trás do balcão, com seu rímel azul e cabelo tingido de castanho-avermelhado, e sinalizou para elas na direção da "Salinha", um cômodo privativo nos fundos, com lareira própria. Helena devia ter reservado com antecedência.

Era uma noite de sexta-feira, ainda no horário ocioso entre o turno de uma-cervejinha-depois-do-trabalho e da multidão de tomando-todas. Mais tarde, estaria apinhado, então Niamh ficou satisfeita por elas terem o próprio espaço. Helena e Leonie já estavam lá, há alguns goles das primeiras taças de vinho. No fim, Leonie não havia precisado ser *tão* atazanada.

"Oi, tchutchucas!" Elle correu para os beijos e abraços. Pelo visto, todas elas tinham recebido o mesmo memorando sobre a melhor roupa de domingo. Elle parecia um símbolo sexual dos anos 1950, Helena estava *chiquérrima* com macacão e saltos "me-come", e Leonie usava um casaco de pele que dava a impressão de que ela havia esfolado o Come-Come.

A pontada da nostalgia da amizade a atingiu como uma manhã de Natal. Ela desejava tanto que Ciara também estivesse ali que doía. Queria que a história não tivesse acontecido da forma como aconteceu.

"Eu também queria que ela estivesse aqui", comentou Leonie, e Niamh se deu conta de que estava pensando alto demais outra vez.

Niamh balançou a cabeça ao se sentar à grande mesa redonda. Era tão velha quanto a taverna, talhada de um carvalho de Pendle.

"Um brinde aos amigos ausentes", disse Helena, servindo vinho para ela e para Elle.

"Acho que eu seria um pouco hipócrita se brindasse à saúde da minha irmã", refletiu Niamh, erguendo a taça. "Mas vou brindar à paz."

Niamh tomou um grande gole de vinho tinto.

Em pouco tempo, seus lábios e dentes ficaram azulados. Elas comeram tapas e Elle chegou correndo com doses de tequila, sal e limão para depois. "Vamos virar!", ela gritou, e todas protestaram. "Não! Sem discussão! Eu tenho uma noite livre a cada *década*, ou pelo menos é assim que parece, então, esta noite, amigas, nós vamos ficar BÊBADAS. Entenderam?"

Leonie virou sua dose, resoluta, e fez uma careta. Niamh a acompanhou.

"Holly está com Theo?", perguntou Leonie.

"Estão cuidando um do outro", respondeu Elle.

"Theo está bem", disse Niamh, na defensiva. "Não aconteceu nada de errado desde o incidente com Luke."

Todas olharam para Helena. "Sem conversa de coven esta noite, eu imploro. Deusas, acho que fiz por merecer um fim de semana de folga. Se bem que, antes que eu esqueça, eu trouxe isso pra você, Elle." Ela procurou algo dentro da bolsa e retirou um brilhoso panfleto branco do CRSM: *Explicando a Vida Bruxa para Seu Filho ou Filhos.*

Elle se abanou com ele. "Meio tarde para isso, gata, mas obrigada mesmo assim..."

As duas riram, revirando o folheto e zombando das fotos encenadas.

Consegue ler a Helena? Leonie brotou em sua cabeça.

Quê? Não. Por quê? Niamh não havia nem tentado.

A cabeça dela está estranha.

Talvez por que ela saiba que você está tentando ler a mente dela?

Leonie revirou os olhos e se serviu de mais uma taça de vinho.

Niamh já estava alta e era um zilhão de vezes mais difícil usar seus poderes quando estava bêbada, ainda mais se a pessoa que você tentasse ler também estivesse mais para lá do que para cá. Era um filme estrangeiro sem legendas. Mesmo assim, Niamh leu Helena. A mente dela estava tranquila, de um frio tom de lilás metálico. Reservada, sim, mas relaxada. Bem padrão para a srta. Vance.

"Vocês lembram de como nós nos vestíamos para tentar sermos servidas aqui?" Elle espiou por sobre a borda de sua taça. "Chave de cadeia ou o quê? Se a Holly saísse daquele jeito, eu teria um piripaque."

"O que nós tínhamos na cabeça?", perguntou Niamh. "Pamela sabia muito bem que nós éramos menores de idade. Tipo, quem a gente estava tentando enganar?"

"E ficar do lado de fora do Spar tentando atrair os caras, feito sereias, para eles comprarem cigarros pra gente. Fico pensando em como não acabamos mortas", acrescentou Helena.

Leonie riu. "Nós éramos cinco *bruxas*! Que a deusa ajudasse qualquer homem que tentasse fazer merda com a gente."

"Ah, mas nós éramos tão bem-comportadas!" Niamh jogou na boca a última azeitona. "Uns anjinhos, isso que a gente era."

"Nem de longe!", riu Helena. Pra falar a verdade, Ciara já aprontava *bem* antes de se meter com demônios e merdas do tipo.

"Eu sempre penso nisso! A gente desperdiçou demais a nossa juventude!", explodiu Leonie. "Se eu pudesse voltar no tempo, amaldiçoaria todos os professores da porra da nossa escola. Bando de cuzões."

"Imaginem o veredito de Edna Heseltine sobre isso...", disse Helena.

"Nada de feitiços fora do coven..." imitou Elle, de forma sinistra, balançando o dedo na cara da Niamh.

"Uma bruxa com pecado é uma vadia do diabo...", Leonie riu.

Elle ergueu a mão para ter sua vez. "Helê, você se lembra de quando foi picada na mata, daí eu usei meus poderes em você e ela *me deu uma bronca*? Tipo, oi?!"

"Caralho, ela era mesmo uma peça!" Helena balançou a cabeça.

"O único funeral em que eu estive onde pude *sentir* alegria mesmo", revelou Niamh.

Três garrafas de merlot viraram quatro, e depois cinco. Nos dias atuais, os aqui-e-agoras das amigas eram diferentes, então o passado era um campo fértil no qual montar acampamento. Primeiro, os namorados (ou namoradas); amigos da escola; professores que tinham transado com alunos do último ano do ensino médio; quem agora era gay e um cara gay que acabou se casando com uma mulher. Reviravolta.

Tudo se encaixava de novo em seu lugar. Niamh leu Leonie por alto, e ela estava se divertindo horrores, todas as reservas haviam sido desfeitas, o volume de sua voz estava subindo um pouco a cada dose de álcool. Pamela entrou e levou sobremesas por conta da casa para elas: pudim de caramelo grudento com sorvete. Ela era apaixonada por aquelas mulheres. *Sorória.*

"Estou tão feliz por termos feito isso", comentou Helena. "Obrigada por ter vindo, Lê."

"Fico feliz por ter vindo. Vou tentar voltar também para o solstício."

"A Holly quer fazer o juramento dela em junho", confessou Elle. Helena disse que estava satisfeita. "Ela está absorvendo tudo tão depressa. Minha cabeça está girando."

"Eu estava me cagando", disse Leonie.

"Eu me lembro daquela noite com tanta clareza. Lá no alto da casa na árvore", acrescentou Niamh.

"Vejam!" Helena procurou algo dentro da bolsa, que não era nada menos que uma Chanel, e tirou dela uma carteira igualmente adorável. Ela foi passando alguns cartões de crédito até que tirou três fotos: uma do dia de seu casamento, uma das fotos de Neve quando começou a ir para a escola e uma imagem delas, desbotada e com orelhas.

Era daquela noite. Na Mansão Vance, no pátio dos fundos. Elas tinham recebido permissão para experimentar as vestes antes da grande noite. Ver o largo sorriso de dentes espaçados de Ciara parecia um cutelo entre as costelas de Niamh.

"Porra, mas que fofura, isso aqui." Leonie pegou a foto de Helena e a passou para Elle.

Elle arfou. "Ah, Lê, você era uma graça!"

"Né?"

Niamh pegou a foto de Elle. *"Nós poderíamos ter sido qualquer coisa que quiséssemos. De onde é isso? Daquele musical."*

"Bugsy", Helena respondeu.

"A gente não tinha a menor noção, tinha?" Niamh deixou-se impregnar por aquilo. "De tudo que estava vindo em nossa direção a cem quilômetros por hora? A vida adulta é a porcaria de uma locomotiva e nós não fazíamos ideia de que estávamos no caminho dela."

"Thomas e Seus Putinhos?", Leonie sugeriu.

"Você ia querer saber com antecedência?", perguntou Helena. "Ou preferiria apenas aproveitar, do modo que fizemos?"

"A ignorância era uma bênção", refletiu Elle. "E os jovens de hoje já têm a internet para arruinar suas vidas quando pequenos, então a gente não precisa fazer isso."

Helena empurrou as garrafas e as taças para o centro da mesa.

"O que você está fazendo?", perguntou Niamh.

Helena pôs a bunda na mesa e girou as pernas para cruzá-las, em posição de Buda. "Vamos fazer um círculo. Como fazíamos na época."

"Eu tô bêbada demais pra isso!", afirmou Leonie.

"Como é que eu vou subir aí com essa saia?", pontuou Elle.

"Ah, qual é! A gente não faz isso há anos!"

Com os ossos rangendo após semanas ignorando a yoga, Niamh se içou para a grande e velha mesa, cruzando as pernas. "E se alguém entrar?"

"Ninguém vai entrar!"

Leonie ajudou Elle a subir na mesa, a saia lápis permitindo que ela se ajoelhasse. "Espero que saibam que vou transmitir minha ressaca para vocês", Elle sorriu.

"Certo." De forma implícita, Helena assumiu a liderança, do modo como sempre fazia. "Deem as mãos."

Niamh estendeu as mãos: palma direita para cima, palma esquerda para baixo. Em um dos lados, Elle tocou seus dedos; Helena estava do outro; Leonie em sua frente. Ela fechou os olhos e focou na respiração. A mente mobilizou os pulmões, respirando de forma mais lenta e profunda.

Ela começou, ou melhor, todas elas começaram pelo primeiro elemento: o ar. Niamh se visualizou como um pássaro voando lá no alto, serpenteando, planando por entre as nuvens. Mais do que visualizar, ela sentiu. O ar é *liberdade*.

O ar gera água.

O ar congela e derrete, liberando água. Um arrepio subiu se arrastando pelo braço de Niamh, apesar da lareira da Salinha. Ela viu a água caindo pelos montes, pingando sobre as rochas e viajando montanha abaixo antes de encontrar os rios, e então o mar. Água é *serenidade*.

Água alimenta a terra.

As raízes a bebem: vivas, de verde intenso e opulentas. A terra é *vida*, mas as plantas, como acontece com todas as coisas, definham e morrem, enriquecendo o solo, transferindo a energia vital para outras plantas, árvores, relvas, que por sua vez nos alimentam.

A Terra se torna combustível.

Uma fagulha e a terra se torna fogo. Niamh sentiu a fome e a dominância do fogo. O fogo é *força*, destrutivo e brilhante ao mesmo tempo.

Unificadas, as bruxas formaram uma única corrente. À sua direita, Niamh sentia a pura Helena. Uma bruxa do fogo: escarlates ousados, confiante, independente, mas sim, arrogante, egoísta e com pavor do fracasso.

Como em um carrossel, a energia de Leonie veio em seguida. Uma bruxa da água como ela, mas também totalmente distinta, Leonie era uma cascata: transbordante e ebuliente. Até ela tinha medo de sua contracorrente.

E a querida Elle. Uma bruxa da terra: todos os verdes, o tempo todo. Calma e firme, confiável e segura, mas obstinada e teimosa. Tudo enterrado o mais fundo que ela poderia conseguir. Com Elle, Niamh só tinha visto a primeira camada do solo.

Finalmente, seu próprio fluxo deu a volta até ela. Era como estar nua por estar tão exposta a si mesma, mas o tipo bom de nudez: sem julgamentos e livre do anseio do desejo. Não exposta, mas *aberta*. Niamh era um profundo azul meia-noite. Um lago, um reservatório, vasto e imóvel. Profundezas incalculáveis, intimidantes para os outros. Ninguém conseguia ver o fundo.

Niamh se deu conta de que a mesa dura não estava mais sob suas nádegas. A energia cinética correndo entre elas as havia erguido a cerca de um metro da madeira. Porém, sustentava-as com firmeza, um reflexo de seus equilíbrios e controles experientes. Ela se sentiu segura. Vinham criando uma célula desde que tinham 9 ou 10 anos. Conheciam umas às outras como se conhece o par de jeans favorito. Um ajuste perfeito.

I'M GIVING YOU EVERYTHING! Elas cantaram a plenos pulmões enquanto cambaleavam pela rua principal, com as pernas bambas. *ALL THAT JOY CAN BRING!**

"Calem a boca, caralho! Já passou da meia-noite!", gritou alguém de um dos apartamentos sobre as lojas.

Elas se acabaram de rir. Niamh teve que segurar Elle com uma das mãos e carregar os saltos dela com a outra.

"Cala a boca você, porra!", Leonie gritou de volta. "Será que eu amaldiçoo ele?"

"NÃO!", as outras retrucaram no mesmo instante.

Helena checou o celular. "Tá, Lê, seu Uber mágico chegou."

Leonie se posicionou no centro da Market Square, junto à hedionda escultura de metal. "Porra, meninas, eu *amo* vocês, viu? A gente se fala..." Antes mesmo de haver tempo para que elas se despedissem, Leonie foi teleportada de volta a Londres pelo plantão do CRSM.

"Tem certeza de que não quer vir conosco?", Elle balbuciou para Helena. "Tem espaço...?"

"Eu vou para o outro lado", disse Helena. Ela não parecia tão chumbada quanto o resto delas. "Tá tudo bem. Tem um táxi esperando."

Niamh e Elle se certificaram de que Helena tivesse sido despachada em segurança na direção da Mansão Vance. A dupla então ziguezagueou até o lugar onde Jez havia prometido esperar. "Ai, Jesus", exclamou Jez, saindo do carro para saudá-las. "Então a noite foi boa?"

---

* Versos de "Say You'll Be There", canção das Spice Girls. Em tradução livre: "Estou dando de tudo a você / Tudo o que a alegria pode trazer". (N. T.)

"A melhor de todas!", disse Elle. "Eu te amo. Ficaram com saudades?"

"Ah, sim, não sei como a gente deu conta, amor." Ele deu uma piscadela para Niamh e jogou a esposa no banco do carona. Niamh mal havia colocado o cinto de segurança quando a cabeça de Elle rolou para o lado, adormecida. "Ela é muito peso-pena", cometou Jez.

"Essa ela vai sentir durante a manhã", disse Niamh, confiante, enquanto o carro serpenteava colina acima na direção do chalé.

Jez puxou mais uma conversa sobre amenidades, mas Niamh estava ocupada admitindo para si mesma que não ia tirar a maquiagem antes de ir para a cama. Ela podia se permitir fazer isso, de acordo com as próprias regras, duas vezes por ano. Chá, torrada, um grande copo d'água salvadora para afastar a ressaca, e então direto para a cama. Excelente.

Isso até ela ver Holly correndo pela rua na direção do carro. "Aquela é a Holly?", perguntou Jez, pisando nos freios.

Elle se retesou. "O que foi?"

Era claro que a garota estava aflita. Os faróis iluminaram as lágrimas manchando suas faces. Ela parou na frente do veículo, acenando para que ele parasse.

De repente, Niamh se viu completamente sóbria. Ela passou os olhos pelo chalé em busca de Theo.

Nada. Ela havia sumido.

"Jez, para!", ela gritou, muito embora ele já estivesse encostando. "E *durma*."

Jez apagou como se apaga uma vela, e o carro estancou. "Niamh?", murmurou Elle, mas ela já estava na estrada, correndo na direção de Holly.

"Holly? Mas o que raios...?"

"Levaram a Theo!", ela uivou.

Seu estômago se retorceu e ela agarrou os braços de Holly. "O quê? Quem?"

"Os feiticeiros! Tio Radley e os feiticeiros! Eles vieram, sopraram algo no meu rosto e eu não conseguia me mexer! Desculpe, Niamh, por favor me desculpa, de verdade mesmo! Eu não pude fazer nada!"

Niamh puxou Holly para um abraço enquanto Elle se juntava a elas, descalça, e também subitamente sóbria. "Que diabos está acontecendo? Vem cá, meu amor."

Niamh passou a garota, que estava soluçando, para a mãe. "Levaram ela embora", ela contou, as palavras feito vidro quebrado em sua garganta. "*Roubaram* ela."

E então, embora o fogo ardesse em suas veias, teve uma notável clareza.

A escrota da Helena.

Niamh } RESGATE

"Niamh! O que você está fazendo?"

Ela ignorou os gritos de Elle, em vez disso, caiu de joelhos no piso da cozinha. Escancarou o armário debaixo da pia e revirou uma balbúrdia de garrafas, caixas e embalagens de papelão.

"Niamh..."

"Apenas leve Holly pra casa", rosnou Niamh. "Jez já vai acordar."

Perdendo a paciência, ela arrastou tudo para o lado, frascos de desinfetante e limpador rolando pelo chão. Ali. Bem no fundo do armário estava uma discreta lata de biscoitos amanteigados escoceses. Ela se inclinou para dentro do armário para pegá-la e então a esvaziou, formando uma pilha com seu conteúdo. Era ali que ela escondia as poções mais ilícitas: *Digitalis* pura, *Lágrimas de Papoula* e afins.

"O que você está procurando?" Elle e Holly se demoravam no limiar da cozinha.

"Isto." Niamh ergueu um pequeno frasco de vidro marrom contendo *Excelsior*, que não era tocado havia anos. Já não lembrava mais: ele ficava mais ou menos potente após o prazo de validade?

O rímel de Elle estava manchado. Ela parecia exausta. "Niamh, não pode estar falando sério."

"Leve eles para casa", ela repetiu.

Ela desenroscou a tampa, o selo estava um pouco áspero. Pingou em sua língua o equivalente a cinco pipetas. "Quantos feiticeiros eram, Holly?"

Holly balançou a cabeça. "Acho que vi quatro... talvez cinco."

"Niamh...", Elle a alertou mais uma vez.

"Cinco. Certo. Há quanto tempo eles saíram?"

"Uns dez minutos... talvez mais."

Uma dianteira e tanto. Sem tempo a perder, ela seguiu até a porta, mas Elle bloqueou seu caminho. "Niamh! Você não pode enfrentar cinco feiticeiros sozinha."

Niamh encarou a amiga, mais baixa, passando por ela em direção ao jardim. "Não vou deixar ela se safar dessa. Sério, Elle, leve a Holly pra casa. Ela já passou por coisa demais esta noite."

"Mas e quanto a você?"

"Se eu precisar de você, eu sei onde te encontrar."

Elle estava pálida. "Vou esperar acordada." Relutante, ela guiou Holly na direção do carro de Jez. "E quanto à Helena?", ela perguntou, nervosa.

Niamh olhou para Elle com uma carranca, mordendo a língua para não descontar nela a sua fúria. A verdade era que não tinha certeza do que faria com Helena. A noite inteira havia sido uma armação para tirá-las de casa e isolar Theo. Disso ela estava certa.

No carro, Jez se remexeu. Niamh estava preocupada demais para se importar com como Elle explicaria essa situação a ele. Em vez disso, Niamh se camuflou e levitou até o teto do chalé, pousando instável na chaminé, para se apoiar. As paredes de tijolos estavam úmidas ao toque, ásperas de líquen.

Ela encontrou um pé de apoio em uma reentrância e inspecionou o vale escurecido. Uma lasca de laranja, das luzes das ruas, serpenteava pelo vasto azul meia-noite madrugada adentro. Já podiam estar a meio caminho de Manchester àquela altura. Niamh tentou esvaziar a mente da raiva, que era a mais barulhenta das emoções, pra dizer o mínimo, e escutou.

Hebden Bridge estava se aninhando, indo para a cama. Grande parte da cidade já estava adormecida.

Theo!

Ela disparou o nome de sua mente com o máximo de força possível. Qualquer senciente em quilômetros poderia ouvi-la.

Teria sido perfeito se ela tivesse respondido, mas essa era uma esperança vã. Theo era caótica e Radley Jackman, pelo que ela sabia, não ia desejar nenhuma variável sem controle. Ela devia ter sido drogada, provavelmente com *Senhor dos Sonhos*. A raiva ameaçava borbulhar outra vez, e Niamh a empurrou para o fundo das entranhas.

Em vez disso, fechou os olhos e projetou a mente para o mais longe que ela poderia chegar. Era como procurar um seixo específico em uma lagoa de tamanho considerável. A pedra que ela buscava, é claro, era uma gema rara, e isso a auxiliaria. Mundanos murmuravam, mas ela sabia, por ter recebido Theo em sua casa pelas últimas semanas, que, mesmo dormindo, a ressonância dela era um tamborilar.

Onde você está?

Ao ar frio da noite estava entremeado por uma promessa de lírios e glicínia. O vento soprou os cabelos de Niamh, e ela se permitiu ficar imóvel. Em silêncio.

Ali.

Era distante, e ela podia estar enganada. Aquilo poderia muito bem ser uma bruxa diferente, mas ela havia pressentido *alguma coisa*. Sim, sim, era ela. Era como as peças de roupa de Conrad que Niamh havia deixado no armário. Já tinham perdido o cheiro dele havia muito tempo; mas, de algum modo, ainda continham algo dele.

Niamh alçou voo.

Não estava *voando* no mesmo sentido que um pássaro voa, mas sim usando a telecinese para impelir o corpo pelo ar. O ar a acertava no rosto, revitalizando-a. Ela agora estava acordada, pronta, o restante de embriaguez tinha ido embora. Tudo o que ela podia fazer naquele momento era farejá-la, deixar que a assinatura de Theo a guiasse tal qual a um cão sabujo.

Conforme ela avançava acima dos tetos dos prédios e pináculos de Hebden Bridge, o traço foi ficando mais forte. Como previsto, eles provavelmente estavam rumando na direção de Manchester, de volta à sede da cabala.

Manter-se no ar era difícil, punitivo, mas ela sentiu a intensidade do *Excelsior* batendo. A pulsação dela estava mais acelerada, a boca estava seca. A despeito do quanto voar fosse cansativo, ela estava estimulada pela substância. Era extasiante, não exaustivo.

Ela deixou o centro da cidade para trás, seguindo por Eastwood para o sul. A estrada prateada estava semiobscurecida pelas densas copas das árvores, apenas com as intermitentes luzes das ruas à espreita entre elas. O tráfego era esparso e tinha apenas os táxis que levavam as pessoas de volta a Todmorden após uma noite fora em Hebden Bridge.

O que Niamh estava procurando era uma van bordô. Ela a vira na mente de Holly. A mente perturbada de Theo ficava cada vez mais alta. Ela estava lutando, resistindo a fosse lá que poção que haviam lhe dado.

Continue lutando, Theo. Estou ouvindo você.

A van. Ela a viu. Estava disparando rápido demais pelas estradas rurais, o farol alto ligado.

Peguei vocês.

Detendo-se, Niamh pairou suspensa sobre a rodovia. Com certeza, ela se sentiria mal por isso depois, mas assumiu o domínio físico de um olmo apodrecido à beira da estrada e o arrancou pelas raízes antes de deixá-lo despencar no caminho de qualquer tráfego que se aproximasse. Precisava da estrada para si e não queria que eles fugissem pelo caminho pelo qual tinham vindo.

Com o obstáculo no lugar, ela seguiu feito uma bala, lutando para acompanhar a van em disparada. Eles estavam se afastando e ela estava começando a se cansar. Precisava fazer contato com a terra, e rápido. Um último esforço e ela se arremessou para a frente. Não foi nada gracioso, mas quem se importava? Não havia ninguém por perto para vê-la.

Niamh planou acima do teto da van, avançando um pouco mais rápido. Ultrapassou o veículo, voando ainda mais próximo do asfalto. Quando estava a alguns metros à frente deles, ela se permitiu descer, cambaleando para a rua lá embaixo em um pouso desajeitado. Porém, continuava ereta e fez uma parada de pé. Ela se virou para encarar a van, se posicionando com as pernas bem abertas e se preparando.

Aquilo ia doer.

Eles aceleraram na direção dela e ela foi ofuscada pelos faróis.

Ela esticou ambas as mãos e se preparou.

Niamh assumiu o domínio da van, o movimento do veículo para a frente quase a tirou do chão. Ela cerrou os dentes e fez força no sentido contrário.

Se não conseguisse fazer isso, a van ia passar por cima.

Ela se ouviu gritar. Sentiu os ombros e as costas arderem. Niamh estava desacelerando a van, mas ela ainda vinha em sua direção.

As coxas e panturrilhas dela se abrasavam de dor.

Como única opção, ela ergueu as rodas do asfalto e manteve a van suspensa. Ouviu elas girarem em pleno ar, o motor inútil tentando acelerar. Ao abrir os olhos, ela viu um feiticeiro dirigindo e um Radley chocado no banco do carona. Niamh ergueu o veículo mais alto, e os passageiros guinaram para a frente, presos pelos cintos de segurança.

Pelo menos um deles era senciente: o motorista. *O que você está fazendo, caralho?*

Niamh! Que diabo é isso? Era Radley.

Desligue o motor! Agora!

Radley outra vez. *Niamh, nos ponha no chão!*

Desligue o motor ou eu amasso essa van feito uma lata de Coca com vocês dentro, eu juro por Gaia. Ela poderia, mas não o faria, não com Theo lá dentro.

Os olhos de Radley se arregalaram e ele vociferou uma ordem para o motorista. O motor morreu, o que foi auspicioso, porque Niamh estimava que poderia tê-la mantido no ar por mais dez segundos, no máximo. Ela a deixou cair com um baque, os pneus quicando.

Atrás dela, no fim da rua, arrancou alguns galhos robustos do alto para bloquear o trânsito vindo na outra direção.

"Saiam!", ela gritou. Caralho, ela precisava muito recarregar as energias, seu coração batia rápido e forte demais. Havia um limite para o que o corpo podia aguentar. Ela podia sentir um pouco de energia residual por entre o asfalto, mas conseguiria mais do solo ou da grama. Se os feiticeiros tentassem enfrentá-la, ela não tinha certeza de que poderia lidar com eles.

"Eu mandei saírem!"

Radley lutou com o cinto de segurança e se atrapalhou com a maçaneta da porta. "Niamh, como você ousa!", gritou ele, furioso. "Isso é assunto oficial da cabala."

"Entreguem Theo, agora!", rosnou Niamh.

Ele marchou até onde ela estava, o babaca intrometido. "Definitivamente não! Isto é um absurdo e vou reportar isso a Helena V..."

Niamh encontrou forças o bastante para empurrá-lo contra o capô. Ele arfou. "Foi ela quem disse onde ele estava?"

"Não tenho liberdade para..."

"*Fale.*" Ela tomou o controle da mente dele. Fazia *muito* tempo que havia falado grosso daquela forma. Uma parte sua estava gostando daquilo, embora pudesse ser culpa do *Excelsior*. Ela era *forte*. Só havia se esquecido do quanto.

"Sim, foi Helena quem providenciou a extração."

"Como eu pensei. Ela sabe que Theo quer transicionar?"

"Para o quê?"

"Para uma garota, seu idiota."

Radley pareceu genuinamente desnorteado. "Não sei do que você está falando. Ela disse apenas que havia um jovem e poderoso feiticeiro cujo lugar era em nossa cabala. Contou que ele era perigoso e que resistiria, o que ele fez."

Niamh o forçou outra vez contra o carro. "Dá pra culpá-lo... *culpá-la?* Vocês a sequestraram!"

Ouviu-se um grito vindo da van. E também um grande baque, como se alguém tivesse sido lançado contra a parede.

"Acho que ela acordou." Niamh libertou Radley. "Talvez queira soltá-la antes que ela mate seus homens, Rad."

Niamh conhecia Radley Jackman desde os 8 anos de idade. Sempre tinha sido um chato de galochas reclamão. Por outro lado, elas nunca o deixavam brincar com elas, então Niamh podia entender parte do fervilhante ressentimento.

"Não posso fazer isso, Niamh..."

Ouviu-se um guincho ensurdecedor vindo da van. Vinha de Theo, mas não de sua garganta e sim de sua mente. O mesmo grito hediondo que ela ouvira pela primeira vez na jaula, em Grierlings. Ele atravessou a mente de Niamh como cacos de vidro numa explosão. Ela tapou os ouvidos com as mãos antes de cair de joelhos. Radley também se encolheu em posição fetal na estrada. Era como se o grito de assombração estivesse vindo de dentro do próprio crânio.

Doía, doía, doía.

Theo! Ela estremeceu, tentando suportar. *Sou eu... por favor.*

Continuou. Ela sentiu o sangue quente escorrer por suas narinas.

Theo! Eu estou aqui! Você está me matando! THEO!

O uivo horrendo parou. Niamh se desenvergou e viu Radley encolhido junto da van.

"Ela é uma perita poderosa", disse Niamh, enxugando o sangue do nariz com a manga da roupa, "e ela é uma garota. Essa luta não é sua. Deixe ela sair *agora*".

Radley mandou o motorista abrir a porta. Niamh se recompôs, pronta para lutar. Havia uns três feiticeiros na parte de trás da van, com Theo? Cinco no total? Sinceramente, ela não tinha certeza de que podia com todos eles.

O motorista abriu a porta lateral deslizante e Niamh se deu conta de que não tinha com que se preocupar. Theo estava algemada a um enorme peso de chumbo, presa por uma corrente de prata, mas havia três feiticeiros inconscientes aos seus pés. Niamh ficou, de certo modo, orgulhosa por um momento, mas então sua mentalidade de professora-aluna prevaleceu.

"Ele os matou!", Radley ralhou com ela.

Niamh fez neles uma leitura superficial. "Eles vão ficar bem. Estão vivos. Cure seus homens, Rad." Radley se pôs a fazê-lo. "Espere. Antes, tire essas algemas de Theo."

"Não posso fazer isso, Niamh."

"Ficou maluco? Você acabou de ver o que Theo é capaz de fazer..."

"Não sou eu quem decido!"

"Eu não sabia que você agora seguia ordens do CRSM."

Isso pisou nos calos certos. "Não sigo! Mas essa é uma questão entre feiticeiros."

"Theo não é um feiticeiro!" Niamh murmurou, erguendo os olhos para ela na van encardida. Estava um tanto ciente de que estava tirando Theo "do armário" antes que ela ou elu tivesse criado a coragem para conversar com ela a respeito disso. Theo agora parecia mais assustada do que tudo, ainda zonza, sem dúvida por causa do *Senhor dos Sonhos*.

"Não é você quem decide isso."

"Muito menos a escrota da Helena. Theo?", chamou Niamh. "Com quem você quer ficar? Comigo ou com a Cabala dos Feiticeiros?"

Com você!

A voz ressoou tão alto, de forma tão indiscriminada, que o motorista e Radley também ouviram. Os pássaros foram afugentados de suas árvores.

"Bom, então, aí está. Eu diria que isso foi um tanto definitivo, vocês não?"

"Niamh..."

"Que porra é essa, Rad?" Ela baixou o tom, tentando apelar ao humano oculto dentro dele. "Você está falando em levar sob custódia uma pessoa menor de idade contra a vontade dela. Eu assumi total responsabilidade por Theo, tá certo? Agora, tire essas algemas. Por favor?"

Era uma pena que Elle não estivesse ali. Ele sempre havia gostado mais dela, e teria cooperado rápido para caralho só com uma batida de suas pestanas com cílios postiços. Com um longo suspiro, Radley cedeu. "Tire." O motorista se impulsionou para a traseira da van a fim de libertar Theo. Um dos feiticeiros inconscientes também estava começando a voltar a si.

Theo emergiu feito uma criatura atordoada, tonta pelos anestésicos, os olhos semicerrados, inchados. Com o passo instável, ela quase despencou da van para os braços de Niamh. "Pelo amor de... você está bem?"

O que é...? Ela não conseguia nem mesmo completar uma ideia.

Você vai ficar bem. Estou com você.

Radley andava de um lado para o outro, com as mãos nos quadris. "Helena não vai ficar nada feliz com isso..."

Niamh o fuzilou com os olhos. "Não se preocupe com Helena Vance. Eu cuido dela..."

Helena } AMBOS OS LADOS

Então era assim que seria. Ela torcera, embora soubesse que era uma esperança vã, para que Niamh fosse *tolerar* a direção que ela havia tomado. Ao que parecia, de acordo com a mensagem de Radley, não seria assim nessa ocasião.

Com a cozinha iluminada apenas pelas luzes dos armários, Helena se serviu de um Bourbon com gelo e aguardou a inevitável chegada de Niamh. Ela esperava que não fosse ser muito teatral. Era tarde e todo o resto da casa estava num sono profundo. Ela havia vestido um pijama e um robe de seda assim que chegara em casa.

O Bourbon era bom. Era preciso alguma habilidade, pensou Helena, para beber tão pouco quanto ela havia bebido a noite toda, bancando a mamãe ao manter as taças de todas cheias de vinho até a boca enquanto se demorava com o próprio drinque solitário. Ela queria manter a mente clara, sabendo que no fim, poderia muito bem vir a acontecer.

Naquele exato momento, a porta foi arrombada, a fechadura se despedaçando, estilhaçando o batente. Helena se encolheu e fechou os olhos. Ia cobrar pela porta.

Niamh atravessou o limiar levitando, as pupilas pretas e dilatadas de um modo não natural. Helena deu um suspiro profundo. Então *ia* ser teatral. "Sério, Niamh? Pode não ser assim?"

"Você sabia?", ela inquiriu.

"Sabia o quê?" Helena tomou um outro gole do Bourbon até que, com um arrastar de mãos, Niamh apanhou o copo da mão dela e o lançou contra a parede acima do fogão da marca Aga. Ele se espatifou, o líquido cor de bronze pingando por trás do fogão. "Ah, por favor!"

"Você sabia que ela era trans?"

Helena ergueu a mão. "Não vou conversar com você assim. Olha só pra você, está chapada?"

"Você sabia. Neve te contou." Niamh a leu, e Helena redobrou os esforços para ocultar seus pensamentos. *Escolha uma lembrança evidente: Stefan. A guerra. Até Ciara. Conrad.*

"Podemos, por favor, discutir isso pela manhã quando estivermos…"

"Vamos discutir agora."

Então elas iam discutir agora. "Muito bem. Posso pegar outra dose em segurança ou devo colocar essa num copo de plástico?"

Niamh foi baixando até os pés tocarem o piso. Progresso. Helena pegou dois copos do armário e torceu para que uma bebida forte acalmasse a amiga. Niamh se postou no lado oposto da ilha da cozinha, e Helena se imaginou como uma *bargirl* em um filme de faroeste. Ela se conteve para não entregar o Bourbon deslizando pela bancada de madeira.

"Por quê, Helena?", perguntou Niamh, suavizando o tom. "Não acha que essa pobre criança já sofreu demais?"

Helena tomou um gole dos grandes. "Eu queria me livrar dele."

"Dela."

"Ah, qual é, Niamh…", reclamou ela, fatigada.

Niamh olhou de cima para Helena. "Não. Continue. O que quer dizer?"

"Theo, queira ele ou não, é um menino. Ele vai crescer e se tornar um feiticeiro."

Niamh virou o Bourbon num único e ávido gole. Aquela bebida era cara demais para ser tomada tão rápido. "Acho que isso quem decide é Theo, não?"

Helena revirou os olhos. "Niamh, já passa da meia-noite. Podemos não discutir política identitária agora?"

"Não, acho que deveríamos. É importante. Eu estive em Londres e conheci outra bruxa transgênero do coven de Leonie, e..."

Helena deu uma risada amarga. "Ah, eu devia ter imaginado!" O elástico que mantinha a paciência de Helena se rompeu. Aconteceu mais cedo do que ela esperava, e estava quase surpresa. "É *claro* que Leonie tem bruxas transgênero no seu coven de *desconstruídos*!"

"Mas você não percebe? Isso significa que Theo não é a primeira..."

"Theo é *homem*", sibilou Helena, interrompendo-a. "Na verdade é tudo muito simples. Bruxas são *mulheres*."

"Ah, puta que pariu, você já se ouviu falando?"

Ela sabia que Niamh estava ficando irritada porque havia ficado, de repente, dez vezes mais irlandesa que o normal. O rosto contorcido de raiva. Não era nada encantador. "Quem é você pra ditar a porra do gênero das pessoas, caralho? Porra, você nem é vidente, meu bem, eu sou."

Helena ergueu as mãos em um gesto pedindo uma pausa. Aquilo era um desperdício tão grande de fôlego. Haviam todas ficado cegas e estúpidas? "Então, se Theo diz que é uma menina, significa que todas temos que apenas aceitar?"

"Bom, e por que não? Você disse que era a porra da Alta Sacerdotisa e todas nós aceitamos."

"Ah, que encantador." Ela não seria instigada àquilo e nem ia dissertar sobre semântica. "Fala sério, Niamh. Você não pode estar me dizendo de verdade que eu deveria deixar um menino fazer o juramento. Deixar um menino entrar no meu coven?"

"Não", falou ela com uma calma enfurecedora. "Porque se Theo diz que é uma *menina*, então ela é."

"Nesse caso, então eu sou a Beyoncé."

"Sério?" Niamh suspirou, altiva.

"Talvez a gente possa dar uma passada na cidade e perguntar ao Dave, o açougueiro, se ele gostaria de se tornar uma bruxa. E que tal seu adorável Luke? Tenho certeza de que todas nós podemos ignorar a barba e fingir que ele é uma mulher."

Niamh não disse nada.

Helena encheu o copo outra vez. Talvez aquilo tivesse sido um pouco infantil da parte dela. "Como é possível que ele seja uma bruxa? Ele nunca vai sangrar!"

Niamh jogou a cabeça para trás, exasperada. "Isso é uma velha história da carochinha! Eu já estava lendo mentes *anos* antes de começar a menstruar, como você sabe muito bem."

Helena jogou as mãos para cima. "Eu não me importo! Não mesmo! Se ele quer ser chamado de Sheila e usar vestido, eu aceito, aceito mesmo. O que eu não vou fazer é deixar que ele ou qualquer outro homem entrem no meu coven. Ponto final."

Niamh respirou fundo e relaxou o maxilar, parecendo escolher as palavras com cuidado. "Helena, nós somos *bruxas*. Deveríamos, em tese, ser melhores do que os mundanos. Porra, nós conhecemos intimamente a infinidade da natureza, suas variações e seus assombros insondáveis, e você não consegue conceber que Theo seja uma menina? Você pode transformar *fogo em gelo*, mas não consegue acreditar que um menino pode se tornar uma menina? Nós não somos nossos corpos, Helena; eles mudam, morrem e apodrecem. Nossa magia, aquilo que nos define, não tem sexo, e acho que você sabe muito bem disso."

Helena olhou Niamh nos olhos e viu que ela havia mesmo engolido toda aquela ladainha. "Bom, é um sentimento adorável, Niamh, mas o que acontece quando estivermos no solstício, ou em Beltane, dançando nuas ao redor das fogueiras e houver um pênis balançando por lá? Já pensou nisso?"

"Puta que pariu!", explodiu Niamh. "Que conversa fiada."

"Não é, não! Isso é a vida real, Niamh!"

"Um: quando foi a última vez que você dançou nua ao redor da porra de uma fogueira, e, dois: o que exatamente, na timidez incapacitante de Theo, sugere que ela tem qualquer inclinação para tirar a roupa em público?"

"Mas e quanto a..."

"Enfie seus '*e quanto as*' no rabo, Helena. Não vou fazer nenhuma merda de debate filosófico. Estou falando da *Theo*. Uma jovem bruxa que precisa da nossa ajuda."

Lá fora, um relâmpago iluminou o céu. Uma chuva começou a cair, tamborilando na vidraça da janela. Helena dirigiu um olhar cortante a Niamh. "Uma bruxa *poderosa* que poderia matar todas nós. Você se esqueceu dessa parte? Eu queria aquela criança, seja lá o que ela for, bem, bem longe." Ela havia torcido para que a cabala, e algum tempo passado junto de jovens feiticeiros, pudessem colocar Theo na linha. Não havia pensado muito além, quanto ao que seria necessário se a farsa fosse adiante e os poderes dele continuassem a crescer. Era para Radley ter ganhado algum tempo para ela. Haviam conversado sobre um centro especial no Arizona para feiticeiros desregrados, o que parecia ideal. Com alguma sorte, o centro conseguiria colocá-lo no cabresto.

A expressão de Niamh era severa. "Você chegou a falar com ela? Passou algum tempo com ela? Eu já andei com umas bruxas *sombrias* pra caralho. Minha irmã é uma delas, afinal de contas, e estou dizendo a você que Theo não oferece risco algum ao coven. Ela só quer *fazer parte* do coven."

"E esse é o risco ao coven!" Helena agora gritou, antes de se lembrar de sua família no andar de cima.

Um trovão ribombou. Helena ponderou quão fácil seria subjugar Niamh. Ambas eram Nível 5. Isso se constituía em um interessante exercício mental, um que ela não havia considerado, de fato, desde que tinha 13 anos de idade: *quem venceria em uma luta?* Superman ou Batman? Ranger Rosa ou Ranger Amarela? Niamh ou Helena? "Escute. Faça os caprichos da criança o quanto quiser, mas eu nunca vou incorporar um pênis ao CRSM, independentemente de em quem ele esteja grudado."

Niamh vincou o cenho. "E se Holly Pearson, e se Neve se revelasse um menino trans? Você ainda incorporaria eles?"

"Sim... não... eu não sei!" Helena estava enervada. Talvez o segundo Bourbon tivesse sido um erro.

Niamh pareceu suprimir uma risada amarga. "Você critica tanto Leonie, mas já parou para pensar sobre *a razão* para ela ter precisado estabelecer a Diáspora? Ou por que as pessoas deixaram o CRSM com tanta pressa'? Nós temos que evoluir, Helena."

Ela que se foda. Isso que se foda. Quanto mais ela pensava naquela coisa magricela, de peito reto, se travestindo e brincando com bruxaria, mais ela se sentia nauseada. De verdade. Aquilo lhe causava *repulsa,* fazia sua pele formigar como se houvesse piolhos se embrenhando nela. Helena não conseguia afastar a visão dele espremendo o pênis dentro de calcinhas. Enquanto mãe...

"Você sabe que eu posso ler a merda da sua mente, e isso é deplorável", cuspiu Niamh.

O coven, qualquer coven, por definição, era uma unidade feminina. Deixar um homem entrar era *repugnante.* Uma raposa no galinheiro. "Você já se esqueceu", perguntou Helena, "do que os homens fizeram às bruxas? Caçadores de bruxas, quase todos homens, nos afogaram, nos lincharam, nos estupraram, nos queimaram vivas. Feiticeiros estão a todo momento cobiçando nosso poder no único espaço, na porra deste mundo todo, onde mulheres de fato dominam, contra todas as probabilidades. E se você disser, *nem todo homem,* que Gaia me ajude, eu vou dar um grito."

Niamh se afastou do balcão. "Estou te ouvindo alto e claro, mas Theo não é um homem! Quer saber? Estou desperdiçando saliva. Poderíamos ficar aqui a noite inteira, mas tudo isso se resume ao seguinte: eu acredito nela? Eu li uma bruxa trans em Londres e vi com toda a clareza quem ela é e o que ela pode fazer, mas isso não é importante. O que importa é que, se alguém tentasse me dizer que algo a respeito de mim mesma não era verdade, eu diria para essa pessoa ir se foder, e você faria o mesmo. Se Theo diz que é uma menina, eu acredito nela."

Helena deu risada. "Então é fácil assim?"

Ela deu de ombros, como se fosse a coisa mais óbvia do mundo. "Poderia ser, se deixasse que fosse." Niamh se virou na direção da porta.

Helena não ia deixar que ela fosse embora sem que a questão fosse resolvida. "Isso não acabou, Niamh."

"Não vou jogar um pingue-pongue intelectual na sua cozinha. É chato e já está tarde."

Helena deu um tapa no balcão. Doeu. "Aquela criança é perigosa."

Niamh olhou para trás. "Theo não é propriedade sua nem do CRSM, e nem eu. Deixe-nos em paz. É sério." E, dito isso, Niamh saiu porta afora e noite adentro.

Acha que eu também não estou falando sério? Helena se certificou de que ela ouvisse esse último pensamento.

Um relâmpago rachou o céu ao meio sobre a Mansão Vance.

QUEIMANDO ENERGIA { *Niamh*

A mensagem de texto de Luke chegou exatamente no melhor/pior momento. *Como foi a grande noite das garotas?*

Niamh caminhara debaixo da chuva. A água havia esfriado seus ânimos, para começo de conversa, mas ela estava exausta demais até para pensar em usar seus poderes para chegar em casa. O sangue dela parecia lava. O *Excelsior* só perderia o efeito perto do amanhecer.

Ela conferiu a hora. Um pouco depois da 1h. Por que ele estava acordado até tão tarde? Ela supôs que era por ser noite de sexta-feira. Ah, sim, *Sextas da Sessão da Madrugada de Filmes de Horror*. Seu pequeno ritual.

Ela digitou uma resposta: *Ainda tá acordado?*

Após alguns instantes, ele respondeu: *Tô. Por quê?*

Niamh se deteve, completamente imóvel na rua arborizada que levava à Mansão Vance. Grandes e grossas gotas de chuva escorriam das folhas e caíam em sua cabeça. Não havia iluminação pública àquela distância da cidade, e seu celular era como um farol na escuridão.

Precisava refletir sobre aquilo.

Na verdade, não precisava.

Primeiro, ela ligou para Elle.

Ela atendeu na metade do primeiro toque. "Onde você está?", ela sussurrou.

"Acabei de sair da casa da Helena."

"Você a matou?"

"Caralho, se eu a... ficou maluca?"

Houve uma pausa perceptível. "Faz anos que não via você assim."

Niamh continuou caminhando pela rua e ignorou aquela afirmação. "Por que você está sussurrando?"

"Estão todos na cama."

"Theo também?" Niamh queria poupar Theo daquele puta arranca-rabo na casa de Helena e não podia arriscar deixá-la em casa sozinha, então havia pedido a Elle que providenciasse uma festa do pijama emergencial.

"Dormindo. Acho que ele... ela... ainda estava bem fora do ar por causa de seja lá o que a cabala lhe deu. Fiz uma caneca de chá doce com leite pra ela e dei um biscoito digestivo de chocolate, mas ela desmaiou no sofá antes de beber a metade da caneca."

Com cada pensamento que passava por sua cabeça sendo aumentado pelo soro que havia tomado, Niamh realmente *sentiu* o quanto amava Elle naquele momento. Se estivesse com ela, a teria beijado com força durante eras. "Posso deixá-la aí?"

"Pode, não tem sentido acordá-la, tem? Vem pegá-la pela manhã?"

"Boa pedida."

"E quanto a você? Você está bem? Quer ficar aqui também?"

Niamh *amava* Elle. "Vou ficar ótima. Não se preocupe comigo." Desejou a Elle uma boa-noite antes de desligar e discar o número de Luke.

Luke morava em um moinho adaptado em Pecket Well, o pequeno vilarejo aninhado nas colinas acima de Hebden Bridge. Niamh sentiu seus ossos responderem à antiguidade da alvenaria, vibrarem com ela enquanto subia as escadas até o terceiro andar. Ela nunca estivera no apartamento dele antes, mas admirava o prédio e a chaminé de longe com frequência, perguntando-se quem morava ali. No fim das contas, era Luke.

Ele abriu a porta do edifício pelo interfone, mas Niamh encontrou a do apartamento fechada. Ela deu uma batida apropriada para o horário com seu anel de turquesa. Luke atendeu, usando um shorts cinza de moletom e uma camiseta preta simples.

Algo dentro dela se retorceu, de uma forma que não era desagradável.

"Eu não fazia ideia de que você era uma coruja", ele cumprimentou com um sorriso largo. "Entre."

Ele se pôs de lado para lhe dar as boas-vindas. Ela entrou, sentindo um nervosismo de noite de formatura, agora que estava de fato ali. Na sua cabeça, seria um daqueles momentos cinematográficos, tipo *não diga nada*, e ela estaria nua por baixo de um sobretudo e o jogaria longe, descarada. Agora, na realidade, ela havia esquecido todas as falas.

"Você está ensopada. Vou buscar uma toalha pra você..."

Ele saiu em disparada e ela permaneceu ali, no apartamento de plano aberto. Era uma graça. Todo o andar de cima do moinho era dividido em uma sala de estar arejada e uma cozinha, com um quarto e um banheiro murados em um dos lados. Um par de janelas em forma de arco eram olhos sobre o vale adormecido.

"É bem legal", ela comentou quando ele apareceu ao seu lado com uma toalha enorme. Tinha *muita* cara de apartamento de solteiro; com cheiro de mobília de couro rústico, tênis de academia e um quê de seja lá qual desodorante que estivesse em promoção naquela semana. Ela passou os olhos por ele rapidamente. Tinha uma teoria de que, se deixado por conta própria, todo homem hétero solteiro teria... sim, como ela suspeitava, o onipresente capacete de Stormtrooper estava exposto com orgulho em um nicho da estante de livros.

"Você está bem?", perguntou Luke, colocando a toalha ao redor dos ombros dela. "Parecia meio estranha no celular."

Mesmo com uma barreira de tecido felpudo ao redor deles, o toque fez surgirem ondulações em sua lagoa interior. "Estou, sim", ela respondeu.

"Quer conversar a respeito?"

Ela achou que queria, mas agora se via com a língua travada. "O que estamos vendo?" Niamh indicou a TV de tela plana igualmente enorme com a cabeça. Estava pausada em algum filme em preto e branco.

"*O Caçador de Bruxas.* 1968. Já viu? Passa na BBC 2 quase toda sexta à noite."

"Não", ela respondeu. "Gatilhos", acrescentou um pouco mais baixo, enquanto ele andava devagar, descalço, até a área do sofá.

"É um clássico. Quer que eu volte para o começo?" Ele pairava junto ao balcão da cozinha. "Ou quer que eu pegue algo pra você beber?"

Não. Estava com outro tipo de sede. Talvez ela fosse capaz do beijo de cinema, afinal de contas. Ela lançou longe a toalha e avançou direto até o espaço pessoal dele. Era alta, mas ele era mais. Roçou o queixo dele com seu nariz, como um gato quando quer atenção.

Se ele ficou surpreso, recuperou-se depressa. Tomou o maxilar dela com a larga mão em concha e seus lábios se encontraram.

Ah, como era bom.

Nós não somos nossos corpos, ela dissera a Helena, mas, às vezes, nós podemos muito bem ser. Na verdade, naquele exato momento, ela se deixava levar pela sensualidade de tudo aquilo porque não queria que seus pensamentos, sua mente, sua história, irrompessem ali como uma babá desaprovadora e dissessem que aquilo era uma ideia pavorosa.

O beijo foi bom. A barba por fazer em seu rosto, os lábios quentes nos seus, a promessa de uma língua. Ele era algo real.

Ele a ergueu para o balcão da cozinha, e ela ficou surda para o que quer que tivesse derrubado no chão. Abriu bem as pernas para permitir a ele a mais próxima das proximidades. O short cinza não deixava muito para a imaginação, e ela sentiu o pau rígido pressionar o seu núcleo.

O vestido estava molhado e frio, e ela o queria longe do corpo. Começou por cima, pelos botões, até estar nua, com exceção da calcinha e de suas botas de caubói. Um visual e tanto.

Ele tomou seus seios nas mãos e beijou os mamilos. Foi testando as águas, mordiscando, sentindo com que força ela desejava. Ela queria com bastante força. Niamh o guiou rumo ao sul, embora ele não precisasse ser muito encorajado. Ele puxou a calcinha para o lado para chegar à parte boa.

Aí. Sim. Caralho.

Clitóris são bons, mas já tentou ter alguém te lambendo enquanto está chapada de uma poção mágica? Niamh fechou os olhos, inclinou a cabeça para trás e embarcou naquilo. Ela sentia que estava sendo atravessada por um vibrante pulso elétrico rosa-púrpura. Será que ele também conseguia ver? Estava emanando dela.

Prazer, meu velho amigo, que saudades de você.

Ela se sentia como um banho de espuma. Foi escorrendo pelo balcão e pelas frestas da alvenaria, de volta à Gaia.

Aquele anseio desnorteante despertou, e ela o queria dentro de si. Ela o puxou para um beijo, sentindo seu próprio gosto nos lábios dele. Quando ele soltou sua calcinha, Niamh se contorceu para livrar-se da peça. Em seguida, parou para puxar a camiseta dele por cima da cabeça, e o short por cima da bunda — uma bunda adorável, diga-se de passagem — e o guiou para dentro. Gaia não cometia erros e eles tiveram um encaixe perfeito, acompanhados daquela singular sensação: uma espécie de dor, mas que não era dor alguma.

Eles se beijaram e ele começou: gemendo, sussurrando as palavras certas em seu ouvido. Ela não disse nada, não havia necessidade de palavras humanas naquele momento. Em vez disso, ela se inclinou para trás, abrindo-se como uma lótus. Dedilhou a si mesma enquanto ele ganhava embalo. Ele metia rápido, mas não frenético. Ela observou o modo como o peito e o torso dele se moviam, animalescos, de certa maneira. Os braços eram fortes e musculosos. Ela estava incandescente por toda parte, quase em ponto de fervura: o jeitinho do orgasmo avisar que estava próximo. Apertando-se contra Luke, ela envolveu seu pescoço com os braços, as costas arqueadas.

Não acontecia com muita frequência, mas ambos os corpos gozaram ao mesmo tempo, sem nenhum aviso prévio. Ele estremeceu e ela se estilhaçou numa explosão, antes de implodir de volta em algo uno. Esgotada, ela deixou a cabeça cair no ombro dele, recobrando o fôlego. O gosto dele era salgado, de suor fresco. Ela beijou seu pescoço.

Ele disse algo, mas ela não ouviu.

Por ora, ela iria dormir.

Aquilo havia sido exatamente o que ela precisava. Por pouco tempo, estava completa.

Niamh } A MANHÃ SEGUINTE I

Ela estava sendo punida, não tinha dúvidas disso. Com o *Excelsior* perdendo o efeito cada vez mais, e com Saturno retrógrado em Áries, Niamh passou se esgueirando por uma das vizinhas de Luke, que por acaso também era uma de suas clientes.

"Bom dia, sra. Marshall...", cumprimentou Niamh. Ginger, a pequinês esmagada em seu flanco, também a julgava.

"Ora, bom dia, dra. Kelly." Vaca puritana.

A sra. Marshall segurou a porta aberta para Niamh, que fugiu do moinho morta de vergonha. O vestido da noite anterior estava seco, mas amarrotado, e, não havendo nenhum removedor de maquiagem na casa de Luke, ela ostentava um par de olhos de panda feitos pelo delineador.

Ainda era cedo, mas ela não tinha vontade nenhuma de ficar para os ovos do café ou para conversas na cama. Queria estar lá quando Theo acordasse. Essa era sua desculpa e ela ia mantê-la. Tinha deixado Luke semiadormecido na cama com um adeus gentil.

Isso tudo era tão retrô. A *Caminhada da Vergonha* ou o *Desfile do Orgulho* após o sexo com alguém novo. Bem semana de caloura. Ela não se sentiu tão culpada quanto achou que se sentiria, embora tivesse acordado com a cabeça inundada por Conrad, bem melancólica. Não era inerentemente bom nem ruim, mas com certeza era diferente. A ressaca era toda por conta de Luke.

O que fazer com ele agora?

Teria sido um grande erro?

O que isso tudo significava?

A ideia de que significasse qualquer coisa era intimidante, vertiginosa e mais do que ela conseguia processar naquele momento.

Ela parou na metade da rua e vomitou na lagoa, que era o próprio poço chamado Pecket Well, por cima da parede de pedra solta. O vômito formou uma espuma na superfície. Ela olhou por cima do ombro e viu a sra. Marshall ainda a observando pelo vidro na porta do moinho.

Que começasse *essa* caça às bruxas. Em uma cidade tão coesa quanto Hebden Bridge, daria na mesma se ela tivesse colocado um outdoor na entrada da cidade: A VETERINÁRIA TREPOU COM O CARA DO SACOLÃO!

E o que aquilo significava para ela e para Luke? Depois que se abria a comporta de uma represa, não havia como conter a água. Não havia como desfazer o que eles haviam feito.

Ela foi para casa primeiro, trocou de roupa depresa e lavou o rosto. Então pegou o Land Rover e foi até a casa de Elle, onde tudo estava se agitando no ritmo vagaroso de uma manhã de sábado. Uma vez lá dentro, ela encontrou Theo, Holly e Milo assistindo *Steven Universo* na sala de estar, enquanto Elle fazia sanduíches de bacon na cozinha. Jez havia saído para correr.

"Você está bem?", perguntou Elle, servindo a ela um café e tentando forçá-la a comer um croissant. "Você parece não ter pregado os olhos."

"E quase não preguei mesmo. Demorou um tempo até o efeito do *Excelsior* passar. Fiquei a maior parte da noite me retorcendo na cama. Elle, pode fazer algo pra mim?"

"Claro, qualquer coisa."

Niamh baixou o tom de voz. Isso era mortificante. "Eu estou grávida?"

Elle tirou o bacon do fogão no mesmo instante e a fuzilou com o olhar. "Na cama de quem você estava se retorcendo?"

"De quem você acha?"

"Luke?"

Niamh apenas assentiu. Conferindo que ninguém estava olhando, Elle postou as mãos sobre o abdômen de Niamh. Levou apenas um segundo. "Não. Ainda não, pelo menos."

"Pode garantir que eu não fique?"

Feito num piscar de olhos. "Pronto." Elle apertou os lábios. "Menos invasivo do que a pílula do dia seguinte, não é? Posso chamar as crianças para fazer meu discurso sobre sexo seguro outra vez?"

Niamh riu com tristeza, embora começasse a parecer que a cabeça estava cheia de rejunte. "Eu sei. Foi idiotice. Eu culpo a poção."

"Que conversa. Você está bem?" Essa era a questão com Elle, ela não era dada a julgamentos. Enfermeiras viam todos os quatro cantos da vida, dia sim, dia não. Não havia muito que as deixasse chocadas.

Niamh assentiu. "Como está Theo?"

"Parece bem. Talvez um pouco abalada."

Niamh deu um suspiro de alívio. Ela já havia engravidado antes, durante a faculdade. Havia sentido — "pressentido" não era o termo certo — que o feto ainda não tinha senciência própria naquele momento. Com apenas 20 anos, e no terceiro ano da faculdade de veterinária, não havia a menor possibilidade de que ela pudesse se tornar mãe. Usando seus poderes latentes de cura, ela apenas reabsorveu as células de volta ao corpo. Porém, ainda pensava naquilo. Ela agora poderia ter um filho da mesma idade de Holly.

De certo modo, ela acreditava que tinha. "Theo?", ela chamou. "Está pronta pra ir?"

Theo assentiu e reuniu seus pertences. Essa era a outra ressaca batendo. Helena, o CRSM e Theo. Alguns dias são pura luta. Niamh sentia que precisava fazer isso naquele dia. Ela precisaria ter A Conversa.

A MANHÃ SEGUINTE II { *Helena*

"Não acha que ela está sendo irracional?", perguntou Helena. O celular, no viva-voz, estava empoleirado junto de sua tigela de granola com mirtilos na mesa do pátio.

"Não", respondeu Elle. "Eu acho que você foi longe demais, Helena."

"Eu sabia que você ficaria do lado dela."

Elle estalou a língua. "Não tem nada a ver com lados. Você passou por cima dela *e* usou *Medusa* na minha filha. Você quer que eu diga o quê?"

Helena se encolheu. "Eu nunca disse à cabala para drogarem a Holly. Isso é com eles." Na outra ponta da linha, Elle estava em silêncio. "Você não acha mesmo que esse tal de Theo é uma menina, acha? Por favor, diga que *alguma* de nós ainda tem bom senso."

Ela ouviu um perceptível suspiro. "Não vejo que mal isso pode fazer. Vou visitar minha avó mais tarde. Vou perguntar o que ela vê."

Haveria uma mudança de sexo no futuro da criança? Fazia pouca diferença, até onde ela sabia. Além do mais, Helena ainda não havia perdoado Annie Device por não concordar em ajudar com aquela merda toda, para começo de conversa. "Então vai ficar em cima do muro? Que ótimo, Elle, muito obrigada." Helena havia presumido que, dentre todas elas, ela seria aquela que a entenderia. Elle, o sal da terra, que nem gostava de admitir que era uma bruxa, com certeza diria que um plugue macho era um macho, certo? Era evidente que não.

"Helê, não acho que a questão aqui seja a Theo. É você."

Helena deu um gole no café preto. "O que você quer dizer com isso?"

"Sei lá..."

"Não, continue. Desembuche."

"É só que... bom, Helena, você... hã... não é preciso que eu lhe diga que você gosta de estar no controle... e nem todos querem ser controlados. Você é a Alta Sacerdotisa, mas não pode controlar nem a Niamh, nem a Lê e nem a porcaria do gênero da Theo. Apenas não pode. Não estou dizendo isso por crueldade, não mesmo. Acho que... se continuar se impondo às pessoas, cedo ou tarde, elas vão reagir."

Helena fitou o celular com os olhos semicerrados, feliz por aquela não ser uma ligação de vídeo. Que merda ela queria dizer com aquilo? "Isso foi uma ameaça?"

"Quê? Não!" Elle praticamente guinchou. "Helena Vance! Aprenda a ouvir uma crítica! O que estou dizendo é que o que você fez na noite passada foi um pouco demais! Só isso!"

Helena estava prestes a retrucar, mas o pai dela surgiu, empurrando a mãe pelas portas em direção ao pátio, a fim de se unirem a ela. "Elle, tenho que ir."

"Tudo bem. Você deveria pedir desculpas a Niamh."

"Sinto muito por Holly ter acabado no meio disso tudo ontem à noite." Nesse ponto, ela foi sincera. Trocaram despedidas e Helena desligou.

Lilian se acomodou à mesa e estendeu a mão para o café, porém seu pai pareceu estar de saída. Geoff Carney, agora aposentado da cabala, era até que poderoso para um feiticeiro, mas a paciência, de longe, era seu maior dom. Algo necessário, estando rodeado pelas bruxas Vance. "Vou só passar na cidade para buscar os jornais", ele comentou. "Alguém precisa que eu compre alguma coisa?"

Elas não precisavam, e ele partiu, as chaves do Jaguar se balançando conforme caminhava.

"Aquilo pareceu tenso", disse Lilian com malícia.

"Está tudo bem."

"Ainda bancando a mandona com suas amigas, pelo que posso perceber."

"Mamãe, não, que tal?" Helena ergueu os olhos para a velha casa na árvore, ainda se segurando nos galhos. Havia envelhecido bem, levando tudo em consideração. Ela se perguntava se seus pais a derrubariam, agora que Neve estava mais velha. A casa estava ali há tanto tempo que ela nem a enxergava mais. Era parte da árvore.

"Elle tem razão. Você precisa *mesmo* aprender a receber observações sem ficar na defensiva. Minha deusa, eu me lembro da sua pobre professora de balé."

Helena sentiu os ombros se elevando. Ela queria tanto dizer à sua mãe que estava em um relacionamento sério com a crítica desde o nascimento. Será que ela *sabia* que Helena era assim?

"Eu sei o que você está pensando." Lilian sorriu, beliscando a torção de um croissant.

"Não havia me dado conta de que você agora era senciente."

"O sarcasmo não é nada decoroso, Helena. Você acha que sou dura demais com você. Eu provavelmente fui, mas olhe só para você agora."

Helena apenas olhou para ela, esgotada demais para discutir. A noite anterior com Niamh a havia exaurido.

"Um coven com certeza é uma sororidade", Lilian prosseguiu. "Mas é preciso algo mais do que popularidade para liderar, Helena, querida. Eu vi esse algo em você, sabe, bem antes das oráculos. Você ia *ser* alguém."

Helena engoliu sentindo um pouco de dor, a garganta parecia um cacto. Uma exaltação vinda de sua mãe era algo tão raro que ela preferia a infindável picuinha.

"Suas amigas são umas queridas. Eu as amo de todo coração, mas a Alta Sacerdotisa não pode deixar que a amizade obscureça seu julgamento. Deve ser uma fortaleza. Às vezes, tem que fazer escolhas difíceis, das quais as pessoas não vão gostar. E se preparar até mesmo para ser odiada, se for pelo bem maior.

Helena *não* ia chorar na frente da mãe.

"Foi *isso* o que eu vi em você há todos esses anos, Helena. Ah, sim, todas fazemos nosso juramento ao coven, mas quando a porca torce o rabo, quantas de nós estão mesmo dispostas a passar por inconveniências? Você sempre esteve disposta a pagar o preço, a fazer os sacrifícios necessários. Nem todas estão dispostas a fazer o que precisa ser feito. Eu não estou. Odeio isso, mas sou obcecada pelo que as pessoas pensam de mim. Tenho inveja de você. É um dom."

Helena estava com medo de responder e a voz falhar. "É meu trabalho."

Lilian balançou a cabeça. "É muito mais do que isso pra você, Helena. É uma *causa*, uma vocação. Guarde minhas palavras, seu nome estará lá no topo, junto aos das maiores bruxas."

"Obrigada, mamãe." Helena se sentiu bastante jovem.

"Não sou tão má assim, sou?" Lilian lhe dirigiu uma piscadela. "Agora. Faça o que deve ser feito."

O Bem Maior. Elle tinha razão. Ela não podia controlar nem Niamh, nem Theo, mas podia controlar o coven. Era a bruxa mais influente do Reino Unido, e ali estava ela, chateada por causa de alguns xingamentos. Era quase constrangedor. Lembrou a si mesma que tinha todo o CRSM. Tinha *poder*.

E o que eles tinham? *Nada*.

A MANHÃ SEGUINTE III { *Leonie*

Leonie caiu estatelada na grama orvalhada e ergueu os olhos para o céu. Era de um azul aguado, ainda primaveril. Ela estava pronta para o verão, quando o asfalto ficava esponjoso e Londres fedia a arroto. Só queria tomar cervejas geladas debaixo da sombra de uma árvore e ficar chapada. E queria marcas de bronzeado.

Aquilo, porém, era uma merda.

"Levanta, sua frouxa!" Chinara a cutucou com o dedão de seu Nike.

"Ah, vai se foder. Que ideia horrorosa."

"Vai curar você."

"Que nada. Eu vou passar mal."

"Tá." Chinara baixou o olhar para ela, fuzilando-a. "Ou termina esta corrida ou a gente vai pra casa e começa a procurar um doador de esperma."

Leonie se sentou. Havia pessoas que eram um tanto bem-dispostas quando estavam de ressaca. Leonie não era. "Isso é uma coerção bem escrota, Chinara Okafor."

Ela sorriu. "É, mas você está de pé, então..."

"Será que a gente não pode ir comer umas panquecas em vez disso? Ou uns waffles?"

Chinara estendeu a mão para ela. "Agora, de pé..." Leonie se permitiu ser içada. "Vamos tomar um *brunch*. Mas achei mesmo que isso ajudaria."

Leonie a beijou. "Eu sei, você é uma heroína, é mesmo. Mas, amor, talvez eu ainda esteja bêbada."

Àquela hora de uma manhã de sábado, o Burgess Park estava bastante vazio, com exceção daqueles que corriam, passeavam com cachorros e participavam de uma das sessões de exercícios estilo campo de treinamento, em que uma treinadora apavorante berrava ordens a um grupo de jovens profissionais com cara de ricos. A treinadora, na verdade, era bem gostosa: estava claro que ela fazia mesmo seus agachamentos.

"A treinadora?", perguntou Chinara. "Pois é, também reparei nela."

"Comporte-se. Caralho, estou com muita ressaca para considerar um *ménage*. Uau. Que noite pesada."

De mãos dadas, elas passaram pela aula. "Mas foi boa?"

"Pois é, quer saber? Foi, sim. Consegui me divertir bem mais do que imaginava." Leonie respirou fundo pelo nariz, esperando que o ar lavasse seu fígado. "Tem alguma coisa nisso de estar com a velha turma de infância, sabe? Agora eu sou uma nova pessoa, e acho que nunca voltarei a ser quem era, mas quando estou com aquelas garotas... elas são todas doidas pra caralho... mas é mágico."

Chinara pareceu um pouco desalentada.

"Ah, caralho, amor, desculpe. Não tive a intenção..."

Chinara apertou sua mão. "Ah, tudo bem. Eu também fiz amigos aqui. Eu sei o que você quer dizer."

Chinara tinha só 11 anos quando um incêndio havia devastado seu distrito em Unwana, na Nigéria. Segundo contou, ela havia ficado apavorada e assustada, correndo pelas vielas estreitas enquanto procurava pela mãe e pela irmã, que estavam na casa de uma tia. Os apartamentos eram aglomerados demais e o fogo engoliu o lugar como se fosse um graveto.

Leonie tinha visto tudo isso se desenrolar como um filme na mente de Chinara: a menininha magricela com a camiseta rosa dos *Power Rangers*, erguendo os olhos para o céu e ordenando que chovesse.

E, rapaz, como choveu.

É a primeira lição da magia: *não se pode criar algo a partir do nada*. Leonie ainda podia ouvir isso de forma um tanto vívida na fala com sotaque de Yorkshire de Annie. Naquele dia, Chinara *criou*. Em um céu vazio cor de turquesa, as nuvens apareceram do nada. Os céus enegreceram e a chuva torrencial caiu sobre o distrito, extinguindo as chamas.

Vidas e lares se perderam naquele dia, mas Chinara salvou muitas mais. Teria sido perfeito, se ao menos não tivessem testemunhado ela berrando aos céus. As mulheres ibos adoram uma fofoca e, logo, a notícia se espalhou... "Chinara Okafor é uma *bruxa*."

Até a própria mãe passou a ter pavor dela e, enquanto transbordava o amor de Cristo, ela a exilou para morar na casa dos tios em Onueke. Lá, ela foi tratada feito merda, não muito melhor do que a porra de uma serviçal, até que seu pai, um feiticeiro de baixa categoria, a trouxe para a Inglaterra como uma refugiada. O CRSM não é *de todo* mal, ele conta com uma política de imigração para bruxas e feiticeiros que sofrem perseguição em outros territórios.

"Tem alguma coisa no seu passado, cara. É feito crack. Eu não paro de voltar querendo mais."

Chinara riu. "Estamos todos nos recuperando de nossas infâncias. Amém a isso."

"A propósito, aonde nós vamos?" Agora elas estavam ao lado da lagoa, na direção da saída norte do parque.

"Àquela lanchonete, caso queira waffles."

"Ah, é, boa pedida." O celular de Leonie vibrou em um acessório de corrida preso ao bíceps. Ela o tirou e viu que havia recebido uma mensagem de Elle.

Bom dia! Como vai a cabeça? 1. A Niamh pegou o Luke ontem à noite! Finalmente!

Ela concluiu com vários emojis de berinjela. "Ai, gente!" Leonie riu.

"O que foi?"

"A Niamh transou! Até que enfim!"

"Aleluia, caralho. Bom pra ela."

"Vou ligar pra ela mais tarde, pra ter certeza de que não está se autoflagelando." Leonie estava prestes a responder, mas então viu que Elle estava digitando e esperou.

E 2. A Helena fez seu irmão sequestrar Theo na casa da Niamh!!! Que merda foi essa?

A segunda mensagem a fez estancar na mesma hora. De fato, que merda tinha sido aquela. "Como assim, porra?", ela exclamou em voz alta.

Chinara também parou. "Ok, isso não foi tão bom. Ela trepou com a pessoa errada?"

"Não. Não, não foi isso." Leonie disparou uma rápida resposta a Elle: *Porra, como assim???*

Elle era excelente em responder. Na verdade, se você quisesse falar com Niamh, às vezes era mais rápido mandar mensagem para Elle. *Helena não quer meninas trans no coven.*

Leonie jogou a cabeça para trás. Sério, caralho, como essa vaca era exaustiva. "Vai se foder."

"Tá, explica, por favor.", pediu Chinara, ficando irritada.

"Bem, ao que parece, Helena Vance é uma TERF.* Porra, por que as pessoas estão sempre decepcionando a gente?"

Chinara compreendeu. Elas continuaram a andar. "Theo?"

"Pois é. Ela tentou se livrar dele... caralho, *dela*... com a cabala. Com o meu irmão, pra ser mais especifica."

"Isso foi escroto."

"Pois é..."

Chinara parecia um pouco arrogante. "Sabe, Lê, eu sempre fico surpresa com o quanto *você* se surpreende com a contínua opressão conduzida por mulheres brancas e cis."

Leonie se eriçou. "Como é? Você tá de brincadeira, eu acabei de literalmente criar meu próprio coven."

"Mas você faz vista grossa para suas amigas. É claro que a escrota da Helena Vance é uma supremacista branca."

"Não sei se chega a esse ponto..."

---

*   Sigla em inglês para feminista radical trans-excludente: referência a correntes de pensamento que não reconhecem identidades transgênero. (N. T.)

"Por que as pessoas que mais se beneficiam da supremacia branca teriam alguma pressa para se livrar dela? Gente como Helena é bem chegada ao sistema, exatamente do jeito que ele é. Ela é uma das pessoas no portão, decidindo quem entra e quem sai. Eu apresento Theo como evidência." Sempre bancando a advogada.

Leonie suspirou. Chinara tinha razão. Houvera algumas, embora poucas, dissidentes quanto à sua decisão de permitir que bruxas trans (bom, Val e Dior) tivessem entrada permitida no coração da Diáspora, mas ela apenas não entendia. Tipo, Leonie sabia que mulheres eram forçadas a competir por um escasso punhado de posições profissionais, mas não conseguia ver como poderia haver um teto para a quantidade de mulheres que poderiam ser mulheres. "Acho que, enquanto bruxas brancas... enquanto mulheres brancas, ponto... elas estão tão acostumadas aos homens tratando *todas* nós feito merda, que não conseguem reconhecer seus privilégios."

Chinara berrou com uma risada dura. "Meu cu! Certo, se Helena tivesse escolha, ela optaria por ser preta?"

"Não!"

"Ela escolheria ser lésbica?"

"Duvido."

"Ela escolheria ser trans?"

Agora foi a vez de Leonie rir. "Porra, é óbvio que não."

"Então pronto, aí está. Ela sabe *bem pra caralho* como o sistema é organizado." Chinara encerrou a argumentação. Leonie considerou Helena culpada de todas as acusações.

Elle } A MANHÃ SEGUINTE IV

Elle estava em seu quarto, cheirando as roupas lavadas. Ela amava quando elas secavam no varal e não na secadora. Jez marchou escada acima, voltando de sua corrida. "Como foi hoje?"

Jez despiu a regata ensopada de suor e a jogou no cesto de roupa suja. "Nada mal. Uns 6 km hoje. Deu até uma pontada."

Ele envolveu a cintura dela com os braços e beijou seu pescoço. Baixo e musculoso, Jez não era muito mais alto do que Elle. "Jez! Você está nojento!" Na verdade, a reação fora mais por reflexo. Ela não se importava com o cheiro de suor fresco, e ela mesma ainda estava usando calças de exercício.

"Acha que dá tempo de uma rapidinha?", ele perguntou, deslizando a mão por baixo da cintura e para dentro das calças dela.

"Não!" Ela tirou a mão dele sem delongas.

Cada vez mais, o sexo parecia uma esquisitice de seus vinte e poucos anos: um *strip-tease* para atrair um homem e convencê-lo a ficar por perto. Era óbvio que a estratégia havia funcionado, embora ter passado duas crianças por sua vagina significava que era muito difícil considerar essa área como qualquer outra coisa além de um local de desastre. Elle havia atuado como parteira muitas vezes e, embora o nascimento fosse deveras miraculoso, também era bastante traumático. Uma parte de seu corpo que um dia havia lhe dado grande prazer associou-se, da noite para o dia, com a pior agonia de sua vida. No começo de seu próprio parto, ela havia conseguido empregar seus poderes para segurar um pouco a onda; porém, por definição, o nascimento é expelir algo que se tornou parte de você, e a cura seria mantê-la lá dentro. Para permitir que o nascimento prosseguisse, ela teria que ceder à dor.

Elle entendia que um dos deveres de esposa era manter Jez satisfeito. Ele queria mais sexo do que ela, então precisava chegar a um meio termo. Quando eles transavam, era muito bom, e Jez sempre se certificava de que ela gozasse; mas, atualmente, ela só sentia que poderia estar fazendo um milhão de outras coisas naquele tempo. Com certeza não sacrificaria um pedaço da manhã de sábado para isso. Ela vinha fazendo sexo de forma rotineira desde os 16 anos, e duvidava de que ainda houvesse qualquer surpresa guardada ali. Às vezes, ela tentava se lembrar se algum dia havia mesmo *gostado* de sexo, ou se preferia a atenção que o sexo poderia trazer para ela.

"Talvez à noite?"

Jez deu-lhe um tapa na bunda. "Tá bom. Pode agendar meu horário." Ele fez menção de seguir para o banheiro, apenas para se demorar à porta. "Elle?"

Ela olhou na direção dele. "O quê?"

"Como chegamos em casa ontem à noite?"

O pânico efervesceu no estômago dela, e Elle lutou para manter a expressão descontraída. "Como assim?"

"Sei lá... estou me sentindo estranho. Eu me lembro de buscar você no centro... e de você chegar cambaleando como uma verdadeira pinguça."

"Obrigada por isso."

Os olhos dele meneavam distraídos, as engrenagens em sua cabeça girando. "Mas aí não me lembro direito do que aconteceu em seguida..."

Ela fingiu uma risada. "Jesus! Você está meio novo pra demência, Jez."

"Não estou brincando, Elle", exclamou ele, arisco. "Nós fomos até a casa da Niamh?"

"Claro que fomos! Deixamos a Niamh, buscamos Holly e Theo e viemos direto para casa." Era isso o que Holly chamava de *gaslighting*, e Elle sabia que era terrível, mas não via nenhuma outra escolha. "Você não andou bebendo, andou?"

"Não, cacete, não andei! Bom, tomei uma Corona enquanto via um filme com o Milo."

Elle plantou as mãos nos quadris, com medo de parecer que estava fazendo uma pantomima. "Não sei o que te dizer, amor."

Ele parecia perturbado. Ela teria que pedir a Niamh que apagasse a memória dele. Com o tempo, ela pensou, Holly também poderia ser capaz de fazer isso. "Não tem nada acontecendo, tem? Com a Niamh?"

Elle franziu o cenho. Por que ele continuava insistindo naquilo? "Você está perguntando se a gente anda de sapatice?"

"Não! É só que... às vezes, eu vejo vocês duas... e a Helena e a Leonie, também. O jeito como olham uma para a outra, como se lessem mentes ou coisa assim. É como se vocês fossem uma panelinha, falando uma língua inventada que eu não consigo entender."

Elle sorriu e andou até ele. Beijou-o nos lábios. "É isso mesmo, amor. Nós somos *mulheres*."

Em um golpe baixo, no sentido literal da expressão, ela escorregou a mão por baixo da cueca suada de Jez. O pau estava murcho e úmido da corrida. "O que está fazendo?"

"Então vem..."

"Sério?"

"Ã-hã!"

"Deixa eu tomar uma ducha, estou um nojo." Sem precisar que perguntassem duas vezes, Jez quase atravessou o vidro do box de tanta urgência.

Elle fechou a porta do quarto e subiu na cama para esperar. Certo, ela havia mentido, mas Jez ia ganhar uma trepada por causa disso. Calculou que estavam quites.

Aos sábados, a farmácia fechava ao meio-dia, então Elle não conseguiu nem mesmo tomar banho antes de chispar para o chalé de sua avó, aonde ia levar o remédio dela. Estacionou na estrada rural e desceu trotando a íngreme escada de pedra em zigue-zague que levava ao antigo moinho d'água. Elle tinha sentimentos muito conflitantes quanto àquela casa.

Na infância, quando ela e seu irmão mais velho eram deixados ali nas festas de fim de ano, outras crianças ficavam vagabundando junto aos muros deteriorados do jardim.

Sua avó é bruxa?

Você também é bruxa?

Você consegue jogar um feitiço na gente, Elle?

Ela se lembrava de como as crianças costumavam encontrar gravetos e, com eles, espetar nacos de cocô de cachorro ou de gato e os atirarem nela por cima do muro. Chamavam aquilo de "espetinhos de merda". Seria engraçado, se não tivesse arruinado sua infância. Ela não sabia ao certo se Annie entendia por que ela nunca queria brincar nos jardins. Era a única menina na escola que desejava que as férias acabassem rápido.

Ela é bonita para uma bruxa.

Você tem verrugas?

Eles corriam dela, para evitar que ela lhes passasse verrugas. Todos, menos Jez.

Ela bateu na porta antes de entrar, por educação. "Vovó! Sou eu, estou sozinha!"

"Ah, olá, amor!", disse Annie do andar de cima. "Desço num minutinho."

A casa da avó fedia. Certa vez, ela havia combinado que uma faxineira fosse lá uma vez por semana, mas a pobre mulher desistiu depois de uma única visita. Elle não a culpava por ser honesta. Tudo possuía um arquejante cobertor de pelo de gato.

Em uma mesa dobrável na sala de estar, uma caneta tinteiro descansava no sulco de um dos diários abertos de Annie. Elle se arrastava ao seu redor, perguntando a si mesma se ousava dar uma espiada. De todas as bruxas, as de que Elle mais tinha pena eram as oráculos. A cegueira e a calvície já eram ruins o suficiente, mas ser capaz de ver o futuro... que pesadelo.

Ela se deteve. *Se você se concentra demais no futuro*, Annie sempre dizia, *nunca vai chegar nele.* O mantra havia lhe servido bem. Claro que ela estava desesperada para saber no que Milo e Holly dariam, mas queria que fizessem o próprio caminho até lá. Para ser sincera, era mais profundo do que aquilo. Às vezes, Elle mal podia acreditar em sua sorte:

marido amoroso, filhos lindos, bela casa, bom emprego. Cedo ou tarde, algo teria que dar errado. Ela era uma enfermeira comunitária, tudo o que ela sempre via eram as coisas dando errado.

Agora, utilizando o corrimão, Annie foi descendo claudicante. "A senhora está bem?", perguntou Elle, indo até ela para auxiliá-la.

"Sai daqui! Estou ótima!"

"Queria que a senhora aceitasse dar uma olhada nos condomínios lá na cidade. Eles são sempre tão agradáveis, sabe."

Annie zombou. "Depósito de velhos."

"Não é, não! A senhora teria o seu apartamento, só pra senhora."

"E os meus gatos, hein? Não. Vou ficar por aqui."

Elle balançou a cabeça. "Ah, eu sei. Mas vou continuar pentelhando."

"Ah, vai mesmo. Quer um chá, meu amor?"

"Melhor não. Eu disse que ia levar o Milo até Halifax esta tarde." Ela alcançou a bolsa para pegar os remédios de Annie. "Aqui estão, coloquei os remédios na mesa. A senhora precisa que eu busque mais alguma coisa?"

"Ah, da próxima vez que for fazer uma compra grande, vou querer um pouco daqueles... não, deixe pra lá."

"O quê?"

Annie se sentou em sua poltrona favorita, com os joelhos estalando. "Não, tudo bem."

Elle pendurou de novo a bolsa no ombro. "Então, tá. Já vou indo."

"Elle, meu amor, espera."

Ela se virou outra vez. "Que foi?"

"Sente-se um instante."

Elle se empoleirou no sofá, já que o enorme Maine Coon com certeza não se deslocaria para lhe dar espaço. Aquela coisa parecia mais um leão. "A senhora está bem?"

"Não aconteceu nada", assegurou Annie. "Você só parecia estar precisando se sentar um pouco."

Elle riu com tristeza. "Vovó, eu *sempre* estou precisando me sentar. É ininterrupto."

"Você trabalha demais, meu amor. E a maioria do seu trabalho não é remunerado."

Elle olhou para as mãos, os anéis. Ela sabia que suas escolhas deixavam Annie desnorteada. Não abertamente decepcionada; mas, nas conversas, sempre se unia a elas a sua versão de quem ela *poderia* ter sido. Dos quatro filhos e cinco netos de Annie, de algum modo, Elle era a única descendente mágica. A última das bruxas Device, antes de Holly. "Eu gosto de cuidar de todo mundo", ela respondeu, com sinceridade.

"Eu sei, e você está só começando. Você ainda é jovem."

Agora Elle riu de verdade. "Eu já estou beirando os quarenta, vovó!"

"E não está nem no meio do caminho!"

Elle fuzilou a avó com o olhar. "Isso é uma visão oficial? Porque eu não quero saber!"

Annie se inclinou para a frente. "Ei! Você me escute aqui. Quando todos ao seu redor estavam lhe dizendo o que fazer, quem ser, você tomou as próprias decisões. Elle, meu amor, eu sempre, *sempre* respeitei isso. Você fez o seu caminho. E tenho certeza de que continuará a navegar o próprio riozinho. Eu acredito nisso sem a necessidade de ver o futuro."

Elle ficou perplexa. "Ora, vovó, obrigada."

"Você é muito mais forte do que pensa", suspirou Annie. "Isso virá a ser bem útil."

Isso nunca era bom. Elle sentiu o estômago se revirar de um modo familiar. "A senhora viu alguma coisa?"

Annie assentiu, com uma expressão grave. "Ah, sim. As cartas agora estão se virando rápido."

"O que isso quer dizer?"

Ela apontou o tabuleiro de xadrez montado na mesinha de centro com a cabeça. Elle sabia que a avó às vezes jogava com Niamh, já que ela mesma não saberia nem por onde começar. "As peças estão sendo colocadas nas posições, e as decisões estão causando ondulações na lagoa."

"Vovó, a senhora está me assustando. Isso é a respeito de Theo?"

"Em partes."

Ela baixou a voz. "Ela é uma menina?"

Annie estalou a língua. "Ora, eu vi isso no segundo em que ela pisou no meu chalé, mas ela é um peão em um jogo bem maior, que está sendo disputado desde muito antes de ela nascer."

"Vovó, devo chamar a Niamh? Isso parece importante..." Ela remexeu a bolsa em busca do celular. Aquilo não era da conta de Elle, ou, pelo menos, ela esperava que não fosse.

"Eu me encontrarei com a Niamh, mas também quero que você ouça isto, Elle. Você também está naquele tabuleiro."

Que se foda tudo isso, pensou Elle. Como Annie dissera, ela havia feito sua escolha há quase vinte anos. Ela era bruxa só de nome. "Vovó, podemos parar com as coisas enigmáticas de oráculo? A senhora sabe que me tira do sério. Pode apenas ser direta? Eu devo ficar preocupada?"

O cenho de Annie se franziu. "Ah, sim, meu amor. Todas deveríamos ficar. Cada uma de nós." Seus olhos se arregalaram. "Nós vimos uma tempestade se aproximando, mas eu pensei, devo admitir, que ela poderia não chegar à nossa costa, no entanto..."

Elle se sentiu nauseada. "Vai chegar?"

Annie assentiu. "O Leviatã *vai* se erguer."

CONVERSAS DIFÍCEIS { *Niamh*

A única coisa a fazer era dormir e esperar passar. Niamh tirou uma soneca no sofá da sala de estar, tendo sonhos tensos causados pela ressaca. Neles, ela atravessava Hebden Bridge à noite, drenada de qualquer magia, sem ar, e perguntando desesperada a um elenco de moradores sem rosto do vilarejo se eles haviam visto Theo. Enquanto isso, uma Helena anormalmente alongada a perseguia pelas ruas enevoadas, também caçando Theo. E então Helena se tornou Ciara, e depois Conrad, e as coisas ficaram ainda mais confusas.

Ela levou um instante até se dar conta de que o som de batidas era da vida real e não do pesadelo. Tigre pulou de seu colo e começou a latir. Havia alguém na porta. Grogue, Niamh saiu de debaixo do cobertor e foi arrastando os pés até a cozinha. A língua dela dava a sensação de estar peluda, e o hálito tinha um inexplicável gosto de carne.

Merda. Era Luke. Ela o reconheceu pelo painel de vidro da nova porta dos fundos. E se perguntou por um instante onde estava Theo. Era possível que ela estivesse tirando um cochilo no andar de cima? Os esforços da noite passada haviam deixado as duas esgotadas.

Niamh pigarreou para limpar a garganta e abriu a porta para se ver cara a cara com um buquê de rosas amarelas de tom amanteigado. "Ah, Luke, meu Deus, minha cara tá uma merda."

Ele sorriu e fez festinha no cachorro. "Não mesmo. Posso entrar?"

"Claro." Ela se colocou de lado para deixá-lo passar. "Chá?"

"Por favor. Isso é pra você." Ele lhe entregou as rosas. "Onde Theo está?"

"Acho que lá em cima." Ela, na verdade, deveria ir conferir se ninguém a tinha sequestrado outra vez.

Ela apoiou as flores na pia e foi procurar um vaso. Encontrou um jarro de lata arranhado e o encheu de água.

"O Google me disse de forma confiável que rosas amarelas significam amizade."

Ela estremeceu e olhou para ele. "Não temos que fazer nenhum *post mortem*, temos?"

"Não. Bom, sim. Veja..." Ele baixou o tom da voz. "A noite passada foi foda, mas se eu pensasse que isso ia estragar nossa amizade, eu voltaria atrás na hora. Por isso eu trouxe as flores."

Niamh curvou um pouco a cabeça. "Considere o climão desfeito." Claro que não havia sido desfeito. Ela ainda não fazia ideia do que viria a seguir. Era como aquela apavorante página em branco do Word quando você tinha trabalho para entregar."

"Estamos de boa?", ele perguntou, esperançoso.

Ela admirou as rosas em seu novo recipiente. "Estamos. E as flores são lindas." Fez-se um silêncio de expectativa. A cozinha prendeu a respiração à espera de um beijo. "Luke, eu queria poder dizer a você qual será nosso futuro, mas não consigo. Eu quero que saiba o quanto eu amo ter você na minha vida, porque é verdade, mas não tenho certeza se é justo."

Ele franziu o cenho. "Como assim?"

"Você está esperando por mim. E eu sei que parece arrogância; mas, pelo que posso ver, é isso o que parece, e a pressão é muito grande."

Luke se recostou no balcão, tentando manter a casualidade enquanto ela enchia a chaleira. "Tá, vamos trabalhar com essa hipótese. E se eu estiver? Não é como se houvesse mais alguém no cenário."

"Porque você não está procurando..."

"Niamh Kelly, eu sou um partidaço! Eu entrego verduras pra um monte de moças solteiras!"

Niamh riu. "Mas e se nunca acontecer?"

"Se nunca acontecer o quê?"

"Sei lá... a *visão*: você e eu, sr. e sra., famílias felizes." Todas as coisas que ela tivera com Conrad.

"Quem disse que eu quero essas coisas?"

Ela o encarou com um olhar cético. "Você vê filmes demais. É claro que quer." Filmes raramente se desviam desse formato: duas pessoas (uma de cada gênero, se formos falar a verdade) se encontram, superam um obstáculo, e, conforme sobem os créditos, presumimos que uma vida contente de monogamia os espera adiante. É assim que se *vence*. Depois que se chega ao casamento, os amigos, a carreira e família podem ir para o inferno.

"Tá, eu quero, mas eu só tenho 32 anos, Niamh. Tenho todo o tempo do mundo."

Ela e Conrad em seu último feriado em Santorini, com coquetéis na mão. O sol estava se pondo sobre a caldeira quando a conversa se voltou para o noivado deles. *Não precisamos ter pressa para planejar o noivado, precisamos? Temos todo o tempo do mundo.* A tristeza era quase como nanquim cobrindo seu coração, só esperando que algo o lavasse dali. Se ao menos houvesse uma válvula para expeli-lo.

Em seu estado frágil, ela se visualizou por um segundo apagando de vez a memória de Luke. Também poderia fazer isso. Remover a si mesma das lembranças dele. Seus orgânicos seriam entregues por outra pessoa, e ele seguiria em frente para encontrar outra mulher, restando apenas uma estranha sensação residual, como algo na ponta da língua, do desejo que ele um dia sentira. Apagar os próprios desejos que se prolongavam, é claro, era muito mais difícil.

"Que foi?", ele questionou quando ela não falou nada.

"Eu sinceramente não sei ao certo por que você se dá ao trabalho."

Ele estendeu a mão para tocá-la, mas ela recuou. "Acho que você é a melhor mulher que já conheci. Desculpe por não ser mais poético."

Ela deu um sorriso débil. "Eu até que gostei do jeito que você disse."

Talvez ela devesse beijá-lo de novo. A noite anterior havia sido algo e tanto. Mas se ela o beijasse naquele momento, não poderia culpar o *Excelsior*, que era um álibi perfeito. Com um hábil senso de oportunidade, ela ouviu passos na escada, e Theo desceu num trote até a sala de estar.

"Você acordou?", declarou Niamh.

"E aí, parceiro", cumprimentou Luke.

Talvez fosse sua imaginação, mas havia um crescente tom feminino na aura dela, ou talvez estivesse ali o tempo todo, e Niamh apenas não estivesse procurando nos lugares certos. "Obrigada pelas flores, Luke. Na verdade, eu tenho planos com Theo neste momento..."

Temos?

"Sem problema, eu estava mesmo indo encontrar uns amigos lá no pub pra ver o rúgbi. Mas... não se preocupe comigo. Eu estou feliz."

Por sua vez, Niamh, não tinha certeza se chegava a estar feliz; então, em vez disso, disse que estava contente. Pareceu ser o bastante para ele, que escapuliu pela porta dos fundos.

Seria aquilo um relacionamento? Nenhum dos dois estava saindo com mais ninguém, e ele era a primeira coisa na qual ela pensava pela manhã, e a última coisa, antes de dormir. Talvez fosse esse o problema dela: a *visão* era o único relacionamento do menu dos filmes. E se houvesse alguma espécie de relacionamento em que ela não precisasse ser a esposa de Luke? Algo construído em torno da definição que eles tinham de casal. E se aquilo *fosse* um relacionamento?

Era confuso, então ela fez o que sempre fazia: focou nos vira-latas passando necessidade. Virou-se para Theo. "Sim, nós temos planos. Precisamos conversar sobre o que houve ontem à noite."

Theo assentiu e se sentou no chão junto da lareira. Niamh terminou de preparar os chás que estava fazendo para ela e para Luke e levou uma xícara até Theo. Em seguida, espelhou a pose em que ela estava, sentando de pernas cruzadas no tapete. "Acenda o fogo", pediu.

Theo colocou algumas toras na lareira e as acendeu com um simples gesto de mão.

"Você está ficando cada vez melhor nisso", elogiou Niamh. Ela tomou um gole do chá de limão com gengibre, quente demais, antes de começar. "Você tem todo o direito de saber qual foi a razão por traz daquilo tudo."

Helena quer que eu vá para a cabala.

Sim, ela quer. Você sabe por quê?

Porque sou um menino.

"Bom, a questão é essa, não é?" Niamh estava determinada a manter o nome de Holly fora daquilo. "Você é?"

Theo baixou os olhos no mesmo instante, com as faces corando.

"Não se aborreça", disse Niamh, temendo pelas janelas. "Você sabe que posso ouvir seus pensamentos... e você tem dado muito duro para me manter afastada, mas tenho a sensação de que você tem pensado a respeito de seu gênero já há um bom tempo."

Theo olhou para o teto, tentando conter as lágrimas.

"Podemos conversar sobre isso?", perguntou Niamh. "Quero te ajudar da melhor forma que eu puder. Quero usar o nome certo, ou os pronomes, ou seja lá o que for. Em resumo, não quero fazer merda. É provável que eu faça, mas não quero."

Eu...

Continue...

Em vez disso, Theo fechou os olhos e tomou os dedos de Niamh entre os seus. Compreendendo, Niamh também fechou os olhos e esvaziou a mente. Primeiro, imagens vagas e formadas pela metade vieram a ela, nada que ela conseguisse discernir, mas elas foram começando a fazer sentido.

Uma sala de aula cheia de crianças. Barulhenta e caótica. Uma criança pequena brincando na caixa de areia com outras meninas pequenas. Tinha um longo cabelo preto, a franja cobrindo grande parte de seu rosto redondo. Em sua mão, há uma boneca de plástico de uma dinossaura. Ou melhor, um T-rex com um laço rosa. "Você não pode ser essa!", disse uma pestinha tagarela, arrancando o dinossauro de suas mãos. "Essa é de menina!" A primeira menina agarrou o brinquedo novamente, tentando recuperá-lo.

Só então uma professora, uma mulher rechonchuda usando óculos hipsters retrôs, interveio. "Theo! Pare com isso! Por que não vai brincar com os outros meninos?" Theo era a primeira menina, como se veio a descobrir, e foi levada para longe pela mão, sem nenhuma gentileza.

Um rosto suado, estufado e vermelho. Um homem de meia-idade, escocês, avançando sobre ela. COMPORTE-SE FEITO MACHO, BICHINHA DE MERDA.

Em seguida, ela viu uma criança um pouco mais velha à beira de um campo de futebol. Um jogo acontecia ao seu redor. Ela, em vez disso, olhava para o campo adjacente, onde um grupo de meninas jogava hóquei. Estava tão fascinada que não percebeu a bola rolando para o seu lado. PASSA A BOLA, VIADO.

E então todas as garotas, as obsessões: Miley, Ariana, Beyoncé e muitas mais que Niamh não conhecia, via apenas fragmentos de seus rostos e o jorro de alegria que elas lhe traziam. E então, os rostos das garotas na escola que olhavam para Theo de nariz empinado, com total desdém; as garotas que temiam sua diferença.

Niamh abriu os olhos ao mesmo tempo que Theo. Ela ofereceu um sorriso compreensivo. "Poxa, que merda tudo isso", ela disse com gentileza, e Theo sorriu de volta. "Não posso nem mesmo fingir que imagino como é ser você. Eu meio que sempre gostei de ser menina, pra ser sincera. Não ia querer que fosse de outra forma."

Theo parecia tão cansada, como alguém que havia sofrido de dor de dente a vida inteira.

"O que você quer que aconteça em seguida?", perguntou Niamh.

Não sei.

"Certo, vamos tentar uma pergunta diferente: quem você quer ser em, tipo... cinco anos?"

Ela refletiu sobre isso por um momento, e então tomou a mão de Niamh outra vez. Niamh fechou os olhos e, depois de um momento, quando nada entrou em sua cabeça, os abriu de novo. Ela arfou. Em frente a ela, estava uma pessoa completamente diferente. Ela lembrava Theo, mas agora parecia, por fora, com a garota que ela era por dentro. O cabelo preto ébano estava mais longo, quase na cintura, caindo em ondas espessas. Seu rosto era lindo, não por causa da estrutura óssea ou das feições, embora essas também fossem lindas, mas porque ela parecia à vontade. Aberta, natural, como uma margarida no verão.

É assim que eu sou na minha cabeça.

O encantamento se desvaneceu e a adolescente desalinhada reemergiu.

"Qual a graça de viver na sua cabeça?", perguntou Niamh, lutando contra as lágrimas. Aquilo era algo muito pessoal, e se sentiu honrada por Theo ter compartilhado com ela. "Você pode ser ela na vida real também, sabia?"

Posso?

Niamh tomou as mãos dela e falou com toda a seriedade. "Você é uma *bruxa*, Theo. Pode ser quem você quiser."

ℋelena } REUNIÃO

Sandhya chegou ao gabinete quando Helena estava concluindo os últimos rituais. "Chegaram, senhora."

Helena inspirou o ar devagar, centrando-se. Ela havia mantido-os esperando por algum tempo de forma deliberada. Isso reforçava que ela era ocupada, que era importante, que seu tempo era mais valioso que o deles. "Temos café na sala de reunião?"

"Sim, senhora."

Ela havia acabado de encerrar uma videochamada preocupante com um coven dissidente de Sidney. Havia uma acalorada e crescente ruptura na Associação dos Covens Australianos desde que uma moção havia sido aprovada, no ano anterior, para permitir que bruxas trans prestassem o juramento, cedendo à pressão do Coletivo das Bruxas Indígenas. Houvera algum rebuliço tedioso sobre como o equivalente aborígene a Gaia não tinha gênero, então uma bruxa também não deveria ter. Puta que pariu.

"Nós não nos sentimos mais seguras", dissera uma bruxa chamada Heather. "Tipo, como saber se elas estão dizendo a verdade? Em resumo, o que estavam dizendo era que qualquer homem poderia entrar, tendo passado por uma operação ou não."

"É o apagamento da mulher enquanto categoria", dissera outra. "Se qualquer um pode ser mulher, uma mulher não existe."

Helena só podia concordar e se compadecer. Conforme a ligação avançava, ela percebeu que estava se contorcendo em sua cadeira. Elas lhe enviaram fotos de algumas das "moças" musculosas que haviam se juntado às fileiras da ACA. Parecia um show de *drags* ruim: gorilas calvos com vestidos florais. Embora Heather tenha formado um novo coven, com o hediondo nome de Coven XX, Helena *não* veria o CRSM se fragmentar *de novo*. A Diáspora já havia sido ruim o suficiente.

Ainda apoquentada, Helena zuniu pelo corredor, com Sandhya em seus calcanhares, até a Sala de Reuniões 1. Vestir-se para impressionar servia a um propósito duplo: fazia Helena se sentir mais intimidante e, pelo que esperava, intimidava os outros. Ela usava um terninho jade Celine da coleção de 2017 e escarpins zebrados Jimmy Choo. O cabelo estava preso em um coque sisudo e os lábios eram vermelhos feito um carro de bombeiros. Ela não estava para brincadeiras.

Todos já estavam reunidos ao redor da mesa de conferências. A porra do conselho, cada um deles feito um cascalho em seus sapatos. Em covens menores, uma Alta Sacerdotisa respondia diretamente às suas irmãs; mas, em uma organização tão abrangente quanto o CRSM, havia a exigência de ter um conselho de diretores para manter o coven funcionando sob controle. Em grande parte, esse controle era financeiro; mas, naquele dia, Moira Roberts havia incitado uma reunião de emergência.

Claro que sim, essa víbora com cara de quem comeu e não gostou.

"Bom dia a todos", cumprimentou Helena, entrando na sala num estilo *O Diabo Veste Prada*. "Perdoem meu atraso, estava em uma ligação." Ela se certificou de obscurecer a verdade de Moira, a senciente da sala.

Era um grupo deplorável demais para ser tão influente. Radley Jackman, como Diretor-Feiticeiro, era obrigado a estar ali. Moira, a Anciã-Chefe da Escócia, ocupava a outra cabeceira da mesa, o que fora uma escolha proposital, sem dúvida. Junto a ela estava Seren Williams, a Diretora da Escola de Dança Bethesda, que quase podia ser vista como uma escola para jovens bruxas. Ali também estavam Priyanka Gopal, da Psiência Reino Unido; a baronesa Wright e, por fim, a única que Helena de fato tolerava, Sheila Henry, a corpulenta lésbica de Hebden que havia criado o Orgulho Bruxo.

Helena tomou seu lugar, e Sandhya levou um café para ela antes de se sentar à sua direita com o laptop, preparada para fazer anotações.

Como presidente do conselho, a baronesa Wright proclamou o início da reunião. A plástica facial mais recente dela não havia saído como planejado, achava Helena. De algum modo, ela parecia mumificada pela própria pele. "Obrigada a todos por se teleportarem tão em cima da hora..." Wright falava de forma tão afetada que Helena, quando a conheceu, presumiu que a mulher tivesse alguma dificuldade de fala. "Sei que somos todos muito ocupados... esta é uma reunião de emergência e, como tal, não há uma agenda formal, embora vá haver tempo para qualquer outro assunto no fim..."

"Ai, podemos parar com o papo furado?", Moira foi logo se metendo. Até que não demorou, pensou Helena. "Tenho covens me ligando da Nova Zelândia e perguntando se o apocalipse está chegando; e aqui temos Helena tentando sequestrar crianças. Perdoem-me se estou um pouquinho confusa..."

Helena não tinha escolha a não ser permanecer calma. Sendo realista, aquelas eram as únicas pessoas que poderiam declarar uma Alta Sacerdotisa como não confiável. "Muito bem, vocês merecem uma explicação."

"Somos todos ouvidos", Moira escarneceu.

"Como estão bem cientes, as oráculos previram uma ocorrência crítica. A probabilidade de interferência demoníaca é alta. Uma vez que oráculos fora do Reino Unido *não* estão recebendo essas visões angustiantes, há uma grande probabilidade de que essa insurreição vá acontecer em nosso campo e vá cair na alçada do CRSM."

"E quanto a essa criança?", perguntou Sheila, com o rosto vermelho e sem fôlego. "O coven em Hebden Bridge anda dizendo que Niamh Kelly causou um engavetamento na estrada?"

"Isso não aconteceu", interrompeu Radley.

Helena ergueu um dedo. "Radley, pode deixar comigo, obrigada. Tenho razões para acreditar que a criança que destruiu a escola próxima a Edimburgo é a lendária Criança Maculada: um menino que encontrará um modo de libertar o Leviatã de sua prisão na terra."

A baronesa Wright falou. "Que evidência você tem disso?"

"Ele é mais poderoso do que qualquer bruxo que eu já tenha visto, incluindo Dabney Hale."

"Niamh me disse que ela é transgênero", afirmou Radley, e Helena lançou a ele um olhar ácido. Depois da outra noite, ela o havia rebaixado de um incômodo a alguém que não prestava para nada.

"Ela é ela? Ela pretende fazer a transição?" Moira se endireitou na cadeira. "Então por que você a largaria na cabala?"

"De fato, isso muda as coisas, Helena", acrescentou Sheila. Helena ficou surpresa. Ela não imaginou que uma lésbica de cinquenta e tantos anos se disporia a defender um transgênero.

Helena segurou a língua. "Não importa a identidade da criança, ela *nasceu* homem, então cumpre com a profecia. Tudo o que Niamh foi capaz de se certificar é que a criança é uma ameaça poderosa."

"Quão poderosa?", perguntou Priyanka.

"Ela passou muito perto de eliminar todos nós, incluindo Niamh", contou Radley.

"Niamh é uma perita de Nível 5!" Seren, que na melhor das vezes era levemente histérica, pareceu prestes a desmaiar.

"Exato." Nesse momento, Helena se virou para Radley. Aquilo era novidade para ela. "Você acredita que Theo poderia derrotar Niamh?"

"Está tudo no meu relatório, Helena, mas sim. Ela emitiu algum tipo de alarme sensitivo que incapacitou até Niamh."

Helena se recostou, ilibada. "Bom, pois então, aí está. Não há muitas bruxas no Reino Unido que sejam mais poderosas do que Niamh Kelly, e uma criança, *um menino*, de algum modo se colocou acima dela. Tenho certeza de que podem entender porque tomei as ações que tomei."

"Sem consultar o conselho...", colocou Moira, com malícia.

"Os covens estão entrando em pânico", ressaltou Sheila com franqueza. "Nós perdemos muitas vidas na guerra, e nenhuma de nós está ficando mais nova, Helena. Não tenho certeza se temos ânimo para mais uma batalha. Você ouve uma fofoca sobre o Leviatã se erguer e, perdoe meu linguajar, as pessoas já ficam se cagando de medo."

"Não há necessidade. Está tudo sob controle."

Moira riu duramente. "Ah, é? Então onde está a criança agora?"

"Ele está com Niamh."

"Porque a sua festinha noturna acabou com Niamh derrotando metade da cabala. Não é mesmo, Radley?"

"Nem de longe, Moira."

"Mas seu plano falhou, né? Helena, por que você é incapaz de aceitar um erro?"

Helena podia sentir a pele formigar, estalando de tanta estática. Ela queria disparar um milhão de volts naquela vaca convencida e derreter a porra daquele sorriso afetado de seu rosto. "Theo está sendo contido em Hebden Bridge."

Sandhya parou de digitar e olhou para ela, sem dúvida sentindo sua mentira, o que significava que Moira também havia sentido.

"Tenho uma equipe de quatro bruxas no esconderijo de lá, chefiadas por Robyn Jones. Posso continuar na Mansão Vance e mandar mais bruxas, se for necessário. Está tudo sob controle."

Os olhos verdes de Moira faiscaram na ponta oposta da mesa. Ela estava gostando disso, e o porquê não era um mistério. Muitas pessoas haviam sentido, após o assassinato de Collins, que Moira Roberts era a candidata mais óbvia para o cargo de Alta Sacerdotisa, e que sua indicação resolveria qualquer noção de divisão entre bruxas inglesas e escocesas.

Bom, era uma pena para ela. E, como Moira estava chegando perto dos 60 anos, Helena duvidava de que ela viria a ter sua vez.

"Não tenho inveja de sua posição nisto", comentou a escocesa. "Mas você tem mais oráculos aqui do que em qualquer outro canto do mundo. Calcule quais são os riscos e os detenha antes mesmo de surgirem."

"Ah, eu acho que já surgiram", disse Radley, baixinho.

Helena marchou furiosa pelo corredor na direção do oratório. Sandhya teve que trotar para acompanhar seus passos largos. "Elas estão em transe?", esbravejou ela.

"Não tenho certeza", respondeu Sandhya.

"Pois se não estão, deveriam estar, caralho." Helena parou junto das grandes portas duplas e bateu forte com o punho. Estava a um segundo de arrancá-las de suas dobradiças, quando uma oráculo tímida abriu. Helena não pediu para entrar.

As oráculos arrulharam feito pombos, incomodadas pela súbita entrada. "Agora já chega", ela vociferou, subindo as escadas de dois em dois até onde Irina Konvalinka estava sentada em posição de lótus, meio escondida, como sempre, pelo estranho crepúsculo da sala.

Ela se pôs de pé. "Saudações."

"Não!" Helena estendeu a mão. "Chega de pistas enigmáticas de palavras-cruzadas. Quero saber o que vai acontecer e quero que você me conte agora."

Irina a estudou com um sorriso de Mona Lisa enfurecedor. "Nós compartilhamos nossa consolidada sabedoria."

"Compartilharam porra nenhuma!" Ouviu-se um perceptível arquejar. "Digam exatamente o que vai acontecer, e quando."

"Você sabe que isso está além do nosso alcance."

"Então, pra que caralhos é que vocês servem? Temos, o que, umas trinta de vocês? E eu estou por conta própria nessa história. O que é que eu deveria fazer? Desembuchem!" Fez-se um silêncio terrível, e Helena conteve lágrimas de frustração. Ela queria muito chorar. Mas não ia.

Irina estava sem dúvida prestes a partilhar mais um pouco de poesia tediosa, quando uma oráculo muito jovem, esbelta, saiu das sombras nas fileiras do fundo. Helena tinha dado posse a ela no solstício do ano passado ou no ano anterior, ela não se lembrava ao certo. Também não se lembrava do seu nome. Os olhos dela eram perturbadores, lembrando algum marsupial noturno. Ela ainda tinha um pouco de cabelos loiros e ralos, penteados sobre o escalpo como os de Trump.

"O que foi, criança?", perguntou Irina.

"Eu vi", disse a garota com sinceridade, claramente assustada demais para falar.

"Faça o favor de me lembrar qual é o seu nome", pediu Helena.

"Meu nome é Amy Sugden." Ah, sim, era isso. Uma garota triste de uma família de perto de Bradford, petrificada de pavor dela.

"O que você viu?", perguntou Helena.

"Tenho tido o mesmo sonho todas as noites, srta. Vance. Não sabia se deveria contá-lo ou não."

Helena olhou para Irina por um segundo. "Quão poderosa você é?", ela perguntou diretamente a Amy.

"Ela é uma Nível 3", Irina respondeu por ela.

Mediana. "Quero ver."

Konvalinka pareceu desgostosa por Amy ter ocultado esses sonhos dela. Algumas oráculos trabalhavam melhor quando estavam inconscientes. Haviam dito a Helena que forçar uma visão podia ser como mentalizar um orgasmo: era bem melhor quando os deixavam acontecer sozinhos. "Mostre-nos tudo", disse a oráculo-chefe.

Os olhos de Amy se arregalaram ainda mais "Por favor, senhorita, eu não sei se deveria. Os sonhos... são horríveis."

Irina apanhou a mão dela. "Muito bem, então apenas nos mostre. Não sonhamos em segredo, criança. Você sabe disso."

Amy ofereceu a Helena sua outra mão. Ela fechou os olhos.

As visões despencaram em sua mente sem graciosidade e nenhuma finesse. Era como se o chão estivesse virando noventa graus sob os pés de Helena. Ela quase desabou no sonho de Amy.

Estava em um declive gramado. Os céus eram tão cinzentos quanto chumbo. Os campos eram de uma extensa mesmice; mas, após um segundo, Helena reconheceu a inclinação familiar de Pendle Hill, e seu lado exposto com o bosque acima dela.

Pontilhando a paisagem, havia fogueiras, prontas para serem acesas. Só quando o tom leitoso da visão ganhou clareza, Helena viu que não eram fogueiras. Eram piras. Ela se lembrava dos fazendeiros locais queimando as vacas durante o surto de febre aftosa em 2000: grandes montes enormes de carne enegrecida e incinerada.

Só que, desta vez, não era gado. Eram mulheres.

Helena tentou gritar, mas descobriu que de sua boca não saía som. Tentou correr, mas em vez disso, se precipitou em direção da pira mais próxima. Mulheres, bruxas, empilhadas umas sobre as outras, mortas. Com as costas arqueadas e de cabeça para baixo estava uma inconfundível e vasta cabeleira loira. Era sua filha, a boca pendendo aberta como a de um peixe morto. No fundo da pilha, estava o cabelo ruivo de Niamh, meio enfiado na lama. O rosto cinzento de Leonie e seus olhos sem expressão estavam estirados no topo da pilha.

A escultura macabra se incendiou e Helena se encolheu. Uma a uma, as piras pegaram fogo, iluminando a encosta.

Não havia nada que ela pudesse fazer além de assistir enquanto a pele de Neve criava bolhas e se soltava do crânio. O cheiro era horroroso, mais real do que qualquer sonho poderia ser. Helena era impotente ali.

Quantas bruxas havia ali? Poderia muito bem ser todas elas. Estaria Helena também em uma daquelas piras?

No topo da colina, por entre a fumaça, uma figura emergiu. Helena nunca havia pensado de fato em como o Leviatã apareceria para ela, afinal, demônios eram *sentidos*, não vistos. Ainda assim, ela sabia que era ele. A forma era vagamente humanoide, mas os membros e o torso eram mais alongados que o normal. Os braços chegavam ao chão, portanto, ele saiu espreitando da mata de pé, mas também de quatro. Quase tão alto quanto as árvores, ele tinha um véu sobre o rosto, mas Helena podia ver um crânio inumano contra a seda pura. De sua cabeça, cresciam dois imensos chifres, como os de um cervo.

Helena sentiu uma pontada aguda de terror em seu flanco, e quase se dobrou pela dor. Ali, diante dela, estava a fonte de todo o medo no mundo. Ela olhou outra vez, e viu que a besta havia se tornado a criança: Theo. Ele estava pálido e nu, com os mesmos chifres na cabeça. Ele passou os olhos pelo vale com um sorriso satisfeito em seus lábios.

Ele acabaria com elas. Acabaria com todas elas.

No oratório, Helena recuou da visão de Amy no mesmo instante em que Irina. Helena estava atordoada demais para falar. Amy parecia quase constrangida por ter revelado a visão.

“Quem mais viu isso?”, bradou Irina, sua voz ecoando pela câmara. Nenhuma outra oráculo falou. “Alguém viu?”

“Foi tão real”, murmurou Helena, mais para si mesma. “Neve...”

“Helena, pare.” A expressão de Irina se encontrava em algum lugar entre o choque e a cautela. “Atente-se ao que vou dizer: Amy é uma oráculo jovem. Essas visões são perturbadoras, sim, mas esses eventos não foram verificados nem evidenciados nos almanaques."

Helena não aceitaria tal condescendência. Tinha visto o que tinha visto. Sua boca estava seca e seus olhos, doloridos. "A Criança Maculada foi prevista centenas de vezes. Você mesma me alertou. De quantas evidências mais você precisa?"

Não havia nada que Konvalinka pudesse dizer diante daquilo. Elas haviam visto a escola queimar, haviam visto aonde aquilo levaria. Que tipo de líder ela seria se cruzasse os braços e deixasse aquele tsunami passar por ela? Ela havia sido eleita Alta Sacerdotisa por ser obstinada, a bruxa mais inflexível da Inglaterra.

Não sucumbiria agora.

Era hora de agir. Helena preferia ser conhecida como uma vaca carrancuda do que como a bruxa que não fizera nada enquanto demônios estripavam um coven inteiro. Uma nova linha de ação estava fermentando em sua mente havia alguns dias. Não ia ser... agradável, mas resolveria a questão de uma vez por todas.

"Chega de protelação", ela disse às mulheres no oratório. "Isso acaba *agora*."

Helena girou nos calcanhares, só para sentir os dedos ávidos de Irina agarrarem seu pulso. Ela falou em um tom alto o suficiente apenas para Helena ouvi-la. "Quando souberem dos seus planos, as meninas da casa na árvore vão detê-la."

Aquilo doeu. Helena quase partiu para cima da oráculo. Então se acalmou. "E quem você acha que vai contar meus planos a elas?" Irina não falou nada, porque Helena já sabia a resposta. Annie Device contaria.

Helena olhou de Irina para Amy Sugden, e então para Sandhya. Suas amigas não tinham mais importância. Elas não eram mais menininhas, e a nostalgia, nesses últimos dias, era como um chiclete sem gosto. "Pois que tentem me deter", ela disse, antes de deixar o domo a passos largos.

HALE { *Helena*

Sentiu-se um pouco ridícula, esperando até o cair da noite para dirigir até Grierlings, mas não queria que o coven soubesse de sua visita. Contou apenas a Sue Porter, e pediu a ela que preparasse a médica da prisão. Ir com seu próprio carro parecia exótico. Ela quase não dirigia mais.

Junto a uma guarda caminhoneira que tinha cara de buldogue, elas avançaram até a Ala Leste do bloco masculino. As luzes já haviam sido apagadas. Apenas uma luz de emergência, esverdeada e nauseante, iluminava os longos corredores. O *Senhor dos Sonhos* diluído, mas em alta concentração, era bombeado pelo ar-condicionado para subjugar os prisioneiros, então Helena, Sue e a dra. Kiriazis usavam máscaras que as impedia de cochilar.

Dabney Hale ficava no ponto mais distante da prisão, onde não poderia entrar nas cabeças de nenhum outro detento. Ninguém iria correr esse risco. Houve noites, muitas noites, em que Helena questionou por que o deixavam viver. Ela havia imaginado trancá-lo nas Chaminés e baixar a alavanca de forma um tanto vívida.

Tudo acontece por uma razão parecia o tipo de sabedoria de biscoito da sorte difundido por oráculos paupérrimas, mas talvez tivesse sido *por isso* que ela o poupara da pena de morte. Pode ser que, em algum nível, ela soubesse que ele seria útil algum dia. Esse era, quem sabe, o papel de Hale nisso tudo.

Sue Porter destrancou e desaferrolhou a porta dos aposentos de Hale. A porta e as trancas, como era comum em Grierlings, eram feitas de fibra de vidro, um material que não respondia a nenhuma forma de magia. A guarda entrou primeiro, com uma pistola mundana em mãos. Magia era muito bom, coisa e tal, mas armas também serviam para fazer o serviço. Kiriazis entrou em seguida e Helena veio logo atrás, retirando a máscara.

Se a maioria do coven soubesse o quanto a "cela" de Hale era luxuosa, haveria revoltas. A única justificativa para aquilo era que o Lorde e a Lady Hale despejavam centenas de milhares de libras em doações ao CRSM. Ainda que eles não admitissem, a vergonha fizera com que fugissem do Reino Unido para a Grande Caimã anos atrás, mas Helena mantinha a civilidade entre eles. Lady Hale, sempre penitente, estava junto a ela no conselho de diversas instituições de caridade. No fim das contas, eles não podiam ser responsabilizados pelo que o filho havia se tornado.

Helena também sabia que aquilo era mentira, mas, às vezes, você tinha que dar a si mesma esses pequenos bálsamos para aplacar a culpa da desigualdade. Aquele cômodo um dia fora a biblioteca da prisão e, em grande parte, Hale o havia mantido como tal. As estantes no andar de baixo ainda estavam repletas de milhares de livros, mas as escadas de ferro em espiral agora levavam ao dormitório.

Velas de igreja espessas tremulavam. Era um recanto um tanto aconchegante. Um par de poltronas que combinavam entre si e uma mesa de centro estavam posicionados diante de um fogo letárgico que crepitava na lareira. Hale ficaria ali para sempre, sem chance de condicional, e ela acreditava que permitir que ele tivesse alguns confortos materiais não mudaria esse fato. Ele sofria. Ótimo. Talvez a morte fosse o mesmo que permitir que ele se safasse.

Com pesados passos metálicos, ele desceu do mezanino. "Ora, ora, vejam só. Já faz muito tempo desde a última vez que Helena Vance apareceu aqui durante a noite. Que maravilha." Sua voz era coberta de sarcasmo, mas ele também não estava mentindo.

Toda mulher podia ser perdoada por seus casos imprudentes na adolescência. Aos 18 anos, era possível pensar que um namorado de 24 era símbolo de status, não um pulha que namora meninas porque elas são mais maleáveis do que as mulheres da sua própria idade.

Ele não era menos belo na casa dos quarenta do que fora na casa dos vinte. Quando muito, as linhas ao redor dos olhos e os poucos quilos a mais lhe caíam bem. Agora ele tinha uma barba bem cuidada, mas seus olhos azuis ainda efervesciam do mesmo jeito que faziam quando Helena era uma garota. Aqueles olhos haviam convencido muita gente de muitas coisas.

O carisma era um tipo de magia, uma arma muito perigosa e não quantificável.

Kiriazis havia recebido suas instruções. A guarda foi até Hale na escadaria e o impeliu adiante. Ele usava o mesmo macacão cinzento que o resto da população carcerária. Kiriazis ergueu a manga dele e lhe injetou o *Alegre Dança*, um inebriante coquetel de etanol e guanina que deixaria Hale suscetível à vontade dela. Não existia isso de soro da verdade, mesmo para uma bruxa, e Helena se perguntou se deveria ter levado Sandhya junto para ler a mente dele, mas se decidiu pelo contrário, sentindo que, quanto menos pessoas soubessem daquela visita, melhor.

"Isso é mesmo necessário?" Hale não resistiu, mas gemeu, esfregando o braço.

"Obrigada", agradeceu Helena às outras. "Já podem ir."

"Tem certeza de que isto é sábio, srta. Vance?", afligiu-se Sue.

Helena lhe garatiu e a conduziu para fora. Ela foi deixada sozinha com o homem que havia matado seu marido, mesmo que de forma indireta. Por instinto, Helena flexionou os dedos para invocar um relâmpago, e sentiu a singular impotência que vinha com a *Moléstia de Irmã* no ar.

Hale se jogou em uma das poltronas. "Helena, você está sensacional. Crossfit?"

Ela tomou a outra poltrona. "Aplicativo de exercícios", admitiu.

"Está melhor do que nunca." Ser capaz de bajular com um desembaraço tão sincero era uma habilidade e tanto, mas agora ela era imune. Talvez suas experiências com Hale durante a escola tivessem sido boas para que, agora, ela não caísse em tentação. "Há alguma razão para a Alta Sacerdotisa ter passado aqui a esta hora da noite? Não me entenda mal, não estou reclamando. A companhia por aqui não é muito boa."

"Esta não é uma visita social, Dabney. Você matou meu marido."

Ele pareceu magoado. "Eu não fiz nada disso. Eu nunca matei ninguém na vida."

A pior coisa é que ela não tinha como argumentar o contrário. Ele era inteligente o bastante para garantir que outros, como Travis Smythe e Ciara, por exemplo, fizessem o trabalho sujo. O Charles Manson da feitiçaria.

"Eu tinha uma grande admiração por Stefan Morrill", ele prosseguiu. "E eu nunca me encarreguei de fazer mal a você ou a qualquer outra bruxa. Gosto de pensar que você sabe disso."

Helena riu. Ela podia ver *por que* as pessoas engoliam essas merdas. "Minha deusa, você não consegue mesmo admitir qualquer culpa, consegue? Deveria ter sido político. Eu sempre disse isso."

"Não muito mais do que você, Helena."

Ela também não morderia a isca. Afinal, não estava ali para galhofas intelectuais. "Quando poupamos você das Chaminés, isso era parte do acordo de declaração de culpa. A prisão perpétua em troca do paradeiro de seus conspiradores *e* de sua expertise em futuros assuntos do coven."

Hale uniu as pontas dos dedos, as mãos formando um campanário. "Sim, eu me lembro muito bem dessa parte, muito obrigado. Presumi que, agora que capturaram Smythe, isso teria acabado."

"Não se trata da guerra."

Ele espichou o pescoço. "Ah, não?"

"Estou presumindo que alguém tão instruído quanto você esteja familiarizado com a profecia da Criança Maculada."

"É claro. Uma das minhas favoritas. Conteúdo sobre uma grande ruína."

Helena procurou ser o mais casual possível. Ela *precisava* dele, mas não queria que ele soubesse disso. "Acreditamos que esse momento tenha se abatido sobre nós."

"Minha nossa!" Ele se deixou levar, parecendo satisfeito com o drama. "O menino que há de acabar com todas as bruxas."

Ele não precisava de todos os detalhes da trama. "Algo assim. Eu vou matá-lo."

Hale balançou-se em sua poltrona, rindo como se fossem velhos soldados em um pub. "Deuses, como senti sua falta, preso aqui na casinha dos meninos maus! Bruxas! Brilhantes! Suas Valquírias gloriosas, com suas cabeleiras e relâmpagos. Eu tenho pena dos mundanos, tenho mesmo."

Helena o encarou com um olhar cético. "Tem tanta pena deles que queria dominá-los feito um déspota fascista do caralho."

"Nós somos melhores do que eles, Helena. Você sabe disso tão bem quanto eu. Por que estamos aqui arrumando a bagunça deles? É indigno de nós. Deveríamos fazer as regras, não segui-las." Ele se reclinou, balançando uma perna sobre a outra. "Mas você as faz mesmo assim, sempre fez."

"O crsm..."

Ele deu um sorriso lupino. "Ah, qual é? Você ignora o governo! Trata os políticos mundanos como simplórios. E com razão, diga-se de passagem. Eles têm pavor de nós. E deveriam ter."

Ele tinha razão. Seu trabalho, na verdade, era garantir que bruxas e feiticeiros se *comportassem*. Era a charada eterna: as bruxas eram bem mais poderosas, mas havia uma *vasta* maioria de mundanos. Quem venceria em uma briga? Ninguém, com exceção de Hale e seus comparsas, gostaria de algum dia descobrir.

"Então, para que precisa de mim?", ele perguntou. "Quem é esse pequeno Damian, afinal?"

Helena com certeza não iria arriscar colocar Theo e Hale juntos. Era isso o que Hale fizera: transformara pessoas em armas de destruição em massa. "Preciso saber como fez aquilo."

"Como fiz o quê?"

"Não seja modesto, Dab. Quando namoramos, você era um senciente razoavelmente forte. Nível 3, talvez. Então você tirou um ano sabático e, quando voltou, era um perito de Nível 6."

Seus olhos reluziram. "Conheci algumas pessoas muito inspiradoras em Bali."

"Ah, e quem não conheceu? Deixe disso. Essa criança é poderosa. Talvez até mais poderosa do que você era."

Isso. Ele se encolheu. Seu ego não iria gostar disso. "É mesmo?"

"A verdade é que ele faz você parecer um amador."

"Helena, vamos poupar um pouco de tempo. Como você *acha* que eu fiz isso?"

Ela deu de ombros. "Você invocou demônios."

"É óbvio. Qual?"

Havia incontáveis demônios parasitando Gaia, encurralados em suas infinitas fissuras e recantos. "Quer que eu adivinhe?"

"Você me *conhece*, Helena, e muito bem. Acha que eu deixaria qualquer entidade sórdida e rançosa ocupar meu corpo?"

Nisso, ele tinha razão. Ela se lembrava de como ele desprezava, muitas luas atrás, quando ela mergulhava em Chicken McNuggets quando estava de larica. O CRSM atualmente detinha a quarta edição do *Grimório Moderno*, de longe a mais rigorosa e precisa hierarquia de demônios do mundo ocidental. Helena deu de ombros, fazendo uma lista das entidades demoníacas mais potentes que diziam percorrer as proximidades da superfície dessa realidade. "Não sei, Moloch? Mammon?" Mammon, um demônio que nutria uma obsessão por dinheiro e ganância material, parecia bem adequado a Hale.

Hale voltou a sorrir. "Pense grande."

Não, Hale não queria dinheiro. Sua família tinha mais do que ele poderia gastar em três vidas. Ele queria *poder*. A palavra veio aos lábios de Helena quase que por conta própria. "Belial." Era uma declaração, não uma pergunta. Ela sentiu um oco se formar dentro de si.

"Bingo."

Helena não tinha certeza se ele estava brincando ou não. Algo assim era... absurdo. "Você invocou o Mestre?"

Hale nem se encolheu. "Ah, sim. Você mesma acabou de chegar nessa conclusão sozinha. Ele transforma homens em armas. *Todos os espíritos de seu grupo são anjos da destruição. Eles caminham nas leis da escuridão; na direção delas vai seu único desejo.* Está nos pergaminhos do Mar Morto. Eu me tornei a espada dele."

Helena conteve um arquejo horrorizado. Como era possível que ele estivesse dentro de sua cabeça? Com todas as proteções que Grierlings tinha a oferecer?

"Como?" Ela pôde emitir apenas um sussurro.

"O que foi isso? A pudica e recatada Helena Vance, que faz tudo por cima da calcinha, quer saber como eu consegui dar uma trepada de verdade com um terço de Satã?"

Ela não disse nada, para o caso de se entregar.

"Bom, minha querida, você vai precisar de uma tina industrial de lubrificante..."

"É sério, Hale."

Ele se inclinou para a frente, muito sério. "Está procurando um cão de guarda demoníaco no mercado, Helena? Não é assim que funciona. Belial não serve à bruxa, é a bruxa que serve ao mestre. E como eu o servi. Sinto falta de senti-lo me preenchendo." Ele se recostou, todo satisfeito consigo mesmo.

Era um trabalho sujo, não havia dúvidas, mas ninguém jogava limpo. Ninguém. Até atletas se dopavam, e todo atalho leva você até o destino mais rápido. Que tipo de tola ela seria se fosse a única otária a jogar pelas regras. Regras que ela nunca havia escrito, para começo de conversa. "Isso são apenas negócios."

"Esse é o seu problema, Helena. Só trabalha e nunca brinca."

"Eu preciso de uma arma para destruir essa criança. É pelo..."

"Bem maior?"

"Bem maior", ela repetiu. "Agora, você pode me dizer ou eu vou ter que fazer com que sencientes arranquem de você do jeito difícil."

"Provocadora. Vai apagar essa conversa da minha cabeça, não vai?"

"É claro."

Ele ergueu um dedo e invocou um volume encadernado em couro de uma das prateleiras superiores. O livro voou até as mãos estendidas de Helena. "Estão deixando você manter livros de invocação demoníaca?", ela perguntou, com a voz estridente.

"Quem dera. Olhe no verso."

Era um livro bastante comum de vida selvagem florestal, em latim; mas enfiado na lombada estava um cartão de visitas sendo usado como marca-páginas. Helena o soltou de lá. "O que é isso?"

"O endereço de um vendedor de livros raros em Rye. Archibald Frampton. Ele tem uma enorme coleção contrabandeada de textos ilícitos. Coisas de primeira. Você vai ficar estarrecida. Posso ficar olhando para a sua cara enquanto você os lê?"

"Com certeza não, mas obrigada por seu inestimável serviço ao CRSM", disse ela, sarcástica. Ela escorregou o endereço de Frampton para o bolso e se encaminhou para a saída.

"Helena, espere", chamou Hale, subitamente sério e sem o verniz da prepotência. "Não vai querer invocar Belial."

"Não?"

Hale se postou entre ela e a porta. Ela não deveria ter deixado aquilo acontecer. Estava encurralada. "Você é uma mulher boa. Se as coisas tivessem sido diferentes..."

Ela deu uma risada dura. "Eu seria a sra. Helena Hale?"

Ele balançou a cabeça e chegou mais perto. Ela sentiu o hálito dele em sua orelha. "Se eu pudesse voltar no tempo, faria as coisas de outra forma. Ele é o poder absoluto. Não restou nada de mim, Helena, eu me perdi por completo para Ele. O que você vê aqui é uma casca. Uma mulher como você é boa demais para ser perdida."

Ela estava tão cansada. Podia sentir aquelas lágrimas por trás do nariz outra vez. Porém, isso não aconteceria esta noite. *Bem. Bondade. Pureza moral.* Traços tão admiráveis, mas traços que fariam com que sua filha, seu coven, fossem queimados em um campo. A bondade é tão abstrata quanto é subjetiva. "Eu tenho que fazer isso", afirmou ela, baixinho. "Tenho que impedir que a profecia se torne realidade."

"Seja lá qual for o preço?"

"Acho que sim."

Hale pareceu quase decepcionado, o sorriso malicioso não ocupava mais seu semblante. "Foi o que pensei. Boa sorte com isso." A boca dele se curvou uma vez mais. "Bom! Antes de ir, quer uma trepadinha rápida? Já faz uma era e eu sempre senti que nós dois tínhamos assuntos mal resolvidos."

Com suas capacidades limitadas, ela o jogou contra uma das estantes com uma rajada de vento rígida e cortante. "Vai sonhando..." Ela bateu na porta da cela para que permitissem sua saída.

"Eu sei que você quer", provocou Hale, pondo-se de pé. E ela, é claro, queria.

Niamh } O PROBLEMA COM VIDENTES

Nos passos de Theo havia uma leveza recém encontrada que era adorável de se contemplar. Qualquer senciente podia dizer que os segredos pesavam mais do que os pensamentos rotineiros, e Theo havia carregado um colosso. Agora ela andava pelo chalé reluzindo, galopando escadas acima e abaixo, correndo atrás do cão pelos campos, dando cenouras aos pôneis que enfiavam a cabeça pelo muro dos fundos. Sua mente, antes um grande atoleiro, era agora ocupada, em grande parte, por qualquer música que tivesse tocado no rádio do carro.

Naquele momento, Holly e Neve estavam no banco de trás do Land Rover enquanto Theo ia na frente com Niamh. Halifax ficava a cerca de meia hora de casa, atravessando Sowerby Bridge, e tinha shoppings com todas as lojas modernosas que Hebden Bridge não tinha. Niamh amava que Hebden Bridge fosse feita de lojas independentes e excêntricas, mas conseguia entender por que Holly, Neve e Theo queriam um dia de capitalismo sujo. Quando Niamh era adolescente, havia dias em que ela também tinha desejado poder se sentar em frente a um McDonalds, com um McFlurry em mãos, e flertar com alguns meninos, em vez de se preparar para a vida no CRSM.

Quanto a Neve, não parecia justo puni-la pelas opiniões de sua mãe, embora Niamh estivesse hiperconsciente de que ela ainda poderia estar transmitindo mensagens para Helena. Bom, tudo bem. Esperava que ela dissesse a Helena que Theo era uma adolescente normal, que gostava de fazer compras, comer hambúrguer, fofocar e rir. Talvez fosse exatamente isso que ela precisasse ouvir.

Por ora, Theo ia manter o nome, mas estava disposta a tentar usar os pronomes "ela" e "dela", embora hesitante. Niamh lhe garantiu que não havia necessidade de ter certeza de nada. A maioria dos *adultos* em sua vida ainda tentando decifrar, de forma confusa, as charadas particulares. Ela sentia que era um pouco abrupto esperar que Theo estivesse com a casa em ordem aos 15 anos de idade, apenas por ser trans. No ponto de vista de Niamh, usar pronomes diferentes não fazia diferença a nem uma única alma nessa porra de mundo, tirando Theo. E para ela, parecia significar uma imensidão.

Niamh deixou o carro em um dos estacionamentos do shopping, e elas foram comer hambúrgueres vegetarianos antes de se jogarem nas lojas. Niamh, Neve e Holly agiram como um escudo humano para permitir que Theo, com sua aparência andrógina, cabelos longos e olhos delineados, inspecionasse as roupas "de menina" nas lojas.

Aliás, o que raios eram "roupas de menina", pensou Niamh. Lá estava ela, com uma calça jeans *skinny* e uma camiseta listrada. Parecia um *Onde Está Wally* ruivo. Agora, só porque Theo se identificava como garota, ela deveria usar um tutu rosa ou coisa assim? Theo, no entanto, parecia fascinada. Ondas de exultação açucarada a percorriam com uma potência considerável. Niamh deu um passo para trás. Elas haviam concordado com um limite de gastos no chalé, e a cabeça de Theo tinha rodado de tanta gratidão.

Uma criança em uma loja de doces. Niamh estava encantada de bancar a Willy Wonka, embora fosse bem menos bizarra, pelo que esperava.

Theo parecia especialmente afeita a acessórios e bijuterias. Ela perguntou se poderia furar as orelhas, e Niamh não viu nenhuma razão para negar, dando o consentimento solicitado pela garota no estúdio. Theo se encolheu apenas um pouco quando a garota puncionou os lóbulos de suas orelhas, e Niamh se admirou do quanto elas haviam avançado em apenas poucos meses.

Enquanto as meninas escolhiam seus sabores na casa de sucos superfaturada, Niamh fez uma rápida ligação para Annie. "Oi! Estou aqui em Halifax com as meninas. Precisa de alguma coisa?"

"Ah, oi, meu amor, fico feliz que você tenha ligado, na verdade."

"É mesmo? Quer que eu leve alguma coisa?"

"Ah, não por causa disso, mas tenho uma mensagem pra você. Você apareceu nos meus sonhos ontem à noite."

Niamh resmungou. "Ai, vai, fala, o que foi agora?"

"Eu sonhei com fogo e água. Você estava tentando empurrar o fogo com as mãos. Apenas lembre-se de que não é assim que se apaga uma chama."

Niamh ajustou a amarração de seu cabelo. "Tá bom?"

"Pronto, era isso. Não sei quando vai precisar saber disso, mas saiba que não pode enfrentar o fogo. A água o extingue pelo simples mérito de ser água."

Isso não era nem mais nem menos enigmático do que qualquer uma de suas visões. Niamh a arquivou para o futuro. "Entendi. Mas você precisa de alguma coisa da cidade? Posso deixar aí mais tarde."

"Não, gracinha, está tudo certo, obrigada. Tenho tudo de que preciso."

Niamh viu as meninas saltitando pelo mármore falso do shopping, ocupando o espaço com grande estrondo, as vitaminas gigantes nas mãos. "Bom, e que tal se eu cozinhasse algo bem gostoso hoje à noite? Ou melhor, que tal se eu cozinhasse *algo*? Posso buscar você no caminho pra casa."

"É muita gentileza sua, amor, mas já vou receber visita esta noite."

"Sem problemas, fica pra próxima, então."

"Sim."

"Beleza, as crianças voltaram e temos mais umas dez lojas moderninhas idênticas para saquear. Passo aí amanhã para o chá, tá bem?"

"Venha sim. Eu amo você do fundo do meu coração, Niamh Kelly."

Niamh sorriu, sentindo-se aquecida por dentro. "Também te amo, Annie. Conversamos depois." Ela desligou e se dirigiu ao seu bando de meninas. "Certo, qual vai ser o próximo buraco infernal do poliéster?"

A loja seguinte era, na falta de uma expressão melhor, bem *de bruxa*. Sua marca registrada eram batas de estilo grunge em tons monocromáticos. Neve contou que aquela era a favorita dela, e pareceu fazer a cabeça de Theo também. Ela escolheu seu primeiro vestido: uma peça modesta e ondulante, de alcinhas.

Posso experimentar?

É claro.

Os provadores ficavam escondidos em um canto, então ela e Neve levaram itens para os dois cubículos extras. Niamh e Holly se acomodaram no sofá de couro envelhecido, sem dúvida colocado ali para maridos e namorados avaliarem as escolhas do vestuário das parceiras.

Enquanto as meninas se trocavam, a terceira cabine se abriu e dela saiu uma mulher familiar. Niamh demorou um instante até se lembrar de quem era. Foi só quando ela viu Holly encará-la que a ficha caiu.

Era Jessica Summers, a recepcionista do Harmsworth House e a mulher cujo rabo Jez Pearson comia com frequência.

O rosto de Holly era a imagem da confusão. "Niamh? Quem era aquela?"

De imediato, Niamh ergueu um vasto muro branco sobre seus pensamentos. "Quem?"

"Aquela mulher de cabelo comprido. Eu já a vi antes."

Niamh ficou dividida entre mentir para a garota e protegê-la. O conhecimento sobre o caso de Jez só havia trazido confusão. "Eu... ela, hã, mora em Hebden Bridge. Também já a vi por aí."

"Não", falou Holly, melancólica, as peças se encaixando. "Ela está na cabeça do meu pai. Eu já a vi." E então, o horror abjeto se espalhou pelo rosto de Holly enquanto ela lia a mente de Jessica.

"Holly, não faça isso!"

Mas era tarde demais. Se ela tivesse visto o que Niamh vira na mente de Jez, era o fim de tudo. "O meu pai tá...?"

"Holly..."

"Ele tá tendo um *caso*?" Um *caso*: a palavra que só era usada por pessoas que a tivesse visto nas novelas, mas nunca tivesse tido um, de fato.

Niamh tomou as mãos dela nas suas. O pânico gorgolejava dentro de sua cabeça, em um desagradável tom marrom-alaranjado. "Ah, Holly, minha doce menina. É por isso que sua mãe se preocupa. Ser uma de nós nem sempre é divertido. Às vezes, você vê a pessoa de verdade por trás da máscara, e, por vezes, não é bonito. Na verdade, na maioria das vezes não é. Todos temos um pouquinho de monstro, sabe?"

Uma lágrima rolou pelo rosto de Holly, sua boca formando um "U" de cabeça para baixo. "Minha mãe sabe?"

"Não."

"Você sabia?"

"Sim", respondeu Niamh.

"Nós temos que contar a ela!", exclamou Holly, com as lágrimas agora caindo livres.

"Holly, espere. Escute uma coisa. Você consegue ler a sua mãe?"

"Um pouquinho. Ela tenta esconder os pensamentos de mim."

"De mim também, mas ela parece feliz pra você?"

Niamh deu a ela um lenço amarrotado lamentável, que estava no fundo de sua bolsa, e Holly enxugou o rosto. "Sim, mas..."

"Mas, nada. Você acha que contar à sua mãe a deixaria mais ou menos feliz?"

A boca de Holly se escancarou, feito a de um peixe.

"Exato", concluiu Niamh por ela. "Sua mãe ama a vida dela. Ela tem você, Milo, seu pai e Annie. Eu decidi, muito tempo atrás, que usaria meus dons para tornar as pessoas mais felizes, nunca menos. Às vezes é difícil, porque nós damos um valor muito grande à verdade quando somos crianças. Mas quando você vai ficando mais velha, se dá conta de que não quer ouvir a verdade. A verdade, com muita frequência, é terrível pra caramba."

"Mas..." Holly se digladiava, tanto por dentro quanto por fora. "Como é que eu vou conseguir falar com meu pai agora? Eu *odeio* ele."

Mas não odiava, e ser uma bruxa não era apenas herbários e cristais. Todas as bruxas deviam aprender, do jeito difícil, que seus dons vinham com um grande porém. Oráculos viviam fora do tempo; elementais descobriam que todo dia triste era acompanhado de chuva; e sencientes ouviam coisas que prefeririam não ouvir. Não era como uma torneira, que podia ser aberta ou fechada.

Em vez disso, Niamh fez o que sempre fazia. Usou seu dom para deixar alguém mais feliz, não menos. Ela tomou o rosto de Holly nas mãos em concha e, com delicadeza, pôs um dedo na têmpora dela.

Levou apenas um momento, e a lembrança de Jessica Summers foi apagada da mente de Holly. Por quanto tempo permaneceria assim dependeria bastante da mente suja de Jez. Com a idade, Holly aprenderia a não bisbilhotar na mente dos outros sem ser chamada. Via de regra, ninguém pensava nada de bom.

Niamh enxugou as lágrimas dela. As cortinas do cubículo de Theo se abriram, e ela emergiu tímida em seu vestido preto. Holly ergueu a cabeça de pronto. "Ah, uau!", exclamou ela, entusiasmada. "Ficou uma graça!"

Niamh continuou no sofá do cercadinho dos homens. Ela havia acabado de fazer uma coisa terrível. Respirou fundo pelo nariz e assegurou a si mesma, mais uma vez, de que era pelo bem maior.

Helena  DORAVANTE RAINHA

Era crepúsculo quando Helena chegou na periferia de Hardcastle Crags. Ela viu seu celular zumbindo no topo da bolsa e mentalizou que Sandhya não desligasse. "Peraí, peraí..."

Ela estacionou e agarrou o celular. "Alô."

"Está feito", declarou Sandhya.

"Pode me mostrar?"

Provavelmente teria sido mais fácil fazê-lo por chamada de vídeo, mas, nessa ocasião, Helena queria ver por si mesma. Ela fechou os olhos e esperou durante um momento, desligando o motor do Jaguar de seu pai. Seus pensamentos se enevoaram e, então, tomaram forma, recebendo a visão de Sandhya no olho de sua mente.

A Pousada Sereia, em Rye, era uma taverna medieval decorada como uma lata de doces pontilhada de história. Dizia-se que os fantasmas de contrabandistas que traficavam rum, uísque e chá por todo o Sul da Inglaterra ainda assombravam os aposentos. Helena não tinha certeza se acreditava em fantasmas ou não, mas as vigas e os tijolos datavam de 1420, velhos o bastante para canalizar uma energia formidável, e por isso a Pousada continuava popular entre bruxas e feiticeiros.

Sandhya desceu até o porão da sala de jantar com vigas de madeira expostas, agora repleta de turistas confusos, que precisariam ter as lembranças apagadas. Ela passou por várias bruxas do CRSM, envergando suas capas oficiais: as mulheres estavam tentando manter todos calmos após a batida.

Jen Yamato vigiava um homem de barba branca, as mãos agora em algemas de prata. "Não pode vir aqui e tomar minhas coisas, caralho, são as minhas coisas, porra!", cuspiu ele por entre os dentes amarelos de nicotina. Archibald Frampton, presumiu Helena. Os contrabandistas nunca haviam partido.

Yamato leu os direitos dele. "Sr. Frampton, o senhor está preso sob suspeita de posse de itens demoníacos controlados. Não precisa dizer nada, uma vez que tudo que for dito pode prejudicar sua defesa..."

Sandhya deixou Yamato nessa função e olhou para baixo, por uma porta de alçapão aberta na adega de cervejas. Enquanto descia as escadas com cuidado, Helena viu pelos olhos dela: um cubículo escondido, abastecido com uma miríade de volumes encadernados em couro, crânios encolhidos, embriões humanos e de animais em vasos canópicos e frascos marrons, repletos do que pareciam ser poções de uso controlado. Todo um mercado clandestino para as bruxas perspicazes.

Quero ver os livros.

Sandhya voltou a atenção para a estante, *Um Tratado Sobre Demônios*, *Bruxaria Daemônica*, *Léxico Satânico*, *O Livro de Crowley das Sombras*, *O Grimório da Sumatra*, *Invocação do Espírito*, *O Evangelho de Lilith*.

Ali estava. Reza a lenda que *O Evangelho de Lilith* continha o mais detalhado relato de como a Trindade Satânica havia sido capturada, dividida e contida. Helena não disse nada enquanto Sandhya continuava a passar os olhos pelas prateleiras.

Confisque e apreenda todos eles. Entregue tudo aos cofres do CRSM.

Elas tinham evidências o bastante para colocar Frampton em Grierlings por, pelo menos, uma década.

Bom trabalho, Sandhya.

Helena arrastou sua mente de volta para o veículo. Era como despertar de um sonho especialmente vívido, e ela levou um minuto até voltar à sobriedade. Gotas de chuva começaram a tamborilar no para-brisas. Helena respirou fundo. Algumas partes de seu trabalho eram terríveis. Ela nunca havia entendido de fato a expressão: quem pariu Mateus que o embale.

Mas era por isso que era a Alta Sacerdotisa. Lembrava-se bem do que sua mãe tinha dito: ela estava disposta a fazer coisas que outras eram fracas demais para contemplar. Olhou para dentro de si mesma, encontrando aquele aço. Helena Vance era *forte*. Helena Vance era *corajosa*.

Ela era quem conseguiria fazer aquilo. Ela precisava fazer.

Qual trabalho que não tinha seus dias ruins?

Ela trancou o carro e desceu as traiçoeiras escadas pela floresta até o moinho d'água. Fazia muito tempo desde que estivera ali. Uma nostalgia palpável começou a formar uma névoa dentro dela, mas ela a afastou. Lembrou-se do balanço, do poço dos desejos, dos gatos e do sonolento fluir do riacho Hebden ao fundo.

Não. Era só uma casa.

Encontre o aço.

Ela bateu à porta de Annie. "Está aberta, meu amor", disse a velha senhora, lá de dentro.

Como sempre, ela foi saudada pelo odor de urina de gato segundos antes de o primeiro animal aparecer para vê-la. "Sou só eu", disse Helena, encontrando Annie sentada na frente do fogo crepitante, com um bule de chá já em infusão ao lado do tabuleiro de xadrez, entre duas xícaras de padrões diferentes.

"Ah, sim, eu sabia que você viria me visitar." E era *por isso* que Helena tinha ido visitá-la. Annie usava uma peruca rosa-chiclete e um cardigã de mohair cor de limão. Seus pálidos olhos cinzentos encaravam a lareira, as chamas dançando por seu olhar. Os gravetos estalavam e crepitavam. "É Earl Grey com limão, não é? Eu adivinhei certo?"

Helena não podia beber o chá da mulher. "Você sabe por que estou aqui, Annie?"

"Sim, eu sei." Ela não desviou os olhos do fogo.

"Você contou a alguém que eu viria?"

"Não", respondeu Annie com um suspiro. "Você as teria matado também."

"Então, você também deve saber o quanto sinto por isso." Helena estava surpresa pela calma em sua voz, e pela tranquilidade da própria Annie. O chalé inteiro guardava o silêncio equivalente ao da expectativa de uma manhã de Natal.

"É mesmo?"

"É. Você tem que acreditar nisso." Suas entranhas pareciam pesadas, ensopadas. Ela queria muito, mesmo, que houvesse um outro modo. Os dias seguintes seriam cruciais, e a verdade era que Niamh, Leonie ou Chinara poderiam impedi-la de completar sua missão. Isso não podia ser permitido, especialmente quando havia tantos riscos. Um par de tarefas lastimáveis, e então tudo voltaria ao normal. Mas se Irina era capaz de ver o que ela estava considerando, então Annie também era. A diferença era que Irina não as alertaria.

Ela não queria isso. Ninguém ia querer.

Helena se orgulhava de ter uma mente analítica, dada à solução de problemas, mas nem mesmo ela conseguia ver um modo de contornar aquele... entrave. Uma senciente não podia apagar memórias do que ainda não acontecera, senão, ela apenas faria Robyn apagar o futuro da cabeça de Annie. Quem dera fosse tão fácil.

Nesse momento, Annie se virou para encará-la. "Helena, meu amor, eu sei o que você *acha* que tem que fazer, eu vi o caminho diante de seus pés, mas eu espero de verdade que mude de ideia."

A tristeza em Helena era um tumor, crescendo e intumescendo em seu peito à medida em que aquilo se prolongava. Mas era o mínimo que ela podia fazer: ouvir o que Annie tinha a dizer. "O que você vê?"

Annie bufou pelas narinas. "O problema de pessoas como você é que ninguém nunca admite que errou. Se você sai para uma caminhada na charneca, e então começa a chover, você dá meia-volta, ora essa, você não segue adiante até afundar na lama, segue? Helena, meu bem, não é tarde demais para dar meia-volta."

Ela repetiu o que tinha dito. "Por favor. Diga o que você vê, Annie. Eu detenho o Leviatã?" Se ela fosse bem-sucedida nisso, não haveria uma só bruxa que a culpasse pelo que ela estava prestes a fazer.

Mas Annie balançou a cabeça, teimosa. "Não há nada neste mundo que não mude com o tempo. Eu me lembro de quando você se tornou Alta Sacerdotisa, todas nós vimos cinquenta anos gloriosos. Uma era de ouro para as bruxas." Helena se lembrava bem. Foi Annie quem advogara por sua nomeação. "Mas então, como você sabe, as coisas mudaram alguns anos atrás, porque tudo está fadado a mudar. Surgiu a *Criança Maculada*, a catalisadora que mudaria tudo."

"Para pior!"

"A vida é impermanência!", sibilou Annie, com a saliva voando de seus lábios. "Tudo muda, e nada permanece igual. Quanto mais lutamos contra a mudança, mais ela luta contra nós."

Helena tinha a sensação de haver cimento em suas veias. "Não posso permitir a morte daquilo que significa ser uma bruxa."

A velha a ignorou. "E aquelas são nossas teias de aranha ao vento. Uma em que Theo se torna uma bruxa poderosa, talvez a mais poderosa de sua geração, e uma em que Helena Vance dá cabo da vida de uma criança, e nós voltamos para aquela gloriosa dinastia que todas previmos. Mas essa é a questão das tramas: elas todas se emaranham na tempestade. Quem sabe onde uma termina e a outra começa? E se forem um nó, que não pode ser desfeito, seja lá que atitude Helena Vance tome?"

"O que isso significa?"

"Eu já disse, meu amor... a chegada de Theo mudou seu destino, e talvez, eliminá-la não o faça retornar ao que era. Você criou uma nova trama, um novo e estranho fio. Você não tem como saber."

Helena sentia muito calor. Quase parecia que havia fogo em seu peito. Ela estendeu a mão e extinguiu as chamas na lareira. "Eu preciso fazer alguma coisa."

"Por quê, meu amor?", perguntou ela, com verdadeira sinceridade.

"Porque é isso que eu acredito que seja o certo."

Annie fez um muxoxo desagradável. "Todas essas coisas abstratas pelas quais as pessoas lutam: *fronteiras, crenças.* Tudo é efêmero. Você está chutando castelos de areia, querida. Saiba apenas que elas vão se opor a você", disse Annie, a boca formando uma linha severa.

Helena sabia muito bem a quem ela estava se referindo. "Como elas vão saber? Niamh, Leonie e Elle não trabalham para o CRSM. Elas não têm acesso às minhas oráculos. Você era a única que podia alertá-las e escolheu não fazê-lo."

Annie assentiu e terminou o chá. "Sim, também sei disso."

Helena notou no ar a primeira nuvem do hálito de Annie. "Você nunca gostou de mim, gostou?"

Annie não disse nada, o que dizia muito.

Helena prosseguiu. "Eu costumava pensar que era porque você não gostava da minha mãe, ou porque vínhamos de uma família rica, mas agora me pergunto se você não sabia, desde sempre, que este dia chegaria."

A velha puxou o cardigã mais para perto de si, tremendo ao ponto de convulsionar. Helena, é claro, não sentia a friagem. "Esse fio desolador sempre esteve às vistas de Gaia, sim; mas não se engane, Helena. Isso que você está fazendo é escolha sua."

Os gatos, um a um, se recolheram às escadas ou à gateira, pois o frio fazia com que o chalé se tornasse desconfortável. As janelas congelaram.

"Não vejo nenhum outro modo." Helena sentiu a voz tremer. "Queria tanto que isso fosse evitável."

Os lábios de Annie ficaram azuis, delicados cristais de gelo se formando em seus cílios e sobrancelhas. "Por favor... não precisa ser assim... não estou pronta para partir, Helena."

A mulher tivera anos em abundância. Helena precisava pensar no futuro, não no passado. Annie, sendo uma oráculo, deveria saber disso melhor do que ninguém. O progresso era doloroso, e sempre haveria danos colaterais. Helena fechou os olhos e baixou a temperatura para além dos trinta graus negativos. "É pelo coven. Sinto muito, mesmo."

Do lado de fora do chalé decrépito, a roda d'água parou, congelada, coberta pelo gelo espesso.

Niamh } ANNIE

Na noite anterior, Luke tinha ido até sua casa e, juntos, eles assistiram a um filme B sobre um cavalinho de balanço possuído, enquanto as meninas dormiam na casa de Elle. Mais importante que isso, haviam tomado vinho tinto e pedido comida chinesa para o jantar e *não* fizeram sexo. Ela queria fazer, e a transição de "sentados no sofá" para "na horizontal no sofá" teria sido fácil, mas ela desejava provar um argumento; a si mesma, não a ele.

As coisas estavam mudando. Ela não havia previsto a chegada de Theo, afinal, quem poderia ter previsto? Mas, talvez a criança fosse o catalisador de que ela precisava: algo grande para despertá-la da rotina à qual tinha se agarrado desde a morte de Conrad. Que ninguém se engane, ela precisara bastante dessa rotina. Em alguns dias, essa rota inflexível havia sido a única coisa que a impedira de sair dos trilhos. Segura, certa, porém estagnada.

Agora que Theo havia lançado uma marreta ao globo de neve cuidadosamente disposto de sua existência, talvez ela pudesse reconstruí-lo e também incluir Luke. Que familiazinha singular seriam: a bruxa irlandesa, o homem de Yorkshire e a adolescente transgênero prodígio. Se a Netflix produzisse *esse* filme, ela assistiria.

Enquanto a vila de Heptonstall despertava, Niamh passou na nova padaria da moda e comprou alguns pães para Annie, bem como cafés e rosquinhas de canela para o café da manhã. Como as garotas aparentemente tinham ficado de pé até bem tarde, de zoeira com o tabuleiro Ouija de Neve, Theo ainda estava na casa de Elle, e Niamh iria buscá-la depois de visitar Annie.

Ela seguiu dirigindo até Midgehole, estacionou e prosseguiu pelas escadas de pedra. O céu de maio estava de um azul quase de verão, mas os degraus pareciam úmidos. Devia ter caído uma garoa à noite, e Niamh tomou cuidado para não escorregar. Quando chegou ao moinho d'água, levou um instante até se dar conta de que a roda não estava girando. Aquela roda, como Annie estava disposta a dizer a qualquer um que escutasse, só havia parado duas vezes ao longo de sessenta anos.

Niamh franziu o cenho. O porquê de haver *sincelos* derretendo depressa nas tábuas verdes de musgo era uma incógnita. "Annie?", chamou, batendo à porta. "Você viu que a roda está emperrada?"

Não houve resposta, então ela entrou. Encolheu-se de imediato. Dessa vez, não foi o cheiro, mas a temperatura. O chalé estava congelando de tão frio. "Annie?"

Apesar de seus protestos, Annie nunca havia instalado um sistema de aquecimento central, mas havia uma lareira em cada cômodo. Dito isso, a noite anterior havia sido quente o bastante para se dormir com uma frestinha de janela aberta, então Niamh estava desconcertada.

O corpo dela era tão pequeno que Niamh quase não o viu. Estava dobrada em sua poltrona, junto da mesa de centro. "Ah, deusas..."

Niamh largou a sacola de papel da padaria e aproximou-se dela. Estava rígida e fria, com a peruca no colo. Sem vacilar, colocou a peruca em seu escalpo, porque Annie *nunca* admitiria ser vista sem ela. Em ocasião alguma, e com certeza não agora. Niamh arrumou a peça outra vez na cabeça dela, ajeitando-a ao redor de seu rosto. Uma das pantufas estava no pé dela; a outra, não. Uma xícara de chá estava emborcada no chão de pedra.

Os gatos se aproximaram, nervosos e miando, quase perguntando a Niamh por que a mãe deles estava imóvel. As pequenas mentes estavam curiosas, confusas.

O torpor inicial se desvaneceu. Como podia ser? Niamh sentiu tudo, tudo de esperançoso e alegre, ser drenado dela como se a tivessem perfurado. "Ah, Annie, não", exclamou. "Você, não."

A pele de Annie estava mortalmente pálida. Niamh invocou às suas mãos o máximo de energia curativa que podia, mas ela parecia fluir atravessando-a, como se ela fosse um seixo no córrego. Não havia vida nela para redirecionar.

Em vez disso, Niamh a abraçou sem jeito, descansando a cabeça no cardigã piniquento dela. "Merda. Desculpe, Annie. Você não deveria estar sozinha. Peço mesmo que me desculpe." Com as lágrimas enevoando as vistas, ela tentou acessar o que havia sobrado da mente de Annie, desesperada para saber se ela estivera assustada, triste, ou mesmo ciente do que estava acontecendo. Não havia nada, o imenso nada da morte. "Annie, volte, por favor. Nós a amamos tanto."

A mente de Niamh vagou para *aquele* lugar, urgente e indignado. Ela podia. Se quisesse, ela podia. Não duvidou por um único segundo que podia. Mas não o faria. Não *deveria*. Uma bruxa não deveria espiar por trás da cortina.

"Você sabia?", ela sussurrou ao ouvido de Annie. "Você sabia o quanto nós a amávamos? Espero que sim." As lágrimas escorreram por seu rosto e pingaram de forma ruidosa no livro em seu colo, um de seus muitos diários. Ela morrera escrevendo suas últimas visões. Essa era Annie.

Niamh pegou o livro. Havia apenas uma única palavra rabiscada, em um rabisco infantil, inclusive. O resto da página estava em branco.

A palavra era *Ciara*.

O CEMITÉRIO DA BRUXA { *Elle*

Por séculos, uma bruxa não podia ser enterrada em terreno consagrado. Não havia razão para isso, a não ser a superstição e o preconceito. Muitas mulheres, algumas delas bruxas, outras não, e uma grande quantidade de bebês ilegítimos, em vez disso, foram enterrados nos arredores de cemitérios de igrejas, logo depois do perímetro de seus muros.

Elle sabia que a avó não iria querer um funeral da igreja, muito embora essas leis não vigorassem havia muito tempo. Em vez disso, elas se reuniram no lar ancestral de Annie: o chalé Demdike, na propriedade da fazenda Malkin Tower, em Blacko, a cerca de trinta minutos depois de Hebden Bridge. Já fazia muitos anos desde que Annie, ou qualquer outra bruxa, havia morado onde a Malkin Tower original se localizava, mas os atuais proprietários conheciam bem sua avó e haviam concordado sem hesitar, permitindo que o túmulo dela se localizasse em seu jardim.

Niamh, sentada à esquerda dela, aninhava sua mão. Estavam sentados formando uma ampla ferradura ao redor da sepultura. O buraco no chão estava escondido em um canto tranquilo na encosta da colina. Com o tempo, as ovelhas pastariam sobre Annie, enquanto ela teria a vista das colinas de Lancashire. "Ela amaria isto", sussurrou Niamh. "Está tudo perfeito."

Elle assentiu, porque, se tentasse falar, choraria. Niamh tinha razão, algo lhe dizia que vovó aprovaria. *A Malkin Tower*, Annie tinha dito a Elle certa vez, *recebeu esse nome por causa de "mawkin". Você sabe o que é uma* mawkin? *Era um antigo palavrão em inglês para uma mulher desmazelada, sem classe ou uma prostituta. Era assim que nos chamavam.*

A torre das prostitutas onde as bruxas de Pendle realizavam missas desaparecera há muito tempo, embora as ruínas permanecessem na fazenda; mas parecia certo que Annie voltasse a estar com suas ancestrais. As *mawkins*. Annie era uma *mawkin* com orgulho.

Elle respirou fundo. Precisava chegar ao fim daquele dia. Só mais seis horas e poderia desabar, se esconder embaixo do edredom por uma semana.

Sua mãe, Julie, havia voltado do Chipre e, naquele momento, estava sentada junto a Milo, na ponta mais distante de Jez, à sua direita. Embora o irmão morasse logo ali, no outro lado de Bradford, Elle organizara todo o funeral sozinha, com Julie próxima o bastante para dizer a ela o quanto estava fazendo tudo errado. *Um campo!*, ela choramingou. *Não podemos enterrar minha mãe em um campo!* Ela cedeu apenas algumas horas antes que Niamh usasse um modo um pouco mais traiçoeiro de convencê-la.

O choro de Julie era estrondoso, e ela soluçava em um lenço. Tudo muito *reality show*. Ela havia sentido uma vergonha mortal de Annie e do nome da família, tanto que adotara os sobrenomes de três maridos diferentes e fugido para o Chipre com um garçom havia cerca de 15 anos, não muito depois de Elle se casar com Jez. Ela mal conhecia Milo e Holly, e não gostava deles bagunçando a casa dela em Limassol. No mundo de Julie Loukanis, as coisas precisavam ter a APARÊNCIA CERTA e elas não teriam a APARÊNCIA CERTA se ela não fosse a pessoa mais triste no funeral da mãe.

A cerimônia seria realizada por Tom Redferne, outro descendente de Pendle. Era um feiticeiro gentil de meia-idade. Diretor de uma escola primária durante o dia e líder xamânico à noite. Ele e o marido eram rejeitados tanto pelo coven quanto pela cabala, algo que Annie sempre havia respeitado. Havia entrado em contato com ela no dia após Niamh tê-la encontrado, dez dias antes.

"E agora, lançamos nossa amada Annie de volta à terra", disse ele em um vivaz sotaque escocês. "Ela será, uma vez mais, una com Gaia. Annie seguirá viva nos vermes e nas aves, no ar que respiramos e na água que bebemos. Não sabemos onde está agora sua "Anniece" quintessencial, mas cada um de nós se lembrará de como ela enriqueceu nossas vidas, como nos guiou com retidão. Através de nossa própria gentileza, nosso humor e nossa sabedoria, vamos compartilhar Annie com aqueles que também são queridos por nós, e então nossos filhos ensinarão aos seus filhos. Em nós, Annie Device seguirá viva para sempre. Vamos falar a verdade: não temos como nos livrar daquela bruxa velha, temos?"

Ouviu-se uma risadinha educada. Elle não riu. Estava petrificada. Isso tudo era inaceitável. Ela não deixaria sua mãe ver aquilo. Ela soltou as mãos de Niamh e Jez. Sem dizer uma só palavra, se levantou e caminhou de forma brusca até o chalé. Entrou sozinha pela porta dos fundos e foi direto ao banheiro. Baixou a tampa do assento do vaso sanitário e sentou-se nela.

Ela chorou. Tentou de tudo para não fazer som algum, mas o pranto saiu em estranhas pontadas roucas. Não havia tido tempo nem mesmo para uma xícara de chá com a avó da última vez em que a vira, quando foi deixar seu remédio. Estava ocupada demais com merdas triviais das quais ela agora nem se lembrava. Tinha a memória de um peixe dourado.

Em sua pressa, esquecera-se de trancar a porta do banheiro. Nem soube que Niamh estava lá até que sentiu mãos mornas esfregando seus ombros. "Põe pra fora", aconselhou Niamh. "Você está constipada emocionalmente. E isso não vai te fazer bem, gata."

Elle se pendurou na amiga, achando uma dobra em sua axila e se enterrando ali. "Como?", ela arfou. "Ela estava sozinha, Niamh. Nenhuma de nós estava lá. Ela estava completamente sozinha. Estão dizendo que ela morreu de hipotermia! Hipotermia! Como? Fui eu quem deixou isso acontecer."

Ela chorou e chorou, tremendo de raiva. Como aquilo poderia ter acontecido? Ela nunca havia cometido uma falha tão grave. Tão cega. Tão ignorante. Tão estúpida.

"Não foi culpa sua", enfatizou Niamh, esfregando suas costas. "Não foi culpa sua."

Elle não conseguia ver de quem mais a culpa poderia ser. E todos sabiam. Todas aquelas pessoas lá fora sabiam. Todos podiam ver quem ela era de verdade. Uma fútil. Um pedaço de bijuteria barata. Uma vaca egoísta do caralho. Uma imbecil, podre e superficial. Uma princesa insensível e autocentrada. A única coisa nesse mundo que ela deveria fazer direito era cuidar das pessoas. E ela havia falhado. Elle encubou o grito e sentiu as entranhas se contorcerem feito enguias, as vísceras repelidas por sua hospedeira.

Ela havia deixado Annie morrer no frio.

Todas aquelas crianças maldosas de tempos atrás estavam certas. Elle Device *era* uma bruxa.

Elas passaram algum tempo no quarto do chalé. Trabalhando em silêncio, Niamh refez a maquiagem de Elle, que havia borrado por causa do choro. "Será que as pessoas vão notar?"

"É um funeral", lembrou Niamh. "Elas te julgam mais se não chorar."

Elle desamarrotou o vestido preto, o melhor dos doze vestidos pretos que a loja ASOS havia entregado, e se olhou no espelho. Se era uma pária, pelo menos que estivesse bonita. Havia se inspirado em um visual de Ginger Spice em sua fase de Embaixadora da ONU.

Que importância tinha isso, afinal?

De algum modo, aquele dia todo parecia um circo. Um carnaval macabro para que todos fizessem e dissessem as coisas certas. Para passarem a APARÊNCIA CERTA.

"Você está pronta?", perguntou Niamh.

"Vamos acabar logo com isso."

A dupla se arrastou escada abaixo, sendo parada a cada poucos passos por pessoas desejando o melhor. Annie era tão bem quista que dezenas de bruxas e feiticeiros, além de mundanos, haviam vindo de todo o mundo para prestar seus respeitos. Padma Baruwal, a Alta Sacerdotisa da Índia, estava ali. Helena não havia saído do lado dela o dia inteiro, o que era praticamente a única coisa que impedia Niamh de fazer uma cena. Cerca de uma centena de enlutados circulavam, diluindo seu bate-papo nos tons sóbrios que se usam em bibliotecas. Julie estava com o meio-irmão e a meia-irmã. O tio mais velho de Elle, o primeiro filho de Annie, havia morrido na Guerra da Coreia, o que era um certo indicativo do quão velha Annie *realmente* era.

Elle nunca havia entendido muito bem o conceito de um velório. Tipo, *você morreu, toma aqui uns cogumelos vol-au-vent*. Era esquisito. Elas lutaram para chegar até a cozinha, que agora era uma floresta de canapés, e foram até o quintal que dava para o campo. Elle ficou surpresa em ver Luke com Jez, ambos agarrados a garrafas de cerveja, tímidos. Jez estava vestido de preto dos pés à cabeça: paletó preto, camisa preta, gravata preta. Parecia um segurança de balada.

"Luke!", exclamou Niamh, parecendo surpresa em vê-lo.

Ela deu um beijo casto em seu rosto. "Não quis ficar no seu pé", comentou Luke, a voz grave retinindo nos ossos de Elle. "Mas queria estar presente. Elle, sinto muito por sua avó."

Elle recuperou os bons modos. "Obrigada, Luke. Muito obrigada por vir."

"Tem muitas moças por aqui", disse Jez, tentando injetar alguma leveza no ambiente. "Estava me sentindo em total minoria até a Luke aparecer."

Elle forçou um sorriso e deu um aperto na mão de Jez. Ele estava fazendo um esforço tremendo. Desde a morte de Annie, o marido havia entrado em modo turbo para tentar animá-la. De algum modo, aquilo havia feito com que ela se sentisse pior. Ela não era um carro no qual ele poderia fazer uma ligação direta com algumas xícaras de chá.

Lá em cima, na colina, ela localizou Holly com Theo, Leonie e alguns outros no local da sepultura. Estavam em círculo, o que significava que estavam tentando alguma coisa.

"O que a Holly tá aprontando?", perguntou Jez, um vinco marcando o cenho: uma lembrança de que já estava quase na hora da consulta bienal do botox deles.

Luke também parecia perplexo. Niamh parecia estar prestes a dizer alguma coisa, mas Elle tomou a frente, só por precaução. "Vocês sabem como a Leonie é. Deve ser alguma besteirada hippie. Vamos lá ver."

Elas deixaram os meninos com suas cervejas e subiram o declive suave do campo de cultivo. "Talvez você tenha que apagar as mentes deles", falou Elle. "De novo."

Niamh balançou a cabeça. "Não a menos que seja imprescindível. Elle, a essa altura, as mentes deles já devem ser um queijo suíço."

"Pode apagar a minha, então? Só me livre deste ano inteiro, por favor."

Leonie, Chinara, Holly, Theo, Neve e Tom Redferne estavam agachados ao redor da sepultura em um círculo imperfeito, de mãos dadas. "Qual é a boa?", perguntou Niamh.

"A gente a está envolvendo de novo pela natureza", respondeu Chinara com doçura, sem desviar os olhos do monte fresco de terra. Após um ou dois instantes, brotos de grama emergiram para a luz do dia, as folhas se desfraldando para a diáfana luz do sol. O retângulo marrom e lamacento logo era de um vibrante verde. Alguns ranúnculos também abriram caminho para a superfície. Ninguém nunca saberia que ela estava ali, tirando pelo seixo liso e ovalado, gravado com um sutil "AD".

"Acho que daqui a algum tempo vai crescer algo lindo aqui", comentou Tom enquanto se soltavam. A Cerimônia de Regeneração estava completa.

Leonie se levantou e puxou Elle para um abraço apertado. "Sem culpar ninguém, nem a si mesma", pediu, lendo-a.

Elle não disse nada porque havia acabado de refazer a maquiagem.

"Eu falei sério", Leonie continuou. "Ela te venerava, porra. E eu a venerava."

"Ela também te amava", lembrou Elle.

Foi a vez de Chinara abraçar Elle. "A Lê já te contou alguma vez do surto que ela teve antes dos 30 anos?"

Elle sorriu. Aquilo parecia tão atípico de Leonie. "Não!"

"Eu tava me cagando de medo de envelhecer. E aí eu me lembrei da Annie", contou Leonie. "Pensei na vida dela... em tudo o que ela havia sido, e tudo que ela havia feito. Se era isso que era ser uma 'velha coroca', pois que eu virasse uma."

"Eu queria tê-la conhecido melhor", disse Chinara, sempre muito serena. Bem o oposto da namorada. "Parece que ela viveu muitas aventuras."

Elle assentiu. Essa era parte da razão para ela mesma ser tamanha decepção pessoal. Olhou para trás e viu a mãe no jardim lá embaixo, forçando os convidados a comerem a merda de um tempurá de camarão gigante. Ficava bem claro de quem ela havia herdado os genes. Mais de perto, viu Helena avançando colina acima para se unir a elas.

Leonie se tensionou primeiro, colocando-se entre Niamh e Helena.

"Ah, olá", cumprimentou Niamh com amargura quando ela estava a uma distância que pudesse ouvi-la. "Veio sequestrar a criança sob minha tutela outra vez?"

Leonie, logo ela, emitiu um aviso de silêncio. "Agora não, meu bem."

"Eu venho em paz", declarou Helena, diplomática. "Elle, a cerimônia foi linda. A cara de Annie, do início ao fim."

"Obrigada, Helena."

"É tão triste", ela prosseguiu. "E Niamh, em momentos assim, nós nos lembramos do que realmente importa na vida: a família e a amizade. Espero mesmo que não haja ressentimentos entre…"

Niamh segurou a mão de Theo de forma protetora. "Se Annie estivesse aqui, ela diria pra você ir se foder."

"Niamh!", vociferou Leonie. "Calma, viada. Caralho."

"Qual é a sua, Helena? Você espera mesmo que a gente acredite que não vai tentar alguma coisa? A gente te conhece desde sempre e sabe que você não gosta de perder."

Elle estava ao lado de Leonie e Niamh e pensou no que aquilo iria parecer: que estava escolhendo um lado. Sendo assim, ela se reposicionou entre as duas facções, não se comprometendo com nenhuma delas. Porém, o fato de Helena ter aperfeiçoado aquele tipo de calma presunçosa e enfurecedora que políticos usam em programas de entrevistas da bbc não estava ajudando. "Em breve podemos conversar mais, agora é hora de luto."

"Vamos conversar agora", insistiu Niamh. "Eu começo. Você não acha que é muito estranho o fato de nossa amiga mais saudável ter morrido de hipotermia no auge da *primavera*, com uma cesta cheia de lenha junto à lareira dela?"

"Niamh..." Agora era Chinara quem se deslocava para colocar alguma distância entre as duas.

"O que raios você está sugerindo?" Os olhos de Helena faiscaram, e Elle sentiu os pelos do braço se levantarem quando os íons ao redor deles se carregaram.

"Leonie, você pode ler a Helena?", exigiu Niamh.

"Merda, Niamh, você precisa se acalmar. Isso é muito inapropriado, e se *eu* estou dizendo isso, você está numa baita roubada."

"Mas você pode?" Leonie parecia dividida. "Porque eu não consigo ver nada. Helena, há tantos muros erguidos na sua mente que ela mais parece o Forte Knox. Por quê? Por que você quer tanto nos manter afastadas?"

"É sério que está sobre o túmulo de Annie me perguntando se eu...?" Elle estourou. "Porra, será que vocês podem parar? As duas!"

"Uau, minha mãe disse 'porra'", murmurou Holly.

Que perfeito, pensou Elle. A última quinzena havia sido horrível, por que não acrescentar uma casual acusação de assassinato? A cereja do bolo de merda. A situação toda estava parecendo demais uma novela. Ela estava determinada a manter as estribeiras. "Sabem de uma coisa, é provável que algumas de vocês fossem até mais próximas da minha avó do que eu, mas ela *não* ia querer nos ver brigando."

Tanto Niamh quanto Helena se contiveram, encabuladas.

"Ela costumava dizer que *o patriarcado ama o som de uma picuinha entre mulheres*. Isso não é *triste*? Nós costumávamos ser boas amigas! Agora não conseguimos nem nos reunir por uma tarde sem dar início à Terceira Guerra Mundial!" Leonie tentou tomar a mão dela, mas Elle a recolheu. "Não! Eu sei que todas vocês me tomam por uma idiota ou coisa assim, mas eu realmente não entendo porque não podemos apenas ficar bem."

Ela estava entre Helena e Niamh. Como era possível para qualquer uma das duas refutar aquilo? Em vez disso, elas encararam uma à outra por um momento a mais, antes de darem fim à disputa de quem pisca primeiro. "Desculpe", disse Niamh, relutante, do mesmo modo como tinha feito após usar um marcador permanente como batom na Barbie de Helena.

Helena cedeu. "Estamos todas sofrendo, Niamh. Eu também estou."

Niamh assentiu. E então, havia terminado. Ela havia impedido a tempestade.

Mas Elle não era idiota, nem um pouco, e sabia muito bem o que ainda estava se formando. Ela havia evitado a tempestade *por ora*. Como qualquer mãe, ela sabia que havia um limite para as vezes em que se podia colar, costurar e remendar coisas quebradas. Cedo ou tarde, passariam a não ter mais conserto.

Leonie } QUESTÕES DE OPRESSÃO

A terceira garrafa de pinot noir talvez tivesse sido um erro. Niamh estava *bêbada* e no limiar da bebedeira ruim. Com os dentes azuis e os lábios, púrpura. Bruxas bebiam. Não *todas*, é claro. Para Leonie, era muito natural: uva e grãos, fermentação. Bruxas vinham bebendo em rituais desde o tempo em que alguém teve a ideia de fazer anotações sobre alguma coisa. Ela, Chinara e Niamh estavam de bobeira na pequenina saleta do chalé de Niamh, as bordas ociosas de uma pizza nas caixas engorduradas.

Niamh, deitada no tapete, balbuciava. "Tipo, você começa a se questionar por que é amiga da pessoa, sabe? Tipo, *por que* eu sou amiga da Helena? Ela é mandona, é pomposa... e aposto que é conservadora."

Isso, pensou Leonie, nunca havia estado em discussão. Mesmo que não votasse nos conservadores, Helena ainda era conservadora.

"Ela gosta mesmo de dinheiro...", acrescentou Chinara, do sofá, os olhos fitando a taça de vinho.

Niamh prosseguiu. "Tudo o que nós temos são os anos, sabe? Nós investimos anos demais para deixá-los pra trás agora. Isso faz sentido?"

Fazia total sentido, e Leonie havia se perguntado o mesmo sobre todas elas diversas vezes. Se não estivessem unidas pelo juramento que fizeram tantos anos atrás, Leonie presumia que teria continuado amiga de Niamh e Ciara, mas duvidava muito de que teria algo a dizer a Helena ou a Elle. "Faz sentido", ela comentou, enfiada embaixo de um cobertor com o Tigre na outra ponta do sofá. "Mas ela é inofensiva, não é?"

"Ninguém com tanto poder é inofensiva", Chinara retrucou, soturna.

A namorada, como sempre, estava certa. Helena entrara mesmo em seu ponto cego. Fosse lá por que razão, o vinho naquela noite não estava dando nem para o cheiro. Leonie havia se sentido pudicamente sóbria desde que tinha recebido a notícia de Annie. Tudo era sóbrio, nada era engraçado, nada era divertido. Alguém havia tirado o ar de todos os seus pneus, e agora tudo que ela podia fazer era se arrastar no asfalto.

Theo estava no andar de cima, lendo uma impressionante pilha de livros teóricos sobre a Arte, assim como algum notável *Livro das Sombras*, incluindo o livro pessoal de Valentina. Com a permissão dela, Leonie havia levado para Theo como presente. A mudança na garota havia sido evidente assim que Leonie pôs os olhos nela. Aquelas tumultuosas nuvens cor de nanquim em sua cabeça agora assumiam um tom de pôr do sol torrado. Um senso de resolução. O fim de uma maratona.

"Certo", prosseguiu Leonie. Havia um buraco em uma de suas meias e seu dedão despontava por ele. "Sei que você estava cuspindo fogo hoje mais cedo, mas você acha *mesmo* que Helena é capaz de causar mal? Ela não ia querer estragar as unhas!"

Niamh refletiu a respeito. "Só Gaia sabe. Deusas, estou bêbada demais pra isso. Mas é a Helena! Ela é... ambiciosa."

"Pra caralho."

Niamh continuou. "Ela é... determinada. É confiante. Essas são as partes boas. Mas ela também é dogmática. E arrogante. E inflexível. No geral, srta. Jackman, ela é meio babaca, se formos falar a verdade. Ela não deixaria essa coisa de Criança Maculada pra lá. Não mesmo."

"Mas você não acha de verdade que ela fez mal a Annie", disse Leonie, surpresa com o quanto sua voz parecia imatura. Ela não queria acreditar que *alguém* poderia fazer algo de mal àquela mulher.

Elas se entreolharam por um longo tempo. Niamh não disse nada, mas Leonie viu nela uma incerteza profunda, quase ácida. Caralho, Niamh pensava mesmo que Helena seria capaz disso. "Ela não faria uma coisa dessas", afirmou Leonie, baixinho.

"Mulheres brancas de merda", exclamou Chinara de maneira abrupta, espirrando vinho na virilha. "Sem querer ofender."

"Não ofendeu", assegurou Niamh, brindando a ela.

"Eu olhei bem para o fundo de mim mesma para tentar entender essa merda toda de TERF e devo dizer que estou atrapalhada." Chinara completou sua taça.

"Eu não estou", declarou Leonie, estendendo sua taça para também ser completada. Talvez esta fosse aquela que iria aparar as arestas. "Digo isso sem querer ofender, Niamh..."

"Não me ofendo..."

"Algumas mulheres brancas têm dificuldades em enxergar além da própria opressão", falou Leonie. "Olha só a porra das sufragistas. Elas fizeram campanha pelos direitos das mulheres pretas? Ou das mulheres pobres? O caralho que fizeram. Tipo, eu entendo, ser uma mulher no patriarcado é inerentemente traumático."

Niamh cruzou as pernas e encaixou uma almofada embaixo das nádegas. "Nisso você tem toda a razão."

Leonie agora estava no embalo. "Desde o segundo em que nascemos, fazem a gente se sentir insegura com nossos corpos, nossas escolhas, nossas vidas. Então, chegamos à puberdade e, de repente, temos que ser sensuais e castas ao mesmo tempo, enquanto a porra dos nossos corpos estão uma loucura. A gente começa a vazar, caralho. Então, depois de sermos treinadas em segredo para escondermos nossa excelência na escola, temos que ir trabalhar para homens que não entendem, literalmente, nenhum desses dilemas, e pensam que são, por natureza, mais habilidosos do que nós. Querem que a gente seja como os homens, mas também diferente deles. É uma armadilha, porra. A gente tá fodida desde o parto, quando dizem, *querida, é menina*."

"É verdade, mas eu não escolheria ser um menino", disse Chinara. "Você escolheria?"

"Nem fodendo! Eu posso adorar ser mulher e ao mesmo tempo reconhecer que é traumático. Eu acredito que os homens também são traumatizados pela masculinidade, mas não conheço uma só mulher que não tenha sofrido porque a porra do sistema é uma fraude."

"Não creio que as mulheres sejam definidas pelo trauma comparti-lhado", refletiu Chinara, ponderada. "Somos *debilitadas* por isso, mas eu sabia o que era ser menina bem antes de experimentar o trauma. Tipo, quando você soube que era uma menina?"

Leonie deu de ombros. "Eu só sabia."

Ela se virou para Niamh. "Eu também."

Leonie bebericou seu vinho. "E aposto que a Theo também *só sabia*."

"Pois é, eu vi a infância dela. Ela sabia", Niamh assentiu. "Era de se pensar que nós, sendo bruxas, nos sairíamos melhor neste mundo, mas me lembro de que, assim que cheguei na faculdade, um dos professores assistentes falava com a gente como se fôssemos simplórias. Tipo, eu me lembro dele dizer, *ah, nem tudo se resume a cachorrinhos e gatinhos, meninas*. E eu ficava, tipo, *vá se foder, senhor*, e enfiava minha mão di-reto no cu de uma vaca. Até bater no ombro, só pra provar que ele es-tava errado."

"Valeu, Niamh. Obrigada por essa imagem."

Chinara apanhou um punhado das sobras de batatas chips que Elle as havia forçado a levar para casa depois do velório. "Talvez seja por isso que a Helena quer policiar o coven. É o último matriarcado."

Leonie fez uma careta. "Ah, isso que se foda. Quem pediu a ela para ser a porra da bilheteira? Não duvido que Helena Vance tenha passado por umas merdas misóginas, mesmo na posição dela, mas ela não en-xerga além disso. Eu nunca ouvi a Helena reconhecer *nem uma vez* que a vida é *mais* escrota para mim", ela olhou para a namorada, "ou para você, por causa da nossa raça, ou porque somos lésbicas..."

Ela estava começando a ficar com raiva. Leonie parou e respirou fundo, embora estivesse confortável por saber que Niamh não era o tipo de mulher que lhe diria, *se acalme* ou *não se irrite*. Mais uma vez, quando menos esperava, ela havia sido lembrada da razão para ter fundado a Diáspora. Ela se virou para Niamh com um sorriso malicioso. "Ou pra você, que é ruiva pra caralho."

Niamh riu, pesarosa. "É verdade, minha sujeição é enorme."

"Eu quero que você saiba...", Leonie estendeu as mãos para ela, que sou uma aliada das ruivas."

"Significa muito, obrigada. Nós somos *bruxas*", exclamou Niamh, com mais do que um indício de exasperação irritada, "e eu conheço a porcaria de uma caça às bruxas quando vejo uma. Usar mulheres trans como bodes expiatórios é o item mais recente em uma longa lista que remonta a Pendle. Mulheres pobres, mulheres velhas, trabalhadoras do sexo, mulheres pretas, lésbicas, muçulmanas, ciganas... e agora mulheres trans. Mulheres trans! É tão desconcertante! Posso dizer com sinceridade que a existência de pessoas trans nunca havia me impactado antes durante toda a minha vida. Até onde eu sei, encontrei *três* delas, todas um amor."

"Amém a isso. Vocês já *viram* o novo primeiro-ministro? Mulheres trans são a menor das nossas preocupações", disse Chinara. "No trabalho, eu representei pessoas trans que buscavam asilo. Ninguém escolheria esse caminho se não fosse questão de vida ou morte."

"E é a isso que tudo se resume", arrematou Leonie. "A porra da vida da Helena é tão confortável que ela tem todo o tempo do mundo para contemplar as potenciais ramificações teóricas, filosóficas e acadêmicas das vidas trans. Theo só quer poder *ser*, caralho. Não parece muito justo, parece?"

Talvez ela estivesse *um pouco* bêbada. As pedras do chão do chalé de Niamh de repente se tornaram bem mais difíceis de percorrer. Suas pernas pareciam elásticas.

"Tudo bem aí, troca-perna?", perguntou Chinara.

"Tudo ótimo, obrigada!" Ela enlaçou o braço da namorada. Só por precaução.

"Acha que ela vai ficar bem?"

Leonie inspirou uma grande lufada do ar de Yorkshire. "Ah, vai sim. Vai dormir e isso vai passar."

"Estava me referindo a ela em relação à Annie..."

"Nenhuma de nós nunca vai ficar bem com relação a isso, amor. Eu estou com medo." Fez-se um longo silêncio, e Chinara deu a ela tempo para refletir. "Annie sempre sabia o que fazer. Não só quanto ao futuro, mas quanto ao que deveríamos fazer com ele. É como quando não conseguimos sinal para o Google Maps. Eu não sei pra onde ir. Não sei onde estou."

Chinara agarrou sua mão com força. Elas estavam seguras para fazer isso ali. Em Hebden Bridge, havia pouco (nunca é *nenhum*) perigo de homofobia. Era a capital lésbica do país. "Vocês podem guiar umas às outras. Vocês têm muitas irmãs."

Leonie balançou a cabeça. O céu estava obscenamente estrelado de novo. "Quero ir pra casa."

Chinara a observou bem. "Tem certeza? Acho que seu apoio seria bom para Elle e Niamh."

Ela não duvidava disso, mas havia uma merda gigantesca se aproximando. Do tipo que entupiria o vaso e pediria por um encanador.

"O que foi?"

"Alguma coisa não está certa", falou Leonie, parando na praça silenciosa no topo da vila de Heptonstall. Ela se recordou daquele pesadelo, tantas semanas atrás. Aquela sensação de pavor total. E a presença de Ciara também a perturbava. O que aquilo significava? Ela sabia que não era possível, mas e se... e se Ciara estivesse em algum outro lugar naquele exato momento, em um onde o tempo não fosse linear? Talvez não fosse apenas Gaia quem podia ver o que havia sido e o que haveria de ser.

"Sei que isso parece conversa vaga de oráculo, mas estou te dizendo, meu sentido de aranha é aguçado pra caralho. Tem algo errado aqui e eu quero dar o fora."

"Leonie, me escute", disse Chinara, bastante séria. "A guerra já acabou. A vida é boa e nós podemos criar raízes. Nada vai acontecer com a gente. Às vezes eu acho que você faz isso pra..."

"Faço o quê?"

Chinara cruzou os braços, na defensiva. "Você cria esses dramas do coven para evitar que façamos planos para o futuro."

"Não, caralho, eu não faço isso!"

"Por favor, não levante a voz", ela pediu. "Mas eu acho que é verdade. Sempre há alguma coisa, Lê. Eu entendo. A vida adulta talvez seja ainda mais aterrorizante que os demônios. Com *eles*, dá pra lutar. Não dá pra lutar contra o fato de virar adulta."

"Não..." Leonie estava prestes a chorar. Ela se sentia muito incompreendida. Certo, talvez fosse um pouco verdade, mas não dessa vez, não agora. Dessa vez, era real, ela não estava apenas gritando pelo lobo. Era como sentir o cheiro de fumaça, só um vestígio no vento. Ela não havia sido capaz de parar desde que Niamh a havia falado para ela ler Helena no funeral. "É a Helena", ela confessou.

"É sempre uma delas."

"Chinara, desta vez é sério." Ela tomou os braços de Chinara nas mãos e olhou no fundo dos olhos dela. "Olhe pra mim. Estou falando sério."

Chinara se abrandou. "Muito bem. O que tem ela?"

"Eu...eu não quis dizer isso a Niamh, mas *há* algo errado acontecendo na cabeça dela. Está tão quieta, tão vazia, como se tivesse sido esterilizada com água sanitária. Ela está mantendo a mente em branco, dando um duro insano para parecer relaxada. Por quê?"

Chinara deu um longo suspiro. "Acho que você a conhece bem melhor do que eu. Mas acho que ela está muito acostumada a estar rodeada de sencientes o dia inteiro." Ela sorriu, maliciosa. "Você acha que não crio obstáculos para você?"

"Sim, e você acha que eu não sei disso?"

"Leonie, eu amo você e confio em você. Aonde você for, eu vou. Você decide."

Elas estavam próximas à esquina da pousada. Leonie puxou Chinara na sua direção. Sentiu a cabeça rodar. Certo, aquela última taça de vinho *tinha* dado conta do recado. "Amanhã, vamos dar o fora daqui. Não sei o que ela está aprontando, e não me importa."

"Lê..."

"Não me importa. Que a porra do crsm se corroa por dentro. Não tem nada a ver conosco. Nunca teve."

Talvez algumas coisas fossem mais assustadoras que chegar à vida adulta, afinal.

MULHERES { *Niamh*

Niamh teve sonhos estressantes sobre perder voos, perder Theo, ofender Leonie e contar a Elle sobre o rolo de Jez. Provavelmente havia sido o vinho, mas também a culpa. Ela sonhou com visitar Helena várias vezes. Nessas vinhetas, às vezes Helena se desculpava com ela, e às vezes Niamh lhe oferecia trégua.

Ela acordou mais exausta do que estava quando fora para a cama, com a boca seca e mau hálito. Apertou o botão de soneca duas vezes e decidiu que o cabelo poderia sobreviver com xampu a seco por mais um dia. Era dia de ir para o consultório, mas as coisas não estavam bem entre ela e Helena. As bruxas eram, por definição, mais intuitivas, e Niamh acordou para aquele novo dia com um novo estado de espírito.

Não poderia deixar as coisas do jeito que estavam e, quanto mais deixasse, pior ficaria.

Na hora do almoço daquele dia, ainda de jaleco, ela deixou a clínica e foi até Hebden Bridge. Estacionou nos fundos do edifício Mill Croft e atravessou a rua principal até a Vênus Manicures, onde Helena disse que estaria. Uma campainha soou quando ela entrou no salão, onde viu que Helena já estava fazendo as unhas com uma tailandesa miúda e usava uma máscara facial. Havia apenas mais uma cliente, fazendo as sobrancelhas com linha.

Outra técnica em unhas saudou Niamh em seu liso uniforme branco. "Olá, a senhora tem horário marcado?"

"Não..." A manicure disse que poderia encaixá-la e Niamh se colocou na estação próxima à de Helena. Ela precisava manter as unhas curtas, uma questão ocupacional para alguém que colocava os dedos dentro de animais o dia inteiro, mas elas ainda poderiam ter uma cor bonita. "Obrigada por me encontrar", ela disse a Helena.

A Alta Sacerdotisa parecia cautelosa, ainda mais fria do que de costume. "Você anda tão dramática nos últimos tempos, não quis perder o terceiro ato."

Niamh supôs que merecia essa. Ela havia entrado literalmente voando na cozinha da mãe de Helena e depois gritado com ela em um funeral. "Fiquei surpresa por você ainda estar aqui."

"Preparando algumas coisas para o solstício enquanto estou na cidade", contou Helena, seca.

A garota começou a trabalhar nas unhas de Niamh, lixando as beiradas irregulares. "Eu queria me desculpar", começou Niamh. Ela se infiltrou nas mentes das manicures, desviando a atenção delas de sua conversa com gentileza.

"Deveria ter imaginado. Foi muito divertido explicar seu rompante à minha contraparte da Índia. Ela viu tudo, sabe."

"Desculpe. Mais uma vez." Niamh havia passado toda a manhã tentando preparar um roteiro em sua cabeça, mas agora sentia a língua amarrada. Sentiu medo do palco. "Você sabe que somos amigas há um bom tempo."

"Somos."

"Essa questão com Theo parece uma razão muito idiota para uma desavença, não parece?"

Helena passou os olhos por ela. "Bom, eu diria que isso depende muito."

Niamh prometeu a si mesma que não haveria mais vozes elevadas ao tratar disso. "Certo, vamos tentar uma abordagem diferente. Eu acredito que a inclusão de Theo no coven poderia ser uma coisa positiva." Helena fez menção de interromper, mas Niamh seguiu em frente. "Não, acompanhe meu raciocínio. Sei que ficou magoada quando Leonie fundou a Diáspora, então por que não usamos esta oportunidade para sinalizar que o CRSM é uma instituição moderna que está aberta para as bruxas LGBTQIA+? Tipo, mostrar que está por dentro."

Helena se encolheu. "Estamos andando em círculos, Niamh. Você está me pedindo para iniciar um transgênero em um coven de mulheres."

Ao ouvir a palavra *transgênero*, algo cintilou na mente da mulher que estava fazendo as unhas de Helena, e Niamh se deu conta de que ela também era trans. Ao ouvir a palavra, ela se tornou alerta, como um cervo farejando o ar para sentir o perigo. Bom, isso dizia tudo, não? Uma mulher trans, migrante da Tailândia, que tinha que servir à todo-poderosa Helena. Niamh, sempre tão cuidadosa, atraiu a atenção da mulher, que se chamava Pranpriya, para longe da conversa, fazendo ela focar na tarefa que tinha, literalmente, em suas mãos.

"Pois é, eu acho que deveria. O CRSM tem a reputação de ser antiquado e melindroso. Vamos modernizá-lo."

Pelo menos, Helena se deu ao trabalho de fingir que pensava, levando seu olhar para o teto por um instante. "Não. Acho que não."

"De qual cor a senhora gostaria?", Pranpriya perguntou a Helena.

Helena passou os olhos pelas unhas de acrílico grudadas no quadro de cores. "Vermelho, por favor. Número 23."

Havia um traço de senciência em Pranpriya. Ela estava, de forma inconsciente, resistindo à tentativa de Niamh de proteger a conversa. Niamh se perguntou se ela estaria ciente de sua habilidade. "Ah, qual é, Helena. Theo pode ser um precedente."

"Eu disse não." Helena *levantou* a voz, apenas um tom. "É muito simples. Covens são para bruxas, cabalas são para feiticeiros."

"Theo é uma bruxa. Ela diz que é uma garota e eu acredito nela."

"E eu não. Sinto muito, Niamh. Pode me chamar de antiquada e pode me xingar. Eu não me importo. Pode botar um chapéu pontudo na cabeça dele e lhe dar uma vassoura, se quiser, mas aquela criança nunca será uma bruxa."

"Podemos, por favor, não insultar pessoas trans? Podemos ao menos manter a civilidade?"

"Eu estou sendo civilizada!", exclamou Helena, admirando as novas unhas escarlates. "Mas você deseja que eu sacrifique minhas crenças para ser politicamente correta, e eu não estou preparada para fazer isso. Aquela *coisa* vai crescer e se tornar um homem, com todos os apêndices masculinos correlatos, e eu não vou permitir aquilo no meu coven."

Niamh leu Helena. Sua mente era uma rodopiante massa cinzenta. Um óleo engordurando a água, e tão sujo quanto. Aquilo era ódio. Ali em Hebden, Niamh não via aquele ódio com tanta frequência e, quando via, ficava sobressaltada com o quanto algumas cabeças eram feias. O ódio também era canceroso, infectava a razão e a gentileza. Às vezes, ele se ramificava de um senso equivocado de pânico arquejante: a noção de que lunáticos chegariam para tomar *o que é nosso.* Às vezes, era o medo da diferença, puro e simples, e todas as bruxas sabiam como era aquilo. Então, por que Helena não sabia?

Mas Niamh, empregando a parte racional de sua mente, sabia que o ódio era algo que se aprendia. As sementes deviam ter sido plantadas em algum lugar. "Helena, o que houve com você?"

Helena desviou os olhos de suas unhas e a fuzilou com eles. "O que quer dizer com isso?"

"Quem magoou você?"

Ali. Uma fração de segundo. O mais fugidio vislumbre dentro da cabeça de Helena. Uma piscada. Stefan e o inconfundível lodo verde-amarronzado do *medo.* Stef havia a magoado. Ela sentia medo dele.

"Helena? O Stef...?"

"Quê? Não! Isso é ridículo."

Stef era dez anos mais velho que Helena e considerado um alfa na cabala. Niamh sempre tinha presumido que eles combinavam bastante nesse aspecto. Parecia impensável a Niamh que alguém como Helena Vance poderia... mas esse é o problema quando se presume algo, não é? "Helena, você sabe que pode me contar qualquer coisa, não sabe?"

"Isso é um ultraje", exclamou Helena, mas estava mais enervada do que nunca. "Não acredito que você está trazendo Stef para esta conversa absurda. Ele está morto há quase uma década."

A mente de Helena agora estava em pânico, cacos de memórias piscando em uma rápida exibição de *slides.* Alguns eram do Stef que Niamh conhecia: o dono do show, sociável e bombástico, sempre pronto a contar uma anedota indecente. Ela teve um vislumbre da extravagante festa surpresa que ele dera para Helena no vigésimo terceiro aniversário dela, no Lowry; e de seu pedido de casamento bastante público, com *flash mob* e tudo. Mas também testemunhou um Stef que nunca tinha visto antes. Um Stef secreto.

Quanto mais Helena tentava manter Stef longe da mente, mais ele emergia.

Ela sentiu a angústia de Helena, as lágrimas, os nós forjados em seu estômago, o pavor de que ele fosse chegar em casa de mau humor. Ele não era de gritar, mas de se *emburrar*: o tormento excruciante do tratamento silencioso; um homem que ameaçava machucar *a si mesmo*.

Ver tamanha turbulência em Helena, dentre todas as pessoas, foi apavorante. Quanto ela se esforçava para manter aquilo escondido? Niamh sentiu uma lágrima se empoçar em seu olho. Todos aqueles muros na mente de Helena de repente faziam muito mais sentido. "Helena..."

"Chega!" Ela bateu com o punho no topo da bancada, e as duas manicures recuaram. O céu lá fora ficou tão escuro quanto o da noite. Helena falou por entre dentes trincados. "Não vou admitir que você arraste a porra do meu marido morto pela lama pra servir aos seus interessezinhos doentios."

Niamh balançou a cabeça. Helena não deveria ser forçada a falar sobre isso. "Eu... tudo bem. Mas eu preciso que veja que Theo não é aquilo de que você tem medo. Isso não é justo, Helena. Ela não é aquela *coisa*, aquela que todas tememos. É uma adolescente confusa que precisa de toda ajuda que conseguir."

A ira de Helena se desvaneceu, embora a testa continuasse escarlate. "Teremos que concordar em discordar. Como quando você preferia o nsync aos Backstreet Boys."

Niamh ficou sem fala por um momento. "Não acho que seja bem a mesma coisa, e você sabe. Isso é algo fundamental. É sobre o direito de uma pessoa viver como ela mesma."

"Você não vai me fazer mudar de ideia, Niamh."

"Muito bem", disse Niamh com tristeza, "então acho que ficamos por aqui".

"O que quer dizer com isso?"

"Eu... eu respeito o trabalho que você faz no crsm", Niamh não mencionaria Stefan de novo, "e sinto muito, muito mesmo, se alguma vez falhei em estar ao seu lado, mas não tenho certeza de que posso continuar sendo sua amiga, Helena."

"Como disse? Você está rompendo comigo?"

"Não foi o que eu disse. Minha porta sempre estará aberta pra você, sempre, mas apenas se puder estender essa gentileza a Theo."

Os olhos vítreos de Helena estavam impassíveis. Niamh deu mais uma espiada lá dentro e havia apenas a certeza forjada em ferro. Ela estava certa, e Niamh estava errada. Era só o que havia. Ela havia se transformado em pedra.

Pranpriya se encolheu, borrando o esmalte em gel no polegar de Helena. Esta fez um muxoxo. "Desculpe, senhora", ela disse e, eficiente, limpou.

A outra garota ainda não havia começado de fato as unhas de gel de Niamh. "Quer saber, já está bom", ela falou. "Vou pagar pelo serviço completo mesmo assim, mas elas iam ficar todas estragadas por causa do trabalho. Obrigada." Ela recolheu as mãos.

"Se é assim que prefere deixar as coisas", Helena suspirou, "creio que você fez sua escolha."

"Não. Theo não teve escolha quanto a quem é. *Você* fez a escolha de excluí-la."

O comportamento educado de Helena vacilou por uma fração de segundo, a boca curvada em uma linha feia. Ela não disse nada.

"Se não vai nos ajudar, apenas fique longe de nós. Você não tem mais nenhum assunto a tratar em Hebden Bridge."

"Você não é a guardiã legal dele, Niamh", afirmou ela, presunçosa.

"Isso foi uma ameaça?"

"Estou apenas declarando os fatos."

"Eu também. Theo pode ficar comigo por todo o tempo que *ela* quiser. Vou entrar com um processo pela guarda, se for necessário. E se o crsm chegar perto de nós..."

Foi a vez de Helena sorrir. "*Isso* foi uma ameaça?"

Niamh pegou a bolsa, o celular e as chaves do carro da mesinha do salão. "Sim, foi."

INVOCAÇÃO { *Helena*

A noite é mais densa entre as 2h e as 3h. Nesse período, ainda faltam horas para a aurora e ninguém está fazendo nada de honesto.

Helena contara com isso.

Nua e descalça, ela seguiu até o pasto a passos largos. O céu estava nublado por nuvens finas, e a lua crescente estava tingida com um estranho tom de lilás. Apesar de preparada, ela estava nervosa, seu estômago era um nó apertado.

Ela questionara a própria linha de ação em muitas e muitas ocasiões ao longo das últimas semanas, indo e voltando feito um pêndulo, mas sempre retornava às visões das oráculos. Diversas vezes, ela havia regressado à Amy, a jovem oráculo, e o agouro permanecia o mesmo: a total aniquilação de todas as bruxas.

Não tinha outra escolha.

As pessoas. As pessoas *te decepcionam*. É uma bela surpresa quando isso não acontece, e Helena sabia que tinha o CRSM à sua disposição, mas, como fora evidenciado pela traição das amigas, só se pode confiar de verdade em si mesma. Até mesmo Annie lhe dissera uma vez que nós entramos nesse mundo da mesma forma que o deixamos: aos berros e sozinhos.

Annie.

Não. Foco.

Se Helena faria isso, ela iria precisar de um extraordinário poder de fogo. Fogo se combate com fogo, e qualquer elemental saberia dizer isso. Ela precisava de uma arma. Precisava se tornar uma. Uma arma que, se necessário fosse, poderia sobrepujar o próprio Leviatã.

Até onde qualquer bruxa sabia, havia apenas dois demônios no mundo que poderiam ser páreo para ele.

Como diziam as regras, ela carregou tudo diante dela em um baú de madeira envolvido em seda preta. Tudo deveria ser organizado de forma meticulosa, tratado como porcelana chinesa. O baú e o conteúdo dele haviam ficado debaixo de sua cama durante sete noites, familiarizando-se com sua essência enquanto ela dormia.

Ela estava ansiosa demais para notar o frio. Mesmo sendo fim de maio, o âmago da noite era gélido e formava pérolas de orvalho na grama. Helena ajoelhou-se e pôs o baú diante de si. Desenrolou a seda e abriu a tampa. Um potente aroma de oud a saudou, atingindo o fundo de sua garganta.

Se parasse para refletir agora, mesmo que por um segundo, perderia a coragem. Ela fez o que sempre havia feito: *seguiu em frente.*

Primeiro, as prioridades. Retirou um saco de papel cheio de sal e o derramou ao redor de si em um círculo com cerca de dois metros de diâmetro. Um *Zisurrû* era especialmente útil durante uma invocação: quando se fazia um chamado ao reino espiritual, qualquer coisa poderia, e iria, responder. Naquela noite, Helena buscava apenas uma conversa, muito específica. O círculo garantiu que ela estivesse a salvo de qualquer penetra durante a conjuração.

Ela desdobrou uma segunda seda e retirou os ossos. Eles haviam pertencido, um dia, à sua avó. Os textos eram vagos em seus ingredientes: os "ossos dos ancestrais" poderiam muito bem significar qualquer coisa, mas Helena pensou que era melhor levar ao pé da letra. Exumar o túmulo dela havia sido bastante fácil. Ela apenas manipulou a terra para que eles fossem trazidos à superfície. Como diziam as instruções, que ela aprendera palavra por palavra, ela espalhou os ossos pelo chão, diante dela, de forma aleatória.

Isso tudo era parte dos testes. Seria ela digna de Belial? Um tom de arrogância se interpôs à dúvida: se *Dabney Hale* havia sido considerado aceitável, ela com certeza o era.

Estava apavorada pela parte seguinte. Do baú, selecionou o pequeno frasco azul contendo a exata medida de *Jugo de Bruja* que precisaria para adentrar o estado de transe. Isso significava perder o controle, algo de que Helena não era fã. Desse ponto em diante, estaria tudo fora de suas mãos. Só lhe restava orar para que seu sóbrio planejamento prévio compensasse qualquer que fosse a reação dela ao alucinógeno.

O gosto era rançoso, como tomar uma poça de lama, e tinha a consistência de um *espresso* frio. Ela fez uma cara feia e engoliu com esforço. Deteve-se por um segundo, para o caso de vomitar tudo de volta, mas após um instante, ela estremeceu e a substância permaneceu em seu estômago. Sentiu de pronto um calor apimentado irradiando de suas entranhas.

Ela avançava rápido. Queria completar o ritual antes que a droga batesse.

A adaga estava no fundo do baú. Havia esperado algo mais opulento, mais cerimonial, mas ela era velha, afiada e eficiente; a lâmina não tinha mais do que três centímetros de espessura. Essa próxima parte não seria agradável, ela entendia isso, mas o coração dela já parecia estar bombeando para a cabeça um sangue mais quente. Era esse o objetivo? O *Jugo de Bruja* era uma distração para o que estava prestes a acontecer? *Não fique remoendo isso.*

Ela espetou o dedo indicador esquerdo com a ponta da adaga. Apesar da droga, doeu. Helena espalhou o sangue com cuidado ao redor da boca, como se fosse um batom, e então na língua, garantindo que ambas estivessem bem cobertas.

O breve dissabor valeria a pena. Tinha que valer.

Sua cabeça, ou o campo, ou ambos, começaram a girar ao redor dela. Um último passo. Ela pegou uma pequena caixa de lata do baú. Não havia como voltar atrás uma vez que ela fosse aberta. Helena a apertou entre as palmas e estabeleceu sua intenção.

Ouça-me agora, ó Mestre. Envia teu emissário. Concede a mim uma audiência.

Com toda a cautela, ela abriu a tampa. Satisfeita pelo fato de o escorpião amarelo não saltar em cima dela, nem tentar fugir, ela pôs a tampa de lado.

Era, na verdade, uma coisa bem pequenina: por que estava com medo?

Ela pegou o escorpião pela cauda, que não era amarela, com exceção do ferrão de aparência perversa, e o segurou no ar. Se fosse digna, não sofreria mal algum, e Helena sabia que era. Fechando os olhos, ela o baixou até seus lábios, sentindo as patas dele espernearem, fazendo cócegas em sua pele.

Ela abriu a boca e o escorpião se arrastou para sua língua, onde pareceu hesitar. Helena não ousava respirar. É claro que ela havia se certificado mais de uma vez que o veneno do escorpião era diferente do das abelhas, e a picada de um escorpião amarelo *geralmente* não é fatal, mas ela não queria descobrir...

Depois do que pareceram horas, o escorpião se moveu. Continuou a descer pela língua dela. Ela conteve a ânsia de cuspi-lo, sentindo, por instinto, um refluxo. Pôs a mão sobre a boca, sentindo as pernas aracnídeas comicharem pela garganta até chegarem ao estômago.

E então, ela esperou. Houve um momento de quietude. Em algum lugar de Pendle Hill, uma coruja piou. Pronto. Não foi tão...

A sensação foi como se ela tivesse sido esfaqueada. Helena gritou, não conseguiria mantê-lo ali dentro. O corpo inteiro espasmando com violência. Ela se virou sobre as costas, sua espinha se arqueando com a agonia. Minha deusa, ela não conseguia aguentar, era pior do que um parto, como se todos os ossos do corpo de Helena tivessem se tornado farpados e estivessem tentando cortar sua carne para se libertar. Os membros dela subiam e desciam aos solavancos, como se tivessem vontade própria. Ela sentiu as pernas, as nádegas e os ombros atingirem o solo enquanto ela se debatia feito um peixe fora d'água. Ela se contorceu, o rosto agora se esmagando contra a grama úmida.

Tremulando inteira, ela sentiu que deixava o chão. A cabeça se lançando para a frente e para trás, um tanto fora de controle, e o pescoço estalava dolorosamente. Ela arfava e seus pulmões pareciam pequenos demais.

Então ela caiu de barriga na terra outra vez. Ficou deitada de costas por um momento, tremendo por todo o corpo, a pele ensopada de suor frio e de lama. Conferiu para ver se conseguia respirar. Conseguia. Por um segundo, a sensação havia sido de estar se afogando. Ela abriu os olhos, piscando. Eles agora eram pretos feito ébano, mas sua visão era mais clara do que nunca, como se ela tivesse visão noturna.

E ela soube exatamente o que tinha que fazer. Helena se contorceu e se colocou de quatro. Deixou as mãos irem aonde queriam ir. Com velocidade inumana, elas saltaram de um fragmento de osso para o seguinte. Logo, eles começaram a tomar forma, constituindo uma série de runas que não estavam descritas em livro algum, nem mesmo em *O Evangelho de Lilith*. Como um tipo de senha secreta, que só podia ser dita. Helena não sabia o que estava fazendo, mas suas mãos, sabiam.

Antes que ela percebesse, estava terminado. Não sabia nem o que as formas significavam, pois elas estavam em alguma letra ancestral dos demônios, vedada aos homens. Ela se sentou e admirou sua arte. Percebeu o corpo dolorido, mas ela também se sentia *viva*, a mesma sensação que tinha após uma aula de *spinning* particularmente desafiadora. Ela afastou o cabelo ensebado do rosto.

Semicerrando os olhos para o horizonte, viu uma figura emergir das árvores. Ela se permitiu uma risada breve e aliviada. Ela havia conseguido. Tinha funcionado.

Sem pressa alguma, o touro foi desfilando pelo prado, de forma majestosa, em sua direção. Ela havia esperado por um touro branco, e assim ele *era*. O couro perolado reluzia sob o luar. Era um tanto quanto belo. Isso ela não havia esperado.

Enquanto ele se aproximava, ela retirou o último item do baú. O sacrifício. Um pedido sério exige um pagamento sério. *Não há como se criar algo do nada*. A magia *deve* ser equilibrada. Ela estava pedindo grande força, então, esse poder deveria ser retribuído.

A captura de Rye havia resolvido o problema para ela. O feto humano estava envolvido em uma seda separada. Helena o pôs no chão, desembrulhando-o e oferecendo-o ao touro.

Aquela era a última chance na qual tudo poderia dar errado. O emissário poderia não aceitar a oferenda, pois não era um sacrifício vivo, mas Helena não conseguiu se forçar a abater uma criança viva.

Claro que era sangue. Sempre era. O que possui mais vida do que o sangue, e o que é mais puro do que o sangue dos jovens? É por isso que *sempre* é sangue.

O touro se retardou ao se aproximar do círculo. Helena se sentou sobre os calcanhares antes de se curvar para a besta, as palmas viradas para cima e a testa apertada contra a terra. A total submissão. Ela não ousava olhar, mas sentiu o hálito quente borrifado das narinas da criatura quando ela se inclinou para recolher o embrião com os dentes. Helena o ouviu mastigar e, quando ela se sentou, a boca branca dele estava vermelha.

Ele havia aceitado.

Ela era digna.

Com um estranho estalo de língua que a pegou de surpresa, Helena começou a chorar. Ela sempre soubera. *Eu sou digna.*

Com a mão direita, ela agarrou a adaga e a cravou fundo no pescoço do touro.

A cabeça não saíra com a facilidade que ela esperava, e ela presumia que não era permitido usar uma serra elétrica. Tinha sido necessário ir cortando os tendões de aço e os ossos por mais de uma hora. E como ele estava repleto de sangue... havia esguichado das veias até bem depois de o coração ter parado de bater. A pele de Helena estava cor de ferrugem, grudenta e úmida, da cabeça aos pés. O cabelo dela se lançava em cordas emaranhadas sobre o rosto enquanto ela adentrava a mata.

Ela segurava a cabeça do touro no alto, pelos chifres, deixando que os olhos mortos indicassem o caminho.

Ao redor dela, a floresta pululava de vida: os besouros, as minhocas, os afídeos, as víboras. Ela entendeu como eles estavam ligados em uma vasta teia da vida. Ela era suprema. Nada poderia vencê-la. Ela era superior. Uma assassina perfeita. Uma predadora. Uma *bruxa*. Ratos e aranhas corriam de seu caminho enquanto ela se esgueirava pela grama. Debaixo de tudo isso, somos todos animais.

A cabeça do touro a guiou até um carvalho bastante prosaico, cercado por muitos outros. Só que esse *era* diferente. Começou a brilhar por dentro, com um verde fosforoso emanando dos nós. Os longos galhos estalaram, e os ramos se moveram. Helena ficou olhando o tronco, e as raízes serpenteavam como tentáculos, separando-se para criar um buraco em seu âmago. Um cheiro fétido e sulfuroso atingiu Helena, e ela recuou cambaleando. Um arroto vil dos intestinos da terra.

Tentando respirar pela boca, ela seguiu as instruções de *O Evangelho de Lilith* e colocou a cabeça decepada dentro da cavidade do carvalho. Vinhas e trepadeiras se retorciam pela carne morta, ligando-a à árvore.

Helena deu um passo para trás. Aquilo *tinha* que funcionar. Havia feito tudo certo. Ela não falharia agora. Apenas o sucesso faria com que tudo aquilo valesse a pena. "Mestre Belial", ela chamou em voz alta. "Eu me submeto à tua vontade como o digno receptáculo de teu poder. Agora, ouça-me."

Os olhos mortos do touro encaravam o nada.

"Ouça-me!", ela gritou a plenos pulmões.

Uma faísca verde se fez em seus olhos e a cabeça do touro criou vida, o pescoço grosso se flexionando e os lábios se retraindo sobre os dentes amarelos. A besta deu um poderoso rugido.

"Quem ousa exigir uma audiência com Belial?" A voz ribombava por toda a floresta.

"O senhor me conhece, milorde. Eu o invoquei até aqui, a este lugar, e o imbuí da força para se manifestar. Sou tua serva Helena Vance, Alta Sacerdotisa do Reino Unido."

Os olhos do touro a estudaram. "Você é insignificante."

Helena não havia esperado que fosse fácil. O touro olhava para ela, carrancudo, agora muito mais do que uma cabeça decepada. Ela vira Ciara e outros invocarem demônios, mas nunca tinha *visto* um demônio cara a cara, mesmo uma emprestada, como era a de Belial naquele reino. Ela precisava provar seu valor. Ele ainda poderia dizer não. "Eu sou digna. Eu completei teus testes."

"Você é um grão de areia em tudo isto."

"Então me torne forte", pediu Helena. "Preencha-me com teu poder infinito."

"Busca poder."

"Sim."

"Tem a guerra no coração e canta a canção de Belial."

O que ela havia esperado? Belial era a razão pela qual os homens iam à guerra. Desde que os seres humanos começaram a vagar pela terra, aquele demônio havia semeado a divisão, a vingança, o descontentamento e o tribalismo. Ele havia posto armas em incontáveis mãos.

"Eu quero vencer uma guerra", ela declarou.

"A espada das bruxas."

"Sim. Eu a encerrarei."

"Você dará início a ela", o touro retrucou.

"Eu salvarei a espécie bruxa."

"Foram as bruxas que aprisionaram Belial nesta prisão carnal."

"Através de mim, o senhor estará livre. Eu o servirei bem." Ela se tornaria uma arma, deteria o Leviatã e ninguém nunca saberia.

"Uma bruxa enganaria Belial."

"Eu serviria a Belial." Era mentira. Ela não servia a homem algum e nem a demônio algum, mas a maior fraqueza do homem era sua arrogância. Não havia uma única mulher na história que houvesse se considerado inferior a um homem, mas havia um truque em permitir que eles *pensassem* que estavam no controle. A força de um covarde, mas ainda assim, força.

"Seria o receptáculo."

"Sim."

"Conheceria uma força incalculável, mas pertenceria ao Mestre para sempre."

Ela já tinha visto Hale e não acreditava no demônio. Demônios eram apavorantes, mas, nesta realidade, eram fracos, totalmente dependentes de seus súditos. Ele aceleraria o poder *dela*, e não o contrário. Contudo, se quisesse derrotar a Criança Maculada, ela precisava de um aprimoramento. "Eu aceito teus termos."

"Aceita?"

"Sim."

"Aproxime-se."

Helena deu um passo na direção do carvalho, a pungente nuvem de gás ainda espiralando da ferida na árvore.

"É fraca", desdenhou Belial.

"Não é", rosnou Helena, numa súbita fúria. "Está sacrificando *tudo* pelo coven. Eu me rebaixei a me imiscuir com demônios pela causa."

O touro riu. "*Aí* está ela. Pomposa, arrogante, mimada. Mas disposta, certamente disposta."

"Faça de mim uma espada."

O touro pareceu sorrir. Algo enervante e assombroso de se testemunhar. "O receptáculo é virgem."

"Sim."

Uma risada baixa e rouca balançou a floresta. "Bruxa, sua primeira vez será *das grandes*."

Helena viu uma faísca verde jade nos olhos do touro antes de sentir uma substância gélida, viscosa, semelhante a um gel, atingir-lhe a boca, as narinas, os olhos e os ouvidos. Seiva. Era seiva jorrando da árvore. Ela engasgou e engasgou enquanto a seiva jorrava garganta abaixo. A força daquilo a ergueu por completo do chão e a manteve suspensa. Irrompia ao redor de seu corpo, espremendo-se para adentrar cada orifício. Ela engulhava, arfando sem ar. Não conseguia se mover. Aquilo enchia o estômago, as entranhas e o crânio dela.

Tocava cada centímetro de seu ser, por dentro e por fora.

Ela não conseguia respirar, não conseguia...

Helena acordou num sobressalto.

Ainda estava nua, mas em seu quarto, na Mansão Vance. As cortinas estavam abertas e a aurora havia rompido, o que sugeria que algumas horas haviam se passado. Ela se analisou: estava limpa, o cabelo ainda úmido. Não tinha lembrança alguma de como havia chegado em casa. A última coisa de que conseguia se lembrar era de se engasgar com a espessa gosma sufocante, os pés esperneando em pleno ar.

Ela escutou passos na escada e olhou para a porta do quarto, aberta. Helena a queria fechada.

A porta se fechou num baque.

Helena arfou. Viu uma garrafa d'água no peitoril da janela. Ela ergueu a mão e o objeto disparou para sua palma, com um satisfatório estalo. Ela olhou para aquilo, espantada. "Sou uma perita", ela afirmou, de forma quase inaudível.

Havia funcionado.

Como um gato, ela se espreguiçou pela cama na diagonal, arqueando as costas. Sentia cada célula do seu corpo carregada, eletrificada. Ah, ela gostava daquilo.

E sim, Belial também havia gostado da nova hospedeira. Gostado muito.

PROMESSA DE VERÃO { *Niamh*

"Como pode alguém não saber fazer um risoto?", Luke tinha dito. "Porque essa porcaria é uma perda de tempo", Niamh havia respondido. Ficar cuidando do arroz como se ele fosse um bebê, massageando-o devagar com uma colher de pau. Quem nesse mundo tinha um tempo desses?

No entanto, era bastante desconcertante ver Luke tomar conta da cozinha do modo como Conrad havia feito um dia. Ela sempre amara aquela dança: uma pitada de sal marinho, um toque de pimenta moída na hora, o modo como ele sabia, por instinto, quais ervas colher do jardim. Talvez esse fosse o tipo dela, refletiu, homens que cozinhavam bem. Sem dúvidas preenchia uma necessidade.

Fazia calor o suficiente para que jantassem lá fora, no pátio, com vista para as colinas. Naquele ano, as estações estavam progredindo da primavera para o verão de forma agradável, aos poucos. Era o mesmo modo como costumava ser quando ela era pequena, sem as aberrantes anormalidades que tinham vindo a ser associadas ao aquecimento global. Hebden Bridge, no vale lá embaixo, havia sido inundada nada menos que três vezes nos últimos três anos, mas esse ano, até então, parecia mais clemente.

Theo estava sentada à mesa do lado de fora, quieta como sempre, ainda lendo os grimórios que Leonie havia trazido de Londres. Ela era a aluna mais comprometida a quem Niamh já havia ensinado. Enfim o controle estava começando a emergir. Fazia sentido: uma mente bagunçada fazia magia bagunçada. Como seria possível que alguém que estivesse passando pelo mesmo que Theo pudesse manter a porra da cabeça no lugar? Energia caótica criava caos.

Luke, aperfeiçoando aquela coisa de garçom de carregar três pratos de massa ao mesmo tempo, levou o risoto até a mesa. "Eu poderia me acostumar a isso", comentou Niamh, e então desejou não ter falado nada, porque parecia saído direto de uma comédia romântica.

Em vez disso, Luke se esquivou, caçoando dela. "Não acredito que não sabe fazer risoto. Apresento a vocês o risoto de aspargos e ervilhas." Ele passou um prato a Theo. "Tá aqui, meu parceiro."

Niamh falou apenas com Theo. *Posso dizer algo a Luke? Não quero que ele erre seu gênero, e "parceiro" é bem coisa de menino, você não acha?*

Claro. Não me importo.

"Luke, na verdade estava querendo conversar com você sobre Theo."

Ele sentou-se em seu lugar e pegou um pedaço de ciabatta de alho. "Ah, é?"

"Então. Theo está passando por algumas mudanças e, de agora em diante, gostaria que nós nos referíssemos a ela como uma garota."

Luke, que era um livro aberto, demonstrou surpresa apenas por um instante antes de engoli-la de volta. "Tudo bem, então. Hã, foi por isso que você veio pra cá?"

Era plausível. Theo assentiu. "Isso mesmo", Niamh acrescentou.

"Legal, legal", disse Luke. "Vai mudar de nome ou ficar com Theo, mesmo? Acho que poderia usar Thea, né?"

Theo corou. *Diga a ele que vou ficar com Theo.*

"Ela é Theo. Por enquanto, pelo menos. A artista em *A Maldição da Residência Hill* se chamava Theodora."

"Eu gostei", comentou Luke com animação.

Eu também.

"Ela também gosta de Theodora."

Theo deu um sorriso tímido e cutucou o risoto, quase um grão por vez. Ela comia feito um pardal nervoso, como se estivesse catando migalhas da mesa.

Se algum tipo de cenário viesse a se desenvolver com Luke, ele tinha o direito de saber, ainda que parcialmente, o que estava acontecendo. Se as coisas avançassem bem mais, talvez até chegasse a hora de introduzi-lo às tretas das bruxas. "Então, Theo vai ficar por mais um tempo."

"Quanto tempo?" Era menos suspeita e mais curiosidade. Deusas, Niamh já vinha com tanta bagagem, o que era mais uma bolsa?

Niamh sentiu que Theo estava esperando por sua resposta com ainda mais intensidade. "Pelo tempo que ela quiser."

Theo não precisava de palavras para lhe agradecer, porque Niamh pôde sentir a descarga açucarada de gratidão, tamanha a força.

Eles terminaram de jantar (acompanhados pelo primeiro rosé da estação) e jogaram um jogo de cartas chamado Caveiras. Foi bem fácil para Theo jogar sem palavras, e elas fizeram uma promessa particular de não lerem a mente de Luke, não importando a vantagem que isso poderia lhes dar.

O sol se pôs e eles entraram para assistir TV. O primeiro rosé e, agora, o primeiro box de seriado. O cachorro se aninhou no sofá entre Niamh e Luke enquanto Theo lia, fazendo anotações nas margens. Niamh se sentiu mais contente do que estivera em muito tempo. E se essa agora fosse a vida? Poderia ser muito pior, com certeza. Era disso que se tratava o amor verdadeiro: não dos dramas e das lágrimas, mas de risotos e seriados. Ela havia se sentido sortuda por ter tido esse tipo de intimidade um dia, duas vezes quase parecia ganância.

Niamh aproveitou a chance para falar com Theo enquanto Luke usava o banheiro no andar de cima. *Theo, como você se sentiria se o Luke passasse a noite aqui algum dia? Não hoje, mas algum dia.*

Ela parecia distraída, seus pensamentos em staccato, agitados. *Está ouvindo isso?*

O quê?

A testa de Theo se enrugou, farejando o ar, tal qual uma loba. *Há uma voz nova.*

Niamh escutou, esforçando-se bastante. Primeiro, não havia nada, e ela quase disse isso a Theo, até que escutou algo. Escutar não era bem o termo correto, estava mais para *sentir*. Algo frio, algo antigo, como o ar escuro e o aroma de musgo no interior de uma profunda caverna. *Entendi do que você está falando.*

O que é?

Algo estranho, é o que foi. *Não sei.*

Os olhos de Theo se arregalaram. *Estou com medo.*

Agora Niamh se preocupou. *Do quê?*

Tem algo errado. Acho que ela virá atrás de mim.

"Helena?"

Theo assentiu.

"Não virá. E se vier, eu vou detê-la. Sou mais poderosa que ela. Sempre fui."

Ela queria poder dizer que aquilo havia deixado Theo satisfeita, mas ela ainda parecia tensa.

Theo, vai ficar tudo bem. Eu prometo.

Eu nunca morei em nenhum lugar bom antes. Não quero que isso acabe.

Niamh se aproximou dela por cima do braço da poltrona e envolveu Theo. Ela ainda era frágil, mas não se encolhia mais ao seu toque. *Ninguém vai levar você para lugar nenhum.*

CHAMADO ÀS ARMAS { *Helena*

"Não discuta, por favor", disse Helena, dobrando um traje de banho e o colocando em uma mala em cima da cama de Neve.

Neve fez um ruído estranho: uma mistura de palavrões choramingados e exasperação. "Eu não quero ir pra Boscastle! É ainda pior do que Hebden Bridge."

"Tem paisagens lindas", retrucou Helena. A pobre Neve havia voltado a Manchester a apenas algumas semanas e agora estava sendo despachada de novo. Mas era para o próprio bem dela.

Neve a olhou como se ela fosse simples. "Cara, você sabe o que eu quero fazer nas férias? Que saco, por que não posso ficar com você e pronto?"

Helena parou de fazer a mala e olhou feio para a filha. Ela sentiu um desejo poderoso de dar um soco tão forte que quebraria a mandíbula daquela vaca lamuriosa. E ela não tinha dúvidas de que poderia. Porém, moderou a ânsia. É a Neve. "Tenho muito trabalho a fazer. É o recesso semestral, vai ser adorável e seus avós estão encantados por poderem levá-la. Você amava a casa de veraneio."

"Eu também amava o One Direction. As coisas mudam, mãe."

Eu poderia partir seu pescoço, sua miserável de...

"Por favor, Neve, faça isso por mim. Por favor."

Neve se deteve e reconsiderou a abordagem. "Tem algo acontecendo, não tem?"

"Não. É tão estranho assim que seus avós queiram viajar com você para tirar uma folga?"

"É um pouquinho, sim. Foi do nada, e a vovó ia ser jurada na exposição de flores em Todmorden, então não faz nenhum sentido, pra ser sincera."

Neve era mais inteligente do que parecia. "Os planos dela mudaram."

"Você nos quer fora do caminho, não quer? Por quê?"

"Isso não é verdade", ela mentiu.

"Tem algo a ver com Theo?"

"O que a faz pensar assim?" Helena besuntou sua voz de mel.

Neve deu de ombros. "Sei lá. Pelo fato de a tia Niamh ter, tipo, ficado surtada no velório e tal."

Helena acariciou o adorável cabelo de Neve, afastando-o de seu lindo rosto. Ela amava aquela menina, que havia alargado seu coração. Ela sentia aquilo com muita intensidade. Naquele momento, tudo que sentia era intenso: estava esfomeada o tempo todo, insaciável. Mataria por Neve, do mesmo modo como deveria ter matado aqueles que tinham feito mal ao marido. Agora não mostraria nenhuma clemência.

Era a criatura mais poderosa deste planeta deplorável.

Isso era uma delícia.

"Não tem nada com que se preocupar, minha doce Neve."

A garota deu um sorriso largo. "Mãe, você tá exagerando."

Helena ergueu a sobrancelha. "Você nem faz ideia. Agora, termine de arrumar as malas e aguarde o teleporte para a Cornualha. Preciso ir até o gabinete. Divirta-se bastante. Vou me juntar a vocês, se puder, depois de amanhã." Helena a beijou na testa e então deu-lhe um tapa na bunda. "Mãos à obra. Eu te amo."

"Também te amo", respondeu Neve.

A garota está desconfiada.

Ao deixar o quarto, Helena surrupiou o celular da filha para o bolso de seu blazer enquanto a menina estava de costas. Só por precaução.

★ ★ ★

Estava entardecendo quando Sandhya a saudou de volta ao CRSM. "Estão todas aqui?", ela perguntou assim que tornou-se corpórea.

"Todas na lista vieram."

"Ótimo." Ela não havia lhes dado escolha. "Não vamos deixá-las esperando."

Helena foi na frente, atravessando a passos largos os gabinetes que estavam, em sua maioria, vazios. Durante o plantão, apenas uma equipe mínima trabalhava, para teleportes de emergência e afins. Elas tomaram o elevador até o Fervura & Borbulha, a cantina do primeiro andar, onde o solário dava para o roseiral nos fundos. Os jardins do CRSM eram bem-cuidados, perfeitamente simétricos, com quatro quadrantes de rosas *Crimson Glory* recém-floridas ao redor de uma fonte ornamental, no centro. Era um belo espaço, mesmo à luz de lâmpadas.

Enquanto sua assistente ficava para trás, Helena agarrou as grades e observou aquelas que havia reunido: as mais fortes aliadas no CRSM. Cada uma dessas mulheres já havia se provado leal. "Irmãs, obrigada por virem de última hora!", ela exclamou, e o rebuliço da conversa educadamente curiosa cessou de imediato. Ela não tinha dado a Sandhya nenhuma indicação da razão de por que precisava de uma sessão de emergência.

Lá embaixo, ela viu sua equipe de intervenção: a escultural Robyn Jones, Jen Yamato, Clare Carruthers. As irmãs Finch, que eram irritantes fofoqueiras, porém ambas poderosas elementais, também estavam presentes. Assim como Irina Konvalinka e a jovem Amy. A elas, se uniam meia dúzia de outras bruxas, em suas capas cinzentas, que vinham ascendendo pelas fileiras. Todas muito comprometidas, verificadas psicometricamente pela própria Helena. Sim, elas serviriam bem. A mistura exata de habilidades e poucas pessoas, para não levantar suspeitas. O equivalente das bruxas a uma equipe da SWAT.

Ela começou. "Estou certa de que estão se perguntando por que as convoquei aqui com tanta urgência. Algumas de vocês lutaram ao meu lado na guerra, outras são jovens demais para se lembrarem dos horrores daquela era. Quando me tornei Alta Sacerdotisa, jurei que tempos tão sombrios haviam ficado para trás para todo o sempre. Mas é com grande pesar que devo confirmar que certos rumores são verdadeiros: uma ameaça bem maior se apresenta ao nosso coven agora."

Ela se pôs de lado e permitiu que Sandhya avançasse. "Mostre a elas." A assistente transmitiu a todas elas a terrível visão de Amy. Helena passou os olhos pelo rosto das mulheres presentes enquanto elas recebiam as imagens, esperando que elas se contorcessem de repulsa, medo, pânico. E, como previsto, elas o fizeram.

"A Criança Maculada é real, minhas irmãs. Através desse menino, o Leviatã vai se erguer. Agora mesmo, em Hebden Bridge, ele proclama ser uma mulher: uma tentativa desprezível de se infiltrar em nosso coven e nos destruir por dentro. Nestas circunstâncias, não devemos deixar que as leis dos mundanos nos distraiam ou nos atrasem. Nós sempre fizemos nossas próprias regras, e devemos agora tomar a dianteira como bruxas. A Criança Maculada é uma abominação, e deve ser contida."

As bruxas conversavam umas com as outras, analisando freneticamente a visão da oráculo *e* as palavras de Helena.

"Irmãs, por favor. Sei que a premonição é muito perturbadora, mas eu as reuni aqui não para conversar, mas para agir. Vocês são uma força-tarefa, minhas bruxas mais confiáveis e talentosas. Esta noite, eu preciso de vocês. Temos uma chance de fazer isso do modo certo, e estamos lidando com dois poderosos sencientes que saberão que estamos a caminho."

"Dois?", Venice Finch perguntou do jardim.

Helena assentiu, solene. "Lamento dizer isso, mas nossa irmã Niamh Kelly está escondendo a Criança Maculada. É possível, até, que ela esteja aliada ao Leviatã em pessoa..."

Isso causou uma outra ondulação escandalizada na lagoa abaixo.

"Eu sei. Ninguém está mais preocupada do que eu. Niamh, como vocês sabem, é uma querida amiga. Mas que tipo de Alta Sacerdotisa eu seria se colocasse minha amizade acima dos interesses do coven? Não ficarei de braços cruzados enquanto essa criança perverte tudo que eu defendo, tudo o que nós defendemos."

Mais um burburinho. Paris Finch ergueu a mão. A mulher tinha as unhas longas e feitas. Helena imaginou o quanto ia doer se arrancassse cada uma de seus dedos. "E se Niamh intervier? Ela é uma perita de Nível 5..."

Helena se deteve por um instante, redirecionando o foco. Belial ansiava por dor. "Juntas somos mais fortes. Esta noite, avançaremos sobre Hebden Bridge. Não posso forçá-las a vir, mas o coven pede isto de vocês. O objetivo primário é capturar e deter Theo Wells. Se ele, ou qualquer pessoa, tentar impedir nossa missão, eu autorizo força letal."

Desta vez, não houve comentários. Ela havia acabado de lhes mostrar o quanto falava sério. "Agora. Nós podemos impedir que aquela horrenda visão se realize; mas, se queremos explorar o elemento surpresa, o tempo urge..."

Sentiu Belial se remexer dentro dela, faminto, com um gosto metálico em sua língua. Ela nutria a mais estranha ânsia de mastigar pilhas. Havia uma possibilidade mínima de não chegar a isso, mas se Niamh queria briga, ah, Helena lhe daria uma que nunca esqueceria.

Ela torceu para que Niamh quisesse brigar.

Niamh } UMA CARTA URGENTE

Theo havia adormecido na poltrona, e Niamh foi se deslocando pelo sofá até se aconchegar em Luke. Tudo aquilo parecia tão certo. Ela estava assistindo ao espalhafatoso drama criminal que eles estavam maratonando com apenas metade da atenção, pois estava mais cativada pela proximidade e pela promessa de uma proximidade ainda mais próxima que poderia vir em seguida.

O celular dela zumbiu com a notificação de e-mails. Ela estava de plantão e sentiu que não deveria ignorar.

Hmm, mas que estranho.

"O que foi?", perguntou Luke.

"Recebi um e-mail de Neve Vance. Você sabe, a garota para quem estou dando aulas." Era estranho porque Neve costumava se comunicar por WhatsApp ou mesmo por DM.

Olá, tia Niamh

Minha mãe roubou meu celular!!!! Não sei por quê, mas ela está me fazendo ir para o Sul com meus avós. Acho que tem algo errado com ela, está agindo feito uma completa maluca. Pfv pode ajudar ela pfv?

Te amo bjs Neve

Sua reação foi bastante corporal. Niamh saltou do sofá como se tivesse levado uma ferroada.

"O que foi? Aconteceu alguma coisa?", perguntou Luke outra vez.

Ignorando-o, Niamh despertou Theo. "Theo, acorda."

Os olhos da garota se abriram em resposta, e ela sentou num tranco.

A garganta de Niamh estava apertada. "Temos que ir. Helena está vindo."

Helena } DÚVIDA

Todas as mulheres haviam concordado em ir até Hebden Bridge sem hesitação, e agora, onze bruxas vestidas com o cinza do CRSM se reúnem no oratório, aguardando o teleporte. Haviam precisado convocar curandeiras de emergência para uma transferência tão robusta. Estava levando muito mais tempo do que Helena gostaria e, para piorar as coisas, a hesitante Sandhya havia desaparecido enquanto buscava uniformes adicionais.

Helena não chegou a ver Irina aparecer ao seu lado, a mulher cega pousando a mão fria em seu braço. Helena se retraiu, passando perto de mandar a mulher para o ocaso com uma rajada. "Algum problema?", esbravejou ela, descontando a irritação na oráculo.

"Pode muito bem haver."

"Não pode esperar?", perguntou Helena, com os dentes cerrados.

"Creio que não."

Helena guiou a oráculo para longe das tropas em espera, até o perímetro do domo. "O que foi, Irina, sua exaustiva velha coroca?"

"Eu debati com oráculos de todo o Reino Unido, tanto do CRSM quanto independentes, e não há nenhuma entre nós que possa validar a visão de Amy Sugden."

Helena piscou em expectativa. "E...?"

"Oráculos trabalham em harmonia por uma boa razão, sacerdotisa. Somos humanas, somos falhas. Nossos presságios podem ser contaminados por preconceitos pessoais, ou influenciados pelos sussurros da espécie demoníaca, e algumas de nós têm imaginações muito ativas. O que estou tentando dizer é que não se pode acreditar em tudo o que lê."

"Por que algum demônio enviaria tal presságio a *essa* oráculo? O que ele esperava conquistar?"

Irina apertou as palmas em seu peito, como se estivesse em oração. "O papel do demônio sempre foi manipular o homem para fazer a vontade dele, embora *eu*, pessoalmente, não tenha experimentado seu enlevo..."

Arrancar essa cabeça frágil de seus ombros. Helena pôs de lado essa ânsia e, em vez disso, deu um sorriso gentil, que costumava ser o melhor modo de bloquear palavras condescendentes. "Srta. Konvalinka, você contou a mais alguém sobre a validade da profecia de Amy?"

"Não contei."

"Maravilha", exclamou Helena, agarrando o rosto dela e o apertando com força. A oráculo gemeu baixinho. "Pois trate de não contar. Se outra oráculo morrer, as pessoas vão comentar. Como você comentou."

Helena lhe deu tapinhas na careca e retornou à força tarefa. Estava quase na hora.

Leonie } A INTRUSA

A Missa Negra daquela noite havia sido desanimada. A velha e adorável sra. Rashid estava com pneumonia e, de fato, muito mal, então o encontro foi dedicado a mandar o máximo de energia possível para ela. A sra. Rashid era muito idosa. Naquele estágio, a questão era menos estender sua vida de forma artificial e mais torná-la o mais receptiva à morte quanto alguém poderia esperar ser.

Contudo, ela ainda era uma congregante popular e todos ficariam tristes em vê-la partir.

Dessa forma, Chinara havia sugerido uma passada no Kreemy a caminho de casa. Caralho, como Leonie amava aquele lugar: as luzes tão brilhantes quanto as de um aeroporto até 2h, sete noites por semana. Isso sugeria que sempre havia *alguém* em South London triste, chapado ou esperando um bebê. Por que outra razão alguém precisaria de um sorvete às 2h?

"Um sorvete de duas bolas, por favor. Uma de cereja, uma de chocolate amargo. Com granulado!", ela pediu ao cara albanês de aparência entediada atrás do balcão. A julgar pela expressão dele, também era possível conseguir maconha ali, se você soubesse a palavra mágica.

"Copo ou casquinha?", ele perguntou com a voz monótona.

"Copo, por favor. Quer alguma coisa?", Leonie perguntou a Chinara. Ela era intolerante a lactose, mas eles também tinham uma linha de *sorbets*. Respondeu não querer nada, então o rapaz foi buscar o pedido. "Você é um anjo", Leonie disse à namorada. "Isso era exatamente o que eu precisava."

"Mas você pediu mesmo cereja com chocolate? Como assim? Você é uma pervertida, por acaso?"

"É bom demais! Feito um *gateau* de Floresta Negra!", exclamou Leonie, e Chinara pareceu perplexa. "Você deveria experimentar. Vale a caganeira depois, pode confiar."

Ela pegou o sorvete e o tomou enquanto elas caminhavam pelos últimos quarteirões até o apartamento. Londres não dorme nunca, mas estava quieta demais para uma noite de quarta-feira de maio. Até a Zona 2 parecia ter encontrado um pouco de tranquilidade. O lugar que vendia frango assado na esquina estava fechado, o que era estranho, e só havia um cara na lavanderia self-service, lendo um exemplar gasto de *Ardil-22* na cadeira junto à janela quando elas passaram. Leonie também pressentiu raposas. Sempre havia as raposas velhacas.

Como ela poderia algum dia deixar Londres? Sorvete e lavanderia quase às 23h. O que mais alguém poderia querer? Ali era seu lar.

"A gente deveria ter ume filhe", ela declarou.

Chinara parou no ato. "Estou ouvindo direito?"

"Tá sim. Olha, eu sei que estivemos evitando a questão, e você sabe por quê."

"Sei. Mas não gostei de dizer."

"Você me conhece bem." Elas chegaram ao prédio e subiram os largos degraus de pedra da escada da frente. "Esta criança vai ser tanto sua quanto minha. Pra onde quer que a gente vá, ela, ele ou elu também virá. Não estou por conta própria."

"Nunca." Chinara destrancou a porta do prédio para elas.

Leonie continuou enquanto elas subiam as escadas até o último andar. "Mas dá medo."

"É claro que dá!" Chinara riu. "Seria ainda mais estranho se não tivéssemos dúvidas, não é? Criar uma vida nova! O que poderia ser mais aterrorizante?"

"Total! Deveriam obrigar você a fazer uma prova, ou coisa assim."

Quando chegaram à porta do apartamento do sótão, Leonie congelou. "O que foi?"

Ela agarrou o braço de Chinara. "Tem alguém aí dentro...", ela sussurrou.

Chinara não precisava que ela dissesse duas vezes. "Fique atrás de mim."

Leonie revirou os olhos. Ela não era nenhuma donzela em perigo, porra. Analisou o apartamento. Era uma mulher, e a mulher estava *assustada*.

É uma mulher sozinha. Não acho que ela queira nos fazer mal, ela transmitiu a Chinara. A namorada então entrou primeiro, conjurando uma bola de fogo em sua palma. *Por favor, não bote fogo no apartamento, senão nunca vão nos devolver a caução.*

O apartamento estava escuro, silencioso, enquanto elas atravessavam o corredor na ponta dos pés. "Sabemos que está aí dentro!", exclamou Chinara. "Apareça. Estou avisando, estou armada."

Sala de estar.

Chinara disparou para dentro, e Leonie foi logo atrás dela.

"Não me machuquem!", gritou a jovem, e Leonie puxou Chinara para trás antes que alguém se ferisse. Leonie reconheceu a bela garota indiana. "Eu sou do CRSM!"

"Sandhya, não é?", perguntou Leonie enquanto Chinara extinguia a chama. Ela se lembrava vagamente de a garota ser uma das alunas de Niamh e de, mais tarde, se unir ao coven. Certa vez, Leonie havia lhe enviado um e-mail sobre a Diáspora e recebeu uma resposta bastante educada e, em sua opinião, bem ingênua, explicando como ela queria tornar o CRSM mais inclusivo de dentro para fora.

"Ser do CRSM não significa muita coisa dentro desta casa", disse Chinara, séria. "Você a invadiu."

"Sinto muito!", exclamou a garota, em pânico. "Fiz algumas das minhas amigas no gabinete me teleportarem para cá. Ela vai matar todas nós se descobrir."

Leonie pressentiu que ela não estava brincando. Ela temia mesmo por sua vida. "Tudo bem. Se acalme. Não vamos fazer mal a você." Ela a guiou até o sofá. "Vem, senta aqui."

"Não temos tempo!", falou Sandhya, embora tenha ido se sentar.

"O que foi?", perguntou Chinara.

"É Helena..."

"Ah, caralho, é claro que é... o que foi que ela fez, agora?" Leonie catou a gata, que estava junto de seus pés, e a abraçou forte.

Os olhos de Sandhya eram como poças sob a tênue luz das lâmpadas. "Ela está indo atrás de Niamh e da Criança Maculada."

"Theo?"

"Ela vai teleportar uma dúzia de bruxas para Hebden Bridge esta noite. Ergueu uma barreira ao redor da cidade inteira e vai se camuflar dos mundanos."

"De todos eles?", perguntou Leonie.

"Ela está com todo o CRSM trabalhando nisso em Manchester. Não consigo chegar até Niamh... não sabia mais para onde ir."

Que peito tinha aquela mulher. "Puta merda."

Sandhya retorcia um velho lenço entre as mãos. "Eu trabalhei com ela durante anos... e ela sempre foi intensa, mas isso é outra história. Acho que tem algo acontecendo. Ela ordenou uma apreensão de itens mágicos contrabandeados num lugar em Rye, e depois disso a credencial de segurança dela acessou os cofres. Eu conferi e alguns dos itens controlados que confiscamos sumiram."

Essa menina, Sandhya, era *boa*.

"O que ela pretende fazer com esses itens?", perguntou Chinara.

Sandhya não tinha uma resposta para isso. Não havia nenhum traço de exagero nem de logro em sua mente. Ela a havia aberto por completo para a leitura de Leonie. "Se Niamh e Theo resistirem à prisão, as bruxas do CRSM têm autorização para matar."

Leonie se virou para Chinara com urgência. Elas nem precisavam se comunicar por telepatia, porque ambas entenderam de imediato que haviam cometido um erro de principiante. Elas tinham subestimado uma mulher branca e vingativa.

Elle } SOS

Elle estava escovando os dentes com a escova elétrica quando recebeu a mensagem. Atingiu sua mente sem o menor aviso, retinindo feito latas de metal. Ela derrubou a escova e se agachou junto ao chuveiro.

Elle, é Leonie. Por que a porra do seu celular está desligado?

Elle agarrou o crânio, tentando mantê-lo inteiro. *Leonie, sai da minha cabeça!*

Não. Vá até a casa da Niamh agora para alertá-la. Não consigo contatá-la, ela foi camuflada, até mesmo de mim. Helena e o CRSM *estão indo atrás de Theo e vão matar as duas se elas resistirem à prisão. Vá AGORA.*

Leonie deixou sua mente e houve um belo minuto de silêncio. "Merda", Elle exclamou em voz alta.

A cabeça de Jez brotou na porta e ele olhou intrigado para a escova de dentes zumbindo na pia. "Está tudo bem, amor?"

Elle se recompôs. "Não, não está." Ela o tirou do caminho para chegar ao quarto. O celular dela não estava desligado, mas no silencioso, sobre a mesa de cabeceira. De fato, havia quatro ligações perdidas de Leonie.

Ela o tirou da tomada e discou o número de Niamh. *"O número para o qual você está ligando está fora de serviço. Por favor, confira o número e tente novamente."*

Elle olhou feio para o celular, como se a culpa fosse do aparelho. Como era possível que o número de Niamh estivesse fora de serviço? O CRSM, é claro. Helena podia se teleportar pelo espaço. Desativar o celular de alguém era brincadeira de criança. Numa última tentativa, ela discou o número fixo de Niamh, e teve como resposta apenas um estranho toque.

"Elle, meu amor, o que está acontecendo?" Jez parecia perplexo, mas se posicionava como uma figura de ação, pronto para ir pra cima na hora em que dissessem.

Por onde começar? "Problemas na casa de Niamh."

"Que tipo de problemas?"

No andar de baixo, os dois escutaram uma porta bater e passos ressoarem pelo piso. "Mãe! Anda logo!", gritou Holly.

Ah, ótimo, pensou Elle, é claro que a senciente da casa também tinha recebido a mensagem. Ela se lembrou do pega-varetas. Puxando a vareta errada, todo o monte desmoronava. Naquele momento, suas mentiras lhe pareceram uma casa feita de palha. Elas estavam a um sopro de um desastre. Ignorando a pergunta de Jez, ela saiu correndo do sótão. "Elle!", ele chamou atrás dela.

Elle encontrou Holly no corredor, de pijamas e calçando os tênis de corrida. "O que raios você está fazendo?"

Holly olhou para ela como se ela fosse obtusa, o que não era a primeira vez. "Eu ouvi o que Leonie disse. Temos que ir pra casa da tia Niamh."

"Acho que não, madame. Vá para a cama."

"Não! Se o CRSM está indo atrás delas, vão precisar de toda a ajuda possível."

Jez agora também havia aparecido no topo da escada. A cabeça de Elle estava girando. Era *este* o momento. Seria agora que ela não conseguiria explicar a ele o que estava acontecendo. Será que Holly já seria capaz de apagar sua memória? Não, não podia correr esse risco, ela poderia acabar extirpando-o. Ela se atabalhoava pelo corredor, sem saber para que lado se virar.

"Mãe, anda logo!", gritou Holly.

"Elle, o que tá acontecendo, amor?"

Elle fechou os olhos e mentalizou que tudo aquilo parasse. "Calem a boca! Vocês dois, eu preciso de só um minuto, por favor!"

"Elas não têm um minuto, mãe! Você vem ou não?"

"Holly, você não vai chegar nem perto daquela casa, nem que..." Elle avançou para agarrá-la, arrastá-la para seu quarto se necessário fosse, mas a filha ergueu a mão para bloqueá-la. Talvez com mais força do que havia pretendido, porque Elle sentiu uma parede invisível se chocar contra ela. Ao perder o fôlego, cambaleou para trás na direção da escada, caindo de bunda.

Holly saiu voando pela porta da frente. "Desculpe!", gritou enquanto disparava noite adentro.

Jez correu escada abaixo para ajudá-la a se levantar. "Que porra foi essa? Você viu isso?"

Elle cerrou os dentes. "Sim, Jez, eu vi isso."

O rosto e os lábios dele assumiram uma palidez doentia. "Ela... caralho, ela fez você voar."

Elle se desvencilhou dele e avançou para a porta. Onde diabo Holly pensava que ia a pé, ninguém sabia. Estavam a cerca de quarenta minutos a pé da casa de Niamh, mas a dez minutos de carro. "Preciso pegar a Holly."

"Não. Nem pensar." Jez passou por ela para bater a porta, encurralando-a lá dentro. "Você vai me dizer agora mesmo o que está havendo. É sério, Elle."

Elle afastou o cabelo do rosto. Fissuras mínimas haviam surgido por sua vida, sem fazer alarde, ao longo dos anos. Cedo ou tarde, o vaso ia se partir. Ela soubera disso o tempo todo: estavam em uma contagem regressiva desde que tinham 19 anos. E, agora, o tempo havia acabado.

Ou será que tinha mesmo? Se houvesse um amanhã, Niamh poderia apenas apagar a memória dele de novo.

"Jez, por favor, deixe-me ir."

"Não. Não até você me contar. Eu mereço saber. Nós não temos segredos."

"Jez..."

"Elle, eu falo sério."

Jez não parecia tão bravo quanto parecia preocupado. Talvez isso fosse algo, um fiapo de esperança. Talvez ele viesse a ser como Conrad tinha sido: curioso, intrigado, alguém que daria apoio. Talvez sua vida futura pudesse ser como em *A Feiticeira*.

"Jez..." Ela lutava para manter a voz firme. "Eu preciso ir atrás de Holly porque ela pode acabar se machucando."

"Então é melhor você me contar rápido."

Elle queria abrir a boca e gritar, gritar para sempre. Ela sempre havia imaginado que aquele momento seria cinematográfico: acompanhado por sopros ou violinos arrebatadores, talvez com os dois de frente para o mar ao pôr do sol. Em vez disso, havia uma corrente de ar frio se esgueirando por entre seus tornozelos, no corredor, e a casa ainda cheirava a curry de peixe. Fazia sentido, na verdade. "Você se lembra de como todos costumavam dizer que minha avó era uma bruxa?"

"Lembro." Ele esperou que ela concluísse. Ela esperou que ele acompanhasse seu raciocínio. "Quê? Tá falando sério?"

Elle assentiu. "Eu sou uma bruxa." Tudo o que foi preciso foram quatro palavras. "Eu venho de uma linhagem bem longa de bruxas famosas."

Ele ainda estava esperando pelo gancho da piada. Elle apenas o encarou. "Não. Vai se foder." Ela assentiu outra vez. "Quê? Sua mãe?"

"Não. Minha mãe, não. Pulou uma geração."

Jez refletiu sobre isso. "Ah. Isso, na verdade, teria feito mais sentido."

Em qualquer outro momento, Elle teria achado isso engraçado. Ela pressionou o braço de Jez com gentileza. "Você uma vez disse que havia algo de especial entre mim e minhas amigas: bom, é isso. Elas são mais do que apenas amigas, são minhas irmãs. Niamh precisa de mim. Eu preciso mesmo ir até ela."

Holly também precisava dela. Elle entendia agora: Holly não era mais apenas sua filha, e nem Elle era apenas sua mãe. Elas também eram irmãs, eram iguais nesse sentido.

Ele estava prestes a retrucar, mas ela pôs a mão sobre os lábios dele. "Jez, por favor! Podemos falar sobre isso pelo resto de nossas vidas; mas, neste momento, eu preciso ir atrás da nossa filha. Pode ficar aqui com Milo? Não posso fazer tudo." Algo que uma mãe, em tese, nunca deveria admitir.

Jez assentiu, relutante, e se colocou de lado. Ela estava prestes a abrir a porta da frente, até que ele a deteve de novo. "Você vai sair assim, amor?"

Ela usava uma camisola de cetim. Ele tinha razão.

Elle não tinha certeza da situação em que estava se metendo. A mente dela estava atordoada. Niamh versus Helena? Havia uma inevitabilidade decepcionante nisso. *Meninas nunca se dão bem*, sua mãe sempre dizia. Elle sempre achara que era porque sua mãe havia dormido com os maridos de várias mulheres, mas talvez houvesse um grão de verdade ali.

Ela se trocou depressa e correu para o carro com os trajes mais *ativos* que tinha: calças de lycra para yoga da coleção Fabletics, de Kate Hudson; um top da TK Maxx e um tênis de corrida quase nunca usado. Ela prendeu o cabelo em um coque no topo da cabeça. Fosse lá o que acontecesse, Elle Pearson estava *pronta*. No retrovisor, nos degraus da frente, Jez a observava ir embora. Ainda não havia assimilado, ela sabia. Teria que estar lá quando isso acontecesse.

Foco na tarefa à *frente.* Ela bateu no meio-fio da garagem e dirigiu rua abaixo por cerca de dois minutos antes de ver Holly marchando de pijama em direção a Hebden Bridge. Elle sentiu uma onda de orgulho. Uma garota que nem hesitou em ajudar as amigas. Lágrimas arderam nos olhos de Elle, mas ela piscou para afastá-las. Annie teria muito orgulho.

Ela baixou o vidro da janela. "Entra aí, otária, vamos fazer compras!", gritou Elle.

Holly moveu a cabeça de um lado para o outro. Foi como se, por uma fração de segundo, ela tivesse ficado surpresa por vê-la ali, e então ela sorriu, correndo para o banco do carona.

FUGA { *Niamh*

Niamh enfiou a última caixa na mala do Land Rover e fechou a porta com um baque. "Para onde foi o Tigre? Tigre!", ela correu de volta à cozinha. "Tigre? Bom garoto!"

Luke a segurou. "Niamh, por favor, pare! Você está fora de controle!"

"Luke, só vá embora! Já pedi umas cem vezes. A melhor coisa que você pode fazer é ir e pronto."

Theo pairava junto à lateral do carro, parecendo tão preocupada quanto Luke. Talvez ela parecesse um pouco alvoroçada, mas não havia tempo para se preocupar com *parecer* louca, pois já estava enlouquecendo de verdade. Quando estivessem seguras, ela passaria uma escova no cabelo.

"Eu não vou deixar você aqui deste jeito, Niamh."

Niamh agarrou a coleira de Tigre e o levou até Theo. "Theo! Coloque ele no carro, eu chego em dois segundos." Ela fez o que lhe foi pedido.

"Você não me deve uma explicação. Você não me deve nada, mas eu tenho certeza de que há *algo* que eu possa fazer pra ajudar."

Niamh riu. Na verdade, ela riu porque Helena Vance poderia esmagá-lo como se ele fosse uma mosca. "Luke, não há um jeito bom de explicar isso, mas se você ficar aqui, há uma chance de você morrer."

Ele pareceu quase convencido. "Eu não..."

"Ah, mas eu sim. Por favor, vá para casa. E tranque as portas."

Niamh se virou para entrar no carro.

"Espera! Eu vou te ver de novo?"

"Não sei", ela admitiu.

"Então isso é um ade..." E então seus olhos se reviraram e ele desabou no chão feito um saco de batatas.

"Que porra foi essa?", Niamh praguejou aos céus.

Theo desceu do carro e se pôs ao lado dela. *O que você fez com ele?*

Nada. Você apagou ele?

Não!

Merda. "Isso significa que elas chegaram. Devem estar apagando os mundanos para deixá-los fora do caminho. Costumávamos fazer isso durante a guerra." Merda, merda, merda, merda, merda. "Fodeu tudo. Abre a porta de trás."

Theo obedeceu, e Niamh empregou telecinese para erguê-lo em direção ao carro. Não era fácil, como passar uma linha pelo buraco de uma agulha, mas ela guiou seus grandes ombros para o banco de trás.

Ele vai vir com a gente?

Niamh lançou a ela um olhar de dúvida. "Não tenho certeza se estamos na fase de fugir juntos em nosso relacionamento", ela respondeu. "Ok, novo plano. Vamos deixá-lo na frente do prédio dele. Não posso deixá-lo aqui. Vai ser o primeiro lugar onde elas virão procurar." Theo assentiu. "Certo, vamos botar o pé na estrada."

A CAÇADA DE HEBDEN BRIDGE I { *Helena*

Helena se materializou primeiro, seguida por Robyn, à sua esquerda, e Clare, à direita. Ela usava uma capa do CRSM sobre as roupas para mostrar solidariedade às mulheres nas quais ela não conseguia deixar de pensar como suas "tropas". Ela desencavou a calça de combate resistente e a regata que costumava usar durante a guerra.

Estavam em guerra mais uma vez.

A estática crepitou no ar e mais "tropas" teleportaram em pontos estratégicos ao redor da casa de Niamh.

O chalé, porém, parecia quieto. "Algum sinal de vida?", ela perguntou a Robyn.

"Está vazio."

Helena passou os olhos pela rua e o Land Rover de Niamh não estava lá. "Alguém os alertou..." E ela suspeitava quem. Sandhya Kaur ainda estava ausente, em deserção. Aquela vaquinha traiçoeira. Depois de tudo o que havia feito por ela. "Estão ao menos dentro da zona de exclusão?"

"Creio que sim", Robyn respondeu.

Melhor do que nada. Ninguém entrava nem saía de Hebden Bridge sem a sua permissão. Seria ótimo se Niamh tivesse surpreendido a todos e entregado Theo outra vez aos cuidados do CRSM, mas não havia uma única molécula de Helena que acreditava que isso aconteceria. Ainda havia a mínima possibilidade de aquela noite acabar de forma pacífica.

Afinal de contas, ela só queria a criança *sob custódia*. Ninguém *precisava* se ferir. Ao pensar nisso, ouviu uma espécie de risinho rouco da voz no fundo de sua cabeça.

Uma parte dela sabia o que viria a suceder, e ansiava por isso. Ela ficaria decepcionada com um desenrolar *pacífico*. "Muito bem", disse. "Eles não podem ter ido longe. Juntem-se!"

As bruxas se aproximaram: era uma equipe de dez, agora que Sandhya havia desertado.

Ela se dirigiu a todas. "Senhoritas, Hebden Bridge é uma cidade bem pequena, mas com muitos cantos recônditos. Vou lançar uma neblina sobre as ruas. Os mundanos estão dormindo ou camuflados, então não serão nenhuma preocupação. Não sairemos daqui sem o menino, então sugiro que comecem a procurar. Em duplas. Uma senciente em cada dupla, para o caso de acabarem sendo vistas." As garotas formaram seus pares.

Helena assentiu, satisfeita. "Agora, ponham a cidade abaixo, se for preciso."

A CAÇADA DE HEBDEN BRIDGE II { *Niamh*

Por causa do rio que corria por Hardcastle Crags, não havia uma rota direta até Pecket Well, a menos que ela voasse. Sendo assim, Niamh seguiu dirigindo colina abaixo rumo ao vale.

"Temos notícias de última hora. Um severo alerta climático foi emitido para toda a região das Midlands", anunciou o DJ da madrugada em uma rouca voz sussurrante. "Ventos fortes, alcançando uma velocidade de tempestade, na direção norte. Fiquem atentos para quedas de galhos e telhas se soltando. Algumas pessoas relatam terem visto até um torn..." Niamh desligou o rádio. Ela precisava se concentrar.

Dito isso, as ruas estavam desertas, até mesmo a estrada principal na direção de Todmorden. Uma névoa densa e congelante espreitava adiante na estrada, ficando cada vez mais densa conforme ela descia para o vale. "São elas", Niamh disse à Theo. Estavam dificultando a fuga delas.

Um único Volkswagen descansava na lateral da estrada, no acostamento de gramado. Era evidente que a mulher mundana ao volante tinha encostado pela metade quando o sono do feitiço tomou conta. Ela teve sorte, também. Aquilo podia ter sido bem feio.

"Que merda ela tem na cabeça?", questionou Niamh em voz alta. "As pessoas podiam ter morrido!" Niamh estava se aproximando do ponto de retorno para rumar de volta à cidade, quando uma dupla de mulheres se materializou no meio da estrada. Ambas vestiam as capas cinzentas do CRSM.

Theo deu um tapa no painel para alertá-la, mas ela já tinha visto as duas. Com a estrada vazia, deu meia-volta com o carro, os pneus cantando. Theo se agarrou a Tigre, que se encolheu entre suas pernas no assoalho do carro. Pelo espelho retrovisor, ela viu uma pequenina bruxa loira que invocou um relâmpago dos céus. Então, esperou até que ela o lançasse sobre o carro antes de desviar para o outro lado da estrada. A luz ofuscante caiu do lado da janela de Niamh.

"Theo, segure-se."

Ela pisou no acelerador. As bruxas contariam a outras bruxas. Agora, tudo o que elas poderiam fazer era fugir. Ela arriscou um rápido olhar para trás, para a enorme figura enfiada em seu banco traseiro. *Luke, parece que você vem com a gente, no fim das contas.*

O carro saltou sobre o cume da colina e foi adernando até passar da cooperativa na Market Street. Um outro relâmpago esburacou a estrada, e Niamh subiu no meio-fio para sair do seu caminho. O que acontece quando um carro é atingido por um relâmpago, mesmo?

A bruxa loira voou para a frente do carro, com um elétrico fulgor azul entre os dedos. "Merda!", gritou Niamh.

Theo estendeu a mão e, como quem espanta um inseto, lançou a bruxa na fachada de uma cafeteria. Ela atingiu a vidraça. Niamh olhou para Theo de relance, que parecia se desculpar. "Não se preocupe. Bom, não com ela, pelo menos. Depois descobrimos quem é o dono, acho." Os filmes de ação nunca mostram a parte da limpeza. Quem paga para arrumar todo o estrago causado pelo Superman e pelo Batman? Mas era engraçado, nunca havia ocorrido a ela *lutar*. "Você fica com a luta, eu fico com a fuga", sugeriu.

Niamh teve que desacelerar para contornar um táxi que havia parado na curva junto ao pub Old Gate. A pista ali era estreita, e ela teve que avançar palmo a palmo.

Você sentiu isso?

A estrada estremeceu, e o Land Rover deu uma guinada, saindo do controle. "O que foi agora?" Criar um terremoto era coisa séria. Exigiria uma bruxa poderosa...

De repente, o concreto irrompeu em seu caminho com o estouro de um encanamento. Uma torrente d'água choveu no para-brisas. Niamh desviou da fonte que jorrava freneticamente, só para ver a estrada à frente estourar em outro ponto. Na sequência, mais um jato, e então, um outro estouro terra acima, tentando forçá-las a sair da estrada.

"Consegue ver onde ela está?", perguntou Niamh, desviando dos obstáculos. Em algum lugar, uma elemental estava fazendo a água subir, atravessando o cimento.

Theo abriu a janela para tentar obter uma vista melhor do que havia no alto. *Não consigo vê-la.*

Uma ravina irregular dividiu a Market Street, e Niamh acelerou para contorná-la. Um poste de luz tombou na fenda, explodindo e espalhando faíscas ao cair. A superfície estava escorregadia e Niamh quase perdeu o controle, rumando às grades de segurança em frente à bicicletaria. "Porra!"

Tinha duas escolhas: colina acima, passando de Hardcastle Crags, ou sair da cidade, na direção de Mytholmroyd. Se conseguisse sair da cidade, o feitiço do sono só poderia se estender até certo ponto. Nem o crsm conseguiria pôr toda West Yorkshire para dormir. "Luke está bem?"

Theo se virou para conferir o banco de trás. *Parece estar.*

"Você pode tentar... colocar o cinto nele, de algum modo?"

Theo se pôs a trabalhar nisso. Niamh passou pelo cinema e pela igreja batista, checando o retrovisor. Não conseguia ver ninguém; talvez tivessem conseguido despistá-las. O caminho estava limpo, para além da persistente névoa, e ela acelerou na subida da suave encosta para sair da cidade.

De repente, o motor morreu. Elas rolaram alguns metros para trás antes que ela pudesse alcançar o freio de mão. "Que porra foi essa?" Niamh deu a partida mais uma vez e avançou, mas a mesma coisa aconteceu.

O que é isso?

"Algum tipo de barreira." É claro que havia uma barreira, essa era outra tática da guerra. "Estamos enclausuradas. Podemos tentar pelo outro lado." Desta vez, Niamh deu a partida e tentou engatar a marcha à ré. Funcionou. Ela sentiu alguém se aproximando, e rápido. Realizou então uma curva malfeita na estrada, dando ré de encontro a um carro estacionado, com o horrendo ruído de tritura de metal contra metal.

Ela disparou de volta ao centro da cidade e do retorno na direção da floresta.

Niamh, para!

A estrada logo à frente se rompeu, com o chão se abrindo feito uma ferida. Niamh pisou no freio, mas era tarde demais. As rodas da frente acertaram um degrau recém-formado no concreto, e tudo o que ela pôde fazer foi inspirar o ar enquanto o carro capotava para a frente.

E lá se foram, para cima e para a frente. Por um segundo, Niamh se sentiu sem peso. Chocada demais para respirar, ela tentou encontrar a clareza interior para suspender o veículo em pleno ar, mantendo-os sãos e salvos. Contudo, ela não sabia qual lado era para cima e qual era para baixo, e não conseguia focar, não conseguia estabilizar nem um nem outro. Era demais. Ela fora vencida.

Com um baque ensurdecedor, caíram de volta na terra.

A CAÇADA DE HEBDEN BRIDGE III { *Leonie*

Um tornado avançou por Peak District, levantando poeira em uma coluna espiralada. Derrubou árvores e cercas, e arrancou arbustos pelas raízes. A natureza é destrutiva. Fingir o contrário é estar em conflito com o mundo.

A calmaria no olho da tempestade era Chinara. Perfeitamente imóvel e no controle, os olhos de um branco elétrico. Ela carregava as outras consigo, todas suspensas no funil. Porém, Leonie estava preparada e poderia estabilizar qualquer uma delas com facilidade se fossem capturadas pela tempestade da namorada.

Como estava em cima da hora, ela ligou para quem mais confiava: Valentina e Kane. A Diáspora não era um exército, ela não tinha convocado guerreiros, mas, como qualquer pessoa "do vale" que ela podia citar, Val e Kane eram guerreires por natureza. Quando se lutava a vida toda para ser quem era, você se acostumava com as batalhas. Sandhya também estava seguindo o grupo, ajudando Leonie a guiar o caminho.

"Estamos perto!", anunciou Sandhya. "Consegue pressentir a barreira?"

Leonie assentiu, nenhum senciente seria capaz de ignorar aquilo. Pelo que pôde pressentir, Helena tinha ao menos dez sencientes erguendo uma barricada sobre a cidade toda, como se a tivessem prendido debaixo de uma gigantesca tulipa de cerveja. Ninguém poderia entrar nem sair.

"Chinara, pare!", ela gritou. O turbilhão se desacelerou, e Leonie se certificou mais uma vez de que poderia pegar Kane se começassem a cair. Elu era só Nível 3, portanto, não conseguia levitar sem ajuda.

O trio parou aos poucos, ficando suspenses no alto, com a exuberante paisagem verde abaixo delus. "Você está bem?", ela perguntou à namorada. Atravessar o país voando em meio a uma ventania tempestuosa não devia ter sido fácil.

Chinara apenas assentiu, recobrando as forças. Leonie manteve todes no ar.

Sandhya estendeu a mão. "É aqui. E é forte."

Valentina deu ré e invocou um relâmpago. Ele reverberou por seu corpo e ela o canalizou para a barreira. A energia deslizou pela superfície, tornando o campo de força visível ao olho nu por um momento. Ele era vasto.

"O que nós fazemos?", perguntou Sandhya.

"Nós invadimos!", gritou Leonie, o vento açoitando o próprio cabelo no rosto dela. "Encontrem a frequência delas e deslizem seus dedos para dentro..."

Com toda a força que tinha, Leonie foi raspando o muro, como se forçasse as unhas em madeira. As sencientes invocando o escudo sentiriam aquilo da mesma forma. Era uma batalha de forças de vontade. "Sandhya, Kane, vocês podem me ajudar?"

Todes es três se concentraram no mesmo ponto. O local se tornou irritado, pulsando uma luz amarela inflamada, antes de se abrir. Estavam dentro. Leonie assumiu o controle da abertura com a mente e a rasgou, forçando-a a se alargar. Doía, caralho, como aquilo fazia a cabeça doer. "Passem!", ela sibilou.

Valentina passou primeiro pelo buraco, seguida por Chinara.

"Sandhya, vá, eu dou conta." A mulher passou pairando. "Kane, rápido!"

"Não! Vai você", disse Kane. "Eu seguro pra você."

"Você dá conta?"

"Vai!", elu gritou, e Leonie se atirou para dentro. Kane só conseguiu segurá-la por um segundo, e a barreira se fechou atrás dela, deixando Kane prese do outro lado. Tarde demais, Leonie viu o que ia acontecer. Com a barreira entre elus, não havia ninguém para manter Kane flutuando. "Não!", gritou Leonie enquanto Kane despencava para o chão. Ela estendeu as mãos. Descobriu que não poderia parar a queda, mas poderia desacelerá-la.

Leonie desceu depressa até o chão, um campo comum nos limites da cidade. Do outro lado do campo de força invisível, Kane se encontrava sobre uma cerca-viva, imóvel. Chinara pousou junto dela. "Elu está bem?"

Com dificuldade, Leonie projetou a mente para além da divisória. "Elu está vive. Mas feride." Ela olhou para Chinara. "O que eu estou fazendo?"

"Tudo o que pode", ela respondeu, solene.

Leonie não conseguia alcançar Kane devido à muralha que agora estava entre elus. "Porra." Viu elu se mexer, graças às deusas, mas ainda se sentia impotente.

"Venha, ou então tudo isso terá sido por nada. Niamh precisa de você."

Ela estendeu a mão para a namorada. "Pare! Espere! Chinara, agora que estamos aqui, eu não sei o que fazer. Por onde começamos?!" Talvez tivesse sido a viagem de tornado, ou o puro pânico, mas ela sentia que iria vomitar. A boca dela parecia estar se lubrificando para isso.

Chinara segurou o rosto da namorada, quase a cegando para o mundo. "Calma, meu amor. Onde está Niamh? Consegue senti-la?"

Leonie estendeu os sentidos, deixando-os cobrirem Hebden Bridge. "Porra."

"O que foi?"

Ela tomou a mão de Chinara e alçou as duas ao ar. "Ela também está ferida..."

Elle } A CAÇADA DE HEBDEN BRIDGE IV

Elle nunca tinha visto um carro girar no ar na vida real. Por mais estranho que parecesse, era gracioso, como na vez em que ela forçara Jez a levá-la ao balé, em Leeds. Como algo tão grande podia atravessar o ar com tanta delicadeza? Então ele despencou de volta ao chão com um horrível baque triturante.

"Ai! Mãe!", gritou Holly, mas Elle a puxou de volta pelo braço. Elas haviam abandonado o carro na ponte quando todos os canos d'água começaram a estourar pela estrada. Elle tinha visto o carro de Niamh fazer a volta e seguir por esse caminho.

"Espere um pouco!", gritou Elle. "O carro pode explodir!" Era isso o que sempre acontecia na TV.

O solo estremeceu mais uma vez sob seus pés, e Holly caiu de joelhos. "Você tem que ajudá-las."

Ela estava certa. "Fique atrás de mim, Holly. É sério."

Elle correu para a estrada, saltando sobre as fissuras irregulares que agora marcavam a rua como cicatrizes. Onde estavam as bruxas que estavam causando os terremotos? O tamborilar da água da chuva afogava todo o resto, e Elle podia apenas torcer para que estivessem a alguma distância.

Antes mesmo de elas alcançarem o carro de Niamh, Tigre se contorceu para fora pela janela estilhaçada do lado do passageiro. Ele balançou o corpo todo antes de ir até elas, mancando. Holly enganchou os dedos na coleira e conferiu as condições do animal. Os tênis de Elle esmigalhavam os cacos de vidro. Ela se agachou e viu Theo de cabeça para baixo, presa pelo cinto de segurança. Estava viva, contorcendo-se e tentando se libertar. "Theo, você está machucada?"

Ela balançou a cabeça em negativa. Elle viu que Luke estava com a cara para baixo no teto do carro e que Niamh estava inconsciente. Aquilo não era nada bom. Theo conseguiu tirar o cinto de segurança e pousou com um baque no teto de ponta cabeça. "Holly! Ajude Theo a sair, com cuidado."

Elle se agachou do lado do motorista e estendeu a mão para a cabeça de Niamh. Ela a tocou com gentileza, o que foi o bastante para reanimar a amiga. Os olhos de Niamh se arregalaram e ela se encolheu, amedrontada. "Sou só eu!", Elle tentou acalmá-la.

"Elle?"

"Sim, você tá bem, meu amor?"

"Não consigo me mexer... Luke! O Luke está bem?"

Elle estendeu a mão em sua direção e a pousou sobre a dele. "Ele está em uma situação difícil." Que sentido teria mentir? Niamh saberia.

"Consegue tirar meu cinto?" Elle tentou, mas ele não cedia. "Tá, pode se afastar..." Niamh usou seus poderes para rasgá-lo e soltá-lo, permitindo que ela baixasse a si mesma. E então engatinhou para fora dos destroços.

"Venha cá..." Elle tomou o rosto de Niamh nas mãos, curando os cortes e arranhões superficiais em segundos.

"Obrigada."

"Theo, deixe eu dar uma olhada em você..." Ela se esquecera, é claro, que Theo conseguia curar a si mesma sem assistência.

"Mãe, o Luke está morto?"

Elle se agachou outra vez. "Não, mas preciso ajudá-lo com urgência. Niamh, você consegue tirá-lo?"

"Todo mundo, para trás..." Niamh esticou as mãos e arrancou a parte de cima, que na verdade era a estrutura de suporte do carro, e a jogou de lado como se estivesse abrindo uma lata de sardinhas. Cambaleando um pouco devido ao peso, ela tirou Luke dos destroços flutuando e o levou até o acostamento da estrada.

Elle o agarrou pelo casaco e o rolou de costas, em pleno ar. Niamh o colocou no pavimento. Mais uma vez, ela postou as mãos sobre a testa ensanguentada. Aquele pobre homem estava tendo um verão difícil, e estavam apenas em maio. "As costelas dele estão quebradas; estão pressionando os pulmões."

"Consegue curá-lo?", perguntou Niamh.

"Talvez... se tiver sido uma fratura limpa." Theo se colocou ao lado dela e também postou suas mãos, titubeante. Não estando em posição de recusar assistência, Elle perguntou: "Você pode ajudar?".

Theo assentiu e elas se puseram a trabalhar. Elle começou a direcionar suas energias na direção dos pulmões, enquanto Theo atacava as costelas quebradas e..."

FIQUEM ONDE ESTÃO. Uma voz ribombou por suas cabeças. Elle perdeu a concentração.

"Não pare", pediu Niamh.

Três bruxas do CRSM desceram flutuando a Market Street, atravessando a neblina e os jatos d'água. Elas eram lideradas por Robyn Jones: uma bruxa que ela nunca gostaria de encontrar em um beco escuro, tarde da noite. O que era uma pena, pois essa era exatamente a situação em que elas se encontravam.

SE CORREREM, ESTAMOS AUTORIZADAS A USAR FORÇA LETAL.

"Eu preciso de mais tempo", disse Elle. Niamh ergueu o que restava do carro e o atirou na direção delas, como se estivesse jogando boliche. Robyn ergueu a mão, com um aceno, e o desviou para a padaria. A bela vitrine se dobrou como se fosse feita de papelão. "Corre, Theo!", gritou Niamh.

PAREM OU VAMOS INCAPACITÁ-LAS.

As bruxas do CRSM continuaram a avançar. Niamh empurrou quatro carros estacionados, formando uma barreira entre elas, mas as bruxas flutuaram por cima deles, como se fossem um obstáculo irrelevante. "Theo, vai logo! Vou segurá-las o máximo de tempo que eu puder!"

Elle empurrou a menina para longe de Luke. "Theo, meu amor, vá. Eu dou conta disso."

Theo começou a recuar pela rua, sem tirar os olhos da irmã Finch à esquerda de Robyn — Elle nunca conseguia distingui-las — que formava uma esfera de relâmpago nas mãos. Havia um brilho maldoso em seus olhos. Elle nunca gostara daquela vaca pomposa.

"Theo, corre!", Elle se esganiçou quando uma bruxa diferente voou num rasante atrás dela: parecia uma emboscada. Foi então que a recém-chegada disparou um relâmpago que *passou* delas e acertou em cheio a irmã Finch, que foi jogada de volta para o fim da rua. Elle girou a cabeça.

"Valentina!", gritou Niamh, reconhecendo-a. Elle não fazia ideia de quem ela era, mas parecia que estava do lado delas. A tal Valentina segurou Theo e as duas se abraçaram como se fossem velhas amigas.

"Protejam-se!", bradou uma voz vinda do alto.

Elle ergueu os olhos e viu Chinara lá em cima. Ah, graças à deusa. *A cavalaria.* Mesmo à distância, ela viu Chinara tomar um fôlego profundo e, com olhos brancos incandescente, ela escancarou a boca, lançando um verdadeiro inferno. Uma torrente de fogo verteu sobre a Market Street, obrigando as bruxas do CRSM a recuar. Elle protegeu o rosto. O calor era intenso.

"Ela consegue cuspir fogo!", exclamou Holly.

"Consegue pra caralho", confirmou Leonie, pousando ao lado dela de forma graciosa e parecendo tendo saído do nada. "Por que você acha que chamam ela de *A Dragoa*?"

"Ninguém nunca a chamou assim", Holly murmurou.

Elle se agarrou a Leonie, e Niamh também tomou sua parte da distribuição de abraços. "Nunca fiquei tão feliz em ver alguém na minha vida", Elle sussurrou, em meio aos cachos de Leonie.

"E você tá vindo do pilates, meu bem?", ironizou Leonie, fazendo Elle mandá-la se foder.

"Como você ficou sabendo?", perguntou Niamh.

"Você tem amigas em lugares importantes." Leonie se libertou do abraço e apontou com a cabeça na direção de outra pessoa. Sandhya Kaur havia se deixado ficar para trás, tímida.

Niamh avançou para cumprimentá-la. "Você não tem ideia do que isso significa, Sandhya. Muito obrigada."

A bruxa júnior deu de ombros. "Era o certo a se fazer."

Não havia tempo para aquilo. Elle caiu de joelhos ao lado de Luke mais uma vez. "Preciso levá-lo a algum lugar seguro para poder curá-lo."

Como um sinal dos céus, as portas da frente da igreja Batista se abriram e Sheila Henry emergiu, em seus trajes de vigária. Ninguém sabia o que ela estava fazendo na igreja àquela hora, graças à deusa, mas Elle a conhecia desde que era uma criancinha, pois ela e Annie eram velhas amigas, bem das antigas. Era possível que fossem até mais do que amigas, mas Elle não gostava de pensar nisso.

"O que, em nome da criação, está havendo aqui fora?" Sheila observou horrorizada, enquanto Chinara continuava a usar seu fogo para fazer o CRSM recuar. "Devo dizer que o Dia do Juízo Final não estava no meu calendário."

"Sheila! Precisamos de ajuda!", Elle implorou.

E Sheila não era o tipo de pessoa que questionava a natureza da ajuda para uma pessoa necessitada. "Rápido, então. Botem já essas bundas para dentro." Sheila era parte do conselho. Isso era uma desobediência direta a Helena, e Elle pressentiu que a mulher sabia disso.

Elle olhou para Leonie. "Vão. Nós damos cobertura. Vão logo!"

Niamh e Theo ergueram Luke entre elas e seguiram na direção dos jardins da igreja Batista. Era uma estrutura imponente, que não remetia muito a uma igreja, com sua entrada ladeada por avultantes colunas de pedra em ambos os lados. Era velha e segura. Elle seguiu o paciente. "Venha, Holly."

"Eu vou ficar com a Leonie..."

"Holly, *agora*!" Os olhos de Elle diziam que ela não estava brincando naquela porra, e a filha as seguiu rumo à igreja de cabeça baixa. Elle lançou um último olhar a Leonie enquanto ela alçava voo para a briga, e desejou com todas as forças que aquela não fosse a última vez em que ela a visse. Aquilo era horrivelmente familiar. Não conseguia acreditar que estavam ali de novo. Como era possível que ninguém tivesse aprendido *nada* com a guerra? Será que não havia sido ruim o suficiente da última vez, elas tinham que fazer mais uma rodada?

Assim que entraram, Sheila fechou as portas duplas. "São de aveleira e visco", ela informou. "Ninguém vai conseguir entrar por elas com facilidade. Agora, quem vai me contar o que está acontecendo?"

Elle ignorou a pergunta e, em vez disso, lançou-se ao trabalho em Luke, que agora estava deitado junto à fonte nos fundos da igreja. Era o modo de guerra: tentar curar cercada pelo caos. Ela fechou os olhos e localizou no corpo dele os pontos quentes de um escarlate arroxeado. Se não fizesse aquilo certo, ele nunca mais respiraria normalmente. Ossos eram fichinha, mas órgãos são outra história. Para ser sincera, eles poderiam estar irrecuperáveis.

Niamh, enquanto isso, deixava Sheila a par de tudo. "Helena está atrás da gente."

"Ah, então esta é nossa Criança Maculada?"

"Sheila, eu juro por Gaia, Theo é inofensiva."

Sheila bufou. "Ah, mas por favor, eu sei disso. Helena quer é passar algum tempo em nosso Grupo de Jovens do Arco-Íris."

Elle sorriu, absorvendo um pouco da luz positiva de Sheila e a canalizando para Luke. Sheila era a vovó lésbica de Hebden Bridge. Deveria saber que ela seria inabalável.

"Não podemos ficar aqui", disse Niamh. "Essas portas não vão aguentar pra sempre."

"Podemos enfrentar todas elas?", perguntou Holly.

"*Você* não pode!", bradou Elle. Ela era mãe: podia ser multitarefa.

"Não", respondeu Niamh. "Mas tive uma ideia. Há uma saída pelos fundos?" Sheila informou que havia. "Certo, Theo e eu vamos subir até Hardcastle Crags, até a casa de Annie."

"Por quê?", perguntou Holly.

O conduíte aquífero. Theo respondeu a ela.

"Sim. Se não podemos passar *por cima* de Hebden Bridge, aposto que podemos passar *por baixo*. O conduíte nos levará ao seu poço-gêmeo em Blacko."

Sheila assentiu. "Não percam tempo. Camuflem-se."

Niamh se colocou ao lado de Luke. "Ele está bem?"

Elle ergueu os olhos para ela. "Eu não sei. Preciso de tempo. Isso pode demorar um pouco, e ainda assim..."

"Você fica aqui. Leonie já está cuidando da igreja... e não é de Luke que ela está atrás."

Elle assentiu. Niamh se afastou depressa, mas Holly se colocou ao seu lado. "Posso ajudar?"

"Não", Niamh respondeu. "Sua mãe é a única pessoa que pode nos salvar se algo der errado. Preciso que você proteja *ela*. E Tigre também. Pode fazer isso?"

Holly não se esquivou. "É claro." Mais uma vez, ela segurou Tigre pela coleira para que ele não seguisse a dona.

"Theo, vamos." Theo abraçou Holly e seguiu Niamh. Elle não conseguia deixar de pensar que todas as despedidas pareciam muito definitivas.

Sheila levou Niamh e Theo até uma porta discreta na lateral do púlpito, e elas escapuliram por ali. Holly se pôs outra vez ao lado de Elle. "Posso fazer alguma coisa?"

Elle tentou focar em Luke. "Não muito, só tome cuidado. Não posso me preocupar com você e ainda curá-lo ao mesmo tempo."

Sheila voltou, supostamente após ter lhes mostrado a saída. "Não havia ninguém lá atrás..."

O vidro estilhaçou lá no alto. Os olhos de Elle se abriram em resposta, bem a tempo de ver uma lata de lixo rumar lá para dentro, acima do nível da galeria, e despencar no chão, próxima ao altar. Uma silhueta sólida preencheu a moldura da janela, que agora estava vazia, e o corpanzil de Robyn Jones levitou igreja adentro. "Merda", murmurou Elle.

Sheila, que era uma senciente, ergueu as mãos. "Fique onde está!", ela ordenou, mas Robyn era de longe mais poderosa. Com um rosnado, lançou Sheila corredor abaixo e a vigária rechonchuda retiniu contra os bancos de madeira com um grito.

Holly partiu para o ataque. "Não!", gritou Elle, mas ela a ignorou. Sua filha, sua única menina. Elle nunca experimentara um medo igual. A sensação era sufocante. No momento, todo o seu corpo congelou, e ela só conseguia olhar enquanto a filha enfrentava a bruxa por conta própria.

Robyn pousou e riu quando Holly correu na direção dela. "O que você vai fazer?", perguntou, curvando a boca de desdém. "Jogar uma pena flutuante em cima de mim?"

Holly parou na metade do corredor. "Pena, não, *vidro*." Havia dezenas de cacos de vidro cobrindo todo o chão. Holly os ergueu e os disparou contra a amazona. Como um enxame de moscas, os fragmentos rasgaram o rosto de Robyn. Ela cambaleou para trás, cobrindo os olhos com as mãos. "Vaca!"

Elle voltou a respirar e sentiu uma onda de orgulho. As ondas escarlates que se desprendiam de Luke eram agora de um baço alaranjado. Estava funcionando, ele iria sobreviver. Elle saiu de perto dele e se arrastou até o corredor esquerdo, mantendo o peito próximo ao chão. Com sorte, Robyn não perceberia a aproximação.

As pequenas lâminas de vidro continuaram a rodopiar ao redor de Robyn, cujo rosto estava agora coberto de feridas e cortes, pingando sangue. "Bela tentativa, menininha." Robyn fez uma careta e estendeu a mão enorme.

Holly sufocou, como se essa mesma mão estivesse ao redor de sua garganta. O vidro choveu de volta para o piso da igreja, enquanto Robyn a erguia do chão. Elle se arrastou mais rápido, vendo apenas fragmentos enquanto passava por cada banco.

"Você vai pagar por essa porra, sua merdinha", rosnou Robyn, com os dentes vermelhos. As pernas de Holly esperneavam e se debatiam em pleno ar. Os olhos pulavam das órbitas.

Agora, atrás dela, Elle se levantou e mergulhou por cima da grade da comunhão. Ela prendeu a cabeça de Robyn com as duas mãos, uma de cada lado. "Por que não briga com alguém do seu tamanho?", ela sibilou em seu ouvido.

O papel da curandeira era absorver a dor de um paciente, mas essa corrente podia fluir em ambas as direções. O corpo de Elle ainda estava repleto da agonia que ela havia limpado de Luke, e agora ela fizera tudo aquilo dar meia-volta, direcionando os vermelhos vívidos e cruéis para a cabeça de Robyn Jones.

A grande bruxa uivou em uma agonia abjeta. Era um barulho nauseante e deplorável, que ia contra cada um dos instintos de Elle. Holly caiu toda desconjuntada, mas logo se pôs de pé, enquanto Robyn caía de joelhos. Ela gritou e gritou enquanto Elle continuava a retorcer seus ossos e incendiar as sinapses de dor. Um segundo a mais e o tormento excedeu o que ela podia suportar. Robyn apagou, desabando para a frente. Elle a soltou, com o corpo inteiro formigando.

"Uau", exclamou Holly. "Arrasou, mãe."

Elle não disse nada. Tinha trabalho a fazer.

A CAÇADA DE HEBDEN BRIDGE V {

Ela precisava pousar, antes que derrubasse Theo das costas. Fez as duas pararem de um modo instável e nada gracioso na beira da trilha do moinho, no coração de Hardcastle Crags. Então soltou Theo e caiu de bunda ao lado do córrego, que corria rápido por causa da chuva recente, esguichando sobre as pedras em espumantes corredeiras. "Desculpe, preciso descansar", ela falou.

Você está bem? Theo invocou uma discreta bola de fogo na palma da mão para poder ver o rosto dela.

"Estou, só preciso de um segundo." Ela havia agarrado Theo e levitado, colocando-a de cavalinho para poupar tempo na subida da colina tão íngreme, mas mantendo a altitude baixa o bastante para evitar que fossem vistas. A floresta escura e densa agora oferecia alguma proteção, e ela ousou recobrar as forças.

Niamh respirou fundo e se arrastou até a beira d'água. Seus membros pareciam ocos, aerados, como se ela estivesse prestes a desmaiar. Ela pôs as mãos em concha e tomou algumas goladas. A água era segura o bastante para ser bebida por uma bruxa. Theo se aproximou e envolveu o punho de Niamh com os dedos. Transferiu-lhe um pouco de radiância, que ela sentiu fluir por suas veias como mel. Assim era melhor.

Ela se sentou em um rochedo liso, ainda absorvendo da natureza o máximo de energia possível. O acidente e o voo haviam esgotado suas forças. "Vamos seguir o córrego", sugeriu a Theo. "A água é poderosa e barulhenta; vai nos esconder das sencientes."

Sinto muito por tudo isso. É culpa minha.

"O caralho que é. Tudo que Helena precisava fazer era te deixar em paz e pronto. Você não fez nada de errado." Ela tomou a mão de Theo e guiou-a para que se sentasse ao seu lado na pedra. "Está me ouvindo? O que houve no seu passado, o que houve na sua antiga escola, foi por nossa causa. Seus dons deveriam ter sido identificado pelo coven há *anos,* e ele deveria ter lhe ensinado a controlá-los. O sistema falhou com você, não o contrário."

Isso não nos ajuda neste momento.

"Não, não ajuda, mas vou te dizer o que vai ajudar: seus poderes. Agora, eu preciso que você lute. Quando chegar a hora, dê tudo de si."

E se eu te machucar?

"Já sou bem grandinha. Theo, você é muito forte. Não se contenha." Ela não parecia nada feliz com aquilo. Niamh se pôs de pé mais uma vez. "Vamos indo. Se seguirmos o córrego, chegaremos na casa de Annie em dois tempos."

De mãos dadas, elas começaram a seguir a descuidada trilha da floresta. Pela primeira vez, Niamh pensou que talvez pudessem conseguir.

A CAÇADA DE HEBDEN BRIDGE VI { *Leonie*

Onde estava aquela grande nojenta? Leonie voou ao redor do perímetro da igreja. Uma das janelas estava quebrada. Ela olhou pela abertura e viu Elle dando um jeito em Robyn Jones sozinha. A gigante caiu como um tronco de MADEIRA!

Não posso me esquecer de nunca ser escrota com você, ela disse a Elle e, mais uma vez, voltou o foco para o que estava acontecendo do lado de fora da capela.

Chinara e Valentina estavam fazendo a maior parte do trabalho pesado, contendo as capas do CRSM com fogo, relâmpagos e vento, fazendo elas recuarem na direção da Market Square. Leonie deu mais uma espiada dentro da igreja e não conseguiu ver Niamh nem Theo em lugar algum.

Niamh? Você está aí?

Não houve resposta. Leonie planou de volta ao nível do chão, onde estava Sandhya. "Você sabe cadê a Niamh? Ela não está mais na igreja."

Sandhya estremeceu. "Consigo senti-la, mas está fraco."

"Eu também. Talvez ela esteja junto da água."

Leonie viu a outra irmã Finch disparar para baixo, mergulhando feito uma ave de rapina. Estava avançando rápido demais para que ela pudesse detê-la. Ela disparou um relâmpago, derrubando Chinara do ar, que caiu na rua e rolou de ponta cabeça.

Leonie se abraçou a Sandhya. As duas apanharam Finch em pleno voo e a jogaram com tanta força contra a lateral de uma van estacionada que a amassaram. Ela caiu no chão e lá ficou.

Leonie correu até Chinara. "Tudo bem?"

"Essa doeu."

Leonie a ajudou a se levantar. Elas agora estavam no centro da cidade, na rua de paralelepípedos à beira-rio. Do outro lado da ponte, uma bruxa se materializou com sua capa cinza, depois outra, e depois mais três. "Merda, ela chamou reforços."

"Onde está Helena?", berrou Sandhya.

"Eu não sei."

Valentina pousou ao lado delas, com o rosto pálido e pontilhado de gotas de suor. "Não consigo mais segurá-las. Estou ficando fraca."

As capas cinzentas avançaram até elas pelos flancos. "Já estou me cansando desta merda", reclamou Leonie. Ela marchou na direção da ponte. "Parem!", berrou, quase despreocupada.

As cinco bruxas pararam no ato. Cinco era muita coisa. Leonie já tinha enfrentado três, mas nunca cinco. Mesmo assim, sentia-se *forte*. Mais forte do que se sentira em anos.

Ela conhecia a que estava à frente: Jen Yamato. Certa vez, ela ficou irritada com a Diáspora e disse que Leonie favorecia bruxas pretas. Bom, alguém tinha que favorecer. Esse parecia um troco apropriado. "Avante", ela ordenou. As bruxas, enfrentando a maldição lançada, arrastaram seus pés adiante, caminhando como se tivessem saído do clipe de "Thriller". Elas tentaram resistir ao controle, mas Leonie o manteve com toda a força que tinha. Ela as direcionou à ponte Old Packhorse.

Em seguida, virou-se para Chinara, dizendo a ela o que desejava. A namorada então se pôs ao seu lado. "Pronta", ela afirmou.

"Sinto muito por isso, senhoritas", disse Leonie. "Mas, *seguindo ordens*? Sério?"

Sandhya, você me ajudar a contê-las? A outra senciente se uniu a elas.

Leonie estendeu as mãos e girou os punhos. A ponte de arenito era velha e robusta. Os blocos enormes não queriam ceder. Ela espremeu com mais força, as unhas cravando nas palmas. O sangue pingava dos punhos fechados. Ela cavou, cavou e rodou. Com um grito, partiu-a em duas. A famosa ponte que tinha dado nome a Hebden Bridge se esmigalhou feito areia.

As bruxas gritaram quando Leonie deixou de exercer domínio sobre elas, e despencaram no rio abaixo.

Chinara ergueu a mão, e uma poderosa torrente d'água desceu pelas colinas em uma enxurrada. O tsunami rompeu as ribanceiras e se derramou pela Market Square, levando todas as bruxas em seu fluxo. Pegas de surpresa, elas se debatiam, impotentes, enquanto a ressaca as carregava para fora da cidade.

"A dona aranha", comentou Leonie.

"O quê?", respondeu Chinara.

"Deixa pra lá. Amor, acabei de foder com Hebden Bridge."

Chinara nem vacilou. "Nada dura para sempre."

Leonie passou os olhos pelas ruas. A irmã Finch ainda estava caída na estrada, inconsciente. Elas pareciam estar sozinhas. A Market Square estava inundada outra vez, a água turva e amarronzada fluia pelas lojas e pelo pub, mas os danos não eram *tão* graves. "Não estou gostando dessa merda", falou Leonie. "Onde está Helena?"

Niamh } A CAÇADA DE HEBDEN BRIDGE VII

O luar ondeou pelo córrego enquanto elas avançavam pela floresta. O ar era cortante. Niamh sentiu-se forte, noturna, como as criaturas ao redor dela. Sentiu os morcegos, os texugos e as raposas. E pegou emprestado os poderes deles, aguçando a própria visão, amplificando o olfato.

Ela se abaixou, desviando-se de galhos e folhas e rodopiando entre as árvores. Ela era um animal selvagem. Humanos *são* animais selvagens, por baixo do sutiã, do perfume e do rímel. Somos feras. E ela lutaria para proteger o filhote.

Por trás dela, Theo parou. "O que foi? Estamos quase lá." Com a nova visão noturna, ela podia quase discernir a figura escura do moinho d'água. Mais cinco minutos e elas estariam fora de Hebden Bridge. E depois? Bom, com essa barra, elas lidariam quando chegasse a hora.

Mesmo na escuridão, Niamh pôde ver o pânico em todo o rosto de Theo. *Está sentindo isso?*

"O quê?" Ela expandiu seus sentidos pela mata.

Tem algo a caminho...

"O Lobo Mau", bradou uma voz lá do alto.

O relâmpago abalou todo o céu, com as bifurcações lambendo a terra. Niamh puxou Theo para perto e as duas cambalearam para dentro da corredeira. Ela tropeçou para trás, caindo na água congelante. A água roubou-lhe o fôlego de imediato.

Helena pairava acima do riacho, com eletricidade dançando por seu corpo. Os olhos dela eram tão pretos quanto o céu. "Era um bom plano", ela elogiou lá de cima. "Eu havia me esquecido do velho conduíte aquífero na casa de Annie, até você me lembrar dele."

"Como?", guinchou Niamh, ciente de que talvez aquela não fosse a questão mais urgente.

"Você não é mais a única perita da cidade."

Helena estendeu a mão pálida e ergueu Theo do córrego sem precisar tocá-la. Como ela estava fazendo isso? Impossível! A mão molhada da garota escorregou pelos dedos de Niamh. "Theo!"

Theo se contorcia em pleno ar, tentando se libertar, mas Helena a segurava com força. Ela a observava com um olhar de interrogação, como se a estivesse vendo pela primeira vez. "É *disso* que ela tem tanto medo?" Havia algo estranho na voz de Helena. Estava profunda demais, rouca demais. "Patético." Com um balançar de mão, ela jogou Theo em meio às árvores como se a garota fosse uma boneca de pano.

Niamh se levantou. Em seguida, flexionou os dedos, ergueu o maior rochedo do leito do córrego e o atirou em Helena, apenas para que ele se despedaçasse ao redor dela, como se não fosse nada mais do que uma bolota de terra seca. Niamh quase riu, em um reflexo histérico.

"Lembra-se de quando éramos crianças?", rosnou Helena. "Sempre debatíamos sobre quem venceria em uma luta. Vou dar um tiro no escuro e dizer que seria eu..."

Os olhos de Niamh se arregalaram. No fim do córrego, a água se transformou em fogo, pulsando em sua direção. Ela piscou, torcendo para ser apenas uma ilusão... e ainda assim, a bola de fogo continuou ardendo em direção a ela. Niamh se abaixou, protegendo o rosto da onda flamejante. Preparou-se para a dor, mas ela nunca veio. Ergueu os olhos e viu o rio de chamas contornando-a. Restava-lhe uma pequena ilha de água, mas ainda assim ela podia sentir as chamas lambendo os pelos de seu braço.

"Não vá." Helena ironizou, baixando a si mesma até a margem do rio.

Niamh tentou fazer as chamas recuarem com a mente. O fogo era feito de matéria, portanto, precisava de combustível para queimar.

Mas, quanto mais ela o forçava para trás, mais se aproximava, o círculo de salvação se estreitando ao redor dela.

Ela estava encurralada. Ficou olhando enquanto Helena espreitava pelas árvores até onde Theo havia caído. Ela estava ferida, um talho feio em sua testa. *Levante*, mentalizou Niamh a ela. *Theo, levante. Ela está chegando.*

Theo voltou a si e, apavorada, engatinhou pela relva. *Corra!*

Niamh observou a floresta horrorizada: ela parecia ganhar vida. Flexionando os dedos, Helena manipulou as árvores e as raízes ao redor dela, enredando Theo em uma teia de galhos e brotos. Ela a içou aos ares, e a pobre menina foi capturada feito uma mosca. Niamh viu as heras se apertando ao redor de Theo feito serpentes. Ia estrangulá-la até lhe arrancar a vida.

Theo estava apavorada, assustada demais para oferecer qualquer coisa parecida com resistência. Os pensamentos dela gritavam pela floresta, crus e selvagens.

Niamh chorou. Sentiu-se fraca, inútil. Só restava uma coisa, uma última carta, embora esse não fosse seu traço mais forte. Ela era uma perita. Parte senciente, parte curandeira. Niamh se ajoelhou na água. Fechou os olhos e se soltou. Abriu-se como um botão em flor, oferecendo a Theo o máximo de si que seria humanamente possível, enviando por sobre a água toda a energia que havia lhe sobrado, para dentro do corpo da garota. Ela fluiu. Bruxuleou: prata e ouro, índigo e safira. Niamh sentiu a energia se desvanecer dela.

Tome.

Tome tudo.

Use.

Ela lhe daria até a última gota se necessário fosse.

META-MORFOSE { *Helena*

Ela se encontrava sobre a criança. "E agora, o que vamos fazer com você?"

Theo acordou e, em choque, começou a recuar, arrastando-se pela relva.

"Aonde você vai?"

Helena lançou um breve olhar às árvores, e uma miríade de heras e galhos se estendeu atrás de Theo feito tentáculos. A floresta obedeceu, apanhando os pulsos e o torso dele, içando-o do chão. Uma mosca presa em sua teia. Ele soltou um som lamurioso, trágico. Helena fez uma hera se enrolar ao redor do rosto dele para silenciá-lo.

"Você não é tão assustador agora, não é mesmo..." Helena disse, agora que tinha um público cativo. "Você entende que não posso deixá-lo viver, Theo? Apesar de tudo o que Niamh possa ter lhe dito, não é nada pessoal. Eu não poderia me importar menos se você diz que é menino, menina ou um helicóptero. O problema é que você é uma *bomba-relógio*, quer você saiba disso ou não. Eu fiz um juramento, 25 anos atrás, de que colocaria o coven acima de qualquer outra coisa."

Helena sentiu o ardor das lágrimas. Belial conteve todas elas.

"As coisas que fiz para deter você. Até onde cheguei. Isso precisa ter importância. Precisa ter algum significado."

Os olhos de Theo, que estavam tão frenéticos quanto os de um animal encurralado, tornaram-se subitamente tranquilos. Helena franziu o cenho. Talvez as trepadeiras estivessem apertadas demais. Os olhos dele se fecharam por um instante e, quando se abriram outra vez, pareciam brilhar na noite. Reluziam feito ouro ou âmbar. A expressão também assumiu outra forma: *determinação.*

Helena se virou para o local onde havia aprisionado Niamh. Ela também brilhava, luminescente, como se estivesse sendo curada. Não precisava mais invocar os relâmpagos da atmosfera, ela os gerava dentro de si. Então lançou um disparo contra Niamh.

Theo, porém, continuou a brilhar. A pele dele tremeluzia com o mais incrível dos resplendores perolados, uma radiância que vinha de dentro. Helena recuou, pronta para abatê-lo. Porém, a claridade era tanta, mas tanta, que ela parecia estar olhando em direção ao sol. Teve que erguer o braço à frente do rosto. "Pare com isso!", gritou. "Pare agora."

A luz atingiu um ápice e foi esmaecendo. Helena semicerrou os olhos e viu uma garota pairando em meio às árvores. As heras e os galhos a libertaram de forma elegante, voltando para o lugar de onde tinham vindo.

Ah, aquela bruxinha esperta. Era e não era Theo. Era possível reconhecer que se tratava do mesmo ser humano, usando o mesmo jeans e a mesma camiseta, mas também era diferente. Era, na verdade, bem bonita, com longos cabelos pretos ondulando ao redor do rosto delicado, como se estivesse submersa. Ela pousou graciosamente no solo da floresta.

"Um encantamento eficaz", Helena admitiu.

"Não é um encantamento", ela disse, e Helena levou um instante para se dar conta de que Theo havia falado em voz alta pela primeira vez. "Niamh me curou, e esta é quem eu sou, quem eu sempre fui. Eu sou Theodora. Do jeito que eu deveria ter sido. Do jeito que eu escolho ser."

Theo tinha uma nova atitude, uma nova força. Babaquinha pomposa. Helena não toleraria um sermão àquela altura do campeonato. "Você ainda é a Criança Maculada."

"Eu *sou* uma criança. Sou só uma menina, srta. Vance, e não tenho intenção de lhe fazer mal. Não quero machucar ninguém."

Helena sentiu os dentes se cerrando. "O que você *quer* não tem importância. Você vai destruir todas nós."

Helena conjurou bolas de fogo em ambas as mãos e as atirou nele. Não importava o quão bela parecesse, quanto cabelo tivesse, ou se tinha um pênis ou não, aquela coisa era um menino *lá dentro*. Helena a queria morta.

Uma frente fria soprou ao redor de Theo, extinguindo as bolas de fogo de Helena. O vento ergueu a ela... a *ele*, do chão, e uma enxurrada de gelo e neve espancou Helena. Ela recuou, cambaleando e quase caindo, mas logo voltou a se equilibrar. Ele achava mesmo que poderia superá-la? "Terá que fazer melhor do que isso", ela rosnou.

O relâmpago fendeu o céu, raios despencando sobre Theo. Isso o forçou a descer à terra outra vez. A chuva de granizo diminuiu e Helena estendeu a mão. *Ajude-me, Mestre Belial, faça-me forte.*

O garoto esquelético disparou na direção dela. Gritava ao se catapultar pela clareira, caindo em sua palma, que aguardava. Ela envolveu o seu pescoço ossudo com os dedos, segurando-o em pleno ar. Belial havia mantido a promessa. Ela era forte, forte como ninguém.

Theo arfou, tentando soltar os dedos dela de sua garganta. Ele parecia uma menina, mas não era. *Ele não é.* Sim, sim, era isso mesmo. Ela queria esganá-lo com as próprias mãos, até ver a vida se esvaindo dele. Queria sentir seu último suspiro. Queria sentir o corpo amolecer, flácido.

Annie. A perda das amigas. Essa *coisa* dentro de seu corpo. *Ele* era a razão de tudo isso.

Nada disso teria acontecido se ele não tivesse chegado. Com cada vez mais força, Helena apertou até o rosto dela — *dele* — ficar azul.

Stefan. Sua mãe. Hale. A Tammy Girl.

Você ficou feliz quando ele morreu.

Quê? Não. A respiração de Helena tremulou. As lágrimas queimavam os olhos dela.

Elas não gostam de você.

Não!

Era *ele*.

Por toda a dor que ele causou.

Por tudo o que ele havia feito.

Niamh } A FRAQUEZA HUMANA

Ela estava fraca. Transferir quase toda a radiância para Theo havia feito com que ela se esgotasse e caísse de costas nas águas rasas. Ela sentia a corredeira ondular pelo rosto e por seu cabelo, como se a estivesse cutucando com o focinho para trazê-la de volta à consciência.

Mas ela sentira a transformação de Theo. A peça final de um quebra-cabeças se encaixando. Um senso de correção. A satisfação da conclusão.

Mas só por um momento. E então, o terror.

Absorvendo energia das águas, do lodo, Niamh se forçou a levantar. Ela se sentou e viu, através das chamas, Helena estrangulando Theo. Uma Theo remodelada. Ela cambaleou adiante para ajudar, mas as chamas lamberam seu rosto mais uma vez, queimando-a. Ela sentiu cheiro de carne chamuscada. "Theo!", Niamh gritou. Viu a garota voltar o olhar para ela, as lágrimas correndo pelo rosto, mas ela só conseguia espernear e se contorcer.

"Theo, foco! Você é mais forte do que ela!" Se Theo entrasse em pânico, não seria capaz de controlar a magia. Niamh estendeu a mão pelo fogo outra vez, mas as chamas deram um bote em seus dedos.

Niamh não era uma elemental. Não sabia como usar a água para extinguir as chamas.

Ah.

Aquela vaca velha, sábia feito o Obi-Wan Kenobi, feito o Yoda.

As palavras de Annie vieram a ela: *Não pode enfrentar o fogo. A água o extingue pelo simples mérito de ser água.* O que aquilo significava? Ela estava rodeada de água, mas Helena a tinha transformado em fogo. Tudo podia acontecer.

Helena, uma bruxa do fogo. Niamh uma bruxa da água.

Não pode enfrentar o fogo. A água o extingue pelo simples mérito de ser água.

Isso significava que poderia vencê-la? Niamh se pôs de pé, as pernas instáveis, e estendeu a mão. Com tudo que ainda lhe restava, ela tentou derrubar Helena. No ato, a cabeça dela se virou para encará-la e a empurrou de volta, só com um piscar de olhos. Niamh caiu de bunda outra vez. Frustrada, deu um tapa na água.

Não pode enfrentar o fogo. Então apenas seja a água? O que aquilo poderia significar? Niamh não conseguia focar. O fogo, os gritos de Theo, o gelo das próprias roupas ensopadas. Barulho demais.

Niamh afundou a cabeça na água. Precisava de silêncio. Era um mito que as bruxas conseguiam respirar debaixo d'água, como foi descoberto durante muitos julgamentos de bruxas, mas Niamh sempre conseguia encontrar uma certa quietude em seu elemento.

Tudo se apagou. Um jubiloso conforto. Com o completo silêncio, ela podia escutar *tudo*. Toda a sinfonia da natureza, tudo em perfeita sintonia. Cada parte da orquestra estava exatamente onde deveria estar: a percussão do coaxar dos sapos; uma aranha violinista em sua teia; uma coruja-das-torres nas flautas, lá no velho moinho; a víbora debaixo de uma rocha e a colmeia, adormecida até de manhã, dentro do tronco oco de um cepo de árvore apodrecido.

Às vezes, você alça um voo para tão longe de si que vê o cenário completo, como a própria Gaia deve ver. Acima, abaixo e por todos os lados. Como as coisas aconteceram, quando e por quê. O início e o fim de tudo.

Dez anos antes, Ciara havia usado um encantamento para incapacitar Helena no Hotel Carnoustie. Mais de vinte anos antes, Elle, com apenas 13 anos de idade, salvara a vida de Helena quando elas estavam bem longe de casa, em meio às campânulas.

Algo que apenas uma amiga saberia.

Niamh voltou à superfície, deixando a água correr pelo rosto. Ela se pôs de pé. A moral da história era que aquilo nem era difícil. *Pássaros e insetos são fáceis.*

Ela projetou a mente para além da água, por sobre ela, atravessando o fogo, passando por Helena e por Theo, pelos bambus e pelos gramados, até chegar ao interior do cepo apodrecido. A colmeia estava cheia de vida, apenas esperando por um sinal de alerta.

Niamh chutou a colmeia.

Helena nem notou a primeira abelha. O animal orbitou ao redor de seu rosto, mas ela estava focada demais em Theo. A própria Theo estava perdendo a consciência, a pele agora estava tingida de um azulado pálido. Niamh não tinha muito tempo. Duas ou três abelhas, contudo, faziam um zumbido chamativo, e Helena se deu conta do que estava acontecendo.

Ela largou Theo com um baque.

Cinco, seis, sete abelhas dançavam ao redor de Helena em uma formação, traçando um oito. Ela se virou para Niamh, os olhos pretos queimando de raiva. "Copiando o truquezinho da sua irmã?"

A distração funcionou. As chamas morreram na água e Niamh avançou até a margem, cada passo um pouquinho pior. Ela balançou a cabeça com tristeza. Com grande pesar, ela apenas disse: "Não".

Dez, quinze, vinte abelhas.

Nada felizes por terem sido despertadas. O zumbido se tornou um coro murmurante, uma parede de som quase concreta.

Helena olhou Niamh nos olhos e viu que ela estava dizendo a verdade. Entrou em pânico, espantando as abelhas. "Ni..." Uma abelha voou para dentro de sua boca.

Trinta, quarenta abelhas.

Elas começaram a ferroar. Helena gritou, desabando de costas na relva. A natureza era brutal e, depois que uma abelha desferia a picada, emitia um feromônio avisando às outras para também atacarem a ameaça. Os insetos enxamearam ao redor dela, arrastando-se por rosto, orelhas e cabelos. Helena agora agarrava a própria garganta, pois a traqueia estava se fechando. Niamh já vira isso antes, e não era nada bonito. Os lábios incharam feito duas ameixas, o rosto ficou vermelho.

Os olhos inchados de Helena se fecharam e, quando abriram, eram castanhos outra vez. Ela estendeu o braço para Niamh, implorando por ajuda sem dizer nada. As abelhas rastejavam sobre a mão dela.

Niamh primeiro correu até Theo. Havia lesões feias em seu pescoço, mas, desconsiderando isso, parecia tudo certo. "Você está bem?"

"Sim", ela respondeu em voz alta, e ouvir a voz dela depois de tanto tempo era como escutar uma canção. Foi inesperadamente... mundano.

Niamh voltou a atenção para as abelhas, dispensando-as. Forçou-as a bater em retirada. O murmúrio pulsante diminuiu.

O corpo de Helena convulsionava, a coluna arqueava. Niamh e Theo se encolheram quando uma viscosa neblina verde irrompeu do nariz dela. O odor era pútrido, sulfúrico.

"O que é *isso*?", perguntou Theo.

Niamh já tinha visto algo similar antes, depois de atacar Ciara, quando a entidade deixara seu corpo. "É um demônio", respondeu Niamh, entendendo agora como Helena podia estar tão forte.

A nuvem verde começou a tomar forma no ar acima de Helena. Niamh e Theo se levantaram juntas, prontas para repeli-la. Os contornos eram semelhantes aos de um touro; pelo menos lembravam algo de dois chifres curvados. A figura parecia inquisitiva, considerando-as e medindo-as, antes de se retirar. A névoa imunda escorreu por entre as raízes e as folhas mais próximas dela, indo embora lamber as feridas.

A floresta era a floresta outra vez. O córrego gorgolejava, o ar da noite recuperou os estalidos característicos e tudo cheirava a alho-selvagem e musgo úmido. Só o sufocar de Helena estava deslocado. Os olhos agora estavam fechados, o rosto inteiro tal qual uma almofada, deformado.

Niamh foi até ela e irrompeu em lágrimas.

Aquilo havia sido desnecessário para caralho.

Então se ajoelhou ao lado de Helena. Como diabos tinham chegado àquele ponto? A amiga estava desfigurada, lutando para respirar. E ela é quem provocara aquilo. Niamh escondeu o rosto com as mãos e chorou. Não sabia se seria capaz de curá-la, de tão mal que Helena estava.

Ainda havia mais uma coisa que precisava fazer, e só poderia fazê-lo enquanto ela estivesse enfraquecida. Tocou a lateral da têmpora de Helena com o dedo indicador e leu sua mente. Era possível sentir o avinagrado da culpa a um quilômetro de distância. *Annie.* Niamh testemunhou os últimos momentos: o chalé ficando amargamente frio, abaixo de zero. O coração de Annie foi o que desistiu primeiro. Foi o que a matou. Ela a viu afundar na poltrona, viu a peruca cair de sua cabeça.

Niamh a soltou e puxou os joelhos para baixo do queixo. Queria tanto ter estado errada quanto a isso... Helena havia matado Annie. Niamh se perguntou se aquele fora o ponto exato, a bifurcação na estrada onde elas a perderam.

Os soluços sacudiam seu corpo. Primeiro, ela sentiu Theo a abraçando, titubeante, com os ombros leves e desajeitados. Embora a garota tivesse recuperado a voz, não disse nada. Ela *farejou* Leonie antes de ouvi-la ou de sentir os cachos da amiga roçando seu rosto. "Não chore, meu bem", ela sussurrou. "A gente tá aqui agora. A gente tá aqui."

Niamh desabou de encontro a ela e escutou outra voz. "Eu posso salvá-la." Era Elle, gentil, em seu outro ouvido. "Vai ficar tudo bem." Elle envolvia ambas em seus braços.

Niamh espiou pelas frestas dos dedos e viu Chinara pousar sem esforço na margem do riacho, com Holly pendurada em suas costas, parecendo desesperada. Ao pressionar a cabeça contra Elle, sentiu a curandeira absorver parte da culpa, da angústia. "Você fez o que precisava fazer", confortou Elle, antes de voltar a atenção para Helena.

"Ah, minha deusa", exclamou Holly, correndo até Theo. "Olha a sua transformação!"

Leonie demonstrava um entusiasmo semelhante e a puxou para um abraço de urso.

Niamh ficou observando enquanto Elle trabalhava em Helena. "Luke...?"

Elle a olhou por cima do ombro. "Ele deve ficar bem. Estava voltando a si quando viemos encontrá-la. Está com Sandhya e Valentina... elas vão chamar uma ambulância, agora que o feitiço foi quebrado." Elle se concentrou em Helena, cujos ferimentos começavam a melhorar: o inchaço diminuía e as urticárias começavam a desaparecer.

Niamh se permitiu ensurdecer, focando nos ruídos do riacho. Queria o silêncio de volta por um instante.

Ela observou Holly admirar, inebriada, as novas feições de Theo; Leonie e Chinara trocaram um beijo terno; Elle trabalhava em Helena com esmero; e, em algum lugar, Luke estava bem. Niamh relaxou os ombros e enxugou as lágrimas. Ela estava a salvo. Ela ia ficar *bem*.

Ela estava com seu coven.

Niamh } CONSE-QUÊNCIAS

Voltaram para a cidade ao modo antigo: a pé. Era tão cansativo quanto voar, mas ninguém tinha a capacidade mental nem mesmo para considerar o voo. Pelo menos, era só descida. No momento em que chegaram à vila de Hebden Bridge, os mundanos estavam absortos pelo "terremoto" que havia se abatido sobre a cidade.

A multidão de mulheres enlameadas emergindo da mata provavelmente não parecia muito deslocada. A reverenda Sheila Henry havia alertado o CRSM da Escócia, que enviara uma unidade até Hardcastle Crags. Helena, ainda inconsciente, seria levada para a enfermaria em Grierlings até determinarem qual seria o próximo passo.

Que bagunça do caralho. Luzes azuis varriam os edifícios de arenito e os rostos na multidão.

Como foi que não acordamos com tudo isso?

Qual foi a magnitude?

É um milagre ninguém ter se ferido!

Equipes jornalísticas, vans da polícia e ambulâncias entupiam a Market Street, o povo da cidade estava muito interessado em dar uma olhada onde a ponte Old Packhorse havia "desabado".

"Não acredito que você acabou com a ponte", disse Holly a Leonie. "Agora, a gente mora só em Hebden? Ou, com aquele buraco, vai ser Hebden *Hole*? Talvez seria um vão: Hebden *Gap*?"

Elle se despediu, explicando que precisava voltar para casa e encarar as consequências com Jez. Contou que havia partido logo após soltar a bomba. Ela levou Holly, e as duas saíram para procurar o carro: com sorte, ainda estaria inteiro após aquela noite.

Niamh passou os olhos pela multidão. Ele devia estar ali em algum lugar. Não foi difícil ver Luke em meio ao caos na frente do pub White Swan. Ele se projetava acima da maioria das cabeças. Estava sujo, ensanguentado, com um paramédico tentando colocá-lo na parte de trás de uma ambulância, mas parecia estar procurando por alguém.

Os olhos deles se encontraram, cada um de um lado do rio.

Ele estava procurando por ela. Niamh correu em direção a ele e flutuou por cima do rio, camuflada de todos, é claro, menos dele. Ele se desviou do paramédico para chegar até ela, e ela caiu em seus braços. "Você está bem!", ela declarou, apertando o rosto contra o peito dele. "Graças às deusas por isso."

"Você acabou de...", ele se espantou, enfiando a cara no topo da cabeça de Niamh.

"Sim. É uma coisa que eu consigo fazer", admitiu, erguendo os olhos para ele. Às vezes, a hora certa é a hora em que se está. "Consigo fazer outras coisas também."

Ele tomou o rosto dela com as grandes mãos em concha. "Tudo bem, Niamh. Eu meio que imaginei que havia alguma coisa acontecendo. Não sou nenhum pateta." Ele deu de ombros. "Não pensei que você fosse, tipo, a Supergirl, mas a gente pode trabalhar com isso."

"Eu não sou a Supergirl", ela replicou, tomando as mãos dele. "Eu sou uma bruxa."

Ele refletiu sobre isso por um momento, e então balançou a cabeça em sinal afirmativo. "Faz sentido."

"Faz, não é? Sabe aquela coisa que estava entre nós? Aquilo que nos impedia de sermos apenas eu e você? Não era só o Conrad. Eu o usei como desculpa. Bom, então é isso. Eu sou uma bruxa e, se vamos seguir adiante, você precisa saber."

"Uma bruxa? Tipo, mágica?"

"Sim."

"Você vai ter algum problema por ter me contado?"

"Provavelmente não."

"Ótimo. Você é... uma bruxa do bem?"

Ah, aquela bateu pesado. Ela podia jurar que tinha sentido a mente dele se retorcer, como uma esponja espremida. "Não", ela respondeu, contendo um soluço. "Não há bruxas do bem e bruxas do mal, há apenas bruxas e as escolhas que fazemos."

"Isso também vale para os humanos."

Niamh sorriu. "Eu ainda sou humana. Mas do tipo bruxa."

Luke sorriu de volta. "Bom, é provável que seja melhor assim. Posso te beijar?"

"Com certeza." Ele a beijou com ternura, sentindo o terreno antes de lhe dar um beijo propriamente dito. Dessa vez, ela não estava nem preocupada com o que aquilo significava. Era apenas delicioso.

Enquanto o fazia jurar que não estava ferido e o atualizava sobre o que havia perdido enquanto dormia, Niamh tomou consciência da comoção atrás de si. Ela se virou e viu Radley, junto de um monte de caras usando as capas verdes da cabala, caminhar pela Market Street na direção deles. Os mundanos não deram atenção, o que levou Niamh a pensar que os feiticeiros estavam se camuflando.

"Rad?" Leonie foi cumprimentá-lo, com Niamh logo atrás dela. "O que está fazendo aqui?"

Ele inspecionou a destruição com grande preocupação. "Eu poderia te perguntar a mesma coisa. Isto aqui é obra sua?"

"Não. Que maluquice", exclamou Leonie. Ele não parecia convencido. "O que houve aqui?"

"Helena surtou e tentou matar a menina", ela projetou um polegar na direção de Theo.

Se Radley ficou surpreso com a transformação física de Theo, seu rosto não demonstrou. "Entendo..."

Chinara foi mais comunicativa. "Ela autorizou uma pequena unidade do CRSM a agir segundo as ordens pessoais dela. Não tinha nenhuma permissão nem ordem judicial para remover Theo da custódia de Niamh. Não havia base alguma para prisão imediata. Ela também invocou uma entidade demoníaca e acreditamos que ela tenha assassinado Annie Device."

Até mesmo Radley, frio como gelo, estremeceu. "Entendo..."

"É só o que você vai dizer?", Leonie questionou. "Está entendendo o quê? Tudo que eu entendo é que foda-se essa merda."

O irmão ficou ainda mais tenso, se é que isso era possível. "Eu não estava ciente de que você estava aqui", ele disse, escolhendo as palavras com cuidado.

"Então por que *você* está aqui?", Niamh perguntou.

"Estamos investigando uma questão séria da cabala. Houve uma... ocorrência."

"O que é a cabala?", sussurrou Luke.

"Mais tarde", ela alertou.

"Uma *outra* ocorrência? Bom, desembuche", disse Leonie.

"No início da noite de ontem, Dabney Hale foi libertado de Grierlings", falou Radley, solene.

"Caralho, como assim?", explodiu Leonie.

"Como é? Por quê?", Niamh acrescentou.

Radley balançou a cabeça. "Não sabemos! Até onde podemos dizer, Helena Vance entrou em Grierlings e o soltou."

"Ele saiu andando de uma prisão de segurança máxima?", perguntou Chinara, maliciosa.

Agora o rubor de Radley era profundo. "Sim, parece que foi isso. Porém, ninguém tem lembrança alguma dos acontecimentos."

Elas se entreolharam. Theo parecia um pouco confusa, e Luke parecia totalmente confuso. "Helena invocou um demônio", explicou Niamh. "Ele deve ter desejado que Hale fosse solto."

"Por quê?", perguntou Theo, inocente.

Niamh não tinha respostas para ela. Estava acordada havia quase 24 horas. O cérebro praticamente no piloto automático. No alto da colina, havia sentido mais clareza do que em muito tempo, mas agora tudo voltara a ficar turvo. Como Hale se encaixava em tudo isso? E qual demônio Helena tinha invocado?

"Então Hale está foragido?", perguntou Chinara.

"Acreditamos que sim. Temos imagens dele no circuito interno de vigilância deixando as instalações, e essa é a última notícia que tivemos dele. Mas podem ficar tranquilas: este é um assunto da cabala e a justiça *será* feita."

Radley estava tão resoluto que ela quase acreditou nele. Niamh estava tão entorpecida, tão exausta naquele momento... mas quando a manhã chegasse, ela processaria o significado de todas aquelas informações. Aquilo significava que a guerra estava longe de acabar.

AS CHAMINÉS { *Helena*

Em retrospecto, ela deveria ter demolido aquele bloco. Havia uma horrível ironia no fato de que a única questão profissional que ela realmente empurrava com a barriga seria a que determinaria sua sina.

Com uma guarda encapuzada e sem rosto de cada lado, Helena foi levada pelos estreitos corredores de Grierlings. O lugar tinha um cheiro de substâncias químicas, petrolíferas, ou fosse lá qual acelerante que usavam nas Chaminés. Uma das luzes estava prestes a queimar, zumbindo e tremulando. As guardas a puxaram para frente.

Ah, que sentido havia em protelar aquilo ainda mais? Havia sido pega. Elle, aquela vaca traiçoeira, a havia curado até certo ponto, mas a deixara inconsciente, indefesa. Cada senciente do CRSM tinha dado uma espiada voyeurística em sua mente. Elas viram tudo. Helena desejou ter morrido no combate, na floresta. Aquele espetáculo era mortificante.

Sempre havia sido um risco, e teria valido a pena se ela tivesse sido bem-sucedida naquela noite miserável, quatro semanas antes. Em retrospecto, mais uma vez, ela conseguiu ver seu erro de forma bastante clara: homens.

Tudo teria dado certo se ela não tivesse dado ouvidos a Hale ou confiado em Belial. Ela não se importava com as amigas ou com Theo Wells. A grande traição dela havia sido para com as mulheres. Os homens a haviam tornado imprudente, haviam maculado seu cálice com as descuidadas bravatas masculinas. Ela não tinha lembrança alguma de ir até Grierlings ou de libertar Hale de sua cela. No dia da incursão, havia tirado um cochilo energizante durante a tarde para se preparar para a longa noite à frente. Agora via que não estivera cansada, ela fora *enganada*.

E agora, pagaria por isso.

Chegaram às escadas que levavam ao cavernoso salão que abrigava as Chaminés. Uma das guardas tocou uma campainha dissonante, e alguém do outro lado abriu a porta. Helena manteve os olhos baixos, mas sentiu os olhares daquelas que estavam reunidas. Assombrações, todas elas. Ela foi arrastada na direção da câmara central.

Helena sabia muito bem que as Chaminés haviam sido construídas em 1899. Após o CRSM ser formado, elas precisavam de um meio dissuasivo contra qualquer bruxa que alimentasse ideias de rebelião após o coven ter ficado íntimo do governo e da Coroa. A primeira parte do século XX viu diversas separatistas se organizarem; e se elas atacassem o coven, acabariam ali.

A princípio, o lugar era conhecido como Execução Automática por Fogo, mas não era um nome que pegava, não é mesmo? Então, em pouco tempo, as elevadas câmaras cilíndricas passaram a ser conhecidas como as Chaminés. Havia cinco delas, mas isso não significava que todas já tivessem sido usadas ao mesmo tempo. Em 1909, as autoproclamadas "covragistas" Enid Poole, Ava Crabtree e Phyllis Lyndon encararam o fogo simultaneamente, por conta da tentativa de amaldiçoar o rei na grande abertura do museu Victoria and Albert.

As Chaminés não eram usadas desde os anos 1960. Era engraçado. Em algum lugar, lá no fundo, Helena entendeu por que suas predecessoras não haviam desmantelado aquelas monstruosidades. Sim, eram empecilhos, mas ela sempre soube que algum dia teriam que acionar as câmaras de novo. Talvez houvesse um pouco de oráculo em cada uma de nós.

Helena foi guiada até o enorme tubo de tela de arame. Nunca tinha pisado dentro de um. Era mais estreito do que parecia por fora, mal havendo espaço para esticar os braços. O aço era enegrecido, chamuscado. Uma das guardas fechou a porta interna, e o trinco se encaixou no lugar com um retinir metálico. Ela sentiu uma náusea intensa, parecida com um enjoo matinal de gravidez. O *Moléstia de Irmã* veio flutuando pelos dutos de ar e encheu suas narinas. Não poderia ao menos acender um fósforo ali dentro, quanto mais se libertar.

"Helena Jane Vance", proclamou uma voz familiar com sotaque escocês. Helena enfim ergueu o olhar. Ah, puta que pariu, aquilo era como chutar quem já estava no chão. Moira Roberts envergava uma veste preta cerimonial. Ela e o público se encontravam a uma distância segura, por trás de uma cerca de proteção, em uma plataforma de observação.

A plataforma era particularmente mórbida. As bruxas vitorianas tinham muito pelo que responder.

Helena se certificou de que não haviam levado Neve, como ela pedira. Não conseguiu enxergar o peculiar cabelo da filha em lugar nenhum. Ótimo. Pelo menos isso.

Era difícil saber quem era cada uma delas por conta dos capuzes, mas presumiu que a figura na cadeira de rodas era sua mãe, com seu pai ao lado. Ela tomou fôlego. Eles não deveriam ter que ver aquilo. À esquerda de Moira estava o resto do conselho, à direita estavam Niamh, Elle e Leonie. Elle chorava copiosamente.

Judas do caralho. E a audácia de Leonie Jackman ao fazer Chinara tentar a anulação da sentença por razões humanitárias. Aquilo fora uma piada irônica? Porque, se não fosse por causa delas, não estaria ali. Era culpa delas. Pois que chorassem, caralho.

Uma onda de ar quente pulsou, subindo pelo gradeado sobre o qual ela se encontrava. Calçava sapatos pretos simples e baratos, e vestia uma bata sem forma. Não haveria Balenciaga naquela pira.

Moira leu em um iPad. "Como estabelecido na constituição de 1869, e reconhecido como lei bruxa desde o século xv, você foi considerada culpada em julgamento justo das seguintes acusações: Traição ao Coven; Assassinato Ilícito de uma Irmã Bruxa; além das acusações menores de Associação Demoníaca e Má Conduta em Função Pública. A punição é a morte por incineração."

De todas as pessoas, foi logo Niamh quem se pronunciou. "Por favor, Moira. Nós não temos que fazer isso." *Niamh, querida, é um pouco tarde demais para isso.*

Moira estremeceu, e Helena pôde apenas especular sobre as horas que haviam passado em salas reservadas, deliberando seu destino. Porém, pelo menos aquilo seria rápido. Não haviam ao menos a detido na requintada cela de Hale. De um modo ou de outro, não sairia viva de Grierlings.

"Nós somos melhores do que isso!", Niamh continuou.

"Esse é o modo como sempre foi." Havia um indício de tristeza na voz de Moira.

"Então talvez seja o momento de mudar", Leonie acrescentou.

Helena chegou a rir. Hipócritas. Quanta *moral* elas tinham. Como era que Neve tinha chamado os lamuriantes mimizentos no Twitter? *Guerreiros da justiça social*. Pois que assistissem. Que seus corações sangrassem até secarem.

"Não vamos prolongar este dia tão triste com um debate", rebateu Moira. "Helena Jane Vance. Suas últimas palavras?"

Helena teria adorado proferir seu discurso de mártir. Ansiava dizer a elas como a história provaria que ela estava certa, como *elas* haviam traído o coven ao permitirem que Theo vivesse. Só desejava viver para vê-las tremer quando o Leviatã se manifestasse. Mas não disse nenhuma dessas coisas. O que disse foi: "Por favor, tenham misericórdia. Tenho uma filha adolescente. Eu quero vê-la se tornar uma mulher".

Por que tinha tentado aquilo? E por trás de todo o resto, era esta a razão de sua fúria: ela havia, de algum modo, escolhido Theo em vez da família. *Qual é o meu problema?*

"Não haverá apelação", decretou Moira. "Guardas..."

Ao lado da sala, uma das bruxas encapuzadas, que poderia muito bem ser um feiticeiro, ergueu uma tampa e pressionou o botão vermelho escondido ali. Outra campainha ressoou.

Com um rangido mecânico, o espesso escudo térmico foi sendo baixado por guincho no interior da chaminé. Era feito de tijolos: vermelho por fora, preto por dentro. Ela não se deixava enganar. Aquilo não era para impedir que os espectadores fossem queimados por acidente, mas para impedi-los de ver o que estava prestes a acontecer.

Os presentes saíram do campo de visão quando o escudo passou por seu rosto com um ruído surdo. Helena fechou os olhos e entremeou os dedos na cerca de proteção. Ela ouviu a fornalha se avivar com um grunhido lá embaixo, nas entranhas da prisão. Com um baque, o escudo alcançou o chão. Seus olhos piscaram inutilmente na total escuridão.

A luz que veria agora seria a última.

Niamh } SOLSTÍCIO

Apesar de tudo, Niamh sentiu um certo orgulho por dentro ao ver sua jovem acólita se apresentar ao Grande Leito, aquele grande altar de pedra plana. Naquela noite, Moira Roberts usava a capa escarlate e o diadema: uma guirlanda de folhas de hera feitas de prata. "Quem aqui bate às portas da noite?", proferiu ela, de forma teatral.

"Holly Pearson."

"Neve Vance-Morrill."

"Theo Wells."

O peito de Niamh estava prestes a explodir.

Moira entregou o cálice primeiro a Holly, então a Neve, e por fim a Theo. Havia apenas três bruxas prontas para dizer as palavras mágicas naquele verão. Cada uma deu um gole na taça, e, segundos depois, seus olhos se tornaram pretos feito azeviche. Ao seu lado, Leonie sussurrou em seu ouvido. "Você se lembra do quanto estávamos assustadas?"

"Como se fosse ontem." Ao seu outro lado, Elle estava aos prantos, como se estivesse em um casamento. "Ei, fecha essa torneira, sua chorona." Niamh entregou a ela um lenço novo.

"É um grande dia!", disse Elle. E era mesmo, pois Jez estava ali para segurar a mão dela, parecendo muito inseguro quanto à capa que precisou pegar emprestada. *Estou parecendo o Drácula*, ele tinha dito. De todo modo, não estava nada parecido com o Drácula, Annie o havia encontrado certa vez.

"Entendam que o juramento não deve ser encarado de forma leviana", continuou Moira, dirigindo-se às iniciadas, tomando cuidado para não dirigir tais palavras especificamente à Neve. Lilian e Geoff Vance haviam levado a neta, e Niamh não tinha certeza se deveria lhes dizer algo ou não. "Vocês estão prometendo sua vida à irmandade; ao coven mundial. Seja lá onde estiverem, desta noite em diante, vocês são, acima de tudo, bruxas. Esta é sua última chance de negar seu direito inato. Falem agora, iniciadas, sim ou não?"

"Eu desejo fazer o juramento", disse Holly.

"Eu desejo fazer o juramento", disse Neve, a voz gélida.

"Eu desejo fazer o juramento", disse Theo, por fim.

Muito bem." Moira sorriu. "Todas juntas."

> *À mãe eu juro*
> *Solenemente preservar a sagrada irmandade*
> *Seu poder poderei exercer*
> *O segredo deveremos manter*
> *A terra devemos proteger*
> *Inimigo de minha irmã, é meu inimigo*
> *A força é divinal*
> *Nosso elo, perene*
> *Que homem algum venha quebrar*
> *O coven é soberano*
> *Até meu suspiro final.*

Então, as meninas acrescentaram ao cálice uma gota do próprio sangue. "Bem-vindas, bruxas...", disse Moira, com um sorriso largo iluminando o rosto.

Houve um aplauso arrebatador e Elle correu para abraçar Holly. "Mãe! Que MICO!"

"Jez! Jez! Tire uma foto!", ordenou Elle.

Niamh foi buscar Theo com menos estardalhaço, e ambas se abraçaram. "Viu, não foi tão ruim assim, foi?"

"Minha visão está esquisita", confessou Theo, piscando os grandes olhos pretos.

"Seus olhos vão ficar assim por mais ou menos uma hora. Aproveite a visão noturna enquanto pode." Theo assentiu, encabulada, enquanto algumas anciãs vinham lhe desejar bons votos. Com o rápido julgamento e execução de Helena, houvera sérias conversas a respeito de cancelar as festividades do solstício daquele ano, mas o CRSM estava propenso a manter tudo como sempre fora, varrendo os eventos do mês anterior para debaixo do tapete.

Queria Niamh que tudo pudesse ser varrido assim, com tanta facilidade. Toda vez que ela pensava em Helena, sentia que estava sendo apunhalada no ventre. Nunca havia sentido uma culpa como essa, nem mesmo depois do que fizera com Ciara. Bom, isso não era exatamente preciso, mas o que o CRSM havia feito a Helena a lembrara, mais do que nunca, de que ela era uma bruxa. Não seguiam as leis mundanas porque não eram mundanas. E isso era assustador.

"Está feliz por ter feito isso?", perguntou Niamh

"Estou", respondeu Theo, satisfeita pelo momento sob os holofotes ter terminado. "Esta é quem eu sou."

Niamh deu um outro apertão nela. "É, sim. Falando nisso, você está deslumbrante."

"Elle me maquiou."

"Ela teve uma bela tela na qual pintar." Ouviu-se um viva no prado abaixo quando alguém acendeu a fogueira e o batuque teve início. Ainda tinham uma longa noite pela frente. "Então vá lá, a festa é sua..."

Holly agarrou a mão de Theo e as duas saíram correndo na direção da fogueira. Niamh passou os olhos pela clareira em busca de Leonie e de Chinara, de modo que não viu Moira se aproximar. "Niamh, uma palavrinha?"

"É claro", disse Niamh, quando o que ela realmente gostaria de dizer era *vá se foder, você executou a última Alta Sacerdotisa*.

"Trouxe a você um copo de hidromel. É tradicional."

Também era rançoso, mas Niamh aceitou o copo por educação.

"Pode me acompanhar um pouco?" Niamh obedeceu, e elas caminharam na direção da festa. Estava tudo camuflado das vistas mundanas, é claro. "Bom, eu estou bem ciente de que algumas pessoas pensam que estou gostando dessa fortuita reviravolta, dado meu histórico com a Helena..."

"É isso o que andam dizendo?" Com certeza era. Todo mundo estava dizendo.

A Anciã disse: "Niamh, você sabia que Iain está doente há algum tempo?".

Iain McCormack era o marido de Moira. "Não, não sabia", respondeu Niamh. "Ele está bem?"

"Vai ficar. Bem, assim esperamos. Mas, ao contrário da opinião popular, não tenho desejo algum de me mudar para Manchester. Eu estou bem feliz com meu pessoal em Fife, pra dizer a verdade. Com Iain convalescente... bom, eu quero passar mais tempo com ele, não menos. Não tenho intenção nenhuma de concorrer a Alta Sacerdotisa. E é aí que você entra."

"Eu!?" O grito de Niamh despertou os pombos nas copas lá no alto. "Eu nem inglesa sou!"

"Sua avó era. Esse não é um problema, eu confirmei."

"Isso foi previsto", afirmou uma nova voz, serpenteando para fora das sombras. O rosto pálido de Irina Konvalinka reluziu por debaixo do capuz, feito uma lua crescente.

"Previsto por quem?", perguntou Niamh, de repente se sentindo embriagada após um único gole de hidromel.

"O futuro está em fluxo", disse Irina. "É a aurora de uma era intrigante e inquietante."

Niamh fez a pergunta que a vinha assombrando durante as noites. "E quanto ao Leviatã?"

Irina olhou para Moira, que nada disse. "O Leviatã se erguerá."

Bom, aquilo fechava a questão. "Nesse caso, vocês hão de entender meus receios em retornar ao CRSM. Agora, se me dão licença, vou dançar com minhas irmãs."

"Nós a vimos usando a coroa", declarou Irina, fazendo-a parar no ato.

Niamh ignorou as duas e avançou trilha abaixo. Com a fogueira agora bem acesa, as matas estavam iluminadas o suficiente para ver por onde ela estava indo. Estava tão decidida a alcançar as amigas que falhou em notar Neve, quando esta emergiu da trilha paralela à sua.

"Neve!", exclamou. "Não vi você aí."

Neve não falou nada. Ela já era magra antes, mas agora parecia esquelética.

Niamh entendeu que teria que ser a adulta nesse impasse. Droga de maturidade. "Neve, veja..."

"Não", interrompeu Neve. "Não fale nada. Não quero ouvir o que quer que você tenha a dizer."

Niamh não esperava que isso fosse ser fácil. "Você precisa saber que eu não queria que as coisas acabassem dessa forma. Eu..."

"Faça-me o favor. Não estou escutando", disse Neve. "Vou voltar para Boscastle com meus avós para passar o verão lá. Talvez mais tempo. Eles não estão aguentando essas vacas intrometidas fazendo perguntas sobre a minha mãe."

Niamh assentiu. "Eu posso imaginar..."

"Pois é, imaginar isso tudo deve ser a maior barra", esbravejou Neve antes de recobrar a compostura. "Quer saber? Não diga mais nada, porque eu estou ficando mais forte a cada dia que passa. Vovó acha que logo vou ser uma Nível 5. E, quando eu voltar a essa merda de Hebden Bridge, e eu vou voltar, vou destruir você e aquela aberração daquele traveco lá embaixo."

Neve a olhou no fundo dos olhos ao passar por Niamh para chegar à festa. O ódio, que era tão gélido quanto incandescente, queimava em seu olhar. Niamh não disse nada. Ela aceitou, porque, se a situação fosse inversa, ela sentiria a mesma coisa.

E no fatídico dia em que Neve Vance-Morrill retornasse à cidade, Niamh estaria pronta para ela.

OBRA DE BRUXA { *Leonie*

Era para ele estar ali. Ele tinha dito que estaria ali. Os feiticeiros, de fato, iniciavam seus novatos no Samhain, não no Litha, então Radley devia estar ali naquela noite. Mas não estava. Por quê?

Algumas das bruxas anciãs não costumavam sair muito, então já estavam entrando no embalo ao redor da fogueira. A dança era tão parte da cultura quanto os feitiços ou as poções. Regozijar-se com o corpo e se mover com alegre abandono era algo espiritual. O movimento do êxtase era semelhante a um transe, um caminho para um estado mais elevado de consciência.

Raves são totalmente coisa de bruxa.

"O que foi?", Chinara perguntou a ela, ao voltar com duas cervejas. Podiam ficar com o hidromel.

"Sério, cadê o Rad, caralho?"

"Talvez ele não estivesse a fim? Ele não é muito chegado a festas, é?"

"Ele tem a função oficial de estar aqui. Você já viu meu irmão ignorar alguma obrigação?"

Ela nunca tinha visto isso acontecer. "Relaxe. Talvez ele tenha vindo para a cerimônia e escapulido logo depois. Ele está lidando com a mais espetacular das cagadas desde o Brexit."

"Talvez..." Chinara estava tão linda naquela noite, as chamas dançando em sua pele. Ela usava maquiagem dourada nos olhos e no rosto, e brilhava feito uma estátua de bronze. Leonie se sentiu compelida a beijá-la, e assim o fez.

"Por que isso?"

"Obrigada."

"Pelo quê?"

"Você sempre sabe do que eu preciso. Como você faz isso? Você não é uma perita em segredo, é?"

Chinara sorriu. "Improvável."

"Espero, algum dia, poder retribuir a você. Eu te devo tanta coisa." Era verdade. Leonie era o elefante na loja de cristais, e Chinara, aquela que a seguia pela loja com uma vassoura e uma pá.

"Você não me deve nada. Você dá tanto amor quanto recebe."

"Eu prometo que sempre vou fazer isso. Sempre." Elas se beijaram de novo.

"Eu agora vou falar uma coisa", disse Chinara, "E não quero que diga nada, apenas deixe as palavras marinarem em sua cabeça. Tá bem?"

Leonie franziu o cenho. "Tá?"

"Acho que este seria um lugar adorável para criar uma criança. Todo esse espaço. Todo esse céu, com todas essas estrelas. Não sei se tenho vontade de passar mais muitos anos na cidade." Leonie estava prestes a argumentar, mas Chinara pôs um dedo em seus lábios. "Deixe marinar."

Leonie foi se desinflamando por dentro. Ela viu Nicholas Bibby, o vice de Radley, pegando comida na barraca do churrasco. "Ah, espere aqui. Eu já volto, prometo."

Ela se afastou de Chinara e foi direto até Nicholas. No caminho, passou por Jez, que parecia totalmente deslocado, balançando a cabeça, inseguro, ao ritmo dos tambores. Ele acenou em sua direção.

"Jez, meu parceiro, e aí?" Leonie se desviou e foi até ele. "Está se divertindo?"

"Ah, sim! Meio diferente, né?"

Ela se inclinou bem para perto. "Então, agora você sabe, né? Elle pode curar as pessoas, eu e Niamh podemos ler mentes, e a Holly também. Quanto tempo você acha que vai demorar até a Holly descobrir o que você anda aprontando com aquela moça do hotel, hein?"

O rosto de Jez assumiu um tom de branco pálido e cinzento.

A falsa amabilidade evaporou da voz dela. "Termine tudo ou conte a ela, Jeremy. Agora você sabe o que somos. Não vai querer fazer merda com a gente." Ela lhe deu um grande beijo na bochecha quando Elle apareceu ao lado deles.

"Vocês estão bem?", ela perguntou, animada. "O que eu perdi?"

Leonie dirigiu a ela um sorriso deslumbrante. "Nada não, gata. Só me certificando de que Jez está se divertindo em seu primeiríssimo solstício."

Ele parecia que vomitaria a qualquer momento. "Sim, é demais."

"Sou a bruxa mais sortuda do mundo todo", disse Elle, beijando a mão dele. Ela reluzia, tão bela, tão contente. Leonie não seria a escrota que acabaria com aquilo tudo.

"Volto num segundo", disse Leonie, desesperada para apanhar Bibby. Ela o perdera por um segundo no meio da multidão, mas os feiticeiros tendiam a ficar em grupinhos, feito meninos adolescentes na discoteca da escola, então ela o encontrou num trio de capas esmeraldas. Ela passou os olhos por eles para garantir que nenhum era seu irmão. "Nicholas? Nick?"

Ele se virou para encará-la. *Se* Leonie se sentisse atraída por homens em algum nível, Nick talvez tivesse uma chance. Alto, anguloso, nerd na medida certa. "Leonie! Como vai?"

"Estou bem. Olha, você sabe onde o meu irmão está?"

Ele pareceu evasivo por um momento, antes de guiá-la para longe dos colegas da cabala. "Oficialmente, não sei de absolutamente nada."

"Nick, eu rezo a Gaia que você nunca seja interrogado."

Ele revirou os olhos. "Eu jurei que não contaria nada. Eu *deveria* dizer que ele recebeu uma bolsa para fazer uma pesquisa em Salém."

"É lá que ele está?

"A verdade é que eu não faço ideia."

Foda-se. Ela se lançou para dentro da cabeça dele. *"Hale."* Nick se encolheu, constrangido por ter cedido tão fácil. "Ele foi atrás de Hale?"

"Eu não disse nada."

Leonie agarrou seu braço. "O CRSM tem uma equipe de oráculos e sencientes procurando por ele. O que ele está fazendo?"

Ela já sabia a resposta. Depois de Hale, o irmão tinha dado duro para reconstruir a reputação da cabala, e agora estava tudo em frangalhos. Nick deu um suspiro profundo. "Ele acha que Hale está tentando recrutar feiticeiros para reiniciar os problemas. Ele quer detê-lo."

"Ser o herói...", concluiu Leonie por ele, os pensamentos vagando. "Se ele achar Hale, vai ser morto."

Nicholas Bibby não disse nada. Não era preciso. O irmão havia embarcado em uma missão suicida. Leonie olhou para Chinara, do outro lado da fogueira, jogando a cabeça para trás com uma risada enquanto dançava com Elle e Niamh.

As lágrimas embaçaram a visão. A vida, bebês e idílios rurais teriam que esperar mais um minuto. Ela precisava salvar o irmão caçula.

SETEMBRO { *Niamh*

Niamh dormiu demais por acidente e despertou com o som da louça sendo colocada na lavadora. Ela jogou um quimono por cima da camisola e correu escada abaixo. Não queria perder o primeiro dia de Theo. "Nossa, olhe só pra você."

Theo se empertigou enquanto Niamh admirava o uniforme novinho em folha. "Eu estou bem?"

"Você está adorável, quem não ama um kilt?" Niamh catou um cabelo solto do suéter. "Está levando o almoço e o passe para o ônibus?"

"Sim e sim", suspirou Theo.

"O que foi?" Niamh acionou o botão da chaleira elétrica e se abaixou para pegar a tigela de Tigre. O cão se remexeu, sabendo que era hora do café da manhã.

Theo mudou de posição, desconfortável. Ela murmurou: "E se souberem que não sou uma garota normal?".

Niamh fez uma careta. "Se *quem* souber? E de todo modo, você não é uma garota normal, você é uma perita do Coven Real de Sua Majestade." Isso não pareceu oferecer muito conforto. "Ei. Não existe isso de *garota normal*. Há tantos modos de ser uma garota quanto há garotas. Que tal?"

Theo sorriu. "Melhor. Obrigada."

"Vai encontrar Holly?"

"Sim, no ônibus."

"Ótimo."

Talvez Theo tenha captado o nervosismo de Niamh, porque, depois de um instante, ela perguntou: "Você vai até Manchester?".

"Vou. Hoje é o dia." *Ciara.*

Theo lhe deu um breve abraço. "Vai ficar tudo bem. É a coisa certa a se fazer."

"Eu sei. Já vou estar de volta quando a aula acabar. Vai lá e acaba com eles. Não literalmente."

"Pode deixar!" Theo girou a mochila por cima do ombro e saiu pela porta dos fundos.

Niamh ouviu os passos dela ecoarem pela rua, e então, os baques de passos mais pesados pela escada do chalé. Luke apareceu andando na ponta dos pés pelo chão de pedra frio, descalço e usando apenas a cueca Calvin Klein. "Acha que ela sabia que eu estava aqui?", ele perguntou.

Niamh riu, pesarosa. "Por muitas razões, sim, ela sabia. Mas ela não é nenhuma criança, e eu não sou a mãe dela."

Luke a envolveu enquanto ela colocava o pó de café na cafeteira. "É tão boa quanto se fosse."

Niamh se recostou em seu peito peludo e olhou pela janela da cozinha para o vale lá embaixo. As folhas estavam começando a amarelar, combinando com a luz do sol amanteigada. Ela inspirou fundo.

A vida voltara a andar, e era boa a sensação de pertencer ao mundo.

Mildred, a bruxa idosa e gentil que trabalhava no turno do dia da casa geminada em Manchester, a levou até o quarto de Ciara. "Alguma mudança?", perguntou Niamh.

"Niamh, meu amor, receio que não. O mesmo de sempre." Ela se colocou de lado para permitir a entrada dela, e viu que Ciara permanecia no mesmo sono pacífico de sempre. "Vou deixar vocês a sós."

"Obrigada."

Fazia... dois anos desde sua última visita. Era egoísta, mas ela achava triste demais. O quarto, em si, não se assemelhava ao de um hospital. Estava decorado com enfeites de parede drapeados e era iluminado por velas. No ponto de vista médico, não havia nada de errado com Ciara, era só que Niamh tinha extirpado o espírito de sua hospedeira.

A irmã parecia bem pequena na cama grande. Estava deitada de costas, com as mãos dobradas sobre o torso. O cabelo vermelho derramado sobre o travesseiro cor de creme feito uma pintura da Renascença. O quarto tinha um cheiro intenso de *Virgo Vitalis*, uma pungente resina restaurativa de olíbano e sálvia. Uma mesa de cabeceira estava coberta por uma gama de cristais, calibrados para estimular bons sonhos.

Niamh sempre sentiu que deveria esperar pela permissão da irmã antes de entrar. Ela buscou esse consentimento fisicamente, mas encontrou apenas a fria escuridão, como se encarasse um poço profundo. Em vez disso, ela se sentou em seu lugar de sempre, na poltrona de visitas à esquerda da cama. Esse havia sido o último desejo de Annie: que ela fizesse as pazes com Ciara. Era o mínimo que Niamh poderia fazer para honrar a memória dela.

"Olá, Ciara", ela falou. "Peço perdão por ter demorado para vir."

A observou, esperando qualquer tipo de reconhecimento. Nada.

Niamh começou. "Minha irmã, eu sinto muito. De verdade. O que fiz com você foi por maldade e vingança. Eu queria te fazer tanto mal quanto você fez a mim. Eu... eu agora sei que isso nunca ajuda. Só piora tudo. Durante todos esses anos, você precisava da minha ajuda, e eu..."

Niamh...

Era tão distante. A voz vinha *do fundo* daquele mesmo poço.

"Ciara?" Ela vinha esperando por isso havia tanto tempo que poderia ser uma alucinação. A esperança podia nos pregar peças bem engraçadas.

Niamh...

"Estou aqui!" Niamh se virou para a porta e estava prestes a chamar por Mildred, quando a mão pálida de Ciara se encolheu, apenas por uma fração, em cima dos cobertores.

Ela estava tentando alcançá-la. "Estou aqui", repetiu Niamh, e tomou a mão de Ciara nas suas.

Ciara estava fraca, desesperadamente fraca, mas Niamh sentiu o gentil aperto dela em sua mão. Só então ela sentiu algo pequeno, afiado e duro se apertar contra a pele, e...

Ciara

Fez-se um clarão intenso, azul-celeste, como um relâmpago por trás dos olhos, e ela se viu de pé pela primeira vez em quase uma década. Ah, era estranho, singularmente sórdido, como se sentar em um assento aquecido de banheiro. Ciara flexionou os músculos da irmã, balançou os dedos das mãos e dos pés, rodou a mandíbula.

"Nossa, como isso é esquisito." Ela testou a língua de Niamh. Parecia inchada e vagarosa. Tudo parecia um pouquinho fora do eixo, como vestir roupas de segunda mão que não servem direito.

E não era exatamente o que ela estava fazendo?

Enquanto ela se acostumava à ultrajante abundância de luz no quarto — afinal, tinha sido escuro para caralho por trás de suas pálpebras durante dez anos — ela baixou o olhar para o antigo corpo. Tinham deixado seu cabelo crescer demais. Ela parecia a porra de uma hippie. Ciara abriu a antiga mão à força e recolheu o pequeno rubi ao qual estava agarrada desde que o demônio, usando a pele de Helena Vance, havia o colocado em sua palma, todas aquelas semanas atrás.

Uma joia pequena, mas de grande poder. Assim que tocou sua pele, Ciara soube como tudo ia se desenrolar. Uma puta de uma reviravolta. Ela adorou.

Guardou o rubi no bolso da jaqueta de Niamh. Ela se inclinou e sussurrou em seu antigo ouvido esquerdo. "Pobre e doce Niamh. Por essa você não esperava, não é? Ah, garota, eu sei que você pode me escutar, por que eu te escutei muito bem. Todas aquelas desculpas. Eu te mostro essas merdas de *desculpas*."

Ciara percebeu que os antigos poderes continuavam intactos. Talvez fosse até mais poderosa no corpo de Niamh, agora que estava pensando nisso. A irmã sempre tivera essa vantagem. Sempre. Passou os olhos pelo corpo dela e, de fato, Niamh agora residia em sua velha casca. Uma troca de corpos completa, no maior estilo Lindsay Lohan em *Sexta-Feira Muito Louca*.

Ela arqueou as costas e se espreguiçou, sentindo-se descansada e ávida para sair depois da soneca de dez anos. A sensação da pele era boa. Havia se esquecido de como era não dividir o corpo com demônios. Era uma sensação boa. Uma sensação de *força*.

Mas, infelizmente, nada poderia ser deixado ao acaso. A casca de carne e osso, usada e gasta, não iria conter uma bruxa como Niamh por muito tempo. Com as duas à solta, a natureza tentaria se corrigir. Isso sempre acontece.

E assim, Ciara puxou o travesseiro que estava debaixo do seu corpo e, conferindo para garantir que ninguém estava olhando, colocou-o sobre o seu rosto. Sem sombra de dúvidas, essa era uma questão para se conversar com um terapeuta, pensou consigo mesma. Era freudiano. Isso é que eu chamo de morte do ego.

Niamh não resistiu, não podia resistir. Ciara apertou o travesseiro com mais força.

"E é *isso* o que você ganha por sempre me obrigar a ser a Sporty Spice, sua escrota", disse Ciara.

Agradecimentos

Realmente, um coven é necessário.

Gostaria de agradecer aos meus agentes Sallyanne Sweeney, Marc Simonsson e Ivan Mulcahy por terem mantido minhas luzes acesas por todos esses anos. Sallyanne acreditou em Realeza das Bruxas mesmo quando nem eu acreditava. Conseguimos. À Paradigm, nos Estados Unidos, e especialmente Alyssa Reuben e Katelyn Doherty: é muito importante finalmente ter uma casa editorial no país. Foi um dos meus últimos obstáculos e eu, enfim, venci! Fiquei absorvida por completo pelo mundo deste livro. Tornei-me a sexta integrante do coven. Fui possuída e muitas vezes pensei que tinha enlouquecido. Foi importante demais saber que duas outras mulheres também se sentiam assim. Natasha Bardon e Margaux Weisman: seu entusiasmo foi precioso. Sinto-me vingada na minha obsessão.

A todos da Harper*Voyager* e da Viking Books, obrigada. A cada assessor de imprensa, cada estagiário, cada membro da equipe de marketing, cada editor (obrigada a Jack Renninson, Vicky Leech Mateos e Mayada Ibrahim) por trabalharem de forma incansável para tornar este livro o melhor possível. Obrigada especialmente a Helen Gould pela leitura sensível criteriosa. Obrigada a Holly Macdonald e Lisa Marie Pompilio pela arte de capa.

Um nome que meus leitores reconhecerão é Samantha Powick, que sempre lê meus romances antes de todo mundo. Quando vi que você estava tão animada sobre Realeza das Bruxas quanto eu, soube que eu estava fazendo algo especial. Muito obrigada. Agradeço também a Darren Garrett, Kerry Turner e Max Gallant por também me deixar usá-los como leitores beta durante todo o processo. Obrigada também a Samantha Shannon e James Smythe pelas conversas estimulantes sobre trilogias de fantasia!

Finalmente, a você, que está lendo este livro. A palavra *Coven* é derivada de *Convenção,* do latim, e é isso que somos: uma delegação de leitores, fãs, bruxas, mulheres e pessoas *queer.* Se este livro falou com você da mesma forma que falou comigo, você é parte do meu povo, e eu sou parte do seu.

Juno Dawson é roteirista, jornalista e autora best-seller, mais conhecida por obras como *Este Livro é Gay* e *Clean*. Ela foi agraciada com o YA Book Prize e escreve para a televisão. Também já fez participações em programas como *I May Destroy You* e *Holby City* e foi modelo para a Jecca Cosmetics. Atualmente, faz parte do coletivo queer Club Silencio e é host do podcast *So I Got to Thinking*, que discute a série *Sex and the City*.

DARKLOVE.

DARKSIDEBOOKS.COM